D1935246

SUTTON KRIMI

Beate Winter

BLAUÄUGIG

Ein Provinz-Krimi aus Niedersachsen

SUTTON KRIMI

Über die Autorin

Beate Winter, geb. 1956, hat ihre heimatlichen Wurzeln in Niedersachsen im Landkreis Gifhorn. Seit ein paar Jahren hat sie sich ganz der Schriftstellerei verschrieben. Sie hat ein Fernstudium Belletristik bei der Axel-Andersson-Akademie absolviert, ist Mitglied der Literaturwerkstatt Gifhorn und der Mörderischen Schwestern. Sie hat mehrere, teils ausgezeichnete Kurzkrimis veröffentlicht. »Blauäugig« ist ihr erster Kriminalroman.

Sutton Verlag GmbH
Hochheimer Straße 59
99094 Erfurt
www.suttonverlag.de
www.sutton-belletristik.de

Lektorat: Dorothée Engel, Hamburger Buchkontor
Gestaltung und Satz: Sutton Verlag
Umschlaggestaltung: der uhlig, Augsburg, www.deruhlig.com
Titelbild: Shutterstock/Mike Mareen
Druck: CPI books GmbH, Leck

ISBN: 978-3-95400-628-1

Prolog

Ein Knarren weckte sie. Sie kannte das Geräusch. Sie kannte es sehr gut. Nun wurde es begleitet durch ein leises Schaben über den Teppichboden.

Im ersten Moment wusste sie nicht, ob das Geräusch sie geweckt hatte oder dieser Traum, der sie fast jede Nacht heimsuchte. Die Erinnerungen brachen mit solch einem Schmerz über sie herein, dass ihr schlecht wurde. Sie pinkelte wieder ins Bett.

Sie konzentrierte sich auf ihren Körper und spürte die feuchte Wärme an ihrer Haut. Wenn sie still und ruhig liegen blieb, war es nicht ganz so schlimm.

Sie musste wieder weinen. Sie durfte nicht weinen. Ganz fest drückte sie ihren Teddy an sich. Am liebsten wäre sie aus dem Bett gesprungen, zu ihrer Mutter gerannt und hätte sich ihr in die Arme geworfen. Ihre Mutter hätte ihr über das Haar gestreichelt und ihre Nähe und ihr milder Duft hätten sie beruhigt.

Doch ihre Mutter war nicht da. Sie müsse arbeiten, hatte sie ihr erklärt, und Geld verdienen, damit sie in dieser Wohnung bleiben könnten und genug zu essen hätten.

Sie wollte nicht in dieser Wohnung bleiben. Alles, was hier geschah, machte ihr Angst.

Wieder dieses Schaben der Wohnungstür über den Teppich. Zweimal hatte sie die Tür bereits ins Schloss fallen hören. Wie jeden Abend. Sie wartete darauf, bevor sie einzuschlafen versuchte. Zweimal, das war in Ordnung. Sobald die Wohnungstür ein drittes Mal ins Schloss fiel, bedeutete das, er kam wieder zu ihr. Sie zitterte. Wenn sie um diese Zeit, mitten in der Nacht, die Wohnungstür hörte, wenn es klopfte, dann kam er zurück.

Sie vermutete, dass es mitten in der Nacht war, denn es war dunkel draußen, nur die Straßenlaterne warf einen schmalen Lichtschein in ihr Zimmer.

Sie müsse ins Heim, hatte er gesagt, und ihre Geschwister dürfe sie dann nie wieder sehen, wenn sie nicht artig sei und ihren Mund hielt. Ohne ihre Mutter und ihre Geschwister zu sein, würde sie nicht ertragen. So nahm sie all das andere auf sich – krümmte sich, bäumte sich auf und schrie vor Schmerzen. Sie brauchte ihre Mutter und ihre Geschwister doch so sehr.

Sie schluchzte laut auf. Die Nässe an Po und Rücken war kalt. Sie fror. Und behielt immer die Tür im Blick. Langsam wurde die Klinke nach unten gedrückt. Sie musste hier raus. Sie warf die Decke zur Seite und sprang aus dem Bett. Und schrie.

***

Er trat hinter dem Haus hervor und sah sich um. Dunkelheit umgab ihn wie eine schützende Hülle. Die Straßen nur spärlich beleuchtet. Das kam ihm gelegen. Verkehr herrschte um diese Zeit kaum, diese kleine Nebenstraße wurde selbst am Tage selten von Autos befahren. Er huschte auf die andere Seite der Straße, immer bedacht, sein Gesicht im Schatten zu behalten. Dann sah er ihn. Unwillkürlich zuckte er zusammen. Vergangenes, verborgen Geglaubtes drängte an die Oberfläche, zwang seinen Geist, sich zu erinnern. Noch einmal sah er ihn an. Er hatte sich kaum verändert.

Bizarre Szenen stoben schwarzweiß durch sein Bewusstsein. Bilder, die er vergessen wollte. Worte, die er verdrängt hatte, in der Hoffnung, sie niemals gehört zu haben.

Es war doch keine Absicht gewesen.

Übelkeit stieg in ihm hoch. Er summte. Das half immer. Meistens jedenfalls.

Nun stand er, nur wenige Schritte von ihm entfernt, eingetaucht in das schale Licht der Vergangenheit. Was sollte er tun? Am liebsten wäre er auf ihn zugelaufen, hätte sich in seine Arme geschmissen, seine Nähe, seine Wärme gespürt, den Geruch seines Rasierwassers in sich aufgesogen. So wie früher. Den Duft, den er nie im Leben vergessen wollte.

Doch es war zu spät. Nicht nach all der Zeit.

Sehnsucht. Sehnsucht nach der Geborgenheit der längst vergangenen Jahre umklammerte ihn mit einer Macht, der er nicht entkommen konnte.

Geborgenheit, die er danach nie wieder verspürt hatte. Auch nicht in sich selbst; verkrochen, gesucht und nur Unglauben gefunden. Und Lügen, deren Richtigkeit er nie in Zweifel gezogen hatte. Obwohl er die Wahrheit kannte. Glaubte er.

Erster Tag

An der ehemals weißgetünchten Decke blätterte noch immer die Farbe ab. Seit fünf Wochen hatte er beim Aufwachen das gleiche Bild vor Augen. Schwarze Schimmelflecken krochen wie Krebsgeschwüre unter den gelblichen Farbfetzen hervor. Mit der linken Hand fuhr er unter die klamme Decke und tastete die Matratze ab. Auch das hatte sich nicht geändert. Im Gefängnis waren die Betten wenigstens trocken gewesen. Trübes Dämmerlicht fiel durch das schmale Fenster.

Mit einem Ruck drückte Richard Wehmeier sich hoch, schlug das Laken zur Seite und sprang aus dem Bett. Sofort durchfuhr ihn der gewohnte Schmerz. Kein physischer Schmerz, eher krampfartige Zustände, die ihn jeden Morgen überfielen und ihn daran hinderten, einen einzigen klaren Gedanken zu fassen. Und doch war es heute weitaus schlimmer als sonst.

Der Wecker zeigte fünf Uhr morgens.

Das Atmen fiel ihm schwer. Die drückende Luft, entstanden durch die Hitze der vergangenen Tage, ließ sich nicht aus der feuchten Unterkunft vertreiben. Barfuß schlurfte er in das kleine, ebenfalls von Schimmelpilzen heimgesuchte Bad. Er stellte sich zögernd unter die Dusche. Zuerst ein wenig abseits, denn es dauerte immer eine ganze Weile, bis der erste kalte Guss durchgelaufen war, und er hoffte, seit fünf Wochen mittlerweile, dass es überhaupt warm würde.

Sorgfältig seifte er sich ein. Es war die übliche Prozedur, die er genoss. Erst die Füße, zwischen den Zehen, das nahm sehr viel Zeit in Anspruch, dann die Beine. Dem restlichen Körper widmete er ebensolche Aufmerksamkeit und nach etwas über einer Stunde konnte er sich abtrocknen. Eine Reinigung, die er nur von außen vollziehen konnte, in seinem Innersten gelang es ihm nicht.

Mit dem um die Hüfte gewickelten Handtuch ging er in die kleine Küche, ein ebenso dunkles Loch wie die übrige Wohnung, wischte mehr aus Gewohnheit, als ob Krümel vorhanden gewesen wären, über die Platte der Anrichte und setzte den Kessel für das Kaffeewasser auf den Herd. Strom hatte er noch, wenn er auch sonst nicht mehr allzu viel besaß. Die Dose mit dem Kaffeepulver war leer.

Beim Anziehen fand er seine Socken nicht. Er schlüpfte barfuß in die Schuhe, stellte die Herdplatte ab und verließ das Haus. Hätte er zu diesem Zeitpunkt auch nur ansatzweise eine Ahnung gehabt, dass er nur noch eine weitere Nacht in seiner Wohnung, seinem Bett verbringen würde, wäre ihm egal gewesen, wie feucht die Matratze, wie schimmelig die Wohnung war. Besser sollte es nicht werden.

Gustav Sargens schlurfte mit Pantoffeln an den Füßen aus dem Haus. Durchs Küchenfenster hatte er gesehen, dass der Briefträger die Post in den Kasten geworfen hatte. Ein kurzer Blick auf die Uhr über dem Küchenschrank sagte ihm, dass es bereits nach neun war. Er erwartete keinen Brief und diese dämliche Werbung konnten die sich sonstwo hinstecken; nur diese Trödelei ärgerte ihn ungemein. Seit über zwölf Jahren war er Rentner, doch nachlässig war er nicht. Wie früher als Maurerpolier stand er spätestens um halb sechs auf.

Er unterbrach sein zweites Frühstück und zog die Hose des einst taubenblauen Jogginganzuges aus Ballonseide am Bund über seinen bierfassähnlichen Bauch. Das Gummi war ausgeleiert, aber er wusste nicht, wie er ihn erneuern sollte. Eine Frau hatte er seit Jahren nicht mehr. Darüber war er froh, doch hierbei hätte sie ihm eine gute Hilfe sein können. Als er aus dem Haus trat, blendete ihn die Sonne. Mit verkniffenem Gesicht schlappte er Richtung Briefkasten, der neben der Gartenpforte angebracht war.

Im Nachbargarten werkelte Frau Spatzek bereits in den Blumenrabatten. Er konnte sich nicht erinnern, wann sie es nicht tat. Als sie ihn bemerkte, sah sie auf und winkte ihm fröhlich zu. »Guten Morgen, Herr Sargens, ist das nicht ein herrlicher Tag?«

»Hm«, brummte er zurück. Sie ließ sich nicht abwimmeln. So oft er es auch versuchte, sie war stets gleich freundlich, gleich aufdringlich liebenswürdig. Er wusste, sie wollte eine nähere Bekanntschaft; eine *sehr* nahe Bekanntschaft. Doch auch wenn sie mit ihren achtundsechzig noch recht flott und rüstig wirkte, war sie in eine Altersgruppe abgerutscht, die fernab von seinen Vorlieben lag. Seine unförmige, knollenähnliche Nase, die mit der Spitze Richtung Oberlippe wuchs, seine vom Alter schlapp gewordenen Wangen, Furchen und Tränensäcke um seine Augen – sie ließ sich durch nichts erschüttern.

Er zog drei Briefe und die tägliche Ausgabe der Aller-Zeitung aus dem Kasten und schlurfte so schnell es ging zurück ins Haus. Zwei Rechnungen und ein unfrankierter Brief – ohne Absender. Den hatte der Briefträger bestimmt nicht gebracht. Er schmiss die Rechnungen auf die Anrichte und riss den Brief auf. Von einer Vorahnung befallen, zitterte er. Die Schrift verschwamm vor seinen Augen. Er suchte die Lesebrille. Verdammt, sie war verschwunden. Erst nach einer Weile, während der er durch die Räume gehetzt war, stellte er fest, dass sie neben seiner Tasse auf dem Küchentisch lag. Doch auch mit Sehhilfe wurde der Inhalt des Briefes kein anderer. Er knüllte das Papier zusammen, rannte ins Schlafzimmer, zog sich an und warf wahllos einige Kleidungstücke in eine Reisetasche.

Schwitzend verließ er das Haus. Er bebte, als er den Motor seines dunklen Nissan startete. Mit durchdrehenden Reifen fuhr er davon.

Ratlos stand Wehmeier auf der Straße. Die Sonne warf bereits knapp über den Dächern ihre klaren Strahlen in den Tag und hatte den dunstigen Schleier, der über der Stadt gelegen hatte, vertrieben. Der Gifhorner Steinweg lag noch im Schlaf. Es waren wenige Menschen unterwegs zu dieser frühen Stunde. Fußgänger kamen ihm mit Tüten voll frischer Brötchen entgegen. Oder mit jenen mattglänzenden Aktenkoffern aus Leder, wie er selbst einst einen besessen hatte. Die Träger dieser Koffer, allesamt in Anzug und Krawatte, emsigen Schrittes, auf dem Weg zur Arbeit. Wehmeier sah sich selbst, vor etlichen Jahren, ebenso stolz, ebenso gekleidet, ein ebenso wichtiges wie dienstbeflissenes Gesicht aufsetzend.

Es war schwer, eine Entscheidung zu treffen. Wie jeden Morgen musste er sich für eine Richtung entscheiden – und konnte es nicht.

In diesem Dschungel kam er nicht zurecht. Diese Stadt, Gifhorn, sah aus wie früher, vor acht Jahren. Die gleichen malerischen, manchmal windschiefen, Fachwerkhäuser in der Innenstadt. Gemütliche, kleine Geschäfte, dieselben Straßen und wohl auch die gleichen Menschen.

Auf den ersten Blick zeigten die Gifhorner einen etwas drögen und spröden Charme, doch Wehmeier hielt sie eher für zurückhaltend und freundlich reserviert. Dieses scheinbar kühle und skeptische Verhalten war eher taxierend, denn falls sich ein Ortsfremder traute, einen Gifhorner anzusprechen, kam sehr viel Liebenswürdigkeit zurück. Sie fielen nicht jedem Fremden sofort um den Hals, doch hatte man einmal ihr Herz gewonnen, hielten Freundschaften meist ewig.

Doch etwas war anders geworden. *Er* hatte sich verändert. Acht lange Jahre hinter hohen Mauern. Aufgetürmter, gerollter Stacheldraht, fest verankert. Eingesperrt in einer winzigen Zelle, eisern verschlossen, veränderten jeden Menschen.

Als ob er seine beharrlichen Gedanken von sich werfen wollte, schüttelte er sich und setzte sich auf eine Bank in der Nähe der Ziegenskulptur.

Die Freiheit war ihm fremd. Alles Selbstverständliche, das ihn bis vor Kurzem umgeben hatte, war verschwunden.

Er verglich Altes mit Neuem und wusste nicht, ob sich seit damals tatsächlich etwas verändert hatte, oder ob es nur eine neue Fassade erhalten hatte.

Er war sich selbst fremd geworden. Vor fünf Wochen hatte er sich noch gekannt.

Er versuchte, die Routine der vergangenen Jahre abzulegen.

Was war von seinem früheren Leben, von ihm selbst übriggeblieben? Die engen Verhaltensregeln des Gefängnisses hatten ihn geprägt und wirkten bis heute nach. Er musste versuchen, sich von ihnen zu lösen, sonst würde er niemals frei sein. Aber hatte er jemals selbst seinem Leben eine eigene Richtung gegeben? War er nicht schon immer ein Gefangener gewesen? Gefangen in der Kleinbürgerlichkeit seiner Eltern?

Seine Kindheit war durch einen dominanten Vater geprägt worden: Dieser verhängte rigide Strafen für Noten, die von der vom Vater gesetzten Norm abwichen.

Seine schwache Mutter, die ihrem Mann nichts entgegenzusetzen hatte, und ihr Kind nicht vor dessen Übergriffen beschützen konnte. So wunderte es ihn im Nachhinein nicht, dass er damals auf Anordnung seines Vaters eine Lehre als Verwaltungsangestellter begonnen hatte. Seit fünfzehn Jahren waren seine Eltern nun schon tot und Wehmeier war froh, dass sie seine schwerste Zeit nicht mitbekommen hatten. Das hätten sie ihm nie verziehen.

Wehmeier drückte sich schwer von der Bank hoch und ging in Richtung Rathaus. Die Kirchturmuhr der St.-Nicolai-Kirche zeigte acht. Hatte er wirklich über eine Stunde auf der Bank gesessen?

Er wandte sich nach rechts und überquerte den Steinweg Richtung Konrad-Adenauer-Straße. Einen Moment zögerte er, dann zog es ihn, wie jeden Morgen, in die gleiche Richtung. Er ging über das holprige Kopfsteinpflaster und fand sich im Innenhof des Gifhorner Welfenschlosses wieder. Er durchschritt das Gewölbe und überquerte die malerische Holzbrücke in Richtung Schlosssee. Links von ihm standen wie immer die badenden Skulpturen im Wasser und schauten in den Himmel.

Gepflegte Rasenflächen, unterbrochen von dichten Buschreihen, einzelne, hohe Bäume und sandige Wege, die sich am See entlang schlängelten, lagen vor ihm. Der Schlosssee schimmerte grau und still. Wehmeier wandte sich nach rechts.

Diesen Weg zwischen Schlosssee und Aller ging er jeden Tag wie mechanisch. Von Weitem schon sah er den Spielplatz. Dahinter lief ein Jogger seine einsamen Runden. Ein Mann, seinen Hund an der Leine, ein Schnauzer schätzte Wehmeier auf die Entfernung, ging auf dem Querweg. Das Tier zerrte an der Leine und kläffte. Eine Gruppe Kinder, unterwegs mit ihren Rädern, spaßten und schwatzten, fuhren in Schlangenlinien aneinander vorbei, nebeneinander her, lachten plötzlich laut auf. Er hörte es und es tat ihm gut.

Er trödelte. Zeit, in früheren Jahren eine Kostbarkeit, heute hatte er genügend davon. Sie würde für den Rest seines Lebens reichen.

Er hatte den Spielplatz erreicht. Ein Mädchen und ein Junge, etwa drei Jahre alt, saßen zu dieser frühen Stunde im Sand und stritten um eine rote Plastikschaufel. Er hatte schon des Öfteren bemerkt, dass sich einige Mütter hier zu einem Schwätzchen trafen, bevor sie ihren Nachwuchs im Kindergarten ablieferten. An der Längsseite der Spielanlage saß eine pummelige Frau auf einer Bank. Ihr dünnes, schwarzes Haar hatte sie im Nacken mit einem Haargummi zusammengebunden. Wehmeier schätzte sie auf Anfang dreißig. Sie war ungeschminkt und sah müde aus. Ihre Augen starrten in die Ferne und schienen einen imaginären Punkt zu fixieren. Ihre Mimik war verschlossen, nahezu ausdruckslos. Wehmeier hatte sie hier schon öfter mit dem kleinen Mädchen gesehen. Er setzte sich etwas abseits auf eine andere Bank. Fast verblüfft stellte er fest, die Frau gefiel ihm.

Nun bewarf das Mädchen ihren kleinen Spielkameraden mit Sand. Die Frau auf der Bank schaute teilnahmslos zu. Die Mutter des Jungen bekam von alldem nichts mit, sie stand mit anderen Müttern etwas abseits und unterhielt sich. Jetzt, als der Junge lauthals brüllte, sah sie auf. Wehmeier hatte den Eindruck, es sei ihr unangenehm, aus dem Gespräch gerissen zu werden, als hoffe sie, der Streit zwischen den Kindern würde sich von selbst erledigen. Der Kleine wehrte sich mit der gerade erkämpften Plastikschaufel und schlug, unter mörderischem Gebrüll, auf seine Spielgefährtin ein. Wehmeier sah, dass die Mutter des Jungen ihn bemerkte hatte. Beschämt ging sie zur Sandkiste und zog ihren Spross am Arm mit sich. Der schrie und zappelte, halb in der Luft hängend, als sie ihn fortzog.

Auch die pummelige Frau auf der Bank sah ihn nun an. Sofort senkte er den Blick und schaute auf seine Füße. Es war ihm peinlich. Er kannte diesen Blick. Als ob man es ihm schon von Weitem ansah, wo er herkam. Außerdem hatte er keine Socken an. Schnell stand er auf und ging. Seine Augen brannten. Verlegen wischte er die Tränen fort. Das psychologische Gutachten, das vor Gericht zu seiner Verurteilung beigetragen hatte, ließ ihn noch heute schaudern. Es unterstellte ihm ein unterschwelliges Kindsverlangen, das er, da ihm seine Frau diesen Wunsch nicht erfüllte, anderweitig befriedigen müsse: durch ein fremdes Kind, an dem er sich für seine unterdrückten Wünsche rächen konnte.

Birgit Rogalsky legte das Geschirrtuch beiseite, mit dem sie gerade die Gläser abgetrocknet hatte und lächelte Wehmeier zu, als er kurz nach elf die Brasserie *Paula's* am Steinweg betrat. Noch waren nur wenige Gäste hier, doch er wusste, das würde sich bald ändern. Vom Schlosssee her war Wehmeier über das Parkdeck des Hempel-Parkplatzes gelaufen und hatte gesehen, dass Birgit gerade die Tür aufgeschlossen hatte. Das *Paula's* war bekannt für seine freundliche Bedienung und die ausgezeichnete Küche.

Automatisch nahm Birgit ein Glas aus dem Regal. »Guten Morgen, Richard. Whisky? Kaffee?«

Wie an jedem anderen normalen Morgen auch, dachte Wehmeier und setzte sich auf einen der hölzernen Barhocker an die Theke. Es ist doch immer dasselbe: jeden Tag aufs Neue aufstehen, zur Arbeit gehen, wenn man welche hat, jeden Tag die gleichen Handgriffe.

»In dieser Reihenfolge«, sagte er. Birgit nickte, nahm eine Flasche aus dem Regal, goss die bernsteinfarbene Flüssigkeit in ein Glas und stellte es vor ihm ab. Er hob das Glas, prostete ihr zu und trank es in einem Zug leer. »Das kann ich aber auch heute nicht bezahlen.«

»Schon gut, ich schreib es mit auf. Irgendwann wirst du ja wohl Arbeit bekommen.« Sie nahm das Geschirrtuch wieder auf und wischte die restlichen Gläser aus. Er war dankbar, dass es einen Menschen gab, der an ihn glaubte.

Wehmeier beobachtete Birgit aus den Augenwinkeln. Ihr Busen war nicht sehr groß, passte aber zu ihrer knabenhaften Statur. In der sauberen Jeans prangte ein fester Hintern. Aber vor allem war es ihr Blick. Sie sah jeden Menschen mit halbgesenktem Kopf aus großen, dunklen Augen von unten her an, was ihr einen schelmischen Ausdruck verlieh.

Mehr als ihre Vornamen hatten sie sich nie verraten, Wehmeier war froh darüber. Vornamen genügten, mehr hätte bedeutet, dass sie sich Gedanken umeinander machen müssten.

Birgit war sehr geschickt in dem was sie tat. In kurzer Zeit hatte sie eine Reihe sauberer Gläser vor sich stehen und sortierte sie hinter sich in die Regale ein. Er sah ihr zu und lächelte.

Im verspiegelten Glasregal sah er, wie sie ihn beobachtete. Er kam seit einigen Wochen fast jeden Morgen hierher und hatte nie Geld, um sich den Whisky leisten zu können. Was mochte sie über ihn denken? Ein armer Tropf, einer der schwere Zeiten hinter sich hatte und nicht darüber sprechen mochte? Unglück musste man nicht in die Welt hinausposaunen. Seine Vergangenheit war ihm peinlich und er wollte niemanden damit belasten. Er sah die immerwährend freundlichen Gesichter; eine Spur zu freundlich, um ehrlich zu sein. Eine Maske, die man sich aufsetzte, um nicht über die eigenen Probleme reden zu müssen. Und mit ihm mit Sicherheit nicht.

Das Telefon klingelte. Birgit legte das Geschirrtuch zur Seite und nahm den Hörer ab. Sie lauschte einen kurzen Moment, wurde nachdenklich: »Einen Moment«, sagte sie und wandte sich ihm zu. »Sag mal, kann es sein, dass du Wehmeier heißt?« Er erschrak und nickte.

Birgit hob kurz die Schultern, legte den Apparat auf den Tresen und widmete sich wieder den Gläsern.

Wer konnte wissen, dass er hier war? Er nahm das Telefon, räusperte sich, um dann ein kurzes, schnelles »Ja« in den Apparat zu raunen.

***

Dort, wo er herkam, hatte man ihn gut behandelt. Dort, wo er jetzt war, war er allein. Er konnte nicht sagen, was ihm besser gefiel. Aus den verschiedensten Gründen. Er war gern dort, aber auch gern hier allein. Es gab Zeiten, da hat er über Wochen nicht geredet. Mit niemandem. Es lag nicht einmal daran, dass er sauer auf jemanden war, im Gegenteil, es hatte ihm niemand etwas getan. Wenn die Frau kam, stellte sie Fragen. Fragte Dinge, die er nicht beantworten konnte. Also schwieg er. Er wusste nicht, was er ihr hätte sagen sollen.

In seinen Träumen war das anders. Dort sprach er. Und jeder verstand nicht nur, was er sagte, sondern auch, was er meinte. Das war ein Unterschied. Vor allem die Tiere verstanden ihn. Er liebte Tiere. Alle. Er käme niemals auf die Idee, einem Tier Schaden zuzufügen.

Um allem auszuweichen – den Menschen, den Gesprächen – ging er nur nachts auf die Straße. Vor der Erinnerung konnte er nicht fliehen. Das hatte er schon versucht. Es schmerzte zu sehr. Doch nun war es an der Zeit, dass die Wahrheit gesagt werden musste.

***

Wehmeier war fast am Ziel angekommen, wusste aber nicht, wie er den mühevollen Weg hinter sich gebracht hatte. Geld, um mit dem Bus zu fahren, hatte er nicht. So war er über den Calberlaher Damm gelaufen, dann an der Umgehungsstraße entlang weiter bis Isenbüttel. Die Sonne brannte auf seinen Nacken, das Hemd klebte am Körper. Weit über eine Stunde war er wohl schon unterwegs. Genau konnte er es nicht sagen, er besaß keine Uhr. Kaum hatte er die letzten Häuser von Gifhorn hinter sich gelassen, tauchten rechts und links des Weges Wälder und Wiesen auf. Seine Gedanken kreisten um das bevorstehende Treffen und doch genoss er die Ruhe der weitflächigen Landschaft. Hin und wieder überholte ihn eine Gruppe schwatzender Kinder mit Fahrrädern, die auf dem Weg zum Tankumsee, dem Gifhorner Naherholungsgebiet, waren. Rechter Hand erschienen die ersten Häuser Isenbüttels.

Wehmeier erreichte eine Wohnsiedlung und versuchte, sich zu orientieren. Einige Passanten hatte er nach dem Weg gefragt und, wie es ihm schien, nur widerwillig Antwort erhalten. Kein Wunder, so wie er aussah: abgewetzte Cordhose und eine zerknitterte Jacke, die dringend gereinigt werden müsste.

War er im Kreis gelaufen? Hatte er das Straßenschild übersehen?

Er stolperte weiter und betrachtete staunend die noblen Häuser mit den gepflegten Vorgärten und den teuren Autos. Die Gärten waren akkurat gepflegt – hatten alle Anwohner denselben Gärtner? Die Rasenflächen gewissenhaft gemäht, die Büsche und Bäume sorgfältig in Form gestutzt. Hinter den Grundstücken erstreckten sich Felder. Der Weizen war abgeerntet, jetzt lagen dort die Strohballen, in große Rollen gepresst. In der Ferne fuhr ein Traktor.

Er wischte sich mit dem Handrücken über die Wange und schluckte die bitteren Tränen hinunter. Er redete sich ein, es wäre

Schweiß. Ihm war kalt. Trotz der Hitze zog er fröstelnd die Schultern zusammen. Seine Fersen schmerzten. Die Blasen waren aufgescheuert, doch Wehmeier traute sich nicht nachzusehen. Er konnte keinen klaren Gedanken fassen, tausend Fragen schwirrten ihm im Kopf herum.

Was wollte der Anrufer von ihm? Wer war er und woher wusste der Mann, dass er sich morgens im *Paula's* aufhielt? Die Stimme des Mannes hatte er noch nie zuvor gehört und doch schien sie ihn an etwas zu erinnern. Dieser fast schroffe Ton, dieses Schnarren, die Ausdrucksweise. Da war etwas, das sich in den hintersten Ecken seines Gedächtnisses verbarg. Er wusste, dass es dort war, wusste aber nicht, wo er suchen sollte.

Er hatte seine Strafe abgesessen, was trieb diesen Menschen nach so langer Zeit? Es ginge um Betti, hatte der Unbekannte am Telefon gesagt. Komm zu den Glockwiesen sechsunddreißig. Ich kenne die Wahrheit.

Die Sonne stand hoch über ihm, warf ihre Glut auf die Straße, brannte auf seiner Haut.

Um ihn herum herrschte mittägliche Ruhe, niemand war unterwegs. Noch vor wenigen Minuten hatte hier ein Linienbus gehalten und eine Horde Grundschüler ausgespuckt. Sie hatten ihn nicht beachtet, waren viel zu sehr mit sich selbst beschäftigt gewesen: schnatterten und alberten herum und waren alsbald in den Häusern verschwunden.

Carola Brandes stellte den Topf mit Wasser auf den Herd. Automatisch drehte sie die Platte an, sah aus dem Fenster und lächelte. Lisa, ihre fünfjährige Tochter, spielte im Garten auf ihrer Babydecke mit den Puppen. Was für eine Idylle. Aus einem alten Regalbrett, das sie anscheinend im Schuppen gefunden hatte, hatte sie einen Tisch gebastelt, um den herum die drei Puppen saßen. Ganz vorn, wie immer, Clarissa, Lisas Lieblingspuppe, ohne die sie niemals auch nur einen einzigen Schritt tat. Auf dem wackeligen Tisch lag eine zarte Spitzentischdecke, die sie ihr wortreich abgeluchst hatte. Darauf stand das winzig kleine Puppenservice, ein Geschenk ihrer Großmutter zum letzten Geburtstag.

Lisa stand auf, hüpfte einige Schritte über den Rasen und pflückte eine Handvoll Gänseblümchen. Dieses kleine Stückchen Rasenfläche gehörte ihr. Nachdem sie nach dem Rasenmähen stets in Tränen ausgebrochen war, hatte sich ihr Vater breitschlagen lassen, dieses winzig kleine Fleckchen fortan nicht mehr zu mähen, damit Lisa ihre Blumen behalten konnte. Sie zupfte einige davon ab, sprang vergnügt zurück zu ihrer Puppengesellschaft und steckte die Gänseblümchen in das Milchkännchen.

Carola dankte ihrem Gott still dafür, dass sie solch eine bezaubernde Tochter haben durfte. Blitzschnell zog sie die Hand vom Topf. Sie hatte gar nicht gemerkt, dass das Wasser bereits anfing zu kochen, so sehr war sie in das Spiel ihrer Tochter vertieft gewesen. Bilder ihrer Kindheit stiegen auf. Bilder vom Lachen kleiner Mädchen, vom Spielen am Bach, von dunkelblauen Augen.

Hinter einer Ligusterhecke, die ein stattliches Grundstück umsäumte, spielte ein blondes Mädchen im Schatten eines Kirschbaumes mit ihren Puppen auf einer Decke. Sie schenkte aus der kleinen Kaffeekanne in die kleinen Tässchen ein, sah jeder einzelnen Puppe dabei in die Augen und sagte irgendetwas. Sie schien ihnen eine Frage zu stellen, auf die ein zufriedenes Kopfnicken folgte. An der Hauswand rankten hohe Kletterpflanzen entlang und verdeckten fast die Haustür.

Verlegen trat er auf der Stelle und sah sich um. Wenn man ihn dabei beobachtete, wie er ein fremdes Mädchen anstarrte? Der Vorwurf des Gerichts, einen Hang zu Kindern zu haben, würde ihn nie wieder loslassen. Außerdem war er sich immer noch nicht sicher, in der richtigen Straße zu sein. Der Anrufer hatte ihm nur den Straßenamen und die Hausnummer mitgeteilt, keinen Namen. Zögernd ging er rechts die Straße hinunter, machte kehrt, um in der entgegengesetzten Richtung ein Straßenschild zu suchen.

Noch einmal schielte Wehmeier sehnsuchtsvoll zum Bungalow hinüber. Davon hatte er immer geträumt. Ein Haus im Grünen, eine Familie. Kinder. Simone nicht. So hatte er sich gefügt. Doch der Wunsch war geblieben. Sie hätten sich einschränken können, dann hätte das Geld ohne weiteres für eine Familie gereicht. Das wollte

Simone nicht einsehen. Simone schränkte sich niemals ein. Sie hatte Ansprüche, die er nie hatte befriedigen können. Er hatte immer gespürt, dass es ihr nicht nur um Geld und ihre Figur ging. Wollte sie kein Kind in die Welt setzen, weil sie glaubte, einen Versager wie ihn zu gebären? Halbblind stolperte er weiter.

Nun war er am Ende der Straße. Vor ihm erstreckten sich Felder, linker Hand ein sandiger Fußweg, der im Kreis um eine Senke führte. Kleinere Buschgruppen und hohe Gräser wuchsen dort. Hier kam er nicht weiter, er kehrte um. Von einem Grundstück trat eine Frau mit leerer Einkaufstasche auf den Fußweg. Sie schien es eilig zu haben. Wahrscheinlich war sie unterwegs zur Bushaltestelle, um in der Stadt einzukaufen, vermutete er. Er wechselte die Straßenseite. Mit schnellen, kurzen Schritten tippelte die Frau auf dem gegenüberliegenden Fußweg an ihm vorüber. Wehmeier überlegte kurz, sie nach der Adresse zu fragen, doch als sie auf seiner Höhe war, sah er ihren vorwurfsvollen Blick. Ein Eindringling, der hier nichts verloren hat. Er kannte das und erwartete keine freundliche Antwort.

Jetzt war er auf dem Osterkamp. Ein Schild für die Querstraße sah er nicht. Zumindest war er in der Nähe.

Hinter sich hörte er das leiser werdende, harte Klacken der Absätze der Frau auf dem Asphalt.

Vom Osterkamp gelangte er auf die Mühlenstraße. Nach wenigen Metern begriff er, dass er auf dieser Straße bereits gewesen war. Sie führte in Richtung Stadt, also zurück. Er ging weiter bis zur Rosenstraße. Sollte er den gleichen Weg noch einmal abgehen? Unentschlossen tänzelte er auf der Stelle. Von Weitem musste er einen eigenartigen Anblick bieten. Wie spät mochte es sein?

Die Häuser gaben ihm eine vermeintliche Sicherheit, doch die Anwesenheit der Menschen hinter den Fenstern machte ihm Angst.

In der Ferne schrillte ein Telefon, es interessierte ihn nicht. Zerstreut wischte er sich die Hände an der zerbeulten Hose ab.

Er bog in die nächste Straße ein, die von großzügigen Anwesen gesäumt wurde. Wehmeier sah niemanden weit und breit. Klar, dachte er, wenn ich eine solch teure Hütte hätte, müsste ich auch die ganze Woche über arbeiten, um sie finanzieren zu können. Es schmerzte ihn, sich vorzustellen, dass hinter diesen noblen Fassaden Menschen im Schutz ihrer Familie wohnten, die keine Ahnung davon hatten, wie schnell all das vorbei sein konnte.

So hatte sein Leben vor acht Jahren auch ausgesehen. Wäre das alles nicht passiert, würde er mit Simone noch immer in ihrem gemeinsamen Haus im Blumenviertel wohnen und müsste nicht in einem elendigen Loch hausen.

In einiger Entfernung sah er die Frau mit der Einkaufstasche an der Bushaltestelle. Der Linienbus bog gerade in die Rosenstraße ein. Schnell ging er weiter.

Carola rührte den Rest Gulasch, der vom Vortag übrig geblieben war und den sie nur noch aufzuwärmen brauchte, mit einem Holzlöffel um. Sie ging zum Schrank, zog die Tür auf und suchte nach Nudeln. Richtig, das letzte Paket hatte sie ja aufgebraucht. Auf dem Weg in den kleinen Vorratsraum warf sie erneut einen Blick aus dem Fenster. Lisa spielte noch immer auf ihrer Decke.

Gedankenverloren tat sie die Nudeln ins Wasser, nahm zwei Teller und Besteck aus dem Schrank und deckte den kleinen Tisch in der Küche, an dem Lisa und sie stets zu Mittag aßen. Nachdem sie die Nudeln abgeschüttet und beide Töpfe auf den Tisch gestellt hatte, ging sie in den Garten.

Lisa saß nicht mehr auf der Decke, zwei der Puppen lagen auf dem Rücken, hielten ihre steifen Beine in die Höhe gespreizt, die Gänseblümchen standen noch immer auf dem Tisch zwischen dem Porzellangeschirr. Sie wird sich wieder versteckt haben, dachte Carola und ging ums Haus herum. Doch sie fand sie nicht. In einer Ecke der Ligusterhecke hatte sich Lisa eine kleine Höhle für sich und die Puppen eingerichtet. Hier verkroch sie sich, wenn sie Ärger bekommen hatte. Carola war es nicht recht, dass sich Lisa hier aufhielt, die Hecke hatte einen Durchschlupf zur Straße. Carola bückte sich. Lisa war nirgendwo zu sehen. Jetzt wurde sie ärgerlich. Das Kind wusste doch, dass es bald Essen gab, sie hatte bestimmt wieder nicht auf die Zeit geachtet und spielte irgendwo mit Annabelle. Normalerweise sagte ihre Tochter Bescheid, wenn sie zu ihrer Freundin ging, die zwei Häuser weiter wohnte. Hin und wieder vergaß sie es allerdings auch.

Carola ging zurück zum Haus, über den Rasen und hob automatisch einige achtlos hingeworfene Spielsachen vom Boden auf.

Das Telefon klingelte. Sie hörte es von Weitem und begann zu laufen. Beinahe wäre sie gestolpert, konnte sich gerade noch abfangen. Das Läuten verstummte im gleichen Moment, als sie durch die Terrassentür trat. Das Telefon lag auf dem Wohnzimmertisch. Atemlos nahm sie den Apparat in die Hand.

Freizeichen.

In diesem Moment fiel ihr Blick auf den Gegenstand, den sie selbst gerade neben das Telefon gelegt hatte. Sie starrte ihn fassungslos an, hoffte, er möge dort nicht liegen. Hoffte vielmehr, Lisa käme jeden Augenblick übermütig ins Zimmer gestürzt. Kraftlos ließ sie sich auf die Couch sinken.

Das erneute Klingeln des Telefons riss sie aus ihren Gedanken. Mechanisch hielt sie sich den Apparat ans Ohr. Auf dem Wohnzimmertisch lag Clarissa. Als sie die toten, blauen Augen sah, stieß sie einen Schrei aus und rannte aus dem Haus.

Er war schließlich von der anderen Seite in die Straße Glockwiesen gekommen und fand die Hausnummer sechsunddreißig sofort. Einige Äste der hohen Büsche hatten ihm zuvor die Sicht auf das Messingschild mit der Hausnummer genommen. Der Garten lag einsam und verlassen da, als er sich auf das Grundstück schlich. Noch immer wusste er nicht, ob er hier tatsächlich richtig war. Zwei Puppen lagen im Gras auf dem Rücken, hielten ihre steifen Beine gespreizt in die Höhe. Daneben, auf einem wackeligen Tischchen, standen Gänseblümchen in einer kleinen Vase.

Wehmeier starrte zum Haus hinüber. Die Fenster standen offen, wohl wegen der Hitze.

Er versuchte, nicht daran zu denken, wann er das letzte Mal etwas gegessen hatte. Sein Magen schmerzte, ihm war es übel und schwindelig. Der Whisky bei Birgit tat sein Übriges. Vor allem aber hatte er Durst.

Die Haustür war nur angelehnt. Er sah sich um.

»Hallo?«, rief er von der Eingangstür her. Niemand antwortete. Er lauschte. Im Haus war alles still. Nichts. Keine Schritte, keine

Stimmen. Er huschte durch den Flur, horchte, ob nicht doch jemand auf ihn aufmerksam wurde. Die Tür ließ er ein Stück offen. Von der Diele gelangte er ins Wohnzimmer. Auch hier war niemand. Die Gardinen wehten in den Raum hinein, wie der Schleier einer arabischen Haremsdame.

Er ging nach rechts, in die Küche. Er sah sich um, öffnete eine Schranktür und mit einer unerklärbaren Freude fand er dort Gläser. Simone hätte sie an die gleiche Stelle getan, ging es ihm durch den Kopf. Wieder schossen ihm Tränen in die Augen. Er drehte den Wasserhahn auf, ließ das Wasser eine Weile ablaufen, bis es kalt genug war, füllte das Glas und trank es in einem Zug leer. Dabei fiel sein Blick auf die Decke, auf der das Mädchen gespielt hatte.

Wehmeier knallte das Glas auf die Spüle und rannte aus dem Haus.

***

Die einzige Möglichkeit, all seinen Problemen zu entkommen, war zu laufen. Nachts. Am Tage traute er sich nicht hinaus. Doch er lenkte sich ab: Er stand stundenlang am verhüllten Fenster, starrte auf die Straße und registrierte die Autos. Nicht, dass er sie nur zählte, nein, er sortierte sie im Kopf nach Farben, Typen und Anzahl der jeweiligen Modelle mit den dazugehörigen Farben. So konnte er von jeder Automarke die unterschiedlichsten Typen in Gruppen ordnen und die Anzahl der Farben zählen. Das alles erledigte er im Kopf. Sein bisher bestes Ergebnis waren vier Automarken mit vierzehn Modellen in fünf unterschiedlichen Farben. Darauf konnte er stolz sein. Anschließend hatte er meist Kopfschmerzen und einen verspannten Nacken. Dann legte er sich ins Bett und schlief.

Nicht selten träumte er dann von Schafen oder Delfinen. Friedfertige Tiere, die sich gern in Gesellschaft aufhielten. Und er war in diesen Träumen mitten unter ihnen.

Nachts gelang es ihm nicht zu schlafen. Die Erinnerungen stürzten wie Mauern auf ihn ein. Sie begruben ihn unter Schutt und Asche, drückten ihm die Luft aus den Lungen, gruben sich in seinen Magen, brannten in seinen Augen. Nachts hatte er Angst.

Oft wachte er nach Luft keuchend auf. Sein Herz hämmerte bis zum Bersten, Todesangst schnürte ihm die Kehle zu. Das wollte er nie wieder durchmachen. So zählte er am Tage Autos und schlief, während er nachts durch die Straßen zog. Es trieb ihn immer weiter vorwärts – ohne Ziel. Heute war er mutig gewesen, hatte sich den Gefahren des Tages ausgesetzt. Er musste mit ihm reden. Es würde das Unglück nicht ungeschehen machen, doch er sollte es wissen. Deshalb war er dort gewesen.

Es war schiefgegangen.

***

Kriminalhauptkommissar Kilian Frommelt stand mitten in einer wild bewachsenen Senke und starrte auf das Gestrüpp. Zwiespältige Gefühle überwältigten ihn. Er wusste, was ihn hier erwartete, und unterdrückte vehement den Gedanken daran.

Sträucher, kleinere Bäume und Buschwerk bildeten ein kaum zu bezwingendes Hindernis. Die Natur hatte sich ihren Teil zurückerobert. Das Zelt über dem Fundort der Leiche, das die neugierigen Blicke der Schaulustigen abhalten sollte, war bereits aufgebaut. Rotweißes Flatterband sperrte die gesamte Senke ab. Sie reichte fast bis an den Rand der Felder, ein Sandweg führte um sie herum und wurde wohl von Hundebesitzern gern als Auslauf genutzt. Zu seiner Linken floss die Ise plätschernd dahin. Die Senke war mit einem gepflasterten Zulauf verbunden und falls die Ise Hochwasser führte, würde hier ein kleiner See entstehen. Doch jetzt war sie trocken, seit Wochen schon hatte es nicht mehr geregnet. Im Unterholz lag ein Kind. Frommelt riss sich den Knöchel an Dornengestrüpp auf und fluchte leise, ehe er näher heranging.

Trotz des beklemmenden Gewitters, das sich nun in seinem Kopf zusammenbraute, versuchte er, eine klare Sicht auf die Dinge zu behalten, Entscheidungen zu treffen, strikt seinem kriminalistischen Gespür, das ihn selten trog, nachzugehen. Im gleichen Augenblick wusste er, dass es ihm nicht gelingen würde. Er hatte sich noch immer nicht daran gewöhnen können, Tote zu sehen. Er konnte ihren Anblick nicht ertragen. Die starren Augen, die noch niemand geschlossen hatte. Die steifen Glieder, der verdrehte Leib. Auch wenn die Toten noch so friedlich dalagen, die Augen geschlossen waren, der Tod erst vor Kurzem eingetreten war, wurde er an seine erste Leiche erinnert. Diesen Haufen, den er damals vor sich gesehen hatte, war einmal ein Mensch gewesen, auch wenn er nicht mehr viel Ähnlichkeit mit einem menschlichen Wesen gehabt hatte. Das Gesicht war nicht mehr vorhanden gewesen, der Mörder hatte, wie sich im Nachhinein herausstellte, einen eisernen Feuerhaken benutzt und damit, nachdem der Tod bereits eingetreten war, noch lange auf das Opfer eingedroschen. Dieses Bild stand ihm bei jeder neuen Leiche vor Augen. Es würde sich nie verlieren oder undeutlich werden.

Die Übelkeit stieg in ihm auf.

Das, was er hier vor sich sah, war weitaus schlimmer. Vor ihm lag ein Kind, etwa fünf Jahre alt, sorgsam drapiert, fast wie aufgebahrt am Rande des Buschwerks, inmitten der Senke. Weggeworfen, dieses Wort fiel ihm spontan ein, aber die Art und Weise wie es dalag erinnerte ihn an ein Gemälde. Das dichte Gras umschloss den starren Körper wie ein weicher Teppich, die Augen geschlossen und die Hände über der Brust gefaltet. Das hellblonde, halblange Haar lag wie ein Fächer um den Kopf. Fast hatte er den Eindruck, der Mörder dieses kleinen Mädchens hatte Mitleid mit ihm gehabt. Er schloss für einen Augenblick die Augen. Seine Übelkeit bekämpfte das nicht. Was war das für ein Mensch, der das hier getan hatte?

Neben ihm knackten dürre Zweige: Johann Kramer, der Leiter des Erkennungsdienstes, erstattete ihm einen kurzen vorläufigen Bericht. »Erwürgt«, sagte Kramer knapp und verzog keine Miene. Auch daran würde er sich nie gewöhnen; an das harte, unbewegte Gesicht, wenn Kramer in sachlichem Tonfall seine Untersuchungen mitteilte. Er schätzte Kramer für seine penible, akribische Arbeit. Er wühlte sich wie ein Maulwurf in einen Fall hinein, was ihm, auch aufgrund seiner langen, spitzen Nase seinen Spitznamen beschert hatte. »Aber nicht hier«, fuhr Kramer fort. »Wahrscheinlich wurde sie woanders getötet und dann hier abgelegt.«

Abgelegt – das Wort gefiel ihm eindeutig besser als weggeworfen und es traf die Situation um einiges richtiger. »Ein Sexualdelikt?« Er bemühte sich, die Leiche nicht anzusehen.

»Nein. So viel kann ich jetzt schon sagen, die endgültigen …«

»Ja, ja, ich weiß«, Frommelt machte eine abwehrende Handbewegung. »Ich warte dann auf deinen Bericht.« Er ging davon. Er hielt es hier nicht mehr aus und seine Anwesenheit war auch nicht mehr vonnöten.

Als er endlich in seinem Wagen saß, den er am Ende der Stichstraße Am Bartelskamp vor den Metallpfosten geparkt hatte, atmete er tief durch. Wie immer nach einem Leichenfund war er sich nicht sicher, ob er den richtigen Beruf hatte. Er presste die Handflächen gegen das Lenkrad und streckte die Arme aus, so weit es ging. Er spürte die Muskeln in den Oberarmen. In der Hüftgegend machten sich bereits kleine Speckansätze bemerkbar und doch fühlte er sich fit, trotz seiner achtunddreißig Jahre. Das dunkle Haar zeigte die ersten Anzeichen silberner Fädchen, die er jeden Morgen skeptisch betrachtete. Sein markantes Gesicht, mit der kleinen steilen Falte am Kinn, hatte Maren geliebt. Noch immer spürte er ihre Zunge, wie sie von seiner Unterlippe abwärts über das Kinn und den Hals fuhr, dort verharrte, um sich dann über Brust und Bauch zur der Lendengegend vorzutasten. Er war sich immer bewusst gewesen, wie sie auf seine bernsteinfarbenen Augen reagieren würde, auf seine leidenschaftlichen Blicke. Sie fachten ihre Lust an, machten sie willenlos, so dass sie umgehend im Schlafzimmer landeten.

Vom Nacken her zog ein stechender Schmerz in den Hinterkopf. Unwillkürlich zog er die Schultern hoch. Das passierte in letzter Zeit häufiger – dieser Spannungskopfschmerz. Wenn das so weiterging, würde er eines Tages seinen Beruf doch noch an den Nagel hängen, einfach alles hinschmeißen. Und dann? Er lachte laut auf und ließ den Wagen an.

Bevor er den Rückwärtsgang einlegen konnte, klopfte es ans Seitenfenster. Sein Kollege Roland Bräuer. Frommelt ließ die Scheibe herunter. »Der Junge, Rene heißt er wohl, also der Bengel, der das Mädchen gefunden hat, ist nach Hause gefahren. Übernimmst du ihn? Dann kümmern Hannah und ich uns um die Nachbarn.«

Frommelt nickte. »Ich rede zuerst mit den Eltern des Mädchens.« Er fuhr die Scheibe wieder hoch und achtete kaum darauf, dass Bräuer seinen Kopf erst im letzten Moment zurückzog.

Wenn sein verfluchter Gerechtigkeitssinn nicht wäre. Die Gewissheit, dass ein Mensch tot war, ging ihm an die Substanz. Dennoch wollte er auch diesen Fall lösen, den Mörder des kleinen Mädchens hinter Gitter bringen. Ansonsten hätte er seinen Job wohl schon längst hingeschmissen.

Aus den Augenwinkeln registrierte er, wie ihm seine Kollegen hinterhersahen. Er startete mit durchdrehenden Reifen. Die Kollegen hielten ihn anscheinend für verrückt. Das machte ihm nichts aus, ihm war bewusst, dass man ihn als sonderbar empfand, und das wollte er auch bleiben.

Den Weg zurück ging Wehmeier in Gedanken versunken. Die Vergangenheit hatte ihn eingeholt. Er hatte es nicht geschafft, ein neues Leben zu beginnen. Diese Erkenntnis war niederdrückend. Seine Knie gaben nach, seine Füße schlurften über den Asphalt, die aufgeplatzten Blasen brannten. Er sah eine Bank und setzte sich.

Er war einer Illusion nachgejagt. Warum hatte er dem unbekannten Anrufer blind vertraut? Wie hatte er nur so dumm sein können, zu glauben, dass sich seine Unschuld nachträglich beweisen ließe?

Hoffnung war ein seltsames Phänomen; sie konnte einen Menschen aufrichten, ihn am Leben erhalten, den Atem zum Überleben einhauchen. Zerstörte Hoffnung zerstörte allen Lebensmut.

Er musste wohl eine halbe Stunde auf der Bank gesessen haben, als er aufstand und weiterging. Er kam bis zur Rosenstraße und sah die Bushaltestelle. Mit seinen wundgescheuerten Hacken würde er den weiten Weg zurück in die Stadt nicht überstehen. Der Bus für die Linie 105 kam gerade herangefahren. Kurz entschlossen stieg er ein, angelte einen benutzten Fahrschein aus der Tasche und stempelte ihn erneut ab. Was sollte er anderes tun? Unbehelligt kam er in Gifhorn auf dem Steinweg an. Ohne Ziel lief er durch die Stadt und starrte auf die Häuserfront vor ihm. Bis ihm bewusst wurde, dass er seit geraumer Zeit mitten auf dem Marktplatz, gegenüber dem Rathaus stand und den Eingang der Stadtverwaltung beobachtete.

Ob Simone noch immer hier arbeitete? Die ersten Mitarbeiter verließen das Amt, strömten dem Feierabend entgegen. Einige ihrer ehemaligen Kollegen kannte er noch.

Aber die Peinlichkeit, sie anzusprechen, ersparte er sich. Was hätte er ihnen sagen sollen? Da sah er Simone. Ihre Haare waren kürzer. Früher waren sie locker auf die Schultern gefallen, hatten bei jedem Schritt leicht gewippt. Jetzt trug sie einen Kurzhaarschnitt. Sie war älter geworden, was ihrer Schönheit jedoch keinen Abbruch tat. Noch immer besaß sie diese stolze Eleganz, die er immer an ihr bewundert hatte.

Simone. Er war ihr zum ersten Mal in ihrem Büro begegnet. Auf dem Weg zu einem Außentermin hatte er noch Unterlagen von einem Kollegen aus der Stadtverwaltung holen müssen. Die Tür zu ihrem Büro stand offen und vom Flur aus hatte er sie an ihrem Schreibtisch sitzen sehen: aufrechte Haltung, aristokratische Ausstrahlung.

In den darauffolgenden Wochen hatte er sie heimlich beobachtet und keine Gelegenheit ausgelassen, ihr wie zufällig über den Weg zu laufen. Sie anzusprechen, hatte er sich nicht getraut. Auf einer kleinen Feier sah er sie wieder. Sie hatte ein grünes Seidenkostüm getragen, dessen Farbton perfekt zu ihren grünen Augen passte. Sie hatte sich einfach neben in gestellt und geplaudert. Sie schwärmte von brillanten Künstlern, die leider noch niemand entdeckt hätte, sprach von Urlauben in Italien und Konzerten bedeutender Pianisten. Er hatte geschwiegen und war wie benommen vom Klang ihrer Stimme gewesen.

Zwei Tage später hatten sie sich zufällig wiedergetroffen. Obwohl er sich seine Worte schon lange überlegt hatte, bekam er in ihrer Nähe kaum ein Wort heraus. Sie hatte mit einem spöttischen Lächeln zugesehen, wie er sich wand, stotterte und verhaspelte. Trotzdem hatte sie seine Einladung angenommen.

Simone war aktiv, selbstständig, fordernd. Sie bestimmte ihrer beider Leben und er hatte mitgezogen. Sie hatte nie gefragt, ob es ihm recht war. Und es hatte ihn nicht gestört, nein, es war ihm nicht einmal aufgefallen, so verliebt war er gewesen.

Dass Simone ausgerechnet ihn heiraten wollte, hatte er nie wirklich verstanden. Er selbst hielt sich, das hatte sich bis heute nicht geändert, für einen bürokratischen Langweiler, der monoton seine Pflicht tat.

Sie hatten im engsten Familienkreis geheiratet, wobei seine Schwiegereltern den Eindruck machten, als hätte ihre einzige Tochter einen Berggorilla geehelicht. Sie hatten wohl recht. Simone, die aus einer wohlhabenden Familie stammte, heiratete unter ihrem Stand. Hatte sie sich mit dieser Ehe gegen ihre übermächtige Familie auflehnen wollen?

Damals schien er alles zu haben, was er sich vom Leben wünschte: einen gutbezahlten Job, ein Haus, eine Frau. Das war lange her.

Das große Haus im Blumenviertel musste abbezahlt werden, deshalb hatte Simone arbeiten müssen. Ihr hätte es gut gefallen, noch etwas nobler zu wohnen, im Stadtteil Winkel. Vor allem, um ihren Eltern zu beweisen, dass ihr Mann kein gesellschaftlicher Blindgänger war, wie sie ihr glauben machen wollten. Dabei war ihr Haus im Blumenviertel größer geworden, als sie es sich eigentlich hatten leisten können.

Je länger er über sie nachdachte, desto weniger war ihm klar, ob Simone wirklich hätte schwanger werden wollen und aufgehört hätte zu arbeiten. Der gesellschaftliche Status und ihre gute Figur waren ihr immer äußerst wichtig gewesen. Er hatte nie mit ihr Schritt halten können. Sie war zielstrebig, ehrgeizig und wunderschön gewesen, er das krasse Gegenteil.

Sie bewundere seine Ruhe, seine innere Gelassenheit, mit der er Entscheidungen treffe, hatte sie ihm versichert, seine Loyalität. Er sei die Mauer, die sie beschütze, an die sie sich anlehnen könne. Simone, die Impulsive, die ihren Gefühlen stets freien Lauf ließ, hatte ihn seiner Ruhe und Kraft beraubt. Doch das hatte Simone nicht sehen wollen. Was wohl in ihr vorgegangen war, als er verhaftet und verurteilt worden war? Sie hatte mit versteinerter Miene im Gerichtssaal gesessen. Ihren Blick spürte er heute noch und er tat immer noch weh. Bis zu dem Tag, als sie ihn um die Scheidung bat, hatte sie beteuert, ihn zu lieben.

Hastig wandte sich Wehmeier ab und rannte fast die Straße hinunter. Er spürte, wie sich seine Augen mit Tränen füllten. Das fehlte ihm gerade noch, auf der Straße zu flennen wie ein Kind.

Frommelt saß auf einer unbequemen Couch in einem modern eingerichteten Wohnzimmer. Warum müssen teure Möbel eigentlich immer unbequem sein, dachte er und sagte: »Wann haben Sie Lisa zum letzten Mal gesehen?« Das war das Schwierigste, den Eltern mitzuteilen, dass ihr Kind nicht mehr lebte. Die Mutter des kleinen Mädchens, Carola Brandes, saß mit verquollenem Gesicht vor ihm. Tränen hatte sie keine mehr.

Sie antwortete nicht, schluchzte laut und vergrub ihr Gesicht in den Händen. Der Vater, Gero Brandes, saß am anderen Ende des niedrigen Couchtisches und versuchte, die Fassung zu bewahren. Frommelt sah ihm an, dass es ihm nicht mehr allzu lange gelingen würde. Er kannte das. Zuerst kam der lähmende Schock, dann, in einer überfallartigen Explosion, ließen die meisten allen Emotionen freien Lauf oder brachen zusammen. Noch war es nicht so weit und Frommelt hatte auch keine Lust, darauf zu warten. Die Schicksale dieser Familie, die auf so tragische Weise einen Angehörigen verloren hatten, ging ihm jedes Mal nahe und er hoffte im Stillen, der Schock möge anhalten, bis er die erste Befragung abgeschlossen hatte. Er war kein Unmensch; wäre es nach ihm gegangen, hätte er das Gespräch sofort beendet, doch er brauchte die Aussagen, Spuren und das sehr schnell.

»Sie war im Garten«, sagte Carola Brandes nun plötzlich, als ob sie sich eben erst daran erinnert hätte. »Sie spielte mit ihren Puppen.«

»Wissen Sie noch, um welche Uhrzeit Sie Lisa das letzte Mal gesehen haben?«

»Ich hab Essen gekocht. Durch das Fenster kann ich sie sehen, wenn sie im Garten spielt – gespielt hat. Das muss um eins rum gewesen sein. Ich weiß nicht mehr so genau, ich hab nicht auf die Uhr gesehen. Dann habe ich die Nudeln abgeschüttet und bin raus in den Garten, um Lisa zu holen.« Sie starrte blicklos ins Leere, als versuche sie, sich alle Einzelheiten in ihrer Erinnerung hervorzuholen.

»Und dann?« Frommelt wusste, er musste vorsichtig sein.

»Und dann? Sie war nicht da. Ich hab sie nicht gefunden. Nur das hier«, sie stand auf und ging in den Flur. Frommelt sah sie durch den Türspalt an einem kleinen Schränkchen stehen. Sie kehrte mit einer Puppe zurück und hielt sie ihm hin, ohne sie aus der Hand zu geben.

»Was bedeutet das?«

»Sie hätte diese Puppe niemals zurückgelassen. Sie hat sie sogar heimlich mit in den Kindergarten genommen, obwohl sie keine eigenen Spielsachen mitnehmen dürfen.« Carola Brandes stand noch immer mit ausgestrecktem Arm vor ihm. Die Puppe streckte ihre steifen Glieder weit von sich und Frommelt schauderte es. Fast wie das tote Mädchen, fuhr es ihm durch den Kopf.

Ehe er sich weiter darum Gedanken machen konnte, fragte er: »Haben sie irgendetwas Auffälliges gesehen hier in der Gegend? Etwas, das anders war?«

Carola schüttelte den Kopf. »Nein, ich habe ja gekocht und Lisa spielte draußen. Ich weiß nicht, was Sie meinen.«

Frommelt wandte sich Gero Brandes zu, der noch immer wie versteinert, mit wie zum Gebet gefalteten Händen, auf seinem Platz saß und den Teppich zu seinen Füßen anstarrte. »Wo waren Sie, als Lisa verschwand?«

»In der Firma. Meine Frau hat mich angerufen und erzählt, dass Lisa weg ist. Ich bin dann sofort nach Hause.«

»Ist Ihnen etwas aufgefallen? Etwas, das anders war als sonst, als Sie nach Hause kamen?«

»Nein.« Brandes' Stimme klang brüchig. »Nein, es war alles so wie immer.«

»Was haben sie dann gemacht?« Frommelt wusste, wie sehr er Lisas Mutter mit seinen Fragen quälte, doch er konnte sie ihr nicht ersparen.

»Als ich Lisa nicht gefunden habe, meinen Sie?«

Frommelt nickte.

»Ich bin mit dem Auto los, um sie zu suchen. Ich dachte, sie ist zum Spielplatz gelaufen. Das tat sie öfter, obwohl ich es ihr verboten hatte.« Mit einem kurzen Blick auf Frommelt, der sie erwartungsvoll ansah, fuhr sie fort: »Ich wollte nicht, dass sie allein dort hingeht. Man hört so viel.« Sie dachte einen kurzen Moment nach, als ob sie überlegte, ob sie das, was sie auf dem Herzen hatte, wirklich sagen sollte. »Wissen Sie, wir haben hier einen Jungen in der Nachbarschaft, Rene heißt er, er ist nicht ganz, wie soll ich sagen … helle? Er fährt hier immer mit seinem Rad herum und hat Lisa öfter angesprochen. Das hat sie mir erzählt.«

»Der Junge, Rene, hat Lisa tot in der Senke entdeckt. Ich dachte, das hätte ich Ihnen gesagt?«

»Rene?« Carola lehnte sich im Sessel zurück und schloss die Augen. »Halten Sie es für möglich, dass er es war?«

»Wir halten im Moment alles für möglich.«

Sie beugte sich wieder vor, ihre Hände zerpflückten ein Papiertaschentuch und sie starrte ihn wütend an. »Ist sie … ist … ich meine …«

»Ob Ihre Tochter missbraucht wurde, meinen Sie?«

Carola Brandes nickte.

»Nein«, sagte Frommelt. »Sie ist nicht missbraucht worden.«

Sie nickte.

»Sie sind dann zum Spielplatz gefahren, sagen Sie. Wo befindet sich der genau und waren Sie noch woanders?«, fragte Frommelt weiter.

Aus den Augenwinkeln konnte er erkennen, dass Carola zusammenzuckte. »Nein«, sagte sie schnell und schüttelte den Kopf. »Der Spielplatz liegt hier im Wohngebiet, zwei Straßen weiter.« Mit den Schultern machte sie eine vage Andeutung in die Richtung.

»Haben Sie jemanden auf der Straße gesehen oder ist Ihnen etwas aufgefallen?«

Sie schüttelte erneut den Kopf. »Ich hab auch nicht drauf geachtet, ich hab nur an mein Kind gedacht.«

»Haben Sie Ihren Mann angerufen, bevor oder nachdem Sie Lisa mit dem Auto gesucht hatten?«

»Nachher.«

Er stand auf. »Vielen Dank erst mal. Der Erkennungsdienst wird gleich hier sein, bitte verändern Sie nichts im Haus. Ich habe später bestimmt noch Fragen an Sie.«

»Aber warum?« Nun schien Carola aus der Fassung zu geraten. »Glauben Sie, dass jemand hier drin war? Aber das geht doch gar nicht. Warum?«

»Nur, um sicherzugehen. Routine, kein Grund zur Sorge.« Frommelt verabschiedete sich und ging zur Tür.

Er war wieder am Schlosssee, auf dem Spielplatz. Warum war er hierher gegangen? Weil ich nichts anderes habe, dachte er. Weil mir nichts anderes bleibt als ein verschimmeltes Zimmer und ein Spielplatz, auf dem mich alle ansehen, als hätte ich mein Recht zu leben auf dieser Welt verwirkt. Sollte mein Zuhause wirklich aus diesem Spielplatz, vergammelten Zimmern und dem *Paula's* bestehen?

Fast wäre er der Versuchung erlegen, wieder zu Birgit zu gehen, um sich bei ihr zu besaufen. Aber Geld, um seinen Schnaps endlich selbst zu bezahlen, hatte er nicht.

Die pummelige Frau von heute Morgen war wieder hier. Sie bemerkte ihn nicht. Geistesabwesend starrte sie ihre Tochter an. Das Mädchen stocherte lustlos im Sand. Als Wehmeier näher kam, drehte es langsam den Kopf und blickte ihn verträumt an. Was ist mit denen, überlegte Wehmeier. Er sah wieder zur Mutter. Sie musste ihn die ganze Zeit über beobachtet haben, sagte aber nichts. Ihre Mimik verriet nicht, ob sie ihn wiedererkannte. Wenn er den Spielplatz verlassen wollte, musste er entweder den Weg zurückgehen oder an den beiden vorbei. Er zögerte.

»Guten Tag.« Die Frau nickte nur. Dann kam Bewegung in ihren Körper. Sie sprang auf, wandte sich dem Mädchen zu und sagte: »Cora, komm. Es wird Zeit.«

Die Kleine reagierte nicht und sah weiterhin stumpf Wehmeier an. Er fühlte sich verpflichtet, etwas zu sagen, um die Spannung zu lösen. »Sie sind öfter hier, nicht wahr?« Wie einfallslos, dachte er.

Die Frau nickte, trat verlegen auf der Stelle. Die Kleine reagierte noch immer nicht. »Cora spielt so gern im Sand.« Sie stand jetzt zwischen Bank und Sandkiste. Er ging eng an ihr vorbei und konnte spüren, wie sich ihr Körper anspannte. Ihr Atem ging flach und keuchend. Sie beugte sich vor, griff die Hand ihrer Tochter und zog sie aus dem Sand. Das Kind strauchelte und krabbelte mühsam in die

Karre. Wehmeier stand am Rande des Spielplatzes und sah den beiden hinterher, bis sie außer Sichtweite waren. Das Mädchen sah Betti ähnlich. Zu ähnlich.

Als Frommelt auf der Straße stand, kamen ihm seine Kollegen Hannah Seidlitz und Roland Bräuer entgegen. Sie hatten die Befragung der Nachbarn auf den Glockwiesen teilweise bereits abgeschlossen. Die uniformierten Kollegen hatten sich auf die weiteren Straßen der Siedlung verteilt. Frommelt verglich die Namen und Hausnummern und machte sich auf den Weg zum letzten Namen, der auf der Liste stand. Danach wollte er mit dem Jungen sprechen.

Haus Nummer neununddreißig lag in der Kurve der Glockwiesen, zu den Feldern hin, direkt hinter dem schmalen Weg, der zur Senke führte.

Walter Hirschner öffnete sofort die Tür, scheinbar hatte er ihn bereits erwartet. Er sei nach dem Mittagessen, kurz nach zwölf, mit seinem Hund in den Feldern spazieren gegangen. Um dreizehn Uhr etwa wäre er zurückgekommen, berichtete er. Den Hund hatte er frei laufen lassen. Im Moment sei keine Schonzeit und der Hund sei ein gutmütiger Kerl, der aufs Wort gehorche.

Was Frommelt bestätigen konnte: die Gutmütigkeit. Der riesige Bernhardiner lag auf seiner dunklen Hose.

Kurz bevor er sein Haus erreicht habe, gab Hirschner an, sei ihm der Junge auf seinem Rad von der anderen Seite des Fußweges, dort, wo der asphaltierte Landwirtschaftsweg sei, entgegengekommen. Er habe den Jungen schon häufiger mit dem Rad auf der Straße gesehen, er wohne einige Häuser weiter, könne sich aber nicht an seinen Namen erinnern. Er hatte den Eindruck, dass der Junge in panischer Eile die Straße entlanggefahren sei und sich erschrocken habe, als er ihn und den Hund sah.

Dann, als hätte er es sich anders überlegt, sei er umgedreht und hätte ihm atemlos von dem toten Mädchen in der Senke erzählt. Zunächst hätte er dem Jungen nicht geglaubt, er hätte so, Hirschner wusste nicht, wie er sich ausdrücken sollte, unglaubwürdig, sagte er dann, gewirkt. Agamemnon habe derweil am Wegrand geschnüffelt und sei dann in die Senke gelaufen und im Gebüsch verschwunden.

Auf seine Rufe hätte er seltsamerweise nicht reagiert. Also sei er ihm nachgegangen und hätte das Mädchen gefunden. Dann habe er sofort die Polizei informiert.

Frommelt bedankte sich und befreite sich von der lebenden Last auf seinen Beinen.

Wehmeier dachte nicht gern an den Abend zurück, der ihm damals zum Verhängnis geworden war. Aber er konnte nicht anders.

Die vielen Fragen waren zermürbend und kosteten ihn Kraft.

Die Sonne brannte auf seinen Schädel, er konnte kaum einen klaren Gedanken fassen. Wer hatte ihn heute Morgen angerufen? Wer wusste davon, dass er aus dem Gefängnis entlassen worden war? Wer wusste, dass er morgens ins *Paula's* ging? Wehmeier kniff die Augen zusammen, in der Hoffnung, sich so besser konzentrieren zu können.

Damals arbeitete er auf dem Jugendamt. Eines Tages hatte ihn eine Frau angerufen und behauptet, ihre Nachbarin Silvia Hein sei eine Prostituierte, die jede Nacht ihre drei Kinder, zwei Mädel und einen Buben, allein zu Hause lasse. Der Junge sei schon zweimal von der Polizei nach Hause gebracht worden, weil er geklaut habe. Sie arbeite in einer Bar. Die Anruferin hatte ihm Namen und Adresse der Bar genannt. Er war dem Hinweis nachgegangen und hatte sich vor Ort, in der Bar, ein Bild gemacht.

Die Bar erwies sich als nicht ganz so zwielichtig wie er es erwartet hatte. Hinter der Theke stand Silvia Hein. Er fand sie attraktiv. Mehrere Abende hintereinander war er in die Bar gegangen und hatte Silvia Hein von Weitem beobachtet. Sie verrichtete ihre Arbeit ordentlich und gewissenhaft, flirtete hin und wieder, aber er hatte nie gesehen, dass sie mit einem der Gäste näheren Kontakt hatte oder gar verschwunden wäre. Nach einer Woche sprach er sie an.

Sie gefiel ihm, daran bestand kein Zweifel, auch wenn er Simone liebte. Aber zwischen ihm und seiner Frau herrschte in letzter Zeit eine gewisse Distanz, die er sich nicht erklären konnte.

Silvia erzählte an jenem Abend von sich, von ihren drei Kindern, dass sich die Väter aus dem Staub gemacht hätten und sie nun die Familie allein versorgen müsse. Daher arbeite sie nachts in der Bar, um am Tag so viel Zeit wie möglich mit ihren Kindern verbringen zu können. Ihr Vater, der nicht ganz unvermögend sei, sei immer gegen ihre Beziehungen gewesen und nun müsse sie zusehen, wie sie zurecht käme. Hin und wieder springe er als Babysitter ein. Besonders kümmere er sich um Betti, die Jüngste. Sie vermute auch, dass er den Großen manchmal etwas Geld zustecke.

Sie war ehrlich zu ihm gewesen, also wollte er das auch sein und erzählte ihr von dem Grund, aus dem er gekommen war. Ihre Reaktion verblüffte ihn. Sie lachte aus vollem Herzen und meinte: »Diese alte Schreckschraube soll sich um ihren eigenen Kram kümmern.« Ihm gefiel ihr Humor, ihr Aussehen – wenn er es sich recht besah, gefiel ihm alles an Silvia Hein.

Bei seinem ersten Hausbesuch hatte sie ihn zum Kaffee eingeladen. So begann seine erste und einzige Affäre, die so tragisch geendet hatte. Wenn er an Silvia dachte, bekam er noch heute eine Gänsehaut. Sie war eine wundervolle Frau, mit einem bezaubernden Lachen und immer voller Optimismus. Er hatte sie damals oft besucht. Bei ihr fühlte er sich zu Hause. Sobald er ihre Wohnung betreten hatte, durchströmte ihn ein Gefühl der Gemeinsamkeit.

Simone erzählte er etwas von Überstunden, doch meistens war er tagsüber bei Silvia. Beruflich ließ sich das gut begründen, da er häufiger Hausbesuche bei seinen Klienten machen musste. Das war in der »Zeit der getrennten Schlafzimmer« gewesen, wie er sie genannt hatte. Es hatte dann noch die »Zeit des zerschlagenen Geschirrs«, »der Beschimpfungen« und »der zerstörten Bilder« gegeben. Immer wenn er seinen Kinderwunsch angesprochen hatte, hatte es entsprechende Phasen gegeben. Dass er litt, hatte Simone anscheinend kaum gestört. Doch an Trennung hatte er nie gedacht. Er hielt sich während dieser Ausbrüche einfach fern von ihr und ließ sie in Ruhe.

Mit Silvias Kindern kam er gut zurecht.

Betti, die eigentlich Bettina hieß, war ein zauberhaftes, blondes Mädchen von vier Jahren. Sie brauchte sehr viel Aufmerksamkeit und Wärme und sprach wenig. Melissa, die Melli gerufen wurde, war abweisend, leicht reizbar und ging ihm aus dem Weg. Sie schloss sich meistens in ihrem Zimmer ein und wenn sie es einmal verließ, gab es Streit. Silvia meinte, sie sei eifersüchtig. Vor allem auf Betti. Als sie klein gewesen sei, hätte ihr Großvater auf sie aufgepasst. Jetzt würde sich wohl vernachlässigt fühlen. Er hatte es dagegen auf die Pubertät geschoben: Bei Fünfzehnjährigen sei das sicher normal. Fabian sah sich als Mann, als Beschützer der Familie, der den Vater ersetzen musste, und war damit mit seinen dreizehn Jahren absolut überfordert. Er spielte sich gern als Macho und Held auf, doch Wehmeier ertappte ihn oft, wie er mit Tränen in den Augen in seinem Zimmer verschwand. Silvia beschwerte sich dann und wann über ihn und hatte ihm eines Tages anvertraut, dass der Junge schon zweimal beim Klauen erwischt worden war. Hin- und hergerissen zwischen Verantwortung und Kindsein fand Fabian seinen eigenen Weg nicht. Wehmeier kannte dieses Verhaltensmuster von anderen seiner Fälle. Es war ein Hilferuf nach Aufmerksamkeit und Liebe.

Er hatte sich mit dem Jungen unterhalten. Viele Stunden hatten sie beieinander gesessen und Wehmeier war beeindruckt gewesen von Fabians Wissen. Er liebte Zahlen, Mathematik, doch niemand hatte das bemerkt. Wehmeier konnte nicht verstehen, warum der Junge in der Schule nur schlechte Noten schrieb. Auf seine Frage erhielt er eine Antwort, die er nicht erwartet hatte: »Die Schule ist was für Spinner, das wirkliche Leben ist draußen.« Er war mit ihm übereingekommen, seiner Mutter keine Sorgen zu machen. Wenn er etwas haben wolle, dann solle er dafür arbeiten. So hätten er und seine Mutter etwas, worauf sie stolz sein könnten. Vierzehn Tage später trug er Prospekte aus.

Hannah und Bräuer standen vor seinem Dienstwagen, als Frommelt das Haus von Walter Hirschner verließ.

»Was hast du da auf der Hose?«, fragte Hannah und grinste. Frommelt versuchte, Agamemnons helle Haare von seiner dunklen Hose zu reiben. Erfolglos.

»Was habt ihr?«, fragte er stattdessen. »Mit der Nachbarschaft sind wir durch. Rene Dittmer wohnt in Nummer dreiunddreißig.«

Frommelt nickte und gab den beiden Kollegen einen kurzen Überblick, was Carola und Hirschner ausgesagt hatten.

Gut, wir sehen uns im Büro«, sagte Bräuer und stieg in den Wagen.

Das Haus der Dittmers lag schräg gegenüber von dem der Brandes'. Frommelt klingelte. Der Vorgarten war ebenso gepflegt wie alle anderen in der Siedlung. Er wartete, doch niemand kam. Als er schon beschlossen hatte zu gehen, kam Frau Dittmer mit Eimer und Schaufel um das Haus herum und sah ihn misstrauisch an. Sie trug über ihren fülligen Hüften einen ausgewaschenen, knielangen Wollrock in Dunkelblau, darüber eine schlabbrige, hellgrüne Bluse. Frommelt zeigte ihr seinen Dienstausweis und fragte nach ihrem Sohn.

»Was hat denn Rene schon wieder angestellt?« Frau Dittmer schien ärgerlich zu sein.

»Gar nichts, hoffe ich. Es geht um den Mord an der kleinen Lisa Brandes. Ihr Sohn hat sie gefunden und wir haben noch nicht mit ihm gesprochen. Vielleicht hat er ja etwas gesehen.«

»Davon hat er gar nichts gesagt und das kann ich mir nicht vorstellen. Kommen Sie mit, er ist hinten im Garten. Wissen Sie«, sie stellte den Eimer ab und ging voraus zum rückwärtigen Grundstück, »er ist nicht, wie soll ich sagen, na ja, der Hellste eben.«

»Wie meinen Sie das?« Carola Brandes hatte das gleiche Wort benutzt: helle.

»Oh nein, er ist völlig in Ordnung, nur, er hat eben seine Schwierigkeiten beim Lernen und so.«

Hinten lehnte das Rad von Rene an der Hauswand. Es war ein BMX-Rad ohne Gepäckträger.

Der Junge war im Garten. Anscheinend hatte seine Mutter ihm eine Aufgabe gegeben und er nutzte die Zeit ihrer Abwesenheit für eine Pause. Schnell ging er in die Hocke, packte einige Büschel Gras, die vom Mähen noch herumlagen, und warf sie in einen Eimer.

»Rene!«, rief seine Mutter schon von Weitem.

Der Junge sah hoch, interessierte sich allerdings nicht für Frommelt. Er sah eher aus, als erwartete er Schelte, weil er wieder gebummelt hatte.

Als er vor Rene stand, war Frommelt klar, warum alle davon sprachen, dass er nicht »der Hellste« sei. Der Junge sah ihn geistesabwesend an, ja, fast schon apathisch.

»Rene, der Herr ist von der Polizei. Er will wissen, ob du etwas gesehen hast, als Lisa umgebracht wurde.«

So direkt hätte Frommelt niemals gefragt, doch es ersparte ihm die üblichen höflichen Floskeln.

Der Junge reagierte nicht, klaubte weiter an den Grashalmen herum.

»Rene!« Das klang nicht besonders nett, aber Frommelt hatte den Eindruck, als handele es sich um den üblichen Umgangston in der Familie.

»Kann ich einen Moment mit Ihrem Sohn allein sprechen?« In Anwesenheit seiner Mutter würde der Jungen kein Wort sagen, da war sich Frommelt sicher.

»Ich muss sowieso nach vorn und den Eimer ausleeren. Aber beeilen Sie sich, bei uns gibt es gleich Essen.«

Er sah ihr nach, bis sie um die Hausecke verschwunden war. Dann ging er in die Hocke, direkt neben dem Jungen. »Du fährst doch oft mit deinem Rad herum?« Der Junge sah ihn noch immer nicht an. »Ich möchte nur wissen, ob du etwas in der Gegend gesehen hast, was anders war als sonst.«

Rene senkte den Kopf noch tiefer.

»Hör zu, ich tue dir nichts, wenn du nichts getan hast. Du hast doch nichts angestellt, oder?«

Rene zupfte nun büschelweise Gras aus dem Rasen und zerpflückte es mit verkrampften Händen.

»Du würdest uns wirklich sehr helfen, den Mörder von Lisa zu finden. Das willst du doch, oder?«

Rene nickte.

»Na, siehst du. Hast du jemanden gesehen? Du kanntest doch Lisa?«

Rene nickte wieder. Frommelt ärgerte sich, dem Jungen zwei Fragen gleichzeitig gestellt zu haben. Also von vorn. Kinder waren nicht so sein Ding. Jedenfalls nicht in diesem Alter.

»Was hast du gesehen?«

»Lisa«, sagte Rene leise. Frommelt verstand ihn kaum.

»Wo hast du sie gesehen?«

»Sie saß im Garten. Mit den Puppen. Das tut sie immer.«

»Was tut sie immer?«, fragte Frommelt einer Eingebung folgend.

»Ihnen das Höschen ausziehen.«

»Ja. Nun. Das machen Mädchen manchmal mit ihren Puppen.«

»Das hat er auch gesagt.«

»Wer hat was gesagt?«

»Der Mann.«

»Welcher Mann? Wen hast du gesehen?«

Rene starrte stumpf auf seine Hände und zupfte an den Grashalmen herum.

»Rene. Sag mir bitte, was der Mann genau gesagt hat.«

»Das ich das auch darf.«

»Den Puppen das Höschen ausziehen?«

Rene nickte. Frommelt glaubte Scham und Verlegenheit in seinem Gesicht zu sehen.

»Wann war das denn?«

Rene sah ihn an, als begreife er nicht, was Frommelt von ihm wollte. »Was hat der Mann dann gemacht?«, versuchte er seine Frage so einfach wie möglich zu formulieren. Rene zog die Schultern hoch.

Ehe er eine weitere Frage stellen konnte, kam Frau Dittmer zurück. »Nun langt es aber!«, rief sie. »Rene hat nichts getan.«

Frommelt stand auf. Für heute war es gut. Aus dem Jungen würde er ohnehin nichts mehr herausbekommen.

»Ich lasse Sie jetzt alleine«, sagte er. »Aber ich werde noch einmal mit Rene sprechen müssen. Haben Sie vielleicht auf der Straße etwas gesehen, was anders war als sonst?«

»Als ob ich Zeit hätte, mich darum zu scheren, was auf der Straße passiert. Ich kümmer mich nicht um andere Leute.«

Ohne einen Gruß verließ Frommelt das Grundstück und rief Hannah an. Er bat sie, in die Schule zu fahren und herauszufinden, ob der Junge schon einmal auffällig geworden war. Er hatte eine Vermutung und meistens lag er richtig.

Wie lange saß er schon hier? Wehmeier blinzelte in die Sonne. Sie würde bald untergehen. Die pummelige Frau und ihre Tochter waren schon lange fort. Mit angsterfülltem Blick hatte sie die sperrige Karre mit der Kleinen mit sich gezogen, war fast gerannt. Fort von ihm. So wie er aussah, wunderte es ihn nicht.

Wehmeier schätzte die Zeit auf etwa halb sechs. Familien saßen jetzt in ihren Häusern und Wohnungen, gemeinsam beim Abendessen. Wieder schossen ihm Tränen aus den Augen. Kraftlos schob er sich von der Bank und ging Richtung Schloss.

Im Konferenzraum war noch niemand. Kilian Frommelt war froh darüber. Die Besprechung war auf achtzehn Uhr angesetzt, jetzt war es kurz nach halb. Hannah war wohl schon hier gewesen, sie hatte ihre Kaffeetasse auf dem Tisch stehen gelassen. Der Kaffee darin dampfte. Sie würde gleich zurück sein und die wenigen Minuten, bis seine Kollegen hier eintrafen, wollte Frommelt sich in Ruhe vorbereiten. Er war als Einsatzleiter der Mordkommission eingesetzt und hatte Hannah und Bräuer in sein engstes Team aufgenommen. Einige weitere Kollegen wurden der Moko zugeteilt und sollten ihnen zuarbeiten.

Vielleicht hätte er damals doch auf seine Eltern hören sollen, dann wäre er jetzt katholischer Priester oder zumindest Religionslehrer. Das Zölibat würde ihm heute, nachdem Maren fort war, keine Schwierigkeiten mehr machen. Damals jedoch hatte er gegen alles und Jeden rebelliert. Vor allem gegen seine Eltern. Sein Vater war Oberstudienrat am Gifhorner Otto-Hahn-Gymnasium gewesen: Mathematik und Latein. Seine Mutter engagierte sich in der Frauenhilfe. Beide sehr gläubig, überzeugte Katholiken. Frommelt hatte sein Abitur gerade mal so bestanden. Im allerletzten Moment hatte er begriffen, dass er ohne Abitur viel weniger von dem machen konnte, was ihm vorschwebte: die Welt verändern.

Seine Eltern drängten ihn, endlich ein kirchliches Studium aufzunehmen, doch sein Sinn stand nach Freiheit, nach der ungestümen Lust des Lebens. So landete er in Marens Armen. Und dann in ihrem Bett. Seine Eltern waren entsetzt. Vor allem, als er ihnen eröffnete, dass er aus der Kirche ausgetreten sei. Um sie einigermaßen friedlich zu stimmen, schließlich bezahlten sie seinen Unterhalt, machte er Maren einen Heiratsantrag. Zur Freude seiner Eltern, heirateten sie sogar kirchlich. Nach der netten kleinen Feier im Familienkreis nahm er Maren bei der Hand, sie zwängten die bereits vorher gepackten Reisetaschen in seinen kleinen, dunkelgrünen R4 und fuhren einfach drauflos. Sie waren sich einig gewesen, dass sie kein konventionelles Leben und keine Flitterwochen mit Rosen im Bett wollten, sondern Abenteuer, Lust und Freiheit. Nach wenigen Tagen wurden sie Aktivisten bei Greenpeace.

Dann wurde Maren schwanger. Er war überglücklich, seine Eltern noch mehr; endlich hatte er, in ihren Augen, etwas Sinnvolles zustande gebracht.

Sie zogen in eine kleine Wohnung in Braunschweig und schmiedeten nächtelang Zukunftspläne. Als Erstes brauchte er einen Beruf, von dem er seine kleine Familie ernähren konnte. Sein Sinn nach Gerechtigkeit war unerschütterlich. Er bewarb sich bei der Polizei. Vier Wochen später verlor Maren das Baby.

Seit diesem Tag hatte er mit seinen Eltern kein Wort mehr gesprochen. Den verachtenden Blick seines Vaters würde er niemals vergessen.

Frommelt öffnete das Fenster und sah hinaus auf das Parkhaus an der Hindenburgstraße. Die Kopfschmerzen waren mittlerweile einigermaßen erträglich, vielleicht lag es an der frischen Luft.

Früher hatte er mit Maren oft lange Spaziergänge gemacht. Sie waren nach Betzhorn zum Heiligen Hain gefahren. Die Heidelandschaft hatte es ihnen angetan. Während der Wanderungen hatte er seine Gedanken ordnen können. Auf dem Rückweg, im Auto, hatte er immer das Gefühl gehabt, Ballast abgeworfen zu haben.

Er sollte mal wieder in die Heide fahren. Doch mit wem? Allein zu wandern, dazu hatte er wirklich keine Lust. Und keine Zeit. Die üblichen Ausreden. Maren hatte sie allesamt erkannt und ihm vorgeworfen. Sie fehlte ihm. Wenn sie nur wiederkäme.

Die Tür wurde geöffnet, Frommelt drehte sich um.

»Können wir?«, fragte Hannah. Die anderen Kollegen des Teams nahmen um den Tisch Platz.

Bräuer heftete die Fotos vom Tatort an die Magnetwand. Eine Zeichnung der Straße mit allen Häusern, die Namen der Bewohner. Er war eifrig, der Kriminaloberkommissar Roland Bräuer, das musste Frommelt ihm lassen. Aus diesem Grund war er in seinem

Team, dennoch konnte er ihn und seine, wie er ihm unterstellte, Effekthascherei, nicht allzu gut leiden.

Bräuer erläuterte die ersten Ergebnisse: »Links neben Familie Brandes, in der Hausnummer achtunddreißig, wohnen Gloria und Konstantin Lewerenz, ein junges Ehepaar. Sie ist Galeristin, er Chirurg. Beide waren zur Tatzeit nicht zu Hause und haben ein einwandfreies Alibi. Links neben ihnen, in Nummer vierzig, wohnen Doris und Werner Rautmann. Sie haben einen Sohn, der außerhalb studiert und nur selten nach Hause kommt. Beide sind etwa Mitte vierzig. Der Mann war bei der Arbeit. Er ist Empfangschef in einem Hotel in Gifhorn und hat bereits gegen sieben Uhr seinen Dienst angetreten. Die Frau ist kurz vor eins zur Bushaltestelle an der Rosenstraße gegangen, weil sie nach Gifhorn zum Einkaufen wollte. Sie würde immer am späten Nachmittag kochen, wenn ihr Mann von der Arbeit käme. Ihr ist ein Mann auf den Glockwiesen entgegengekommen, sie hat sich aber keine weiteren Gedanken darüber gemacht. Er verhielt sich nicht auffällig, sah aus, als würde er jemandem einen Besuch abstatten, oder einen Spaziergang machen. Allerdings sah er nicht sehr gepflegt aus. Heruntergekommen, sagte sie. Sie hat ihn noch einmal von Weitem gesehen. Als sie an der Haltestelle auf den Bus gewartet hat, ist er die Rosenstraße heraufgekommen.«

»Konnte sie den Mann beschreiben?« Frommelt sah Bräuer konzentriert an.

»Nur annähernd. Sie sagt, sie sei in Eile gewesen, weil sie zum Bus musste, und an der Haltestelle sei er zu weit entfernt gewesen.«

»Vielleicht können wir mit ihrer Hilfe ein Phantombild anfertigen lassen?«

»Ich kümmere mich drum.« Hannah machte sich eine Notiz.

»Hast du sie gefragt, ob sie Lisa im Garten gesehen hat?«

Hannah nickte. »Eindeutig ja. Sie hatte das Kind sehr gern, sagte sie, und habe sich immer gefreut, wenn sie sah, wie das Mädchen so lieb mit ihren Puppen spielte.«

»Wann fuhr der Bus?«

»Dreizehn Uhr fünf«, antwortete Hannah.

»Dann lebte Lisa um dreizehn Uhr noch und um dreizehn Uhr fünfzehn ging der Anruf bei uns ein, dass Lisa tot in der Senke liegt.

Ganz schön knapp.« Bräuer wippte mit den Knien und hielt sich mit einer Hand an der Magnetwand fest.

Ziemlich lächerliche Pose, dachte Frommelt. »Der Mann ist also am Haus der Brandes vorbeigegangen, begegnet Frau Rautmann um kurz vor eins, als er schon am Grundstück vorbei war. Wo wollte er hin? Er ist in Richtung Felder gegangen.«

»Es könnte doch sein, dass der Mann, als Frau Rautmann in die Seitenstraße einbog, zurückgegangen ist, das Kind aus dem Garten gelockt und es dann zu dieser Senke gebracht hat.«

Frommelt nickte. »Möglich. Bräuer, du erstellst bitte ein Bewegungsprofil.«

Bräuer nickte und fuhr weiter mit seinem Bericht. »Rechts neben Brandes, in Haus Nummer vierunddreißig, war niemand zu Hause. Inge und Jochen Salig. Beide pensionierte Lehrer. Die Nachbarn sagen, dass sie häufig auf Reisen sind, zurzeit sind sie wohl in Griechenland. Auf der anderen Straßenseite gibt es vier Häuser. Hinten, in der Kurve, in Nummer neununddreißig, wohnt Walter Hirschner, der mit seinem Hund unterwegs war und von Rene zur Hilfe gerufen wurde. Er hat von seinem Handy aus sofort die Polizei informiert. Der Anruf ging exakt um dreizehn Uhr fünfzehn ein. Daneben wohnen, in Nummer siebenunddreißig, Annemarie und Peter Neuhaus. Ihre Tochter Annabelle hat oft mit Lisa gespielt und Annemarie Neuhaus öfter auf Lisa aufgepasst, wenn Carola Brandes in der Stadt einen Termin hatte. Ihr Mann war nicht zu Hause. Sie hat aber angegeben, dass er gegen eins einmal kurz zu Hause war. Schräg gegenüber von Brandes, in Nummer dreiunddreißig, wohnt Familie Dittmer, deren Sohn Rene Lisa in der Senke gefunden hat. Er ist ständig mit seinem Rad in der Siedlung und in den Feldern unterwegs und fährt nicht immer sehr vorsichtig oder rücksichtsvoll, wie einige Anwohner berichtet haben. Die anderen Nachbarn haben, nach eigener Aussage, nichts gesehen oder waren nicht zu Hause.« Bräuer blickte Beifall heischend in die Runde.

Hannah konzentrierte sich auf ihre Notizen, Frommelt starrte Bräuer regungslos an, die anderen Kollegen waren ebenfalls peinlich berührt.

»Was hast du von dem Jungen erfahren, wie hieß er noch gleich? Rene?«, fragte Bräuer, ohne sich irritieren zu lassen.

»Der scheint wirklich nicht der Hellste zu sein. So hat ihn übrigens auch Carola Brandes beschrieben. Er hat wohl Lisa noch lebend im Garten gesehen. Wann das genau gewesen ist, konnte er mir nicht sagen. Dann habe er auf der Straße einen Mann gesehen, der hätte ihm erlaubt, *ihnen* das Höschen auszuziehen.« Frommelt grinste und hoffte, dass er nicht allzu süffisant geklungen hatte.

»Wem, dem Mädchen?« Hannah sah fragend von ihren Unterlagen hoch.

»Nein, er hat gesagt, der Mann habe ihm erlaubt, den Puppen die Höschen auszuziehen.«

»Macht das einen Unterschied?«, fuhr Bräuer schroff dazwischen.

Niemand sagte etwas, bis Hannah die peinliche Stille unterbrach: »Ich fahr gleich morgen früh zu seiner Schule. Er geht auf die Außenstelle der Pestalozzischule am Koppelweg. Dort werden nur wenige Klassen unterrichtet, das Sekretariat ist in der Sassenburg-Schule in Westerbeck. Nachdem du angerufen hast, Kilian, habe ich dort niemanden erreicht«, erklärte sie. Hier bahnte sich ein Machtgerangel an.

»Ich werde noch einmal mit Rene sprechen. Das habe ich seiner Mutter bereits angekündigt. Ich hatte das Gefühl, der Junge war hoffnungslos überfordert mit der Situation. Er hatte Angst. Ich bin mir nicht sicher, ob vor der Polizei oder vor seiner Mutter. Ich bin mir auch nicht sicher, ob er die Zeiten auseinanderhalten kann.«

»Was meinst du damit?«

»Ich werde das Gefühl nicht los, dass er den Unterschied zwischen heute und gestern nicht richtig zuordnen kann.«

»Könnte Rene Lisa umgebracht haben?«

»Zeitlich kommt das möglicherweise hin.«

»Es könnte aber auch sein, dass Lisa zum Spielplatz gelaufen ist. Auf dem Weg hat der Mörder sie dann abgefangen.«

Frommelt schüttelte den Kopf. »Das glaube ich nicht. Carola Brandes hat gesagt, dass Lisa keinen Schritt ohne ihre Lieblingspuppe gegangen wäre. Die hätte sie mitgenommen, wenn sie freiwillig fortgegangen wäre.«

»Wir müssen die Berichte der Technik und der Rechtsmedizin abwarten«, fügte Bräuer an.

»Ihr lasst bitte noch mal alle Nachbarn durch den Computer laufen. Meistens findet man den Täter im unmittelbaren Umfeld«, sagte Frommelt in die Runde, einige der Kollegen nickten. »Hat die Befragung der Anwohner in den übrigen Straßen etwas ergeben?« Der Kommissar erntete allgemeines Kopfschütteln.

Eine Weile herrschte Schweigen. Nach einer geraumen Zeit stand Frommelt auf und ging zur Tafel. »Fassen wir noch einmal zusammen. Was haben wir?« Da diese Frage rein rhetorisch gemeint war, ignorierte er den bereits tief Luft holenden Bräuer und fuhr schnell fort: »Wir haben ein totes Mädchen, Lisa Brandes, die im Gebüsch in dieser Senke gefunden wurde, wobei wir aber noch nicht wissen, ob sie auch dort getötet wurde. Wir haben einen geistig stark eingeschränkten Jungen, der mit dem Rad unterwegs war und Lisa gefunden hat. Herrn Hirschner, der mit seinem Hund spazieren war und von Rene um Hilfe gerufen wurde. Und dann noch Frau Rautmann, die einen fremden Mann in der Straße gesehen hat. Bis auf sie hat niemand in der Nachbarschaft etwas gesehen oder gehört.«

»Was ist mit den Eltern?«, fragte Hannah.

»Gero Brandes war in seiner Firma«, mischte sich Bräuer sofort wieder ein. »Dafür gibt es mehrere Zeugen. Die Spedition Hunold und Co. hat er von seinem Großvater geerbt. Die Firma läuft gut und der Betrieb hat etwa dreißig Mitarbeiter. Die Bezahlung stimmt und Brandes geht mit seinen Leuten fair um. Er ist erst nach Hause gekommen, als ihn seine Frau anrief, weil Lisa verschwunden war. Sein Alibi ist felsenfest, das habe ich überprüft. Allerdings gibt es da einen Ehevertrag, nach dem Carola Brandes im Fall einer Scheidung leer ausgeht.«

»Kann es sein, dass Carola ihre Tochter selbst mit dem Auto fortgeschafft hat? Sie hat ausgesagt, dass sie Lisa mit dem Wagen gesucht hat.«

Die Kollegen machten sich Notizen und schwiegen.

»Dann bleibt uns nur eins: Wir müssen die Berichte abwarten.« Frommelt stand auf, die Besprechung war zu Ende.

Er hasste es, zu warten. Ein flaues Gefühl zog vom Magen her auf. Wieder ein totes Kind, dachte er. Dann fiel ihm ein, dass er heute noch nicht viel gegessen hatte. Die Schale Müsli am Morgen hatte nicht lange vorgehalten und mittags war ihm der Appetit vergangen. Er nahm seine Jacke, obwohl er wusste, er würde sie nicht brauchen, und ging hinaus. Das Café um die Ecke, auf dem Steinweg, hatte abends länger geöffnet; dort wollte er sich belegte Brötchen holen. Zu viel konnte er seinem Magen nicht zumuten. Hinter dem Tresen stand ein junges Ding mit fisseligem Haar und lächelte ihn verkaufstüchtig an. Er bestellte zwei halbe Salamibrötchen, beschloss, am Stehtisch zu essen und verlangte noch einen Kaffee.

Gustav Sargens lag angezogen auf seinem Bett. Er war nicht mehr der Jüngste und die morgendliche Anstrengung hatte ihn müde gemacht. Doch schlafen konnte er nicht. Seine Gedanken wirbelten im Kreis, verfestigten sich auf einen fixen Punkt, um dann wieder abzuschweifen und zu jenem Tag vor acht Jahren zurückzukehren.

Warum hatte seine Tochter jede Nacht in dieser verkommenen Spelunke gearbeitet und ihre Kinder allein zu Hause gelassen? Silvia hatte sich aus der Verantwortung gestohlen und zwei Jahre nach Bettis Tod von einer Brücke gestürzt. Insgeheim bewunderte er ihre Tat. So viel Courage hatte er nicht, obwohl er nicht nur einmal daran gedacht hatte. Die kleine Betti. Ein liebenswertes Geschöpf. Ein Engel auf Erden. Seine Enkeltochter. Er wollte nicht mehr an damals denken, aber die Bilder verfolgten ihn. Klar, akkurat, präzise. Gestochen scharf, als sei es erst gestern gewesen. Was hätte er denn tun sollen? Geld hatte er genug; er hätte Silvia finanziell unterstützen können, dann hätte sie sich einen Halbtagsjob suchen können. Doch was wäre dann gewesen? Hätte sie sich den nächstbesten Mann ins Bett geholt und noch mehr Blagen in die Welt gesetzt? Wie mit den zwei Männern davor? Die hatten sie sitzen gelassen, sobald die Babys auf der Welt gewesen waren.

Es war alles in Ordnung gewesen. Wehmeier war verurteilt und acht Jahre lang eingesperrt worden. Acht Jahre war Ruhe. Bis heute

Morgen. Bis er zum Postkasten gegangen war und diesen verfluchten Brief herausholt hatte.

Um zwanzig Uhr hatte Wehmeier sich noch immer nicht entschieden. Es gab nichts zu entscheiden. Er war vom Spielplatz aus einmal um den Schlosssee gegangen, um dann in der Nähe der Schlossanlage auf einer der Bänke Platz zu nehmen. Er konnte hier auf der Bank sitzen, zu Birgit gehen oder nach Hause – es machte keinen Unterschied. Und wenn ihn auf der Bank der Schlag traf, hätte er es ein für alle Mal überstanden. Niemand würde um ihn trauern. Auch nicht Simone. Vermutlich erführe sie es nicht einmal. Ein armer, heruntergekommener, ehemaliger Strafgefangener, der mit dem Leben nicht zurechtgekommen war. So oder ähnlich würden es die Polizeibeamten, die seine Überreste entsorgen müssten, in ihrem Bericht schreiben. Was hatte er noch vom Leben zu erwarten? Er hatte keine Arbeit, kein Geld, noch nicht einmal die Hoffnung auf eine würdige Zukunft. Stattdessen trieb ein Unbekannter seine grauenvollen Spielchen mit ihm. Niemand würde ihn vermissen. Selbst Birgit nicht. Er lachte kurz und heiser auf. Sie wäre froh, dann hätte sie einen Schmarotzer weniger am Hals.

Simone zu sehen, hatte ihm mehr zugesetzt als er zuzugeben bereit war.

Düster blickte er aufs Wasser. Der See lag im Dämmerlicht, schmale orangefarbene Streifen schimmerten auf der Oberfläche. Weiter hinten konnte er die Silhouette der Bockwindmühle dunkel und undeutlich am Rande des Mühlensees erkennen. Aufstehen, so lange weitergehen, bis er keinen Grund mehr unter den Füßen hatte, das schale, brackige Wasser schlucken, hoffen, dass die Ohnmacht sich alsbald einstellte. Doch dazu war er zu feige. Sein Leben, das vor fünf Wochen neu begonnen hatte, war zu Ende. Wie hoffnungsvoll hatte er in die Zukunft gesehen. Nach seiner Entlassung hatte er sich als Erstes eine vernünftige Arbeit suchen wollen und in den Zeitungen die Stellenausschreibungen studiert. Wenige Male durfte er sich persönlich vorstellen. Er hatte darauf gehofft, durch sein Auftreten und das perfekte Deutsch von seinem heruntergekommenen Aussehen ablenken zu können. Er hatte sich geirrt.

Nein. Er würde sich nicht unterkriegen lassen. Von niemandem. Nicht von den Gerichten, nicht von Simone und nicht von unbekannten Anrufern. Da hatte sich jemand einen schlechten Scherz erlaubt. Einen sehr schlechten Scherz, doch er musste nach vorn schauen. Sich eine anständige Arbeit besorgen. Und wenn er Toiletten schrubben musste – in Zukunft wollte er seinen Whisky bei Birgit aus eigener Tasche bezahlen. Und dann wollte er Simone zurück. So einfach, wie sie es sich vorstellte, wollte er sich seine Frau nicht fortnehmen lassen. Im Gefängnis war er hilflos gewesen, hier draußen nicht.

Wie mochte es Simone heute gehen? Sie hatte ihn nur zweimal im Gefängnis besucht. Das erste Mal kam sie, weil sie Gewissheit brauchte. Darüber, dass ihr Mann im Gefängnis war, weil er eine unaussprechliche Tat begangen hatte. Er sah noch heute ihren abschätzigen, enttäuschten Blick. Eine Mischung aus Nicht-glauben-können und dem Wissen um den Urteilsspruch. Sie hatte ihn nie direkt gefragt, ob er tatsächlich der Mörder des kleinen Mädchens war. Vielleicht hatte sie Angst vor der Antwort gehabt. So blieb noch ein Rest Hoffnung. Ein Rest, an dem sie sich festhalten konnte. Gesprochen hatten sie nicht viel. Das tat weh. Ihr verzweifelter Blick schmerzte ihn noch heute.

Ein Jahr später war sie wiedergekommen. Sie hatte sich nicht mit Höflichkeiten aufgehalten. Umstandslos hatte sie erklärt, dass sie die Scheidung eingereicht hätte. Das Trennungsjahr sei aufgrund der Umstände ohne Schwierigkeiten zu belegen, der Härtefall nicht abzustreiten, so dass die Scheidung innerhalb kürzester Zeit ausgesprochen werden könne. Er hatte sie gefragt, ob ihre Eltern dahintersteckten, und an ihrem Blick gesehen, dass er recht hatte. Sie hatte geschwiegen, beschämt den Kopf gesenkt und zauberhaft ausgesehen. Seine Schwiegereltern hatten gewonnen. Sie waren ihn ein für alle Mal losgeworden, ohne ihre übliche Hinterlist anwenden zu müssen. Sie werden dich eines Tages akzeptieren, hatte Simone immer gesagt.

Sobald er eine anständige Arbeit vorweisen konnte, hatte er zu Simone gehen wollen. Sie wohnte bestimmt noch in dem Haus im Blumenviertel. Vielleicht würde sie zu ihm zurückkommen. Die

Möglichkeit, dass sie einen neuen Partner haben könnte, war ihm nicht in den Sinn gekommen.

Warum war Simone so vehement gegen ein Baby gewesen? Wenn sie Kinder gehabt hätten, wäre alles anders gekommen, da war er sich sicher. Dann hätte er niemals eine Affäre mit Silvia gehabt.

Er wischte sich mit der Hand übers Gesicht, als könnte er so alte, lästige Erinnerungen fortwischen. Die Kopfschmerzen wurden wieder stärker und zogen ihre quälenden Bahnen.

Frommelt stand unschlüssig vor dem Gebäude der Polizeiinspektion Gifhorn. Er hatte vorgehabt, noch einmal in aller Ruhe die bisherigen Ermittlungsergebnisse durchzusehen. Um diese Zeit, die meisten Kollegen hatten schon Feierabend, wurde er nicht mehr gestört. Im Büro konnte er die Einsamkeit, die ihn zu Hause befiel, verdrängen. Abgesehen von Friedrun wartete sowieso niemand auf ihn. Der Kaffee lag ihm sauer im Magen. Frommelt hätte es wissen müssen, jetzt brauchte er einen Drink. Also doch nach Hause? Sein Freund Jack würde ihm sicher Gesellschaft leisten. Die Ermittlungen würden noch anstrengend genug werden und jeder im Team musste ausgeschlafen und fit sein. Er machte kehrt und ging zu seinem Wagen.

Hinter dem Kreisel an der Stadthalle bereute er, die Strecke gefahren zu sein. Über die Umgehungsstraße in Richtung Dragenkreuzung dauerte die Fahrt zwar länger, aber er wäre nicht an »Lady Devorgilla« vorbei gekommen. Blendendweiß erstrahlte die Gifhorner Hochzeitsmühle vor dem abendlichen, wolkenlosen Himmel. Er musste schlucken. In der Mühle hatten Maren und er geheiratet. Anfänglich war er dagegen gewesen. Dass Maren so romantisch war, hatte er nicht vermutet, und ihm lag Romantik eigentlich gar nicht. Doch er war begeistert gewesen. Als sie sich das Ja-Wort gaben, hatten sich die Mühlenflügel gedreht. Frommelt trat aufs Gas.

An der Christinenstiftkreuzung hätte er fast die rote Rechtsabbiegerampel übersehen. Im letzten Moment bremste er und wischte sich die Tränen fort. Grün. Links tauchte das neue Krankenhausgebäude auf, gegenüber das Mühlenmuseum, dann das Morada-Hotel, idyllisch an der Ise gelegen.

An der Dragenkreuzung fuhr er links ab in Richtung Neudorf-Platendorf. In Triangel gab es eine Apotheke. Hoffentlich hatte die noch offen. Er brauchte dringend Kopfschmerztabletten. Normalerweise nahm er selten Tabletten, doch seit Maren nicht mehr bei ihm war, kam es häufiger vor.

Als er auf seine Auffahrt fuhr, musste er daran denken, dass Maren hier nie gern gewohnt hatte. Sie stammte aus Braunschweig und war eine Großstadtpflanze. Als seine Großeltern starben und ihm das kleine Häuschen vererbten, hatte er Maren überredet, nach Neudorf-Platendorf zu ziehen. Sie hatte sich zunächst gesträubt, doch als er ihr Kinobesuche, Theater und Einkaufsbummel versprach, willigte sie ein. Nichts von dem hatte er gehalten, was er jetzt abgrundtief bereute. Er gab sich die Schuld am Scheitern seiner Ehe.

Nachdenklich betrachtete Frommelt das alte Haus mit den dunkelbraun gestrichenen Fachwerkbalken. Seit Maren nicht mehr hier wohnte, eroberten Clematis und Weinreben ungehindert die Hauswände. Maren hatte dem Grünzeug, wie sie es genannt hatte, Einhalt geboten. Frommelt fand die begrünte Fassade schöner als die gespreizte Ordnung, die Maren zum Leben gebraucht hatte.

Sie hatten hier damals an der gleichen Stelle gestanden, engumschlungen und Pläne schmiedend. Er mochte es gemütlich und heimelig, Maren lieber ordentlich und modern. Leider hatten sie sich nie wirklich auf einen gemeinsamen Stil einigen können. Irgendwann war Maren dann ausgezogen. Er hätte es ahnen müssen – aber hätte das etwas an ihrem Entschluss geändert?

Monika Hagenau saß frühmorgens auf einer Bank des Spielplatzes am Schlosssee, an der Sandkiste, und beobachtete ihre dreijährige Tochter Cora, die gerade einem kleinen Jungen Sand auf den Kopf schüttete. Im ersten Moment wollte Monika Hagenau aufspringen und eingreifen, doch dann blieb sie einfach sitzen. Cora würde es immer wieder tun, dachte sie. Früher, ja, da hatte sie sich über solche Dinge aufgeregt, aber seit sie diese Tabletten nahm, war es ihr egal. Ihr Blick ging wie durch Watte, starr geradeaus. Ohne die

Augen zu bewegen, registrierte sie alles um sich herum. Das hatte sie geübt. Als sie noch verheiratet gewesen war und es wichtig, lebenswichtig für sie gewesen war, alles mitzubekommen, ohne dass es ihr Mann mitbekam.

Monika sah den Jungen und seine Mutter, die mit den anderen Frauen am Rand der Schaukel ein Schwätzchen hielt und aussah, als hätte sie den ganzen Tag nichts anderes zu tun als ihr Kind zu beschäftigen, zum ersten Mal hier. Ihre Kleidung war teuer. Dann sah sie den Mann. Als Erstes fiel ihr sein Gesicht auf. Verwegen war das Wort, das ihr einfiel. Die graublauen Augen, das dunkle, glatte Haar, die großgewachsene Statur, all das gefiel ihr und jagte ihr gleichzeitig einen Schrecken ein. Er trug eine dunkelbraune Jacke und Cordhosen. Sehr gepflegt sieht er nicht aus, dachte sie und mit dem gleichen Instinkt, den Mütter in Bezug auf ihre Kinder haben, als könnte jeder Mann ein vermeintlicher Kinderschänder sein, sah sie zu Cora. Der Junge schlug ihr gerade eine Schaufel auf den blonden Lockenkopf. Cora schrie zum Gotterbarmen, aber Monika Hagenau griff noch immer nicht ein. Das Kind musste lernen, sich durchzusetzen.

Wieder sah sie aus den Augenwinkeln zu dem Mann hinüber. Nur nichts anmerken lassen, dachte sie. Er saß auf einer der Bänke in der Nähe der Sandkiste, in der Cora spielte. Sie hatte ihn neulich schon einmal von Weitem gesehen. Was wollte er hier? Er hatte offensichtlich kein Kind bei sich. Anscheinend interessierte er sich nicht für die Dinge, die um ihn herum vor sich gingen. Gerade das machte ihn in Monika Hagenaus Augen verdächtig. Warum ging ein einzelner Mann auf einen Kinderspielplatz? Sie sah, dass er schwitzte.

Ehe ihr Kopf ihrem Körper den Befehl geben konnte aufzustehen, war bereits die Mutter des Jungen in der Sandkiste und zog ihn mit sich. Der Kleine zappelte und schrie.

Cora lief nun heulend und schluchzend auf sie zu, schlang die kleinen Ärmchen um ihre Beine und ließ sich trösten. Ihre Tränen vermischten sich mit Sand und hinterließen eine dunkle Spur auf ihrer Wange. Monika Hagenau holte ein Papiertaschentuch aus ihrer Hosentasche und fuhr der Kleinen damit übers Gesicht. Sie sah sich um. Der Mann war weg. Ein ungutes Gefühl beschlich sie. Sollte sie jemandem Bescheid sagen? Aber wem? War sie hysterisch? Was wäre, wenn sie diesen Mann völlig zu Unrecht verdächtigte? Das gab es doch häufiger, ein Spaziergänger, ein Mann mit Familie, selbst Vater, der Kindern auf dem Spielplatz zusah, weil er Kinder mochte. Mehr nicht. Passierte dann einem Kind etwas, wurde der harmlose Spaziergänger verdächtigt. Häufig genug saßen Unschuldige im Gefängnis, nicht in der Lage, ihre Unschuld zu beweisen. Und wenn doch? Wenn doch etwas vorfiel, einem Kind etwas Entsetzliches, etwas Unaussprechliches geschah?

Sie wand sich in ihren Gedanken, verwarf die Anschuldigungen, vermischte sie mit ihren Beobachtungen, versuchte die aufsteigende Panik zu unterdrücken. Seit sie mit Cora alleine lebte, ging es ihr häufiger so. Sie sah hinter jedem Gebüsch einen Kinderschänder, hinter jedem Schatten einen Sexualtäter, hinter jedem Geräusch vermutete sie einen Verfolger. Die Polizei nahm sie nicht mehr ernst.

In der Polizeiinspektion in der Hindenburgstraße kannte man sie bereits und lächelte nur noch milde, wenn sie einen neuen, ungeheuerlichen Vorfall schilderte. Alles, jede kleinste Einzelheit, hatte sich später als unbegründet erwiesen. Ihr geschiedener Mann war benachrichtigt worden und hatte nichts Besseres zu tun gehabt, als ihre hysterischen Anfälle bis ins Detail zu schildern. Dass er es war, der ihr Angst einjagte, sie schlug und beschimpfte, das glaubten die Beamten nach ihren Auftritten in der Wache nicht mehr. Als sie ihnen erzählt hatte, dass er fast jeden Abend mit Cora badete und sie mit Unmengen Schaum wusch, hatten sie abgewinkt. Auch sie waren Väter.

Ihre Angstzustände wurden schlimmer, dagegen bekam sie Tabletten. Sie grübelte über ihr Leben nach und fiel in eine tiefe Depression. Dagegen bekam sie Tropfen. Über ein Jahr hatte sie sich in Therapie befunden, vierzehn Monate versuchte ihr Therapeut ihr einzureden, dass sich alles zum Guten fügen würde. Das Einzige, was sich zum Guten gefügt hatte, war die Tatsache, dass Cora bei ihr bleiben durfte. Sie hatte noch so oft beteuern können, dass sie Angst vor ihrem Mann hatte, dass er sie schlug und bedrohte. Sie wies keinerlei Verletzungen oder Blutergüsse auf. Da war er vorsichtig. Mit nassen Handtüchern konnte er umgehen. Seitdem hatte sie Angst vor Männern. Sie waren alle gleich. Beim Scheidungstermin hatte man ihr bescheinigt, eine gute Mutter zu sein, ihr Kind zu lieben und es zu beschützen. Als ob sie dafür ein Blatt Papier brauchte.

Cora zupfte an ihrem rechten Hosenbein und sah sie aus verquollenen Augen vertrauensvoll an. Monika Hagenau lächelte und nahm sie auf den Arm. Zärtlich schmiegte das Kind sein kleines Köpfchen an ihre Schulter und schluchzte noch einige Male, ehe es sich beruhigte und wieder gleichmäßig atmete. Monika Hagenau ging mit dem Kind auf dem Arm zurück zur Hauptstraße, mit der anderen Hand schob sie das sperrige Ungetüm von Karre, das sie von einer Nachbarin geschenkt bekommen hatte. Sie sah sich noch einmal nach dem Mann um, doch der blieb verschwunden.

Eigentlich hätte sie Cora jetzt in den Kindergarten bringen müssen, doch dazu konnte sie sich nicht aufraffen. Sie ertrug diese Blicke nicht mehr. Sobald sie die geheiligten Räume, in denen die Erzieherinnen herrschten, betrat, spürte sie ihre Blicke. Von oben herab, vom Scheitel ihres fettigen Haares bis zu den ausgetretenen Schuhen wurde sie gemustert und beurteilt. Auf einer Skala von eins bis zehn, hatte sie sich selbst bei Doppelnull eingestuft.

Zurück in ihrer Wohnung gab sie Cora von der Milch, die sie bereits vorbereitet im Kühlschrank stehen hatte. Wenn die Milch kalt genug war, schmeckte sie nicht mehr bitter und die Tabletten hatten sich aufgelöst.

Kurz darauf schlief Cora ein. Sie lag auf der Couch, noch immer ihr Buch in der Hand. Das hatte sie von ihrem Vater bekommen und Monika hätte es aus diesem Grund am liebsten fortgeschmissen. Coras Lieblingsbuch: *Der Regenbogenfisch.* Nun lag es aufgeklappt auf ihrem Bauch, ihre kleine Hand bewahrte es vor dem Herunterfallen. Monika Hagenau setzte sich in einen Sessel und beobachtete ihre schlafende Tochter.

Gegen Mittag wachte Cora auf. Die ganze Zeit über saß Monika Hagenau regungslos im Sessel. Das Essen für Cora müsste längst fertig sein. Doch sie konnte sich nicht aufraffen, noch immer war sie starr in Geist und Körper. Cora sah sie aus müden Augen an. Sie lächelte ihr zu, erhob sich und ging in die Küche. Ein wenig Milchreis von gestern war noch da. Sie wärmte ihn schnell auf und kam mit dem Teller zurück ins Wohnzimmer. Cora konnte den Löffel nicht in der Hand halten. Immer wieder rutschte er ihr auf den Schoß. Hatte sie aus Versehen eine Tablette zu viel in die Milch getan? Fahrig nahm sie Cora den Löffel ab und fütterte sie mit zitternder Hand.

Sie ließ den leeren Teller auf dem Wohnzimmertisch stehen, nahm Cora auf den Arm, trug sie die Treppe hinunter und setzte sie in die Karre. Langsam wurde Cora zu groß und zu schwer, um sie zu tragen. Sie musste sich etwas einfallen lassen.

Monika Hagenau steuerte wieder auf den Spielplatz zu. Doch Cora war noch so benommen, dass sie nur apathisch in der Sandkiste saß.

Der Fremde, den sie schon am Vormittag beobachtet hatte, kam einen Augenblick später. Gegenüber von ihrer Bank blieb er stehen. Aber er setzte sich nicht. Er sah Cora beim Spielen zu und betrachtete sie selbst mehr oder weniger ausgiebig. Was wollte er von ihr? Warum kam er immer wieder auf diesen Spielplatz? Hatte er es auf Cora abgesehen? Sie konnte sich das Verhalten des Fremden nicht erklären. Wenn er Cora etwas antun wollte, musste ihm doch klar sein, dass sie ihn sofort wiedererkennen würde.

Er kam näher. Ihr Körper verspannte sich. Panik ergriff sie. So war es schon immer gewesen. Erst dieses träge Gefühl im Bauch, das zu einem steinernen Klumpen anzuwachsen und ihre Rippen von innen her auseinanderzudrücken schien, ihren Brustkorb füllte, sich in kochende Glut verwandelte; bis sie keinen klaren Gedanken mehr fassen konnte und nur noch automatisch reagierte. Ihr Mund öffnete sich, heisere, kehlige Laute drangen nach außen. Sie sagte irgendetwas zu ihm, hörte aber selbst nicht was. Ihr Körper beugte sich nach unten, eine Hand griff Coras Arm, mechanisch setzte sie die kleine Gestalt in die Karre und ihre Beine trugen sie nach Hause.

Zweiter Tag

Als Frommelt am nächsten Morgen gegen neun Uhr ins Büro kam, lagen der Obduktionsbericht der Rechtsmedizin und der Bericht des Erkennungsdienstes auf seinem Schreibtisch. Die Kollegen hatten Überstunden gemacht und den Fall Lisa Brandes trotz anderer eiliger Fälle vorgezogen. Er hatte noch immer Magenschmerzen und schüttelte sich bei dem Gedanken, einen Kaffee aus dem Automaten trinken zu müssen. Er hatte gestern Abend noch lange im Sessel am Fenster gesessen, in die Dunkelheit gestarrt und über sein Leben und Maren nachgedacht.

Frommelt griff sich den Obduktionsbericht. Er las und ging gleichzeitig im Büro auf und ab. So konnte er besser denken.

Lisas Leiche war in die Pathologie des Gifhorner Krankenhauses gebracht worden. Der Hauptobduzent war Thorben Wenger gewesen, den Nebenobduzenten kannte er nicht. Wenger war stets sachlich, reserviert, verzog kaum eine Miene, sprach in einem ruhigen und angenehmen Ton. Frommelt hatte bereits in einigen Fällen mit ihm zusammengearbeitet. Jahrelang hatte er vermutet, Wenger würde seine Gefühle in den Stahlschrank schließen, ehe er den Sektionsraum betrat, aber mittlerweile wusste er es besser. Sie hatten sich vor einem Jahr zufällig in einer Kneipe getroffen und gemeinsam eine Flasche Jack Daniels geleert. Seitdem duzten sie sich und wussten um die Gefühle des anderen, die sich hinter der Fassade verbargen.

Bräuer war bei der Obduktion anwesend gewesen, ihm schien das nichts auszumachen. Sein Magen war solide und er kam mit Staatsanwalt Hausmann besser zurecht als er. Frommelt vermied, wann immer es ging, mit Staatsanwalt Hausmann zusammenzutreffen.

Lisa Brandes wurde erwürgt und Johann Kramer hatte mit seiner ersten Einschätzung am Tatort richtig gelegen, es handelte sich nicht um ein Sexualdelikt. Sie war nicht am Fundort getötet worden, man hatte sie später dort abgelegt. Frommelt sah sich die Fundortfotos genauer an. Das Mädchen sah aus, als schliefe sie. Die Hände über der Brust gefaltet, die blonden Haare lagen um ihren Kopf, drapiert wie ein Fächer aus Engelshaar. Wie ein vom Himmel gefallener Engel. Das musste der Täter gewesen sein.

Frommelt legte den medizinischen Bericht zur Seite und widmete sich dem der Spurensicherung. Auch Johann Kramer und seine Leute von der Technik hatten wieder einmal gute und schnelle Arbeit geleistet.

Am Fundort waren keine verwertbaren Spuren vorhanden gewesen. Hier hatte sich der Täter wohl nur kurz aufgehalten. Auch auf dem Feldweg, hinter den Häusern, waren keine Reifenspuren oder andere, brauchbare Hinweise gefunden worden.

Von den Spuren im Haus der Eltern erwartete er nicht viel und staunte nicht schlecht, als er jetzt die Auswertungen der Fingerabdrücke sah.

Richard Wehmeier! Frommelt zog die Schultern hoch, als wolle er seinen Kopf darin verstecken. Er fror.

In den vergangenen acht Jahren hatte er kaum an Wehmeier gedacht. Richard Wehmeier, ein verurteilter Kindesmörder, von dessen Unschuld er bis zum Schluss überzeugt gewesen war, hatte sich im Haus der Brandes aufgehalten. Seine Fingerabdrücke waren in der Küche gefunden worden, auf einem auf der Spüle abgestellten Glas. Welch ein bescheuerter Zufall. Aber was hatte Wehmeier in den Glockwiesen bei den Brandes gewollt?

Er griff zum Telefon und versicherte sich in der JVA Rennelberg in Braunschweig, dass Wehmeier tatsächlich vor fünf Wochen aus der Haft entlassen worden war.

Wieder war ein kleines Mädchen getötet worden, wieder erwürgt, genau wie damals die kleine Betti Hein. Und wieder war Wehmeier nicht nur in der Nähe des Tatortes, sondern auch im Haus des Opfers gewesen. Das konnte kein Zufall sein. Sollte er sich damals doch in diesem korrekten Mann getäuscht haben? Frommelt hatte alles getan, um der Wahrheit auf die Spur zu kommen. War das genug gewesen?

Er hasste seinen Job. Und ärgerte sich darüber. Denn das war nicht immer so gewesen. Er glaubte an Gerechtigkeit und Verantwortung. Bis der Fall der kleinen Betti Hein in seiner Abteilung landete.

War damals der wahre Mörder verurteilt worden? Welche Möglichkeiten hätte er gehabt?

Er setzte sich seufzend hinter seinen Schreibtisch und las den Bericht, den er nur überflogen hatte, Wort für Wort durch.

Als Hannah ins Büro kam, saß er noch immer, den Kopf in beide Hände gestützt, am Schreibtisch. »Bei den Nachbarn hat sich nichts Auffälliges ergeben. Keine Vorstrafen.« Sie lächelte ihn an, doch er bemerkte es nicht. Er war mit seinen Gedanken bei Lisa Brandes, Betti Hein und Richard Wehmeier. Hannahs Bemerkung hatte er nur am Rande mitbekommen. Er konnte und wollte nicht glauben, dass er sich damals so sehr getäuscht haben sollte. Dieser neue Fall stellte seine Welt auf den Kopf. Seinen Gerechtigkeitssinn, seine Menschenkenntnis. Hannah setzte sich an den gegenüberliegenden Schreibtisch und sah ihn aufmerksam an. Sie deutete seine Stimmung völlig falsch.

»Wie weit bist du? Haben wir eine Spur?«

Er konnte nur nicken. Wie sollte er ihr erklären, was in ihm vorging.

Sie stand auf und stellte sich hinter ihn. Über seine Schulter hinweg studierte sie die Akte. Dabei massierte sie ihm vorsichtig den Nacken. Er schüttelte ihre Hände ab.

»Lass das«, sagte er barsch.

Sie trat einen Schritt zurück und lehnte sich mit dem Rücken an die Wand. »Noch immer ein Problem?«

»Nicht, wie du denkst. Das hat mit dir nichts zu tun.« Eine einzige Nacht hatte er mit Hannah verbracht. Und die war völlig danebengegangen. Nicht, dass Hannah daran schuld gewesen wäre, im Normalfall wäre sie sogar sein Typ, aber was war schon normal auf dieser Welt.

Er hatte Rotwein gekauft, obwohl ihm Hannah erzählt hatte, dass sie den nicht vertrug. Dann verzögerte sich die Lieferung des bestellten Essens um zwei Stunden und er war mit seiner Konversation am Ende. Er hatte immer an Maren denken müssen. Zu allem Überfluss war auch noch Friedrun, seine Vogelspinne, ausgebrochen. Hannah hatte kreischend auf einem Stuhl gestanden und betont, sie käme nicht eher herunter, bis dieses Monstrum, wie sie sich ausdrückte, wieder sicher hinter Glas saß. Sie hatte ihn anfeuert, als er ein nasses Handtuch auf den Boden gelegt hatte. Wohl in der Hoffnung, er würde die Spinne damit erschlagen. Er hatte seelenruhig abgewartet und keine zehn Minuten später saß Friedrun auf dem feuchten Tuch. Als er sie auf die Hand nahm und vorsichtig in ihr Terrarium setzte, wollte Hannah nichts von seinen Erklärungen über Vogelspinnen und ihre Vorliebe für feuchte Lebensräume wissen. Auch als sie nach dem Essen bei Zitronenbier zusammensaßen, etwas anderes hatte er nicht im Haus gehabt, wollte keine rechte Stimmung aufkommen. Er hatte sich alle Mühe gegeben. Wirklich. Doch während er Hannahs Bluse aufknöpfte und sie leidenschaftlich küsste, war ihm dieser Name herausgerutscht: *Maren.*

Aus. Vorbei. Hannah war aufgesprungen, hatte ihn einen verkappten Neurotiker genannt und wutschnaubend seine Wohnung verlassen. Seit diesem Abend hatten sie vermieden, darüber zu sprechen, ob und wie es mit ihnen weitergehen würde.

Ihm ging ihre Flirterei auf die Nerven. Hannah schien das nicht zu merken. Sie hatte anscheinend den Eindruck, dass er eines Tages nachgeben würde. Sie war eine nette, hübsche Frau, durchtrainiert und mit endlos langen Beinen – aber das änderte nichts an seiner Einstellung.

»Wer ist dieser Wehmeier?« Hannah stand noch immer hinter ihm und linste über seine Schultern hinweg auf den Bericht.

Er war erst vor Kurzem beim Friseur, dachte sie. Der schmale, weiße Streifen zwischen Haaransatz und der gebräunten Haut des Halses war deutlich sichtbar. Er legte viel Wert auf sein Äußeres. Das weiße Hemd und die schwarze Jeans, die allerdings mit hellen Hundehaaren überzogen war, standen ihm gut. Seine rehbraune Lederjacke hing über der Stuhllehne.

Seine Wohnung hatte sie allerdings seltsam gefunden. Die Möbel hatten wie wahllos verstreute Relikte aus der Vergangenheit in den Zimmern gestanden. Der wuchtige, dunkelrot schimmernde Mahagonischrank im Wohnzimmer, daneben die derbe, dunkelgrüne, abwetzte Couchgarnitur. Das hat nicht Maren ausgesucht, war ihr erster Gedanke gewesen. Er hatte ihr erzählt, dass er das Haus von seinen Großeltern geerbt hatte – und so sah es auch aus. Wenn man vor dem kleinen Häuschen mit dem verwildert-verwunschenen Vorgarten stand, hatte man das Gefühl, in die Vergangenheit katapultiert worden zu sein. Dass sich dieses Empfinden dann im Inneren fortsetzte, hatte sie nicht erwartet. Es passte nicht zu ihm. Offensichtlich hatte er seit dem Tod seiner Großeltern nicht viel verändert. Vom Wohnzimmer führte eine Tür auf die Terrasse und in den hinteren Teil des Gartens. Die Terrasse schien neueren Datums zu sein. Sie hätte sich nicht gewundert, wenn an der Wand im Wohnzimmer ein Bild mit röhrendem Hirsch gehangen hätte. Scheinbar hatte er die Einrichtung seiner Großeltern nie infrage gestellt. Genauso wenig wie seine persönlichen Überzeugungen. Hatte Maren ihn deshalb verlassen? Weil er nicht bereit war, auch nur einen winzigen Teil seines Lebens zu verändern? Im Nachhinein war sie dankbar, dass sie das Schlafzimmer nicht hatte sehen müssen. Sie mochte ihn, diesen klugen Kopf, Kilian Frommelt, sehr sogar, doch es war ihr klar, dass es nie mehr zwischen ihnen geben würde als Freundschaft und kollegiale Zusammenarbeit.

Sie schüttelte ihre Gedanken ab und setzte sich wieder ihm gegenüber an den Schreibtisch.

Erschrocken sah Frommelt hoch. Er war mit seinen Gedanken noch bei dieser misslichen Nacht gewesen. Hannah konnte den Fall Wehmeier nicht kennen, sie war die Neue im Team.

»Wehmeier ist vor acht Jahren wegen Totschlags an einem kleinen Mädchen verurteilt worden. Die Kleine wurde erwürgt und hatte mehrere Hämatome am Körper, die vor ihrem Tod entstanden waren. Außerdem wurde sie missbraucht, aber nicht am Tage ihres Todes. Weder das Sexualdelikt noch der vorsätzliche Mord konnten Wehmeier hundertprozentig nachgewiesen werden. Vor fünf Wochen hat man ihn wegen guter Führung entlassen.«

»Dass ich nicht lache, wegen guter Führung. Da sieht man es mal wieder. Wir können unsere Arbeit so gut machen wie wir wollen und dann lassen die solche Menschen so einfach mir nichts, dir nichts wieder frei, damit sie das nächste Kind umbringen können.«

Er kannte solche Reaktionen und sprach auch sich selbst in gewissen Fällen nicht davon frei. Aber bei Wehmeier sah er das anders. Frommelt atmete einmal tief durch. Da war wieder dieser dumpfe Druck im Nacken, der sich seinen Weg am Hinterkopf entlang suchte. Sobald der Schmerz an den Schläfen angekommen war, würde er wieder Tabletten nehmen müssen. Er musste hier raus. Schwer drückte er sich aus dem Stuhl hoch und schlich zur Tür.

»Du solltest endlich mal zum Arzt gehen und mehr Sport treiben. Wenn du so weitermachst, liegst du bald flach. Du kannst doch kaum noch schnaufen.«

Er wusste, sie meinte es gut. Er wusste, sie machte sich Gedanken um ihn. Wie sollte er ihr erklären, was in ihm vorging, wenn er es selbst nicht wusste. Frommelt öffnete die Tür und verließ das Büro.

Hannah sah ihm nach. Sie wurde nicht schlau aus ihm.

Frommelt musste Wehmeier finden und mit ihm sprechen. Wie hing dieser Fall mit Wehmeier zusammen? Konnte er sich derart in einem Menschen täuschen? Er ging über den Parkplatz zu seinem Wagen. Der Wagen von Staatsanwalt Hausmann stand noch nicht auf seinem Platz. Die zuständige Staatsanwaltschaft war in Braunschweig, doch Hausmann war immer gern in Gifhorn, wahrscheinlich um seinen Arbeitseifer unter Beweis zu stellen. Dabei lief er den ermittelnden Beamten ständig im Weg herum, so dass ihm kurzerhand ein eigenes Büro zur Verfügung gestellt worden war.

Es wäre seine Pflicht, Hausmann sofort über Wehmeier zu informieren. Aber den Anschiss konnte er sich auch später noch abholen.

Frommelt griff sein Handy und rief Bräuer an. Man hatte Wehmeier nach seiner Entlassung eine kleine Zwei-Zimmer-Wohnung in einer Seitenstraße parallel zum Steinweg zur Verfügung gestellt. Das hatte er vorhin im Computer gelesen, als er die Ermittlungsergebnisse der MoKo-Kollegen abgerufen hatte.

Dorthin beorderte er Bräuer. Er solle sich vor dem Haus auf die Lauer legen. Sobald Wehmeier zurück in seine Wohnung kam, wollte er mit ihm reden. Ihn von Angesicht zu Angesicht fragen, ob er tatsächlich zwei Kinder umgebracht hatte. Wenn ja, würde er seinen Job hinschmeißen. Er hatte so eine Ahnung, dass es so einfach nicht werden würde.

Wie mochte es Wehmeier in den vergangenen Jahren in Haft ergangen sein? Das Gefängnis hatte seine eigenen Gesetze. Wenn Wehmeier Betti Hein erdrosselt hatte, hätte er zu Recht gesessen. Und wenn nicht? Wenn er acht lange Jahre unschuldig hinter Gittern verbracht hätte? Was war all die Zeit in ihm vorgegangen? Hatte er auf Rache gesonnen? Konnte er draußen zurück in den Alltag finden? Was hatte Lisa Brandes damit zu tun? Er glaubte nicht an Zufälle, schon lange nicht mehr. »Heruntergekommen«, hatte die Nachbarin gesagt. Es musste Wehmeier gewesen sein, den sie gesehen hatte. Heruntergekommen. Das passte nicht zu dem ordentlichen, akkuraten Mann, den er kannte.

Fernhardt, sein ehemaliger Vorgesetzter und zäher, alter Knochen, hatte kurz vor der Pensionierung gestanden, als sie den Fall Betti Hein auf den Tisch bekamen. Er war mittlerweile dazu übergegangen, seine Fälle auf die einfache Tour, am Schreibtisch, zu lösen. Frommelt hatte die stoische Ruhe seines Chefs zum Wahnsinn getrieben. Im Fall Betti Hein war er gegen Mauern gerannt. Die Kleine wurde am Ufer der Aller, unweit der familiären Wohnung, tot aufgefunden worden. Schnell geriet Richard Wehmeier unter Verdacht, der sich in der Wohnung, in der Betti mit ihrer Mutter und zwei weiteren Geschwistern lebte, aufgehalten hatte. Fernhardt hatte Beweise, Indizien und den Staatsanwalt auf seiner Seite. Er hatte ihm persönliche Sympathie für Wehmeier unterstellt und seine Argumente kaum zur Kenntnis genommen.

Frommelt hingegen hatte Wehmeier als einen unauffälligen, ruhigen und besonnenen Mann kennengelernt, der bis zum Schluss der Verhandlung an Gerechtigkeit geglaubt und sie nicht bekommen hatte.

Damals war er erst seit neun Monaten und sieben Tagen in der Abteilung gewesen. Als Wehmeier, trotz aller Beteuerungen seiner Unschuld, verurteilt wurde, begann er seinen Job zu hassen. Wehmeier. In den kurzen Vernehmungspausen hatte er sich oft privat mit ihm unterhalten. Damals hätte er das nie zugegeben, aber die kurzen Gespräche mit Wehmeier hatten ihm Spaß gemacht – auch wenn die Tatsache von wenig Professionalität zeugte. Sie hatten sich über Kunst, Musik aber auch familiäre, rein private Dinge unterhalten. Wehmeier war ihm mit seiner ruhigen, besonnenen Art sehr nahe gekommen und Frommelt hoffte, dass Wehmeier das nicht aufgefallen war.

Die Gedanken drehten sich im Kreis. Die Szene, die sich damals bei Gericht abgespielt hatte, kam ihm in den Sinn. Ein verzweifelter Wehmeier, der hilflos zu ihm herübergesehen hatte, als er den Urteilsspruch hörte. Diesen Blick würde Frommelt nie vergessen. Was wäre passiert, wenn Wehmeier damals nicht verurteilt worden wäre? Vielleicht wären sie Freunde geworden? Wie viele Lügen waren damals erzählt worden? Die eigentliche Frage musste lauten: Wer hat damals gelogen? Er selbst hatte nie geglaubt, dass Wehmeier Betti getötet hatte. Doch die Indizien, die Gutachten sprachen gegen ihn.

Er musste mit Simone, Wehmeiers Ex-Frau reden. Vielleicht hatte Richard ja Kontakt zu ihr aufgenommen.

Er stieg aus dem Wagen und schaute sich um. Es hatte sich nicht viel verändert während all der Jahre. Wie oft er damals im Blumenviertel bei Simone Wehmeier gewesen war. Er sah im Geiste noch ihr entsetztes Gesicht, diesen Das-kann-nicht-sein-Blick.

Die Büsche und Bäume im Vorgarten waren größer geworden, ansonsten schien der rot geklinkerte Bungalow unverändert. Links neben dem Haus, im Carport, stand ein großer dunkler Kombi.

Er wischte sich den Schweiß von der Stirn und öffnete die kleine Gartenpforte. Die Hitze, die seit Tagen auf der Stadt lag, drückte wie eine Last auf ihm. Seine Kopfschmerzen nahmen wieder zu und er vergewisserte sich in seiner Jackentasche, dass er noch Tabletten hatte.

Er ging den schmalen Weg zum Haus und sah auf das Türschild. Richtig, Simone Wehmeier hatte kurz nach ihrer Scheidung geheiratet und hieß nun Sebald.

Nach dem Gespräch mit Bräuer hatte er sich telefonisch bei ihr angemeldet. Sie hatte versprochen, zwei Stunden später zur Arbeit zu gehen und auf ihn zu warten.

Er klingelte und Simone Sebald öffnete ihm. Sie hatte sich kaum verändert. In den acht Jahren waren ein paar Falten hinzugekommen, doch die standen ihr gut, unterstrichen ihre Souveränität.

»Herr Frommelt«, Simone Sebald lächelte. »Ich habe Sie schon erwartet.« Mit einer Handbewegung bat sie ihn ins Haus.

Frommelt gab das aufmunternde Lächeln zurück. »Guten Morgen. Danke, Frau Weh… Frau Sebald«, verbesserte er sich schnell.

Sie quittierte seinen Versprecher mit einem Nicken und führte ihn ins angrenzende Wohnzimmer. Auch hier hatte sich nicht viel verändert. Die helle Schrankwand voller Bücher, die Bilder an den Wänden. Ich hätte sie abgenommen, dachte Frommelt, der wusste, dass Richard Wehmeier sie ausgesucht hatte.

»Möchten Sie etwas trinken?«

»Ein Glas Wasser vielleicht«, antwortete Frommelt. »Es wird schon wieder heiß.« Im Grunde hatte er keinen Durst, sondern wollte nur einen Augenblick ungestört seinen Erinnerungen nachhängen. Noch immer fanden sich genügend Spuren von Richard Wehmeier im Haus. Warum tat sie das? Auf der kleinen Kommode stand ein Urlaubsfoto von Simone und Richard. Frommelt tippte auf Italien. Auch das hatte Wehmeier ihm erzählt, dass er und seine Frau dieses Land, insbesondere die Museen, sehr schätzten. Chianti und alte Maler, Antipasti und historische Villen, Olivenbäume, die Mailänder Scala. Verdi. Stundenlang hatte er von den monumentalen Opernaufführungen geschwärmt.

Davon hatte er immer geträumt: einmal mit Maren in Mailand der Musik Verdis lauschen. Doch Maren hatte sich vehement dagegen gesträubt. Klassische Musik sagte ihr nichts, hatte sie immer wieder betont. Sie bevorzugte Sting und Simply Red.

Er spürte, dass Simone Sebald wieder in den Raum gekommen war und hinter ihm stand. Als er sich umdrehte, sah sie mit verschämtem Blick zur Seite und stellte das Glas auf den Tisch. »Hatten Sie Kontakt zu Richard, seit er aus dem Gefängnis entlassen wurde?«, fragte er.

Sie schüttelte heftig den Kopf. »Ich wusste bis heute Morgen nicht, dass er wieder frei ist. Ich hab es in der Zeitung gelesen.« Sie flüsterte fast und nickte in Richtung eines kleinen Tischchens, auf dem die Aller-Zeitung lag. Er nahm die Zeitung, blätterte kurz und fand einen Artikel, in dem Wehmeier als der vermeintliche Mörder des kleinen Mädchens gesucht wurde. Wer von den Kollegen hatte den Reportern diesen Tipp gegeben? Darum würde er sich später kümmern. Er faltete die Zeitung wieder zusammen und legte sie zurück.

Simone stand noch immer im Raum und sah ihm zu. Sie trug ein schlichtes, sehr modisches Kleid. Er wusste nicht, wie die Farbe hieß; neulich hatte er sich erst blamiert, als er einen Pulli kaufen wollte und die Verkäuferin das schmuddelige Grau als Taupe bezeichnet hatte. Er sei nicht taub, hatte er geantwortet und war, als sie ihn auslachte, schnell aus dem Laden geflohen. Jedenfalls stand Simone diese Farbe, die ihn an Cappuccino erinnerte, ausgezeichnet. Nur zu gut konnte er sich vorstellen, dass Wehmeier seine Frau über alles geliebt hatte. Und wie weh es Simone getan haben musste, als ihr Mann verhaftet und als Sexualmörder verurteilt worden war. Warum war sie noch immer in diesem Haus und setzte sich dem Gerede der Nachbarn aus?

Als hätte sie seine Gedanken erraten, sagte sie: »Ich konnte mich einfach nicht überwinden, hier auszuziehen oder etwas zu verändern. Wissen Sie, ich habe kaum Kontakt zu anderen Menschen, damals nicht und heute auch nicht. Warum auch? Wir waren glücklich hier, genügten uns vollkommen. Und heute reichen mir die mitleidigen Blicke meiner Nachbarn, um sicher zu sein, dass es richtig war.«

»Können Sie sich vorstellen, dass er es war?«

Simone sah ihn auf eine Art und Weise an, die ihn erschaudern ließ. Innerhalb einer Sekunde änderte sich ihre Stimmung. Von freundlich, fast demütig zu eiskalt reserviert. Wehmeier hatte damals nie schlecht von seiner Frau gesprochen. Im Gegenteil, immer wieder hatte er betont, wie sehr sie sich liebten. Doch an ihren Gesichtsausdruck während der Urteilsverkündung konnte er sich noch gut erinnern. Nie würde er diesen vernichtenden Blick vergessen, den sie Richard zugeworfen hatte. Er bereute seine Frage.

Mit einem kämpferischen Ton in der Stimme sagte sie: »Ich konnte es damals nicht und kann es heute nicht. Ich habe immer gesagt, Richard ist nicht der Mensch, der so etwas tut. Er war immer offen und aufrichtig und hat an die Gerechtigkeit geglaubt. Jetzt weiß ich es nicht mehr.«

Was muss in dieser Frau vorgegangen sein, fuhr es Frommelt durch den Kopf. Was muss sie mitgemacht, ausgehalten haben? Oder lieferte sie ihm hier ein grandioses Schauspiel? Sie hatte bei der Verhandlung von ihrem Recht auf Aussageverweigerung Gebrauch gemacht. Was verbarg sie? Er wurde aus dieser Frau nicht schlau.

Sie nahm seine Gedanken vorweg, ehe er sie auch nur ansatzweise in Worte fassen konnte. »Aus diesem Grund habe ich auch bald wieder geheiratet. Ich konnte nicht allein sein, fühlte mich verraten, betrogen. Wissen Sie, Martin ist ein guter Mensch.«

Frommelt sah sich um.

Sie registrierte seine Bewegung sofort. »Er ist nicht hier. Martin ist heute früh für ein paar Tage in die Staaten zu einer Konferenz geflogen. Er muss dort einige Vorträge halten.«

Irgendwo in seiner Erinnerung tauchten nun die Zusammenhänge auf. Professor Martin Sebald war Wissenschaftler an der TU Braunschweig. Wehmeiers Frau hatte standesgemäß geheiratet. Ob Richard das wusste? Ihre Eltern würden nun sicher zufrieden sein. Auch darüber hatten sie sich unterhalten.

Kommt ein Mann wie Martin Sebald mit so etwas zurecht, fragte er sich und dachte an sein Abenteuer mit Hannah. Kann man eine neue Partnerschaft aufbauen, wenn der neue Partner über die alte Liebe noch lange nicht hinweg ist? Eine Beziehung auf der Grundlage von Fairness und Achtung gründen? »Frau Sebald, können Sie mir einige Personen nennen, zu denen Ihr Mann – Entschuldigung, ich kann mich noch immer nicht daran gewöhnen – Ihr Ex-Mann Kontakt aufgenommen haben könnte?«

»Wir hatten kaum Freunde, einige Bekannte, wie das so ist.« Es klang fast wie eine Entschuldigung. Dann nannte sie ihm einige Namen, die er sich notierte. Als das Telefon klingelte, verließ Simone Sebald den Raum und ging in den Flur. Sie meldete sich und sprach leise.

Seine Gedanken verharrten bei der seltsamen Beziehung zwischen Simone und Martin Sebald, so dass er das Gespräch nur im Unterbewusstsein aufnahm. Er verstand die Worte, ohne ihnen eine Bedeutung beizumessen.

Ehe sie wieder ins Wohnzimmer kam, war er aufgestanden und reichte ihr die Hand. »Das war es erst einmal. Falls ich noch Fragen habe ...«

Sie lächelte milde. Die Fältchen neben ihren Augen gruben sich in die Haut. Es sah entzückend aus. »Aber gerne. Wissen Sie, Richard hat immer Vertrauen zu Ihnen gehabt. Wir haben oft darüber gesprochen, immer wenn ich ihn im Gefängnis besucht habe.«

»Nun denn.« Die Situation war ihm peinlich. Schnell ging er zur Tür und war froh, als er draußen war.

Im Wagen lehnte er sich im Sitz zurück und schloss die Augen. Es war ihm egal, ob ihn Simone Sebald beobachtete.

Er war sich immer noch nicht sicher, ob Wehmeier die Taten begangen hatte oder ob er unschuldig war. Dieser Mann hatte Eindruck bei ihm hinterlassen, das musste er zugeben. Selten kam es vor, dass sich ein Verdächtiger so kooperativ, so anständig und fair verhielt. Und welche Rolle Simone dabei spielte, würde er herausfinden.

Er öffnete die Augen, drehte den Schlüssel um, der Motor startete. Frommelt legte den Gang ein und fuhr mit Vollgas los. Auf seinem Schreibtisch lagen mindestens fünf Strafzettel wegen zu schnellen Fahrens. Allesamt nicht bezahlt. Leider konnte er Frieda in der Rechnungsabteilung nicht glaubhaft machen, dass er jeweils dringende Einsätze gehabt hatte.

Es hatte sich etwas abgekühlt, als Wehmeier aus dem Haus trat. Unschlüssig trat er auf der Stelle. Die vergangene Nacht war eine Tortur gewesen. Immer wieder war er aufgewacht, hatte sich im Bett herumgewälzt und darüber nachgedacht, was diesen unbekannten Anrufer antrieb.

Er hatte daran geglaubt, ein neues Leben beginnen zu können; all das, was geschehen war, zu vergessen. Stattdessen holte ihn sein altes Leben schneller ein, als ihm lieb war. Wehmeier wunderte sich, dass er trotzdem so ausgeruht war. Was war gestern falsch gelaufen? Wollte ihn der Anrufer quälen oder hatte er ihn einfach verpasst? Was hätte er ihm mitteilen wollen? Würde er sich wieder melden, wenn er ins *Paula's* zu Birgit ginge? Die Brasserie öffnete unter der Woche nicht vor elf Uhr vormittags. Fragen über Fragen. Ich muss mich vergewissern, dachte er, sonst drehe ich durch.

Er wandte sich nach links. Er musste noch einmal nach Isenbüttel, dorthin, wo er gestern nach seiner Wahrheit gesucht hatte. Er hatte etwas übersehen und genau das wollte er nun herausfinden.

Eilig ging er an der Häuserfront entlang und sah die beiden dunklen Fahrzeuge nicht, die unweit seiner Wohnung am Straßenrand parkten. Wehmeier bog um die Ecke, als vier Männer auf das Haus, in dem er wohnte, zusteuerten.

Als er den Wagen gegenüber von dem Haus der Familie Brandes abstellte, wusste Frommelt kaum, wie er hierhergekommen war. Seine Gedanken waren bei Richard und Simone Wehmeier gewesen. Und bei Maren. Er schüttelte den Kopf, um die heftigen Bilder loszuwerden. Die wenigen Schritte bis zur Nummer vierzig lief er.

Doris Rautmann war zu Hause. Frommelt zeigte ihr Wehmeiers Foto und nach einigem Überlegen kam sie zu dem Schluss, dass es Richard Wehmeier gewesen war, der gestern die Straße entlanggegangen war. Sie sei zuerst diesem Mann, also Wehmeier, begegnet, etwa zehn bis zwanzig Meter vor Brandes' Haus. Und sie hätte Lisa noch lebend und mit ihren Puppen spielend auf der Decke gesehen. Dann sei sie zur Bushaltestelle gegangen. Kurz nachdem sie dort angekommen war, sei dieser Mann aus der anderen Richtung dorthin gekommen. Er hätte eine dunkelbraune Jacke und beige Cordhosen angehabt. Wenn das so stimmte, und Frommelt sah keinen Grund, Doris Rautmann nicht zu glauben, hatte Wehmeier keine Zeit gehabt, Lisa zu töten, sie zur Senke zu bringen und dann die zwei Straßen entlangzugehen. Er bedankte sich und ging zum Wagen.

Heute schaffte Wehmeier den Weg in einer guten Stunde. Was zum einen daran lag, dass die vorhergesagte Hitze noch nicht vollständig aufgezogen war, zum anderen trieb ihn seine Wissbegierde. Die Blasen an seinen Fersen hatte er gestern Abend versorgt, trotzdem brannten sie wie Feuer. Es war ihm egal. Sein Herz raste vom schnellen Laufen, er spürte, wie ihm der Schweiß über den Rücken lief. Er lehnte sich gegen eine Straßenlaterne und wartete, bis sich sein Puls etwas beruhigt hatte. Während er gestern zu sehr mit sich und seinen Problemen beschäftigt gewesen war, wollte er heute herausfinden, warum er in die Glockwiesen bestellt worden war. Der Mörder wohnt hier ganz sicher nicht. Kein Mensch würde unter diesen Umständen seine richtige Adresse nennen. Aber vielleicht jemand, der damit zu tun hatte. Ein Komplize vielleicht?

Gestern Mittag war in der Siedlung schon nicht allzu viel los gewesen, heute Vormittag schienen die Häuser sämtlich verlassen, die Straßen menschenleer. Vor ein paar Minuten hatte die Kirchturmuhr geschlagen. Die Anwohner waren sicher alle bei der Arbeit. Sei es ihnen gegönnt, dacht er.

Mitten in seinen Gedanken stoppte er abrupt. Ein silberner Wagen fuhr langsam die Straße entlang. Auf dem Seitenstreifen gegenüber von dem Haus, in dem er gestern ein Glas Wasser getrunken hatte, hielt er an. Er konnte nicht genau sagen, was ihn beunruhigte, doch etwas kam ihm bekannt vor. Langsam ging er näher, darauf bedacht, im Sichtschatten zu bleiben. Du schaust zu viele Krimis, dachte er. Der einzige Mensch auf der Straße schleicht an den Hecken im Schatten entlang. Mensch, Wehmeier, wie unauffällig.

Hannah hatte gestern mit dem Ehepaar gesprochen, die eine Tochter im Alter von Lisa Brandes hatten. Neuhaus' Grundstück lag auf der gegenüberliegenden Straßenseite, zwischen den Häusern von Brandes und Rautmann.

Die beiden Mädchen, Annabelle Neuhaus und Lisa Brandes, hatten häufig miteinander gespielt, die Familie war natürlich entsprechend geschockt von dem Mord. Hier – in dieser beschaulichen, friedlichen Gegend – das hätte doch niemand vermutet.

Er klingelte.

Annemarie Neuhaus war eine angenehme, freundliche Frau Ende zwanzig. Sie trug ihr Haar zum Pferdeschwanz gebunden, Jeans und T-Shirt.

Sie bat Frommelt ins Haus und führte ihn ins Wohnzimmer. Heute war auch ihr Mann zu Hause. Frommelt zeigte auch ihm Wehmeiers Foto. Er konnte sich zuerst nicht recht erinnern. Gestern Mittag sei er noch einmal zu Hause gewesen. Er sei Immobilienmakler und hätte einen dringenden Geschäftstermin mit einem Kunden gehabt. Allerdings habe er wichtige Unterlagen zu Hause vergessen. In Gedanken sei er bereits bei seinem Termin gewesen. Es handle sich um einen sehr schwierigen Kunden und ein noch schwieriger zu veräußerndes Anwesen, für das sich der Kunde interessiere. So hatte er nicht darauf geachtet, ob und wer sich auf der Straße befunden habe. Der Junge aus der Nachbarschaft, Neuhaus fiel sein Name nicht ein, war mit seinem Rad unterwegs gewesen, er war ihm auf dem Fußweg entgegengekommen. Und er wüsste auch gar nicht, ob das wichtig sei.

Erst als ihn Frommelt höflich darum bat und erklärte, dass alles, was gestern auf dieser Straße passiert sei, wichtig war, fuhr er fort. Kurz vor der Ausfahrt von Brandes sei er quer über die Straße gefahren. Er, Neuhaus, hätte nur knapp bremsen können und den Bengel um ein Haar umgefahren. Der Junge wohne schräg gegenüber und sei nach einer Schrecksekunde in Panik abgehauen. Seinen Wagen, fuhr Neuhaus fort, habe er an der Straße stehen lassen und sei ins Haus, um die Unterlagen zu holen. Das habe etwa zehn Minuten gedauert. Als er aus dem Haus gekommen und über die Straße zu seinem Auto gegangen sei, habe er gesehen, wie Carola mit ihrem Auto sehr eilig das Grundstück verlassen habe und Richtung Stadt gefahren sei. Beim Blick in den Rückspiegel habe er kurz den Eindruck gehabt, als habe er einen Mann gesehen. Das könnte er aber nicht hundertprozentig bezeugen. Auch nicht, ob Carola Brandes allein in ihrem Wagen gewesen sei.

Frommelt fragte ihn nach der Uhrzeit. Es sei genau dreizehn Uhr gewesen, als er in die Glockwiesen einbog. Das wüsste er genau, weil gerade die Nachrichten im Radio begonnen hatten und im Haus habe er sich acht bis zehn Minuten, so schätze er, aufgehalten.

Frommelt bedankte sich und wünschte einen schönen Tag. An der Haustür durchzuckte ihn ein Gedanke. Schnell drehte er sich um, ehe Annemarie Neuhaus die Tür schließen konnte. »Entschuldigung, aber eine Frage habe ich noch.« Er ging wieder zwei Schritte in den Hausflur zurück. Annemarie Neuhaus sah ihn erwartungsvoll an.

»Sie sagten, Sie hätten eine Tochter in Lisas Alter und dass die beiden Mädchen hin und wieder miteinander gespielt haben. Kennen Sie Carola Brandes näher? Ich meine, sind Sie privat miteinander bekannt?«

»Nicht sehr. Wissen Sie, manchmal unterhalten wir uns über die Schule, die Mädchen sollten im nächsten Jahr zusammen eingeschult werden. Auch über den Kindergarten, wir fahren sie abwechselnd dorthin, aber privat, nein, da haben wir keinen Kontakt.«

»Da wissen Sie auch nicht zufällig, ob Carola Brandes ein Verhältnis hat?«

»Nein.« Annemarie Neuhaus lachte hell auf. »So nahe standen wir uns nicht, dass sie es mir, im Fall, es wäre so, erzählt hätte. Aber Lisa war gelegentlich bei uns, wenn Frau Brandes einen Termin beim Arzt hatte oder einen längeren Einkaufsbummel machen wollte.«

»Kam das häufig vor?«

»Häufig? Hm. Nun ja, so zwei bis drei Mal in der Woche, aber erst in der letzten Zeit.«

»Seit wann etwa?«

»So genau weiß ich das gar nicht, etwa fünf Wochen vielleicht.«

»Dann danke ich Ihnen, Sie haben mir sehr geholfen.«

Noch immer hielt er sich hinter einem auf den Fußweg ragenden Busch verborgen. Ein Mann kam aus einem der Häuser und trat auf die Straße. Im ersten Moment vermutete Wehmeier, dass sich der Mann ins Auto setzen und fortfahren würde, doch er zögerte einen Moment und ging dann über die Straße in Richtung Senke.

Auf dem Weg drehte er sich kurz in seine Richtung. Er erkannte ihn sofort. Kilian Frommelt. Ihn hätte er hier am allerwenigsten erwartet. Mit Frommelt war er gut zurechtgekommen. Manchmal hatte er sogar den Eindruck gehabt, er glaubte ihm. Gesagt hatte er kein Wort, doch er hatte ihn hin und wieder mit solch einer nachdenklichen Miene angesehen, dass Wehmeier kurz davor gewesen war aufzustehen, auf die andere Seite des Tisches zu gehen, ihn beim

Kragen zu packen, kräftig durchzuschütteln und anzubrüllen: Siehst du es denn nicht? Die Fakten liegen zwar auf der Hand, aber schau mir in die Augen, ich könnte niemals einen Menschen umbringen, ein Kind schon mal gar nicht!

Doch Sekunden später änderte sich Frommelts Gesichtsausdruck dann jäh und er bekam wieder diesen eisigen, korrekten, nichtssagenden Blick. Das war immer dann der Fall gewesen, wenn Fehnhardt, Frommelts Vorgesetzter, hereingekommen war. Fehnhard hatte ihn bereits zum Mörder abgestempelt, ehe sie auch nur einen einzigen Satz miteinander gesprochen hatten. Das hatte er an seinem Blick gesehen.

Doch was tat Frommelt hier? Warum war er in den Glockwiesen, an dem Ort, zu dem er gestern telefonisch bestellt worden war? Was lief hier ab? Er war in diesem Haus gewesen, sicher, aber er hatte nichts weiter getan, als ein Glas Wasser zu trinken. Darum kümmerte sich die Mordkommission höchst selten. Doch vielleicht war Frommelt ja gar nicht mehr in der Abteilung, vielleicht hatte er sich versetzen lassen? Bei den Dienststellen der Kripo ging das manchmal recht zügig und wieso sollte jemand nach acht Jahren noch seine alte Stellung haben?

Vielleicht war er ja auch befördert worden, die Intelligenz und den nötigen Menschenverstand hatte er. Doch wohin wurde jemand befördert, der vordem bei der Mordkommission gewesen war? Das passte alles nicht zusammen.

Oder war Frommelt der Stress, sich mit Mord und Totschlag auseinanderzusetzen, zu viel geworden? Das Gefühl hatte er damals bei den Vernehmungen bereits gehabt. Und nun sollte sich dieser intelligente Mensch darum kümmern, dass er, Wehmeier, ein Glas Wasser in fremden Häusern trank. Fast hätte er laut losgelacht.

Frommelt ging am Haus der Rautmanns vorbei, auf den kleinen Nebenweg, der in Richtung Senke führte. Die Stelle, an der man Lisa gefunden hatte, war nicht weit entfernt. Frommelt sah sich um.

Werner Rautmann war zur Arbeit gewesen und seine Frau mit dem Bus zum Einkaufen in die Stadt gefahren. Das Ehepaar Lewerenz, das zwischen Brandes und Rautmanns wohnte, war ebenfalls nicht zu Hause gewesen. Was auch immer hier oder auf dem Feldweg passiert war, Lisas Mörder hätte durchaus unbehelligt auf dem Fußweg hinter den Häusern zur Senke gelangen können.

Was war in Richard Wehmeier vorgegangen? Warum war er hier gewesen? Er versuchte sich in ihn hineinzuversetzen. Isenbüttel lag über eine Stunde Fußweg von seiner Wohnung entfernt und Wehmeier hatte kein Auto, zumindest war kein Fahrzeug auf seinen Namen angemeldet. Sollte er sich hier in der Gegend zu Fuß auf die Suche nach einem Kind gemacht haben? Vielleicht hatte er sich einen Wagen geliehen, doch die ersten Befragungen in der Nachbarschaft hatten ergeben, dass niemand ein fremdes Fahrzeug gehört oder gesehen hatte. Und hier lebte eine zusammengehörige Gemeinschaft, man achtete aufeinander, ohne den anderen zu belästigen oder ihm zu nahe zu treten.

Wehmeier war diese Straße entlanggegangen. Frommelt wischte sich mit einem Taschentuch den Schweiß von der Stirn. Noch war es nicht so heiß wie gestern Mittag und doch hatte er das Gefühl, er würde sich in der drückenden Schwüle bereits körperlich auflösen. Hannah hatte recht, er sollte mehr Sport treiben, seine Kondition trainieren. Oder bildete er sich das nur ein, kam die Hitze in seinem Inneren von dem Gedanken, dass er Wehmeier wieder festnehmen musste? Er sollte professioneller denken, nahm er sich vor. Also, Richard Wehmeier war bei Brandes im Haus und hatte dort ein Glas Wasser getrunken. Hat Carola Brandes ihn ins Haus gelassen? Warum sagte sie dann nicht, dass er bei ihr gewesen war? Warum verheimlichte sie das? Oder war Carola Brandes wirklich nicht zu Hause gewesen, wie sie angab? Kannte sie Richard Wehmeier? Hatte sie ihn vielleicht sogar hierher bestellt? Aus welchem Grund? Fragen über Fragen drängten sich ihm auf und noch immer war er meilenweit von einer Antwort entfernt.

Er war am Fußweg angekommen und blickte zurück, die Straße entlang. Von hier aus konnte man nur erahnen, wo das Haus der Brandes lag. Er ging zurück zu den Glockwiesen. Die Straße machte eine Kurve. Auch von hier konnte man das Haus nicht sehen. Er stellte sich vor, wie Carola Brandes mit überhöhter Geschwindigkeit davonraste, um nach ihrer Tochter zu suchen – oder um ihre Leiche fortzubringen. Außer Peter Neuhaus hatte niemand Carola mit dem Auto gesehen oder gehört. Ein Junge, Frommelt schätzte ihn von Weitem auf etwa zwölf bis vierzehn Jahre, fuhr mit seinem Rad in Schlangenlinien die Straße entlang und sah neugierig in seine Richtung. Rene. Der Bengel fuhr wirklich den ganzen Tag lang mit seinem Rad herum. Musste der um diese Zeit nicht in der Schule sein?

Er kehrte um und ging zurück zu der Stelle, an der man Lisa gefunden hatte. Obwohl die Spurensicherung bereits alles auf den Kopf gestellt hatte, wollte er sich den Fundort noch einmal allein ansehen. Er suchte nicht nach Beweisen oder übersehenen Spuren, er wollte herausfinden, warum Lisas Mörder das Mädchen genau hier an dieser Stelle abgelegt hatte.

Der Weg führte oben herum, die Ise lag links von ihm. Frommelt stieg den kleinen Abhang hinunter und ging auf das Gebüsch zu. Konnte Lisas Mörder vom Feld her gekommen sein? Dann hätte ihn bestimmt jemand gesehen.

Frommelt ging ein Stück weit durch das Gebüsch. Sofort hing er mit einem Hosenbein an einem heruntergefallenen Ast fest. Der Mörder musste vom Weg her gekommen sein. Frommelt machte kehrt und ging zur Straße zurück. Rene war verschwunden.

Frommelt stellte sich mitten auf die Straße. Er war sich bewusst, dass das einen sehr merkwürdigen Eindruck machte. Es war ihm egal. Er ließ die Zeit zwischen kurz vor dreizehn Uhr und dreizehn Uhr fünfzehn vor seinem inneren Auge vorbeiziehen.

Richard Wehmeier kommt hier zu Fuß an, begegnet Frau Rautmann, als er bereits am Haus der Brandes vorbei ist. Frau Rautmann sieht Lisa danach lebend auf ihrer Decke spielen und geht über den Bartelskamp zur Bushaltestelle in der Rosenstraße. Dann muss Wehmeier in den Osterkamp abgebogen sein, denn kurz darauf kam Herr Neuhaus mit seinem Auto. Er fährt bei den Brandes vorbei. Hier begegnet ihm Rene, der mit seinem Rad vom Feldweg her kommt. Er stellt seinen Wagen auf der gleichen Straßenseite, zwei Häuser hinter den Brandes ab. Er geht ins Haus, holt seine Unterlagen und ist nach zehn Minuten zurück. Er kommt aus dem Haus und sieht, wie Carola mit dem Wagen auf die Straße fährt. Im Rückspiegel sieht er möglicherweise einen Mann. Könnte es Wehmeier gewesen sein, der sich auf dem Nachbargrundstück versteckt hatte? Das kam zeitlich nicht hin, denn Doris Rautmann sieht Wehmeier kurz nach dreizehn Uhr auf der Rosenstraße.

Carola Brandes. Was hatte sie mit dem Mord an ihrer Tochter zu tun? Warum war sie zusammengezuckt, als er sie gefragt hatte, ob sie außer am Spielplatz noch woanders gewesen sei? Sie hatte sehr heftig reagiert, als er ihr mitteilte, dass die Spurensicherung ihr Haus durchsuchen würde. Dabei wurden Wehmeiers Fingerabdrücke gefunden. Kannte sie Wehmeier und wollte ihn schützen?

Das Haus wirkte einsam und verlassen, als Frommelt auf den Klingelknopf drückte. Schon hatte er das Gefühl, umsonst hierhergekommen zu sein, als ihm vorsichtig und langsam die Tür geöffnet wurde. Carola Brandes stand mit verweinten roten Augen vor ihm. Heute trug sie Stoffhose und Bluse, beides in Schwarz, was sie noch schmaler und blasser erscheinen ließ.

Er entschuldigte sich, sie schon wieder stören zu müssen, aber er hätte noch ein paar Fragen und es würde auch nicht lange dauern.

Carola Brandes nickte und ging voraus ins Haus. Als sie im Wohnzimmer saßen, Frommelt lehnte ein Getränk ab, obwohl seine Kehle ausgetrocknet war, hatte er das Gefühl, sie sei fast erleichtert, mit jemandem sprechen zu können. Ungefragt erklärte sie ihm, dass ihr Mann nicht zu Hause sei. Eine wichtige Angelegenheit in der Firma.

Frommelt kam gleich zur Sache. Er zog das Foto von Wehmeier aus der Jackentasche und reicht es ihr. »Kennen Sie diesen Mann?«

Carola Brandes starrte auf das Foto und Frommelt wusste nicht, ob sie es überhaupt wahrnahm. Tränen stiegen ihr in die Augen, sie nahm ihre schmal gefasste Brille ab, wischte sich die Tränen mit der anderen Hand fort und reichte ihm das Foto. »Nein. Tut mir leid«, stotterte sie.

Frommelt spürte, dass sie log.

»Nun, dieser Mann hat sich bei Ihnen im Haus aufgehalten. Seine Fingerabdrücke waren auf einem Glas in der Küche und auch auf anderen Gegenständen.«

Sie reagierte nicht. Carola Brandes saß mit gesenktem Kopf im Sessel, die Hände im Schoß ineinander verschlungen. Weiß traten die Knöchel hervor.

»Frau Brandes«, Frommelt musste vorsichtig vorgehen, »falls Sie ihn kennen und es mir im Moment nicht sagen möchten, ich verspreche Ihnen, Ihr Mann erfährt nichts davon. Vorläufig jedenfalls und solange es nicht unsere Ermittlungen behindert.«

»Was? Wie? Ach so.« Sie nickte automatisch.

Frommelt hatte nicht das Gefühl, dass sie seine Andeutungen verstanden hatte. Sie tat ihm leid. »Haben Sie, als Sie mit dem Auto weggefahren sind, um Ihre Tochter zu suchen, auf der Straße jemanden gesehen, der hier nicht wohnt?«

»Nein, tut mir leid«, flüsterte sie. »Das habe ich Ihnen doch gestern schon gesagt.«

»Können Sie sich vorstellen, was dieser Mann, was Richard Wehmeier, bei Ihnen im Haus wollte?«

Carola sah ihn an, als würde sie ihn nicht verstehen. Dann schüttelte sie noch einmal den Kopf und barg ihn in den Händen.

»Entschuldigen Sie, aber können Sie sich vorstellen, dass Ihr Mann ihn kennt?«

Ein Schluchzen drang durch ihre Finger.

»Wie ist das Verhältnis zu Ihrem Mann?«

Langsam hob sie den Kopf, starrte ihn aus verweinten Augen an, als ob die Frage nicht hierhergehörte. Frommelt stand auf. Es hatte keinen Zweck mehr. Die Frau würde und konnte nichts mehr sagen und sie zu quälen lag nicht in seinem Interesse.

Ehe er den Raum verließ, drehte sich Frommelt noch einmal um. »Frau Brandes, ich muss Sie das doch noch einmal fragen: Als Sie gestern mit dem Auto weg gefahren sind, um Lisa zu suchen, waren Sie da noch woanders?«

Sie sah ihn an, ihr Blick schien durch ihn hindurchzugehen. Dann schüttelte sie plötzlich wild den Kopf. Frommelt wunderte sich über diese heftige Reaktion.

»Es tut mir leid, Frau Brandes. Ich werde sicher noch einmal wiederkommen, aber für heute ist es genug. Falls Ihnen noch etwas einfällt, lassen Sie es mich bitte wissen. Meine Nummer haben Sie ja.« Ohne Abschiedsgruß ging er hinaus. Vor der Tür atmete er einige Male tief durch.

Das Haus der Dittmers lag schräg gegenüber von Brandes Grundstück. Frommelt stand mitten auf den Glockwiesen und stellte sich vor, wie Rene mit seinem Rad von den Feldern nach Hause fuhr. Viel Verkehr herrschte in diesem ruhigen Wohngebiet nicht, er musste also nicht befürchten, von einem Auto umgefahren zu werden. Außer vielleicht von Rene auf seinem Fahrrad. Was trieb den Bengel die ganze Zeit in die Felder? Vermutlich flüchtete er vor seiner Mutter, was Frommelt gut nachvollziehen konnte.

Wenn Rene um dreizehn Uhr vom Feldweg gekommen war, musste er kurz darauf wieder dorthin gefahren sein. Er schien kaum etwas anderes zu tun, als kreuz und quer durch die Gegend zu fahren, denn als er eben bei Frau Dimmer geklingelt hatte – heute in einer Kittelschürze, die zwei Nummern zu klein war und heftig um Bauch und Busen spannte –, hatte sie ihm unumwunden erklärt: »Keine Ahnung, wo der Bengel den ganzen Tag über steckt. Er sollte noch den Müll rausbringen. Alles muss ich alleine machen. Aber warten Sie nur, bis der nach Hause kommt, dann kriegt er den Anschiss seines Lebens.«

So lange wollte Frommelt auf gar keinen Fall warten. Er ging zurück zum Auto, doch ehe er den Motor anließ, warf er noch einen Blick auf die Häuser. Wer konnte etwas gesehen haben? Etwas, das im ersten Moment vielleicht unwichtig erschien, für die Ermittlungen aber von Belang war. Vielleicht fiel den Bewohnern ja im Laufe der Zeit noch etwas ein. Manchmal hatte man Glück, dass sich doch noch jemand meldete.

Und was verschwieg Carola Brandes? Wo außer am Spielplatz war sie noch gewesen? Woher kannte sie Richard Wehmeier? Sie log, das war sicher, aber warum?

Sein Mobiltelefon klingelte. Die Befragung von Rene musste er auf einen anderen Zeitpunkt verschieben.

Zitternd schloss Carola Brandes die Haustür hinter Frommelt. Sie schleppte sich über den Flur in die Küche. Richard Wehmeier. Wie lange hatte sie nicht mehr an ihn gedacht, sich der trügerischen Illusion hingegeben, dass dieses Thema ein für alle Mal erledigt sei. Sie hatte versucht, alles zu vergessen, was geschehen war. Was wollte er hier? Warum war er im Haus gewesen? Wie hatte er herausgefunden, wo sie wohnte?

Zitternd nahm sie sich ein Glas aus dem Schrank, drehte den Hahn auf und ließ das Glas voll Wasser laufen. Als sie es an die Lippen setzte, begriff sie, dass er genau hier, auf genau der gleichen Stelle gestanden hatte und sich ebenfalls ein Glas Wasser eingefüllt und getrunken hatte. Sie schleuderte das Glas in die Spüle. Sie starrte auf die glitzernden Wassertropfen und die Scherben im Ausguss.

Rache. Richard Wehmeier wollte Rache. Er musste herausgefunden haben wo sie wohnte und als er Lisa an diesem Tag im Garten spielen sah, hatte er sich für die hinter Gittern verbrachten Jahre gerächt. Es konnte nicht anders gewesen sein. Sie unterstellte ihm nicht einmal, dass er Lisas Tod vorsätzlich geplant hatte, vielleicht wusste er von dem Kind überhaupt nichts, wollte vielleicht nur mit ihr reden. Nein, nein er wollte sich an ihr rächen.

Gero. Ihr Mann durfte unter gar keinen Umständen erfahren, was damals passiert war.

Sie war sich so sicher gewesen, ihre Spuren sorgfältig verwischt zu haben. Nun holte sie die Vergangenheit ein. Das musste sie verhindern.

Sie klaubte die Scherben zusammen. Als sie das Blut an ihrem Finger spürte, leckte sie es unbewusst ab. Ihr Blick fiel aus dem Fenster. Richard Wehmeier. Er ging gerade am Grundstück vorbei. Sie taumelte, hielt sich im letzten Moment an der Arbeitsplatte fest und schrie.

Gustav Sargens saß auf dem zerwühlten Bett in einem kleinen Hotel in Meinersen. Sobald er sich bewegte, quietschten die Lattenroste. Das war ihm egal, so egal wie alles, was im Moment um ihn herum passierte. Die vergangene Nacht hatte er kaum geschlafen, sich herumgewälzt, auf die Uhr gesehen, sich das Hirn zermartert. Nun war es fast dreizehn Uhr und er war nur aufgestanden, um auf die Toilette zu gehen. Noch immer war er zu keinem Entschluss gekommen. Was sollte er tun? Hier, in diesem fremden Bett, konnte er keinen klaren Gedanken fassen. Er stand auf, zog Hose und Hemd an und war schon durch die Tür, ehe er die Slipper vollständig über die Hacken gezogen und seine Jacke gerafft hatte. Er brauchte Luft – zum Atmen und zum Denken. Er ging die Hauptstraße entlang, bis er auf der gegenüberliegenden Straßenseite die Bäckerei Seifert entdeckte. Wie üblich herrschte dichter Verkehr und Sargens hatte Mühe, unbeschadet über die Straße zu gelangen. Er huschte in den Laden, griff sich ein Exemplar der Aller-Zeitung, wühlte einige Münzen aus der Hosentasche und warf sie der Frau auf die Auslage. Lesend rempelte er einen Mann an, der mit seinem Hund unterwegs war. Ohne jede Entschuldigung ging er weiter. Er hatte Wehmeier auf einem Foto erkannt. Er wurde also schon wieder wegen Mordes an einem kleinen Mädchen gesucht. Mit zitternden Händen faltete er die Zeitung zusammen und stopfte sie in die Jackentasche. Den Artikel würde er im Hotel in aller Ruhe noch einmal lesen. Und dann würde er entscheiden, was zu tun war.

Wehmeier stand einige Schritte von der Brasserie *Paula's* entfernt und zögerte. Wie jeden Tag im Sommer standen Tische und Bänke draußen, im Schatten riesiger Schirme. Fast alle Plätze waren belegt. Kein Wunder, das Essen war hervorragend, frisch zubereitet und zu erschwinglichen Preisen.

Er lehnte mit dem Rücken am Geländer, hinter ihm plätscherte die Aller. Würde ihm Birgit Fragen wegen des gestrigen Anrufs stellen? Aber er war ihr ja keine Rechenschaft schuldig.

Irgendetwas lief hier und er wusste es nicht einzuordnen. Der Anruf des Unbekannten, der ihn zu den Glockwiesen bestellt hatte und nicht erschienen war, Frommelt, der ebenfalls dort gewesen war. Was wollte der dort? Hing das alles miteinander zusammen oder bildete er sich das ein? Er hatte sich vorsichtig zum Haus geschlichen, als Frommelt fort gewesen war. Gero, Carola und Lisa Brandes stand auf dem handgetöpferten Schild, das er gestern in der Aufregung übersehen hatte. Die Namen sagten ihm nichts. Er hatte sich nicht getraut, erneut zu klingeln. Erst musste er herausfinden, was hier vorging. Hinter einem der Fenster, die zur Straße lagen, hatte sich die Gardine leicht bewegt. Oder doch nicht? Lagen seine Nerven so blank, dass er schon unter Verfolgungswahn litt? Den Anruf hatte er sich nicht eingebildet.

Er drückte sich vom Geländer ab, wand sich zwischen den Tischen hindurch und öffnete die Tür.

Birgit hatte alle Hände voll zu tun. Gerade stellte sie Getränke auf ein Tablett, das ihr sofort von einer Kollegin abgenommen wurde. Es herrschte Mittagsbetrieb und auch drinnen war kaum noch ein Tisch frei.

»Hallo«, sagte sie nur.

»Hallo«, antwortete Wehmeier und setzte sich auf einen Hocker an der Bar.

»Ich dachte, du kommst nicht mehr.« Sie stellte ihm unaufgefordert ein Glas Whisky hin.

»Wo sollte ich denn sonst hin?«, murmelte er, während er das Glas mit der Hand auf dem Tresen hin und her schob.

»Das hab ich mich auch gefragt.« Befangen drehte Birgit sich um und stellte die Flasche zurück ins Regal. Dabei ließ sie sich weitaus mehr Zeit als sonst. Auch Wehmeier wusste nichts Gescheites zu reden, also stand er auf und griff nach der Tageszeitung, die auf dem Tresen lag. Er blätterte und erschrak. Auf der zweiten Seite starrte er in sein Gesicht. Das Foto war vor acht Jahren, während der Verhandlung, aufgenommen worden. Fast war er dankbar, dass sie nicht eines der grässlichen Erkennungsdienstfotos abgedruckt hatten. Am besten noch mit Nummer darunter. Er spähte über den Rand der Zeitung, doch Birgit war auf dem Weg zur Küche, um kurz danach mit zwei Brettchen, auf denen herrlich duftender Flammkuchen lag, an ihm vorüberzugehen.

Wehmeier konzentrierte sich auf den Artikel, der unter seinem Foto stand. Ein Mädchen aus Isenbüttel, fünf Jahre alt, war ermordet worden. Ein Nachbarjunge hatte sie am Rande der Felder in einem Gebüsch gefunden. Erwürgt. Sie zogen Rückschlüsse auf die Ermordung von Betti Hein vor acht Jahren und ließen dabei nicht unerwähnt, dass er, Richard Wehmeier, sich im Haus der Familie Brandes aufgehalten habe. Es gäbe eindeutige Spuren, die darauf schließen ließen, dass er der Täter sei. Darum wurde er polizeilich gesucht. Das ist ein böser, aberwitziger Traum, dachte er und ließ die Zeitung sinken. Fängt jetzt alles wieder von vorne an?

Er zitterte, als er die Zeitung zusammenfaltete. Birgit stand mit dem Rücken zu ihm, er konnte nicht erkennen, ob sie ihn im Spiegel beobachtete. Er wusste trotzdem, dass sie den Artikel gelesen hatte. Er stand auf.

»Du musst nicht abhauen«, sagte sie plötzlich und füllte weiter Gläser mit Getränken. Er blieb erstarrt stehen. Sie lächelte sanft, als sie sich umdrehte. »Warst du es?«

Er schüttelte den Kopf. Aber warum sollte sie ihm glauben?

»Dann musst du nicht davonlaufen.«

Nun wurde er sauer. »Und was, in Himmelherrgottsnamen soll ich tun? Zu den Bullen rennen und sagen: ›Halli hallo, hier bin ich, sperrt mich doch wieder ein, ich hab's aber schon wieder nicht getan?‹ Weißt du was die mit mir machen? Dieses Mal sperren die mich in die Klapse, da komm ich nie wieder raus.« Er hatte lauter als beabsichtigt gesprochen und sah sich schuldbewusst um, doch keiner der Gäste schaute in seine Richtung.

Noch immer war Birgit auffallend ruhig. »Warum warst du in dem Haus?«

Diese Frage hatte er erwartet. Wenn er nur selbst eine Antwort darauf hätte. »Dieser Anruf gestern. Erinnerst du dich?«

Birgit nickte.

»Ich sollte zu dieser Adresse kommen, doch da war niemand.«

»Und du bist trotzdem ins Haus gegangen? Warum?«

»Was hättest du getan? Soll ich mein Leben lang als Kindermörder herumlaufen? Das war meine einzige Chance, die Wahrheit herauszufinden.« Er schluckte schwer, als er aufstand und zur Tür ging. Langsam drehte er sich zu Birgit um. »Ich werde meine Unschuld beweisen, koste es, was es wolle.«

Sargens war mit der Zeitung ins Hotelzimmer zurückgekehrt. Mittlerweile kannte er den Artikel über Wehmeier bereits auswendig. Er saß auf dem Bett und dachte nach, ohne zu einer Lösung zu kommen. Aber etwas musste er tun. Auf alle Fälle musste *er*

Wehmeier finden, bevor der *ihn* fand. Die Polizei, dein Freund und Helfer, ging ihm durch den Sinn. Laut lachte er auf. Freund und Helfer, welch ein Hohn. Wenn sie ihm wirklich helfen wollten, dann hätten sie diesen Wehmeier niemals freigelassen. Er gab sich einen Ruck. Und wenn es das Letzte war, was er in seinem Leben tat, er musste zur Polizei. Was sollte er denen erzählen? Die Wahrheit? Er presste sich die Faust vor den Mund. Warum konnten sie Richard Wehmeier nicht für immer und ewig im Gefängnis verschimmeln lassen?

Morgen, ja morgen würde er zur Polizei gehen. Morgen war auch noch ein Tag. Erst musste er ganz sicher sein.

Auf dem Flur der Polizeiinspektion kam ihm Hannah entgegen. Sie sah Frommelt mit einem spöttischen Blick an, den er kaum ertragen konnte. Trotzdem blieb er stehen. »Hannah, in einer halben Stunde ist Besprechung im Konferenzraum. Sagst du den anderen Bescheid?« Hannah setzte ihr Dienstgesicht auf. Das musste er ihr lassen. Sie vermischte niemals Dienst und Privatleben. Auch nach seiner Abfuhr blieb sie im Dienst stets korrekt und loyal. Aus den Augenwinkeln registrierte er ihren schuldbewussten Gesichtsausdruck. Diesen Blick kannte er. Das hatte nichts mit ihrer privaten Situation zu tun. Hier lief etwas hinter seinem Rücken.

Er zog sich aus dem Automaten einen Kaffee, der wie immer nach lauwarmem Namenlos schmeckte. Diese Bezeichnung für das abscheuliche Getränk hatte der Kollege Roland Bräuer erfunden. Da Fluchen und Schimpfworte verboten waren, für Zuwiderhandlungen war extra ein Sparschwein aufgestellt worden, das bereits einen dicken Bauch hatte, war das Codewort die einzige Möglichkeit, auf den grausigen Geschmack hinzuweisen.

Er nahm einen großen Schluck und schüttelte sich. In diesem Moment bemerkte er Bräuer, der mit seinem typischen, leicht schwingenden Gang auf ihn zukam. Ignorieren konnte er ihn nicht. Bräuer klaubte einige Münzen aus seiner Hosentasche. »Warst du schon bei Hausmann?«

»Ne. Warum? Sollte ich?«

»Wäre nicht von Nachteil.« Bräuer steckte die Münzen in den Automaten und drehte ihm den Rücken zu. Frommelt bemerkte trotzdem, dass er innerlich feixte. Er wusste, Bräuer würde alles tun, um ihm eins auszuwischen. Seine Meinungsverschiedenheiten mit Hausmann nutzte er allzu gern, um eines Tages selbst Leiter der Abteilung zu werden.

»Nun red schon, wenn es etwas gibt, was ich wissen sollte.«

»Ich mein ja nur. Es ist nur wegen der Hausdurchsuchung in Wehmeiers Wohnung. Ich dachte, du wüsstest davon.«

Das kleine Büro, das Staatsanwalt Hausmann zugewiesen worden war, lag im Seitentrakt des Gebäudes, im zweiten Stock. Kurz nachdem Frommelt die Tür am Treppenabsatz geöffnet hatte, kam ihm eine Frau entgegen. Ihr Anblick traf ihn wie eine Faust in den Magen. Sie trug ein Kleid, das sicher die Hälfte seines Monatsgehaltes gekostet hatte. Es stand ihr ausgezeichnet. Mit einem spärlichen Lächeln kam sie auf ihn zu. Er wusste, wo sie gewesen war.

»Hallo Kilian, wie geht es dir?« Ihre Stimme klang fast heiser, so hatte er sie in Erinnerung.

»Hallo, Maren. Danke, gut«, log er.

»Das ist schön …« Bevor sie weitersprechen konnte, flüchtete er an ihr vorbei und rannte fast über den Gang.

Frommelt stand vor Hausmanns Schreibtisch und stützte sich mit beiden Händen auf der Platte ab. Sein Gesicht lief langsam zu der Farbe an, die jeden Arzt in höchste Alarmbereitschaft versetzt hätte. »Warum haben Sie mich nicht informiert?«, brüllte er.

Hausmann antwortete nicht sofort. Siegessicher und überheblich saß er auf seinem Stuhl und starrte Frommelt zornig an. »Wer hat hier denn wen nicht informiert? Sie haben eindeutige Spuren und fahren nach Lust und Laune in der Gegend herum. Wenn Ihre Leute nicht so professionell arbeiten würden, wüsste ich es immer noch nicht.«

»Und was gibt Ihnen das Recht, über meinen Kopf hinweg zu entscheiden?«

»Weil ich Ihr Vorgesetzter bin! Vergessen Sie das nicht.«

»Richtig. Daran werde ich mein Leben lang denken, das verspreche ich Ihnen. Nur haben Sie mir die Leitung dieses Falles übertragen und da kann ich doch wohl erwarten, dass ich über wichtige Entscheidungen auch informiert werde. Vor allem, wenn es um die Hausdurchsuchung bei Wehmeier geht.«

»Und was versprechen Sie sich davon?«

»Was ich mir davon verspreche? Das frage ich Sie! Heute Morgen steht ein großartiger Bericht in der Zeitung, der auch auf Ihrem Mist gewachsen ist. Jetzt ist Wehmeier gewarnt. Glauben Sie im Ernst, der Mann ist dämlich?«

»Was ich glaube? Dass Sie sich gewaltig im Ton vergreifen, Herr Frommelt.«

Frommelt stürmte aus dem Büro und schlug die Tür zu.

Als er in sein Büro kam, war er noch immer aufgebracht wegen des Zusammentreffens mit Maren und wütend auf Hausmann. Roland Bräuer wartete bereits auf ihn.

Sein Telefon klingelte, er griff danach und brüllte seinen Namen hinein. Eine Sekunde später stand er wieder auf dem Boden der Tatsachen. »Dann prüfen Sie gefälligst nach, welcher von den hundert Wehmeiers der Richtige ist.«

Bräuer feixte.

»Scheiße, verfluchte!«

Bräuer grinste noch mehr und sah sich demonstrativ nach dem Fluchschwein um.

»Grins nicht so dämlich. Seit Wehmeiers Foto in der Zeitung steht, will ihn jeder Wichser gesehen haben. Die in der Zentrale können sich kaum noch retten vor Anrufen.«

»Und da beschweren wir uns, dass die Bevölkerung nicht mit der Polizei zusammenarbeitet.«

»Mach dich nur lustig. Hausmann, dieses Arschloch. Hab einen Anschiss gekriegt, der reicht, um mir die ganze Woche zu verderben.«

»Das ist doch nichts Neues. Ich weiß gar nicht, was du gegen den hast?«

»Halts Maul und kümmere dich um deine Arbeit.«

Betont sachlich, aber mit einem weiteren Anflug von Grinsen, sagte Bräuer: »Ich wollte dir nur mitteilen, dass die Überprüfung von Wehmeiers Wohnung nichts ergeben hat. Absolut sauber.«

»Was habt ihr denn erwartet? Dass der Mann sich Fotos seiner Opfer ins Regal stellt und einen Reuebrief dazulegt?«

»Deshalb musst du nicht sarkastisch werden.«

»Ach nein? Und bitte was soll ich tun, wenn man hier meine Autorität untergräbt?«

»Ich wusste gar nicht, dass du so etwas hast.«

Ehe Frommelt etwas erwidern konnte, öffnete sich die Tür und Hannah und Hausmann kamen herein. Sie setzten sich um seinen Schreibtisch herum. Hannah sah von Frommelt zu Bräuer und spürte die ungeheure Spannung. Frommelt vermied es, Hausmann anzusehen, stellte sich demonstrativ ans Fenster und sah hinaus.

Hausmann ergriff als Erster das Wort: »Herr Frommelt, Sie sind für diesen Fall als leitender Ermittler eingeteilt. Damals haben Sie am Fall Betti Hein mitgearbeitet. Sie kennen Wehmeier, wissen, wie er denkt, wie er handeln könnte. Das kann hilfreich sein. Haben Sie schon Fakten?«

Frommelt drehte sich um und ging zum Schreibtisch. Er versuchte, Hausmanns süffisanten Ton zu ignorieren, doch innerlich bebte er vor Wut. Am Tisch blieb er stehen. Es gab ihm das Gefühl, über Hausmann zu stehen, das Gefühl von Autorität und Verantwortung. Er atmete einmal tief durch. »Zunächst möchte ich den alten Fall, jedenfalls die Fakten, die damals zu Wehmeiers Verurteilung geführt haben, noch einmal erörtern.« Sachlich bleiben, dachte er und hoffte, dass seine Stimme nicht allzu zittrig klang.

»Halten Sie das für wichtig?«

»Ja, das tue ich. Ich denke, wir sollten alle wissen, mit wem wir es hier zu tun haben. Wenn zwei Mädchen auf dieselbe Art und Weise ums Leben kommen und beide Male Wehmeier am Tatort, beziehungsweise in der Nähe war, dann ist es schon wichtig, dass alle Kollegen mit den Tatumständen von heute und damals vertraut sind. Ich gebe hier auch nur einen kurzen Überblick, die Einzelheiten kann jeder den Akten entnehmen.« Sein eigener arroganter Tonfall missfiel ihm, doch was Hausmann konnte, das konnte er schon lange.

»Lisa Brandes fiel keinem Sexualdelikt zum Opfer, das unterscheidet die beiden Fälle schon einmal voneinander. Deshalb würde es vollends genügen, die Person Wehmeier durch einen Profiler analysieren zu lassen und nicht den alten Fall neu aufzurollen«, widersprach Hausmann.

Musste dieser Widerling immer das letzte Wort haben? Frommelt ließ sich nicht beirren und erklärte die Umstände, die Beziehung, die Wehmeier zu Silvia Hein, der Mutter des Mädchens, damals hatte, und die Tatsache, dass es widersprüchliche Aussagen darüber gab, ob sich Wehmeier zum Zeitpunkt, als Silvia die Wohnung verließ, um zur Arbeit zu gehen, noch in der Wohnung aufgehalten hatte oder nicht. Hausmann knetete seine Finger. Das zu sehen, tat Frommelt gut. »Zunächst sagte Silvia Hein aus, dass Wehmeier die Wohnung vor ihr verlassen hätte, später zog sie ihre Aussage zurück, mit der Begründung, sie sei sich nicht mehr sicher«, beendete er seinen Bericht.

»Sehr merkwürdig«, sagte Hannah. »Und die Kinder? Du hast doch gesagt, dass sich die beiden Kinder, wie hießen sie noch, Melanie und Fabian, noch in der Wohnung aufgehalten haben.«

»Melissa. Das Mädchen, sie war damals fünfzehn, heißt Melissa. Richtig, die Kinder wurden befragt und der Staatsanwalt verzichtete auf eine Befragung vor Gericht. Eine Psychologin hat sich damals um die beiden gekümmert und war der Meinung, dass sie zu sehr unter Schock stünden, um einen Prozess zu überstehen.«

»Und wo ist die Mutter jetzt?«

»Zwei Jahre nach dem Mord an ihrer Tochter hat sie sich an ihrem vierzigsten Geburtstag auf eine Brücke gestellt und ist gesprungen. Sie können wir leider nicht mehr befragen.«

»Wo sind die Kinder heute? Wie alt müssten sie jetzt sein?«

Frommelt blätterte in seiner Akte. »Melissa ist heute dreiundzwanzig, Fabian einundzwanzig. Keine Ahnung, wo sie abgeblieben sind. In den Akten steht nichts davon. Vielleicht wollte man sie schützen, indem man sie an einem ganz neuen Ort untergebracht hat. Die Presse war damals gnadenlos. Es gab noch einen Großvater, Gustav Sargens. Der hat damals hin und wieder auf die Kinder aufgepasst, doch an jenem Abend war er nicht in der Wohnung. Er hatte sich den Fuß verstaucht und sein Wagen war in der Werkstatt, hat er angegeben. Das wurde überprüft.«

»Das ist doch alles irrelevant«, sagte Hausmann und Bräuer fiel ihm ins Wort.

»Was hat dieser Fall mit dem anderen zu tun und was hatte Wehmeier im Haus der Familie Brandes verloren? Das ergibt keinen Sinn.« Bräuer sah wieder einmal Aufmerksamkeit heischend in die Runde. Frommelt kam er vor wie ein Kleinkind, dem man ständig aufmunternd auf die Schulter klopfen und sagen musste, wie toll er das alles wieder hingekriegt hatte. Vor allem, wenn Hausmann dabei war.

»Diese Frage stelle ich mir schon die ganze Zeit«, sagte Frommelt. »Ich weiß es nicht. Es gibt keine offensichtliche Verbindung zwischen Carola Brandes und Wehmeier. Ich war heute Morgen noch mal bei ihr. Sie sagte, sie kennt Wehmeier nicht. Ich hatte aber den Eindruck, dass das nicht die Wahrheit ist. Möglich, dass sie ein Verhältnis miteinander hatten.«

Bräuer blätterte in seinen Notizen. »Das würde sie bestimmt nie zugeben. Ihr Mann würde sich vermutlich sofort scheiden lassen. Der Ehevertrag ist ja nicht günstig für sie.«

»Ist das wahrscheinlich?«, fragte Hausmann.

»Wir überprüfen das. Die Nachbarin hat angegeben, dass sie seit etwa fünf Wochen häufiger auf Lisa aufgepasst hat.« Bräuer stand auf und ging zur Magnettafel. »Zeitlich kommt das hin. Was sollte er sonst dort im Haus gewollt haben?«

»Seine Abdrücke wurden nur in der Küche gefunden. Auf einem Glas und am Wasserhahn.« Hannah fühlte sich unwohl. Hier bahnte sich ein Machtgerangel an, aus dem sie sich lieber raushielt.

»Vielleicht putzt Carola Brandes ja gern«, sagte Bräuer, was ihm einen strafenden Blick von Frommelt einbrachte.

»Und deshalb putzt sie nach der Ermordung ihres Kindes das ganze Haus? Hackt's jetzt?«, fuhr er Bräuer an.

»Kommt mal wieder auf den Boden«, sagte Hannah. »Es ist doch möglich, dass Carola Brandes ihre Tochter selbst umgebracht hat. Weil Wehmeier bei ihr im Haus war und Lisa vielleicht etwas gesehen oder gehört hat.«

»Du meinst, sie waren es gemeinsam?« Frommelt war froh, dass Hannah mit einem einzigen Satz die Spannungen gelöst hatte und nickte ihr zu.

»Könnte doch möglich sein. Carola Brandes lernt Richard Wehmeier zufällig kennen, sie nimmt ihn mit zu sich nach Hause oder er besucht sie dort. Lisa bekommt etwas von dem Verhältnis mit und muss deshalb sterben. Wehmeier beseitigt die Leiche des Kindes und Carola Brandes wischt die Abdrücke fort. Die in der Küche übersieht sie in der Aufregung. Die Spurensicherung hat in Carola Brandes' Wagen überall Spuren von Lisa gefunden. Klar, sie wird ihre Tochter öfter im Auto mitgenommen haben, aber es wurde nichts gefunden, was auf Lisas Tod hingedeutet hätte.«

»Das klingt logisch, sehr gut, Frau Seidlitz. Haben Sie schon eine Großfahndung nach Wehmeier in die Wege geleitet?«, fragte Hausmann.

»Ja. Läuft.«

»Prima, was haben wir noch?«

»Wir haben die Verbindungsliste von Brandes' Telefonanschluss. Außer den normalen Anrufen, die wir zurückverfolgen können, gibt es einige Telefonate, manche dauern mehr als fünf Minuten, die von einem Prepaid-Handy geführt wurden. Wem dieses Handy gehört, ist nicht zu ermitteln. Gemeldet war es auf eine ältere Dame, die aber längst verstorben ist. Vermutlich hat es sich jemand angeeignet oder illegal verkauft. Jedenfalls verläuft diese Spur ins Leere.« Bräuer stand noch immer an der Magnetwand und tippte auf Carola Brandes' Foto.

»Seit wann kamen diese Anrufe?«, fragte Hausmann.

»Seit etwa fünf Wochen.«

»Das führt uns immer mehr in Wehmeiers Richtung.«

»Für mich hört sich das auch an, als ob Wehmeier Carola kennt«, meinte Hannah.

»Ich war heute Morgen bei Simone Sebald«, sagte Frommelt. »Auch sie weiß nicht, wo sich ihr Mann, äh, Ex-Mann, aufhält.« Einen Moment herrschte Schweigen, dann fuhr Frommelt fort: »Bräuer, hast du schon ein Bewegungsprofil erstellt?«

Sofort schob sich Bräuers Brustkorb nach vorn. »Natürlich.« Unterhalb der Fotos war eine freie Fläche, die er nun begeistert vollkritzelte, während er seine Informationen preisgab. »Um kurz vor dreizehn Uhr verlässt Doris Rautmann ihr Haus und geht über die Glockwiesen in Richtung Bushaltestelle. Hier«, er tippte auf den provisorisch gezeichneten Straßenplan, »kurz vor dem Grundstück der Familie Brandes begegnet sie einem Mann.«

»Richard Wehmeier, richtig«, unterbricht ihn Frommelt. »Sie hat ihn auf dem Foto eindeutig identifiziert.«

Bräuer nickte. »Anschließend, also als sie bereits an Wehmeier vorbei war, sieht sie Lisa im Garten spielen. Sie geht weiter durch den Bartelskamp zur Rosenstraße, wo sich die Bushaltestelle befindet. Dort sieht sie Wehmeier noch einmal. Ebenfalls um kurz vor dreizehn Uhr sieht Carola Brandes ihre Tochter durch das Küchenfenster. Dann kocht sie Nudeln und will Lisa etwas vor dreizehn Uhr zehn zum Essen ins Haus holen. Zu diesem Zeitpunkt war das Mädchen schon verschwunden. Carola Brandes setzt sich in ihren Wagen und fährt los, um Lisa zu suchen.«

»Richtig«, sagte Frommelt und führte weiter aus. »Peter Neuhaus biegt um Punkt dreizehn Uhr mit seinem Wagen in die Glockwiesen ein, hat er mir heute Vormittag erzählt. Das wusste er so genau, weil die Nachrichten im Radio begannen. Rene kam mit seinem Rad vom Wald her und wäre ihm fast vors Auto gefahren. Er konnte wohl nur noch knapp bremsen. Neuhaus hält vor seinem Grundstück, geht ins Haus, hält sich dort etwa acht bis zehn Minuten auf. Als er wieder zum Wagen geht, sieht er Carola Brandes, wie sie von ihrem Grundstück fährt. Er meinte, sie hätte es wohl sehr eilig gehabt. Außerdem, aber da ist er sich nicht so ganz sicher, glaubt er, einen Mann gesehen zu haben, der in der Nähe von Brandes' Grundstück war.«

»Aber eins passt nicht zu den Fakten«, warf Hannah ein. »Frau Rautmann hat auf dem Foto Wehmeier als den Mann, den sie auf der Straße gesehen hat, erkannt. Sie sagt, sie sei zuerst Wehmeier begegnet und wäre dann an Brandes' Haus vorbeigekommen. Da saß Lisa noch im Garten und spielte mit ihren Puppen. Wenn Wehmeier zuerst am Grundstück vorbeigegangen ist, und zwar in Richtung Osterkamp, denn Frau Rautmann hat ja zuerst ihn und dann Lisa gesehen, muss er wieder zurückgegangen sein. Dann hätte Peter Neuhaus Wehmeier sehen müssen.«

»Den fremden Mann, den er angeblich gesehen hat?«, fragte Hausmann.

»Unwahrscheinlich, denn Frau Rautmann hat ihn zur gleichen Zeit auf der Rosenstraße gesehen«, sagte Hannah.

»Hat Neuhaus den Unbekannten beschrieben?«

»Er sagte, er hätte dunkle Kleidung getragen. Er selbst hätte es sehr eilig gehabt, weil er zu einem Kunden musste, mehr kann er nicht angeben«, sagte Frommelt. Er blätterte kurz in seinen Notizen. »Hier, Frau Rautmann hat ausgesagt, dass Wehmeier eine dunkelbraune Jacke und beige Cordhosen getragen hat.«

»Nicht leicht zu verwechseln, auch nicht, wenn man es eilig hat. Also muss noch jemand dort gewesen sein.«

Für einen Moment herrschte Schweigen. »Ich war heute Morgen in Renes Schule«, sagte Hannah schließlich. »Er geht auf die Außenstelle der Pestalozzi-Förderschule am Koppelweg. Ich musste allerdings rüber nach Westerbeck. Die Pestalozzi-Schule ist umgezogen und auch das Sekretariat befindet sich dort. Der Junge ist bereits einmal auffällig geworden, weil er versucht hat, einer Mitschülerin das Höschen auszuziehen.«

»Lisa wurde nicht in der Senke getötet, also hätte Rene das tote Mädchen auf seinem Rad transportieren müssen. Das halte ich für ausgeschlossen. Ich hab das Rad gesehen, es ist so ein Geländeding ohne Stange und ohne Gepäckträger. Hinter den Häusern auf dem Feldweg wurden keine entsprechenden Spuren gefunden. Und auf der Straße wäre er sicher aufgefallen«, sagte Frommelt.

Bräuer stand immer noch vor der Magnettafel und deutete darauf. »Peter Neuhaus hat Rene fast umgefahren, er muss aus Richtung der Felder gekommen sein. Die Frage ist doch, was wollte der Junge zwei Mal dort? Trotzdem glaube ich auch nicht, dass er der Täter ist. Jetzt mal nur, um ihn ausschließen zu können: Nehmen wir an, Rene lockt Lisa aus dem Garten, er versucht, ihr das Höschen auszuziehen, oder was auch immer, sie wehrt sich und er drückt ihr den Hals zu. Der Junge ist nicht ganz richtig im Kopf und er hat Angst, vor allem vor seiner Mutter. Wenn er die tote Lisa vor sich hätte liegen sehen, hätte er sie ganz sicher nicht bis zur Senke geschleppt, sondern wäre in Panik weggerannt. Wahrscheinlich hätte er sich noch in die Hosen geschissen.« Bräuer ahnte, dass er sich mit dem letzten Satz in der Wortwahl etwas vergriffen hatte und sah verlegen in die Runde. Frommelt und Hannah nickten, Hausmann sah pikiert auf seine Schuhe.

Hannah stand auf, ging durch den Raum und kratzte sich am Kopf. »Wisst ihr, was ich mich die ganze Zeit frage?« Ohne eine Antwort zu erwarten fuhr sie fort. »Warum sucht Carola Brandes ihre Tochter mit dem Auto? Wäre es nicht normal, erst einmal zu den Nachbarn zu gehen und dort zu fragen? Vor allem, da Lisa öfter mit Annabelle Neuhaus gespielt hat. Und der Spielplatz, auf dem sie ihre Tochter vermutete, liegt nur zwei Straßen entfernt.«

»Guter Ansatz, Frau Seidlitz«, lobte Hausmann. »Wir sollten klären: Wer hat ein Motiv? Wer hat ein Alibi? Wer bleibt übrig?«

»Ein Motiv hätten Wehmeier, Carola Brandes und Rene. Fast alle anderen Nachbarn haben ein Alibi, Gero Brandes auch«, übernahm Frommelt wieder die Gesprächsführung. »Bräuer, du überprüfst Carola Brandes noch mal genauer. Alles, was dazu gehört. Hatte sie Männerbesuch, wo war sie, wenn sie Termine in der Stadt hatte, und so weiter. Ich will alles über sie wissen, in welchen Kindergarten ging sie, in welche Schule, wie hat sie geheiratet, alles. Hannah, du hörst dich in der weiteren Umgebung um, vielleicht haben die Nachbarn ja bereits vorher etwas gesehen oder gehört, was sie bislang nicht mit diesem Fall in Verbindung bringen. Ich nehm mir diesen Rene noch mal vor und frage in Wehmeiers Nachbarschaft herum. Der muss ja irgendwo stecken. Ach ja, und dann fahre ich noch zu Gero Brandes in die Firma. Vielleicht ist ihm ja noch etwas eingefallen.«

***

Er war gerade aufgewacht. Trübes Licht drang durch die zugezogenen Vorhänge. Er hatte geträumt. Von Blumen und blauen Augen. Es war ein wirrer Traum gewesen, mit dem er nichts anfangen konnte, und doch wusste er sofort, er hatte etwas mit dem zu tun, was er gesehen, erlebt hatte. Er wusste es nicht einzuordnen und versuchte, das im Traum Wahrgenommene zu verdrängen.

Erschöpft stand er auf, drückte sich in eine aufrechte Position, ließ die Arme hängen. Er ging zum Fenster und schob den Vorhang ein wenig zur Seite. Dort unten vor dem Haus standen Autos, doch er konnte sich nicht darauf konzentrieren. Ein blaues, ein rotes … weiter kam er nicht.

Warum hatte sie ihm nicht geholfen? Sie war wütend gewesen, das hatte er gesehen. Ihren Mund hatte sie fest zusammengepresst. Das tat sie immer, wenn sie sauer war. Sie hatte geschwiegen, also hatte auch er nichts gesagt. Was hätte er auch sagen sollen? Alles, was wichtig war, wusste sie.

***

Kaum hatte Wehmeier das *Paula's* verlassen, ging er die wenigen Schritte bis zur Aller und sah auf den träge dahinfließenden Fluss. Das Lokal war ihm plötzlich zu eng geworden. In geschlossenen Räumen fühlte er sich noch immer unwohl und er befürchtete, dass sich dieser Zustand wohl nicht mehr ändern würde. Wohin sollte er gehen? Zurück in seine kleine Wohnung sicher nicht, denn dort war die Enge kaum auszuhalten. Er wandte sich nach links und lief über den Hempel-Parkplatz in Richtung Theodor-Heuss-Straße. Den Umweg über die Fußgängerampel sparte er sich. Beide Fahrspuren waren kaum befahren und er ging ohne zu zögern über die Straße. Den großen, dunklen Wagen, der auf der gegenüberliegenden Seite hielt, registrierte er nicht. Erst als er das laute Aufheulen des Motors hörte, sah er aus den Augenwinkeln, wie der Wagen sich in Bewegung setzte und auf ihn zufuhr.

Im letzten Moment sprang er zur Seite. Es war alles so schnell gegangen, dass er sich weder Kennzeichen noch Wagentyp hatte merken können. Er rappelte sich auf und klopfte sich mit beiden Händen den Staub von der Hose. Er sah sich um, doch niemand hatte seinen Sturz mitbekommen.

Noch einmal ordnete er seine Kleidung. Er war froh, mit dem Leben davongekommen zu sein. Dann durchschoss ihn der Gedanke, dass dies die Gelegenheit gewesen wäre, diesen ganzen Müll, der sich über ihn ergossen hatte, endgültig loszuwerden. Wie sehr man doch am Leben hängt, dachte er, auch wenn man noch so viel Mist am Hintern hat, man hängt dran.

Er ging ein paar Schritte. Doch dann musst er sich mit der Hand an einer Hauswand abstützen. Ihm war schwindelig geworden. Dieser verfluchte Whisky, den hätte er nicht trinken sollen, und bei dem Sturz eben hatte er sich wohl das Knie aufgeschlagen. Jetzt erst bemerkte er den pochenden Schmerz, der durch sein rechtes Bein zog.

Das alles konnte doch kein Zufall sein. Erst der Anruf, dann das tote Mädchen und jetzt wollte man ihn überfahren. Nein, an solche Zufälle glaubte er nicht. Verflucht noch mal, jemand hatte es auf ihn abgesehen und er hatte das Recht, zu wissen, wer und warum. Er musste etwas unternehmen. Hatte er nicht bereits genügend Zeit hinter Gittern verbracht? Noch einmal würde er das nicht durchstehen.

Vor allem, und als allererstes, musste er herausfinden, wer ihn loszuwerden versuchte. Der aktuelle Mord musste mit dem alten Fall zusammenhängen. Wo sollte er ansetzen? Betti wurde vor acht Jahren getötet, die meisten Leute würden sich gar nicht mehr an Einzelheiten erinnern können.

Ganz offenkundig wollte ihm jemand auch diesen neuen Mord in die Schuhe schieben, ihn wieder ins Gefängnis bringen. Er musste herausbekommen, warum. Sonst würde er Simone nie zurückbekommen. Die Stimme des Anrufers hatte er nicht erkannt. Und doch, da war dieser dumpfe, schnarrende Ton gewesen. Als ob jemand seine Stimme verstellt hatte. Es könnte also genauso gut eine Frau gewesen sein.

Vorsichtig stieß er sich von der Hauswand ab und ging nach Hause.

In seiner Wohnung sah alles unverändert aus und doch erkannte Wehmeier, dass jemand hier gewesen sein musste. Es waren nur Kleinigkeiten, wie das Glas auf dem Tisch, das er gestern Abend dort stehen gelassen hatte. Ihm war etwas Bier über den Rand gelaufen und er war zu bequem gewesen, das gleich wegzuwischen. Nun stand das Glas neben dem eingetrockneten Rand. Er war sich sicher, es nicht mehr angefasst zu haben. Die Polizei war schnell, dass musste er ihr lassen. Und Frommelt war gut, sehr gut sogar.

Er stand in dem spärlich eingerichteten Wohnzimmer und drehte sich einmal um sich selbst. Die Möbel hatte er günstig im Allerkaufhaus erworben. Dort wurden gut erhaltene Möbel, Kleidungsstücke und sonstiger Hausrat, der nicht mehr gebraucht wurde, abgegeben. Sozial schwache Mitbürger, wie er, konnten hier zu sehr niedrigen Preisen einkaufen.

Er hielt die Wohnung sauber, das war er sich selbst schuldig. Und es war ihm egal, ob die Polizei hier gewesen war. Was sollten sie bei ihm schon finden? Er überlegte kurz, ob er den Tisch abwischen und das Glas in die Küche bringen sollte. Doch dann drehte er sich kurzerhand um und ging ins Bad, um die Wunde am Knie zu versorgen.

Frommelt bog auf das Firmengrundstück der Spedition Hunold & Co. ein. Er hatte den Weg am Arbeitsamt vorbei genommen, um ins Gewerbegebiet Heidland zu gelangen. Seitdem die längst baufällige Brücke über die B4 auf der Celler Straße abgerissen wurde, lief der Verkehr in der Innenstadt meistens zähflüssig und die B4 war weiterhin streckenweise gesperrt.

Auf dem Firmengelände sah alles gepflegt aus, an der Seite standen mehrere Lastwagen ordentlich geparkt nebeneinander, Nase an Nase. Gegenüber waren die Waschhalle, die Werkstatt und der Eingang zum Büro. Ein Schild mit verschnörkelten Buchstaben, vermutlich noch vom alten Hunold angebracht, wies darauf hin. Er parkte den Wagen, stieg aus und ging ins Bürogebäude.

Hinter dem Schreibtisch saß ein Relikt aus uralten Zeiten. Das schon heftig ergraute Haar kurz geschnitten und streng zurückgekämmt. Sie blickte ihn herrisch über den Rand ihrer Brille an, als er eintrat. Wahrscheinlich war sie, genau wie das Eingangsschild, von Großvater Hunold vererbt worden. Nachdem er sich vorgestellt hatte, deutete sie ihm mit einer Kopfbewegung den Weg in Brandes' Büro.

Gero Brandes sah noch immer sehr mitgenommen aus, wirkte aber gefasst. Mit einer Handbewegung bedeutete er seinem Besucher, Platz zu nehmen, während er fragte, ob er einen Kaffee wolle. Brandes war kein attraktiver Mann. Sein Haaransatz war schon weit über den Mittelpunkt seines Kopfes zurückgewichen, er hatte kleine, hellblaue, von Falten umgebene Augen, ein rundliches Gesicht und deutliche Anzeichen von zu viel gutem Essen, doch er hatte eine sympathische, angenehme Ausstrahlung.

»Gern«, sagte Frommelt und war froh, hier nicht einen Namenlosen zu bekommen. Zudem hatte er Zeit, sich in aller Ruhe umzusehen und sich seine Fragen zurechtzulegen.

An den Wänden die üblichen Aktenschränke, bis auf den letzten Platz gefüllt mit Ordnern, der Schreibtisch wirkte aufgeräumt, keine unnötigen Unterlagen oder Utensilien, ein gerahmtes Foto von Lisa, neueren Datums.

Frommelt hörte zwar, das Brandes in den Raum zurückkam, als dieser jedoch die Kaffeetasse vor ihm auf den Tisch stellte, zuckte er leicht zusammen.

Was ging in einem Mann vor, der vor Kurzem erst seine Tochter verloren hatte? Brandes saß nun wieder hinter seinem Schreibtisch. Frommelt legte Wehmeiers Foto vor ihn hin.

»Der Mann aus der Zeitung«, sagte Brandes. »Hat er Lisa getötet?«

»Wir wissen es nicht. Kennen Sie ihn?«

»Nein.« Er nahm das Foto und betrachtete es genauer. Es war weit weniger grobkörnig als das aus der Zeitung. »Sollte ich?«

»Das müssen Sie mir sagen. Ist Ihnen vielleicht ein Mann aufgefallen, der sich in der Nähe Ihres Hauses oder auf der Straße aufgehalten hat?«

Brandes schaute noch immer auf das Foto und schüttelte den Kopf.

»Vielleicht in den Tagen oder Wochen zuvor?« Er vermied es, »vor dem Tod Ihrer Tochter« zu sagen.

Wieder schüttelte Brandes den Kopf. »Ich achte nicht so sehr darauf, wer in der Gegend herumläuft, ich habe genügend Dinge, an die ich denken muss, aber der hier wäre mir sicher aufgefallen.«

Frommelt trank von seinem Kaffee. Er schmeckte ausgezeichnet. Eine bewusste Pause, ehe er die nächste Frage stellte. »Können Sie sich vorstellen, dass Ihre Frau ihn kennt?«

»Carola? Nein, wieso?«

»Wir müssen jeder Spur nachgehen, reine Routine.« Er sah Brandes in die Augen. Der hielt dem Blick stand. Frommelt war damit klar, dieser Mann wollte nur eines: wissen, wer seine Tochter umgebracht hatte. »Wie lange kennen Sie Ihre Frau schon?«

»Ich wüsste nicht, was das mit dem Mord an meiner Tochter zu tun hat. Sie glauben doch nicht etwa …«

»Beantworten Sie nur meine Frage«, unterbrach Frommelt ihn in ruhigem Tonfall.

»Seit etwa sechs Jahren. Sie arbeitete damals in einem Schuhgeschäft in der Innenstadt. Ich war wohl ein recht schwieriger Kunde«, sagte er und lehnte sich lächelnd zurück. »Ich lud sie daraufhin zu einem Kaffee ein.«

»Sie ist sehr viel jünger als Sie.«

»Richtig, fünfzehn Jahre, ich wüsste aber nicht, was Sie das angeht und was daran so spektakulär sein soll. So etwas kommt häufiger vor.«

»Hat Ihre Frau Sie jemals betrogen?«

»Hören Sie …« Brandes beugte sich über die Schreibtischplatte, als wolle er Frommelt angreifen.

»Herr Brandes«, versuchte er ihn zu beschwichtigen, »es tut mir leid, wenn ich Ihnen so kurz nach dem Tod Ihrer Tochter diese Fragen stellen muss, aber wir müssen wirklich in jede erdenkliche Richtung ermitteln.«

»Sie glauben doch nicht ernsthaft, dass meine Frau etwas damit zu tun hat?«

»Ich glaube gar nichts, ich sammle Fakten und Beweise, nicht mehr und nicht weniger.«

Brandes wirkte jetzt zerknirscht, seine Hände lagen flach auf dem Schreibtisch, Frommelt sah ihm an, wie sehr er um seine Fassung rang. »Nicht, dass ich wüsste. Ich bin zwar erheblich älter als meine Frau, das heißt aber noch lange nicht, dass ich ihre Wünsche und Bedürfnisse nicht erfüllen könnte.«

Die nächste Frage verkniff sich Frommelt und fragte stattdessen: »Dann muss Ihre Frau kurz nachdem Sie sie kennengelernt haben schwanger geworden sein?«

»Ja, das stimmt. Kurz danach haben wir geheiratet. Und Lisa ist eindeutig von mir, falls Sie darauf hinauswollen.«

Das bezweifelte er gar nicht. »Was sagten die Eltern Ihrer Frau dazu? Ihre Frau war damals gerade achtzehn geworden, kannte Sie erst kurze Zeit, war gleich schwanger und kam dann mit der Botschaft, einen so viel älteren Mann heiraten zu wollen. Kam es da nicht zu Spannungen?«

»Nein. Carola hat keine Familie mehr. Ihr Vater ist abgehauen, als sie noch ein Kind war, und ihre Mutter ist bei einem Unfall ums Leben gekommen.« Er dachte kurz nach und kam dann wohl zu dem gleichen Ergebnis wie Frommelt. »Ja, vielleicht hat sie einen Vaterersatz gesucht, vielleicht brauchte sie einen Mann, der sie beschützt. Was ist daran so verkehrt?«

»Gar nichts. Reine Routine, ich sagte es schon. Und sonst hatte sie niemanden?«

»Niemand, von dem ich wüsste. Da fällt mir ein, sie sagte einmal, sie würde Geschwister vermissen.«

»Wie meinte sie das?«

»Nun, ich nehme an, als Einzelkind wünscht man sich immer Geschwister.«

»Ist Ihnen in der letzten Zeit, etwa in einem Zeitraum von fünf Wochen, aufgefallen, dass sich Ihre Frau verändert hat?«

Brandes sah ihn mit unbeweglicher Mimik an, er überlegte. »Sie war oft unterwegs.«

»Öfter als sonst?«

»Ja. Ich habe ein paar Mal versucht, sie anzurufen, und sie war nicht zu Hause. Als ich sie zur Rede stellte, meinte sie, sie wäre einkaufen gewesen oder beim Friseur.«

Das Gleiche hatte Annemarie Neuhaus ausgesagt. Ob Brandes wusste, dass Lisa während dieser Zeit bei den Nachbarn gewesen war? Er würde es ihm nicht erzählen. Noch nicht. Frommelt erhob sich. »Vielen Dank erst mal. Wenn ich etwas Neues habe, lasse ich es Sie wissen.«

Vor dem Mietshaus am Innungswall, in dem Silvia damals gewohnt hatte, blieb Wehmeier stehen und sah eine Weile wehmütig zu ihrem Fenster hoch, dann ging er näher und strich mit den Fingern über die Klingelschilder. Wie mochte sich Silvia in diesen acht Jahren verändert haben?

Sie war der einzige Anhaltspunkt, den er hatte, auch wenn sie den anonymen Anrufer nicht kannte. Er musste herausfinden, warum sie damals ihre Aussage zurückgezogen und ihn dadurch belastet hatte.

Auf dem Schild stand nicht mehr Hein, sondern Bachmann. Hatte Silvia geheiratet? Das würde ihn nicht wundern, sie war eine hübsche Frau.

Die Haustür war nicht verschlossen. Oben, an der Wohnungstür, klingelte er. Nach kurzer Zeit ging die Tür auf, ein mickeriges Kerlchen in schmutzigen Jeans und Unterhemd stand vor ihm. Silvia Hein? Nie gehört. Wehmeier bedankte sich trotzdem. Die Tür schlug vor ihm zu. Ein Schauer durchfuhr ihn, wie immer, sobald er dieses Geräusch hörte. Im Gefängnis klangen die zugeschlagenen Türen jedoch stählern.

Aus den Augenwinkeln bekam er mit, wie sich die Tür der gegenüberliegenden Wohnung einen Spalt weit öffnete. Er zögerte und erkannte Silvias betagte Nachbarin. Neugierig war sie schon immer gewesen. Sie reichte wohl nicht mehr an den Spion heran, der in die obere Hälfte der Tür eingelassen war.

»Herr Wehmeier«, sagte sie und die Tür schwang auf. Ihre Stimme klang ungewöhnlich kräftig.

Wehmeier linste auf das Klingelschild, er hatte ihren Namen vergessen. »Frau Wiebrecht, Sie kennen mich noch?«

»Wissen Sie, auch wenn mich meine Knochen im Stich lassen, der hier«, sie tippte sich mit zwei gekrümmten Fingern gegen die faltigen Schläfen, »leistet noch ganze Arbeit.« Dabei schmunzelte sie wie ein junges Mädchen. Sie bat ihn in die Küche, forderte ihn auf, sich an den Tisch zu setzen. Die abgenutzte blaue Plastiktischdecke war blitzsauber, die kleinen, gelben Blümchen darauf verblassten bereits.

Sie habe nie glauben können, dass er es gewesen sei, sagte sie nach einer Weile. Aber das Gericht hatte das ja so beschlossen. Dabei sah sie ihn fragend an.

»Nun ja, auch die Justiz kann sich irren.« Ob sie ihm glaubte, konnte er nicht feststellen. Ehe er weiter nach Silvia fragen konnte, legte sie ihm ihre von Altersflecken überzogene Hand auf den Arm.

»Ich koch uns erst mal einen Kaffee. Und Hunger haben Sie sicher auch. Sie sind ja ganz abgemagert.« Ohne eine Antwort abzuwarten, drückte sie sich vom Stuhl hoch und hantierte in der Küche herum. »Wissen Sie, das war schrecklich damals, ganz schrecklich. Die arme Kleine«, fuhr sie fort, ohne ihn anzusehen. »Die Silvia hat das nie verkraftet, ist völlig zusammengebrochen, als ..., na als ..., also kurz nachdem die kleine Betti nicht mehr war.«

Wehmeier merkte, dass sie auch nach all den Jahren so von dem Geschehen ergriffen war, dass sie es nicht aussprechen konnte. Während Frau Wiebrecht den Kaffee aufsetzte und Stullen mit Schinken schmierte, redete sie weiter und Wehmeier unterbrach sie nicht.

»Ganz schrecklich, das alles. Dass der Silvia aber auch nichts aufgefallen ist, damals. Betti war doch noch so klein, das arme Ding, ich meine, dass muss einer Mutter doch auffallen, wenn was mit dem Kind ist, oder? Da sollen ja ganz schreckliche Dinge passiert sein. Man hört ja so viel, wissen Sie.« Jetzt sah Frau Wiebrecht sich um und fuchtelte zur Betonung ihrer Worte mit dem Messer in der Luft herum. »Bei mir war sie ja auch öfter, die kleine Betti. Immer wenn die Silvia arbeiten musste und die Großen außer Haus waren, dann kam sie zu mir. Sie war so ein stilles, ruhiges Kind, immer brav und in sich gekehrt. Das hab ich der Silvia auch gesagt, damals, dass die Betti viel zu ruhig ist für ihr Alter. Da toben die Kinder doch herum, aber Betti saß hier und hat sich stundenlang mit ein und derselben Sache beschäftigt.« Frau Wiebrecht nahm zwei Tassen aus dem Schrank und stellte sie vor Wehmeier auf den Tisch. »Die Polizei war ja auch bei mir, damals, und denen hab ich das auch gesagt, das mit der Betti und dass sie viel zu ruhig gewesen ist, aber das hat niemanden interessiert. Die wollten immer nur wissen, wann und wie oft Sie hier gewesen sind. Als ob ich hinter der Tür stehe und meine Nachbarn belausche.« Sie stützte sich mit beiden Händen auf dem Tisch ab und sah Wehmeier lange in die Augen.

Er war hier, weil er wissen wollte, wo Silvia war. Wenn er jetzt das Falsche sagte, würde sie ihm alles bis ins letzte ermüdende

Detail erzählen, vermutete er. »Nein, natürlich nicht. Wissen Sie denn, wo Silvia heute lebt?«

»Die Silvia. Die hat so viel mitmachen müssen. Ja, mein Gott, die war so kraftlos, so müde, als die Kleine nicht mehr war. Das ist ja auch kein Wunder. In Behandlung soll sie gewesen sein. Das hat mir die Silvia nie direkt gesagt, aber hier im Haus wird ja so viel geredet. Eine schreckliche Zeit war das damals, ganz schrecklich. Die arme Kleine.«

»Silvia ist dann ausgezogen, oder?«

»Ja, ja. Das muss kurz nach Bettis Tod gewesen sein. Nein. Lassen Sie mich mal überlegen.« Sie kratzte sich am Kinn und schaute zur Decke. »Ich weiß es wieder, das war kurz nachdem das Urteil gesprochen wurde, kurz nachdem es in der Zeitung gestanden hat.« Sie sah ihm wieder fest in die Augen, ohne eine Regung zu zeigen. Wehmeier wusste nicht, was oder wie sie über ihn dachte. Vermutlich war es ihr egal, wer hier bei ihr am Tisch saß, Hauptsache, sie war nicht allein. »An dem Tag kam die Silvia zu mir und wollte sich verabschieden. Sie hatte es sehr eilig. Sie hat nur gesagt, dass sie es in der Wohnung nicht mehr aushält und mit den Großen in eine andere zieht. Kann man ja auch verstehen.«

»Und, hat sie gesagt, wohin sie zieht?«

»Nein. Ruckzuck war sie wieder weg. Vielleicht, damit ich keine Fragen stelle. Als ob ich neugierig wäre.«

Frommelt fuhr vom Grundstück der Firma Hunold & Co. Gero Brandes schien glaubhaft zu sein. Das unterstützte auch sein Alibi. Welches Geheimnis hatte Carola Brandes? Hatte sie tatsächlich ein Verhältnis mit Wehmeier? Der Altersunterschied war ähnlich wie der zu ihrem Mann.

Er griff umständlich unter dem Gurt in seine Jackentasche, zog das Handy heraus und wählte eine eingespeicherte Nummer. Automatisch sah er in den Rückspiegel. Ein Streifenwagen überholte ihn. Er lächelte den Kollegen zu. Es war ihm egal, ob er noch einen Strafzettel bekam, sollte Hausmann sich damit herumärgern. Hannah meldete sich. Er erklärte ihr, dass sie sich in der Nähe von Dittmers Haus auf die Lauer legen und diesen Bengel sofort zu ihm ins Büro bringen solle. Er hatte mit einem Mann gesprochen. Frommelt glaubte nicht, dass Rene Lisa tatsächlich getötet hatte, aber ein wichtiger Zeuge war er allemal.

Frommelt musste an Wehmeiers Behausung denken. Wohnung konnte man diese Unterkunft wohl kaum nennen und er war froh, bei der Durchsuchung nicht dabei gewesen zu sein. Er hatte die Fotos gesehen und die genügten ihm vollkommen. Musste Richard Wehmeier nicht am Rande der Verzweiflung, der Resignation sein?

Was hatte er in den vergangenen Wochen getan? Eine Arbeit hatte er nicht aufgenommen, das hatten sie überprüft. Für einen verurteilten Kindsmörder würde es bei der derzeitigen Arbeitsmarktsituation auch so schnell keine Stelle geben. Und was würde er als Nächstes tun?

Nachdem seine Wohnung durchsucht worden war, würde er dorthin nicht zurückkehren, so gut kannte er ihn. Das Haus wurde observiert, bislang hatte ihn noch niemand gesehen. Aber irgendwo musste er sich aufhalten. Wohin ging er? Was unternahm er? Mit wem traf er sich? Kein Mensch konnte völlig isoliert leben. Die Frage war: Wo hatte Wehmeier Carola Brandes kennengelernt?

Frommelt parkte den Wagen auf dem Parkplatz der Polizeiinspektion an der Hindenburgstraße und rekonstruierte noch einmal Wehmeiers vergangene fünf Wochen. Niemand hatte ihn von der Vollzugsanstalt abgeholt, das hatte er überprüft. Die Wohnung war ihm gestellt worden. Mit Simone Sebald hatte er keinen Kontakt aufgenommen. Oder hatte sie gelogen? Schützte sie ihren Ex-Mann? Wie weit würde solch eine Frau gehen? Dann der Tattag: Wie war er nach Isenbüttel gekommen? Der Ort lag ungefähr sechs Kilometer von Gifhorn entfernt und Wehmeier, der wahrscheinlich keine öffentlichen Verkehrsmittel benutzt hatte, brauchte zu Fuß sicher mehr als eine Stunde.

Frommelt drehte sich im Kreis und sah sich um. In welchem Radius bewegte sich Wehmeier? Drei Straßen weiter befand sich seine Wohnung. In Richtung Steinweg lag die Fußgängerzone. Frommelt ging zielstrebig an der Ratsschänke und Spielwaren Schütte vorbei in Richtung Rathaus. Auf der Brücke über die Aller blieb er kurz stehen und sah den Enten zu. Was wollte er hier? Hoffte er allen Ernstes, dass ihm Wehmeier zufällig in die Arme lief? Er sah auf die Uhr. Kurz nach eins. Kurzerhand kehrte er um, holte sich aus der Bäckerei zwei Nussecken und einen Kaffee und marschierte strammen Schrittes zurück. An der Aller entlang, über den Hempel-Parkplatz und die Konrad-Adenauer-Straße, bis er zum Schlosssee kam. Dort setzte er sich auf eine Bank und hielt sein Gesicht in die Sonne. Auf der gegenüberliegenden Seeseite leuchtete die goldene Kuppel der russisch-orthodoxen Holzkirche. Wie im Urlaub, dachte er. Warum hatte Maren nur immer in die Karibik gewollt?

Viel Bewegung hatte er in der vergangenen Zeit nicht gehabt. Er beschloss, einen Spaziergang um den See zu machen. Nach wenigen Schritten tauchte vor ihm ein kleiner Spielplatz auf, auf dem einige Kinder spielten. War Wehmeier hier gewesen? Was sollte er von diesem Gutachten halten, das Wehmeier zum Verhängnis geworden war? Wehmeiers angebliche Affinität zu Kindern war im Prozess erörtert worden. Wehmeier hatte in den Verhören immer wieder deutlich gemacht, dass er lediglich ein sehr freundschaftliches Verhältnis zu Silvias Kindern gehabt hätte, mehr nicht.

Auf einer der Bänke saß eine etwas mollige Frau. Frommelt schätzte sie auf Anfang dreißig. Sie ist sicher jünger, dachte er, die fahle Gesichtsfarbe und die dunklen Ringe unter den Augen lassen sie älter aussehen.

Silvia war umgezogen. Sie lebte sicher irgendwo in Gifhorn. Oder war sie vielleicht in eine andere Stadt gezogen? Dann würde er sie nie finden. Wehmeier wusste nicht, wo er mit seiner Suche beginnen sollte. Es gab kaum noch öffentliche Telefonzellen und Telefonbücher. Er kannte ein Internetcafé am Schillerplatz, da könnte er nachschauen, ob Silvias neue Adresse eingetragen war. Aber er hatte kein Geld mehr.

Der Angestellte schaute ihn von oben bis unten an, als er durch die Tür trat. Als er sein Anliegen vorgebracht hatte, zögerte der junge Mann einen Moment, dann wies er ihm einen Platz zu.

»Aber sag bloß nix, Mann. Ich krieg sonst ne Menge Ärger.« Wehmeier bedankte sich hastig und verzog sich hinter den Bildschirm.

Nichts. Unter Silvia Hein gab es keinen Eintrag, keinen unter Melissa, keinen unter Fabian. Wie alt mochten die Kinder heute sein? Er rechnete kurz nach. Melli war vielleicht schon verheiratet und trug einen anderen Namen.

Wer konnte ihm noch weiterhelfen? Sein Anwalt, diese trübe Tasse, dieser mickrige, armselige Wicht, der nichts für ihn getan hatte? In seinen Unterlagen waren bestimmt die Adressen der Heins.

Durch das Fenster sah er auf der Fallerslebener Straße einen Streifenwagen vorbeifahren. Instinktiv zuckte er zusammen, stand auf, bedankte sich und ging raus.

Er musste mit Frommelt reden. Doch wie sollte das gehen? Frommelt würde ihn augenblicklich verhaften. Das war seine Pflicht. Damals, als er noch Leiter der Jugendbehörde gewesen war, hatte er auch stets seine Pflicht getan und nach Vorschrift gehandelt. Bis auf ein Mal. Das sollte ihm nun zum zweiten Mal zum Verhängnis werden.

Seltsam hatte sich die Frau schon verhalten, dachte Frommelt, als er vom Spielplatz zurück in Richtung Innenstadt ging. Sie hatte ihn mit einem merkwürdig gehetztem Gesichtsausdruck angesehen, fast panisch, doch ihre Bewegungen waren eher lethargisch gewesen. Als er ihr Wehmeiers Foto gezeigt hatte, hatte sie hin und her gewankt. Er hatte schon befürchtet, sie würde von der Bank fallen. Sicherlich hatte sie die Zeitung gelesen und war verstört, weil ein mutmaßlicher Kindsmörder frei herumlief. Die Zeitung hatte keinen Hehl daraus gemacht, welche Gefahr von Wehmeier ausging. Nun sind die Leute verschreckt und wir müssen es wieder ausbaden, dachte Frommelt, der nicht viel von den Übertreibungen der Presse hielt.

Sein Blick glitt an den Häuserzeilen des Steinwegs entlang und blieb wie gebannt an den blau-weiß geschwungenen Buchstaben eines Lokals hängen.

Als Frommelt das *Paula's* betrat, fühlte er sich plötzlich richtig wohl. Er war noch nie zuvor hier gewesen, doch die anheimelnde Atmosphäre der rustikal eingerichteten Brasserie gefiel ihm. Seine unerklärliche Freude wandelte sich spontan in eine fassbare: Ihm streckte sich ein fester, knackiger Hintern entgegen. Er gehörte einer Frau, die gerade in einem Schrank herumkramte. Kurz darauf kam sie mit einem Karton Zuckertütchen wieder hoch. Als sie sich umdrehte und seinen Blick bemerkte, lächelte sie, nebenbei riss sie den Karton auf.

Solche Blicke ist sie gewohnt, dachte Frommelt. Ohne ihn weiter zu beachten, bereitete sie einen Cappuccino zu. Er kam näher und setzte sich auf einen der hölzernen, abgesessenen Hocker. Sie stellte die Tasse auf ein Tablett, legte ein Tütchen Zucker dazu und trug es zu einem Tisch, an dem ein einzelner Mann saß. Nun fiel Frommelt auf, dass das Lokal zur Hälfte besetzt war.

»Was kann ich für Sie tun?« Ihre Stimme klang mehr als angenehm.

»Ja …«, er hatte gar nicht bemerkt, dass sie wieder am Tresen stand. Er kramte Wehmeiers Foto aus der Jackentasche und zeigte es ihr. »Haben Sie diesen Mann hier schon einmal gesehen?«

Regungslos betrachtete die Frau das Foto. Frommelt meinte, ein leichtes Zucken um ihre Mundwinkel entdeckt zu haben, aber vielleicht hatte er sich das auch nur eingebildet. Sie schüttelte den Kopf und sah ihn mit leicht gesenktem Kopf tief in die Augen. Dieser Blick traf Frommelt tiefer als erwartet. Wieder schoss Freude in ihm auf. Sie waren also noch da, diese speziellen Gefühle, die er seit Marens Auszug nicht mehr gespürt hatte.

»Nein, tut mir leid«, sagte die Frau. »Aber ich kann mir auch nicht alle Gäste merken.«

Der etwas schroffe Ton passt nicht zu ihr, dachte Frommelt. Aber der Umgang mit den Gästen war bestimmt nicht immer leicht, da hatte sie sich wahrscheinlich diese burschikose Art angewöhnt. Das braucht man wohl, wenn man hier arbeitet. Frommelt lächelte und bedankte sich.

Erst draußen fiel ihm auf, dass er sie, vor lauter Gefühlsduselei, nicht nach ihrem Namen gefragt hatte. Das war ihm noch nie passiert. Aber zurückzugehen, war ihm zu peinlich. So hatte er wenigstens einen Grund, noch einmal wieder zu kommen.

Auf dem Weg zur Polizeiinspektion überlegte er kurz, ob er ins Büro gehen oder selbst noch einmal Wehmeiers Wohnung unter die Lupe nehmen sollte. Bevor er den Gedanken zu Ende bringen konnte, klingelte das Handy. Hannah.

»Rene ist spurlos verschwunden, er ist weder in der Schule noch bei seiner Mutter«, sprudelte sie hervor.

»Hannah!«, schrie er. »Bring mir diesen Bengel. Es ist mir egal, wie ihr das anstellt. Nehmt ihm meinetwegen dieses dämliche Rad weg, damit er nicht immer abhauen kann.«

Es war später Nachmittag, als Wehmeier in die Straße einbog und vor dem grauen Bürogebäude stand. Wenn er Glück hatte, würde er Ahlsen allein antreffen. Er schlich durch den Hauseingang, die Treppe hoch. Vor der Tür, an der ein Schild auf den Anwalt Philipp Ahlsen hinwies, blieb er kurz stehen und lauschte. Frauenstimmen. Er drückte vorsichtig die Klinke herunter. Verschlossen.

Wehmeier stellte sich seitlich an die Wand und wartete. Nach kurzer Zeit kamen zwei Frauen mit Taschen und Jacken durch die Tür und strebten schwatzend dem Feierabend entgegen. Ehe die Tür wieder ins Schloss fiel, huschte er unbemerkt in die Kanzlei seines ehemaligen Anwalts.

Wie er erwartet hatte, war niemand mehr am Empfang. Schreibtisch mit Computer, linker Hand eine Tür. Hier wimmelte die Sekretärin also unangenehme Besucher ab und dort hinter der Tür saß sicher Ahlsen, diese miese kleine Ratte.

Ohne zu klopfen betrat er das Büro. Der Anwalt studierte eine Akte. Er bemerkte seinen Besucher erst, als Wehmeier direkt vor dem Schreibtisch stand.

Er genoss es, dass Ahlsen bei seinem Anblick zusammenzuckte. »Ich sehe, Sie kennen mich noch«, sagte er und lächelte verächtlich.

»Was wollen Sie?«, hauchte Ahlsen. Seine kleinen Hände, die noch immer die Akte festhielten, zitterten.

»Ich brauche die Adressen und Aufenthaltsorte der Familie Hein.«

»Tut mir leid, das kann ich Ihnen nicht sagen.«

»Warum nicht?«

»Weil ich sie nicht weiß.«

»Oder weil Sie nicht wollen?« Wehmeier ging um den Tisch herum, sah drohend auf Ahlsen herab. Der duckte sich, versuchte auszuweichen. Mit der rechten Hand packte Wehmeier Ahlsen am Hemdkragen und zog daran, bis der Anwalt rot anlief.

»Glauben Sie mir, ich habe keine Ahnung, wo sie sich aufhalten«, röchelte er schwach. Als Wehmeier losließ, rollte der Stuhl mit Ahlsen ein Stück Richtung Fenster.

Wehmeier verließ das Büro.

Wieder hatte er nichts erreicht. Er lief gegen Mauern. Vielleicht war die größte Mauer ja in seinem Hirn? Mit gesenktem Kopf trottete er die Straße entlang und erreichte den Marktplatz. Fast hätte er einen Passanten umgerannt. Er musste sich konzentrieren, er durfte sich keine Fehler erlauben. Nur wenn er bewies, dass er diese Morde nicht begangen hatte, würde er ein einigermaßen menschenwürdiges Leben führen können. Und wenn es ihm nicht gelang? Dann müsste er weiterhin auf der Flucht leben, sich verstecken oder die Stadt verlassen. Von hier fortziehen? Nein, das kam nicht infrage. Dann hätte er Simone für immer verloren.

Vor der Apotheke auf dem Steinweg mühte sich eine Frau damit ab, ihre Kinderkarre die fünf Stufen zum Eingang hinaufzubugsieren. Er ging näher und erkannte die pummelige Frau vom Spielplatz. »Kann ich Ihnen helfen?«, fragte er freundlich und packte zu.

Sie sah ihn misstrauisch an, als er sich die Karre mit dem Kind unter den Arm klemmte und die Stufen hinauf bis vor die Tür trug.

»Vielen Dank, das war sehr nett«, sagte sie schließlich leise.

»Keine Ursache.« Er hielt ihr die Tür auf.

Als Frommelt zurück zur Dienststelle kam, begegnete er Bräuer, der gerade versuchte, aus dem Automaten einen Becher Namenlos zu ziehen. Doch das Ding verweigerte die Arbeit. Bräuer schlug mit der flachen Hand gegen die Seite. Nichts passierte. Verlegen sah er Frommelt an.

»Hast du schon Carola Brandes überprüft?«, fragte Frommelt, ohne auf die Automatenaktivitäten des Kollegen einzugehen.

»Hab ich. Völlig unauffällig. War immer ordnungsgemäß gemeldet, vor und nach ihrer Heirat. Keine Vorstrafen. Hab ich dir auf den Tisch gelegt.«

Frommelt nickte und ging ins Büro. Er sah auf die Uhr. Kurz nach halb fünf, vielleicht würden einige von Wehmeiers Bekannten zu Hause sein.

Er schlug sein Notizbuch auf, nahm den Telefonhörer und wählte. Nach fünf ergebnislosen Gesprächen gab er auf. Niemand der Bekannten und ehemaligen Freunde von Richard Wehmeier hatte ihn gesehen oder Kontakt mit ihm aufgenommen. Manche erinnerten sich kaum noch an ihn oder taten zumindest so, weil es ihnen peinlich war, mit einem Kindsmörder in Verbindung gebracht zu werden.

Als Nächstes rief Frommelt in der JVA Braunschweig an, in der Wehmeier in Haft gewesen war. Er ließ sich verbinden, wartete und notierte einige Namen. Als er das Gespräch beendet hatte, starrte Frommelt auf den Zettel. Während all der Jahre im Gefängnis, hatte Wehmeier nur selten Besuch gehabt. Simone Wehmeier war zweimal bei ihm gewesen. Einmal kurz nach der Inhaftnahme, dann noch einmal anderthalb Jahre später. Sein Anwalt und Silvia Hein hatten ihn jeweils einmal besucht. Das war ganz zu Anfang seiner Haftzeit gewesen. Dann hatte Fabian Hein zweimal einen Besuchsantrag gestellt, der von Silvia Hein abgelehnt worden war. Der Junge war noch nicht volljährig, also musste seine Mutter ihre Zustimmung geben. Die Spur führte ins Nichts.

Dieser Fall erwies sich als tückischer, als bislang angenommen. Er war sich sicher, beide Fälle hingen zusammen. Aber was hatte Carola Brandes mit dem Fall Betti Hein zu tun? Und Simone Sebald verschwieg ihm etwas, da war er sich ganz sicher, doch keine der beiden Frauen machte den Mund auf. Oder war es doch nur Einbildung? Er hatte sich noch immer auf seine Intuition, seinen Verstand verlassen zu können. Und wenn das dieses Mal nichts half? Wenn hier ganz andere Umstände zugrunde lagen?

Frommelt starrte auf seine Notizen und überlegte, was er übersehen hatte. Er kam nicht drauf.

Die Tür öffnete sich und Hannah kam völlig verschwitzt herein. »Ich hab ihn«, sagte sie atemlos und ließ sich auf ihren Stuhl fallen. Frommelt sah sie fasziniert an. Sie war noch immer schön, auch wenn ihre Haare verklebt vom Kopf abstanden, ihre Wangen rot waren und ihr Make-up verschmiert war. Sein Blick irritierte sie. »Rene«, sagte sie und erwartete seine Reaktion. Es kam keine. »Er sitzt nebenan.«

Ohne ein Wort der Erwiderung ging Frommelt hinaus.

Der Junge saß auf einem Stuhl, die Hände auf den Oberschenkeln, den Kopf gesenkt. Er schwitzte. Seine Stirn glänzte und der Haaransatz war feucht. Frommelt wusste, dass er ihn nicht allein befragen durfte, er war noch minderjährig. Doch weder einen Anwalt noch seine Mutter hatte er draußen auf dem Flur gesehen. Er wog das Für und Wider kurz ab und entschloss sich dann, diesen Punkt auf sich beruhen zu lassen. Bedächtig setzte er sich dem Jungen gegenüber.

»Rene, es ist schön, dich zu sehen«, sagte Frommelt und Rene schaute ihn an, als höre er solche Worte zum ersten Mal. Frommelt erklärte ihm seine Rechte bei dieser Zeugenbefragung und Rene nickte. Frommelt war sich jedoch sicher, dass der Junge nichts davon begriffen hatte, auch wenn er versucht hatte, es ist einfachen Worten zu erklären. »Du fährst gern mit dem Rad herum, nicht wahr?«

Nun strahlte Rene. Seine Mundwinkel schoben die Wangen nach oben, er sah fast wie ein Baby aus.

»Bist du oft in den Feldern?« Frommelt tastete sich vorsichtig vor. Er wusste, ein falsches Wort und aus dem Jungen wäre nichts mehr herauszubekommen.

»Ja. Und überall«, sagte Rene mehrdeutig.

»Und du hast Lisa gestern Mittag noch im Garten gesehen?«

Wieder nickte Rene.

»Und du hast mit einem Mann gesprochen?«

»Ja.«

Frommelt legte dem Jungen das Foto von Wehmeier vor. »Hast du diesen Mann auf der Straße gesehen?«

Der Junge stockte, er schien verwirrt und schien nicht zu begreifen, was Frommelt von ihm wollte.

»Rene, wir tun dir hier nichts, wenn du nichts getan hast. Hast du doch nicht, oder?«

Rene schüttelte den Kopf.

»Also, kannst du mir sagen, ob dieser Mann bei euch auf der Straße war, als du gestern mit dem Rad herumgefahren bist? Bevor du Lisa gefunden und Herrn Hirschner zu Hilfe geholt hast?«

Rene nickte.

»Hat Lisa da noch im Garten gespielt?«

Rene nickte so heftig, dass Schweißtropfen aus seinen Haaren stoben.

»Und dieser Mann hat dir gesagt, dass du ihnen das Höschen ausziehen darfst?«

Rene schüttelte den Kopf.

»Was denn?« Das klang ziemlich barsch und Frommelt hatte schon die Befürchtung, dass der Junge nicht mehr kooperieren würde. Aber Rene schüttelte wieder den Kopf. »Rene, wir wollen dir hier nichts tun. Wir wollen einfach nur die Wahrheit wissen. Du bist doch mit dem Rad herumgefahren und dabei hast du diesen Mann gesehen?« Frommelt tippte auf Wehmeiers Foto. »Ist das richtig?«

Dieses Mal nickte der Junge.

»Was hat er zu dir gesagt?«

»Nichts.«

»Also, dieser Mann auf dem Foto hat dir nicht gesagt, dass du den Puppen die Höschen ausziehen darfst?«

Wieder schüttelte Rene den Kopf. Erneut so heftig, dass Frommelt dachte, der Junge stürze gleich vom Stuhl.

»Rene, wir wissen, dass du in der Schule versucht hast, einer Mitschülerin das Höschen auszuziehen.«

Rene fing an zu weinen. Dicke Tränen kullerten über seine babyhaften Wangen. Hilflos saß er auf dem Stuhl, die Finger ineinander verschlungen. »Ich hab's doch nur weggenommen«, flüsterte er so leise, dass sich Frommelt zu ihm hinüberbeugen musste.

»Was hast du weggenommen?«, flüsterte Frommelt.

»Das Höschen, es lag da rum.«

»Rene, wann war das? Im Unterricht? In der Pause?«

»Beim Sport. Die anderen haben gesagt, wenn ich das tue, dann darf ich mitmachen.«

»Eine Mutprobe?«

Rene fühlte sich verstanden. Die Tränen versiegten und er strahlte Frommelt hoffnungsvoll an.

»Also, deine Klassenkameraden haben dir gesagt, du sollst ein Höschen aus der Umkleidekabine der Mädchen klauen?«

Rene nickte. Sein dicker Kopf wippte wieder und wieder auf und ab.

Die Tür öffnete sich, herein kam eine untersetzte Frau mittleren Alters mit herausgewachsener Dauerwelle und schlechtem Färbeergebnis. »Guten Tag, ich bin Gesine Schrader vom Jugendamt. Ich bitte Sie, das Verhör des Jungen sofort einzustellen. Sein Anwalt wird jeden Moment hier sein. Und Sie wissen genau, dass Sie ohne die Anwesenheit eines Elternteils das Kind nicht vernehmen dürfen.«

Frommelt stand auf und warf Frau Schrader einen vernichtenden Blick zu »Einen Anwalt wird er nicht brauchen, nehmen Sie ihn mit«, sagte er und warf die Tür hinter sich zu.

Auf dem Flur kam ihm Hannah entgegen. »Na, wie ist es gelaufen?«

»Das Jugendamt hat mir eine ihrer Furien auf den Hals gehetzt und ein Anwalt wird auch gleich hier sein. Aber ich glaube nicht, dass der Junge es war.«

»Was hat er gesagt?«

»Nicht viel. Nur, dass ihn Mitschüler dazu angestachelt haben, ein Höschen aus der Umkleidekabine der Mädchen zu klauen. Und dass er Wehmeier zwar gesehen, aber nicht mit ihm gesprochen hat.«

»Und das klang wirklich glaubwürdig?«

»Irgendwie schon.«

»Kann es nicht auch sein, dass sich viel in seiner Fantasie abspielt?«

»Vermutlich alles oder ein großer Teil. Aber wer kriegt raus, welcher Teil die Wahrheit ist?«

»Wenn ihm jemand gesagt hat, dass er den Puppen die Höschen ausziehen darf, wobei ich das für eine Projektion auf Lisa halte, nun mal ehrlich, Kilian, warum sollte Wehmeier so etwas gesagt haben? Vor allem, weil Rene ja behauptet, dass es nicht Wehmeier war. Das passt doch alles nicht zusammen. Aber gehen wir mal davon aus, dass Rene nicht die Wahrheit sagt und Wehmeier Lisa tatsächlich umgebracht hat – warum zieht er den Jungen da hinein?«

»Vielleicht hat Rene ihn beobachtet? Und der Junge sagt nichts, weil er befürchtet, dass er sonst Ärger bekommt.«

»Und woher soll Wehmeier wissen, dass der Junge eine Vorliebe für Mädchenhöschen hat?«

»Genau das ist mein Problem.«

»Das ist nicht dein Problem, denn du bist nach wie vor der Überzeugung, dass Wehmeier die Tat nicht begangen hat.« Sie sah ihn einen Augenblick nachdenklich an. »Und du willst immer noch wissen, ob er Betti Hein getötet hat. Du nimmst die Sache persönlich.«

Als die pummelige Frau mit der Kinderkarre wenige Minuten später aus der Apotheke herauskam, erwartete Wehmeier sie mit einem freundlichen Lächeln. Sie wich seinem Blick aus und starrte auf den Boden.

»Ich dachte mir, Sie müssen auch wieder hinunter«, sagte er immer noch lächelnd. Dann hob er die Karre auf die Straße. Sie gingen nebeneinander her und schwiegen eine Weile.

»Wohnen Sie hier in der Nähe?«, fragte sie plötzlich.

»Ja, dort drüben, einige Straßen weiter.«

Sie nickte, als wüsste sie das bereits. Hatte sie sein Foto in der Zeitung gesehen und erkannt, fragte sich Wehmeier.

»Ich habe Sie am Spielplatz gesehen.« Sie flüsterte.

»Wenn man keine Arbeit hat, kann man den ganzen Tag spazieren gehen«, sagte Wehmeier.

»Und immer allein«, sagte sie.

Wehmeier wusste nicht, ob sie diesen Satz auf ihn oder auf sich selbst bezog. »Meine Frau hat sich vor einigen Jahren scheiden lassen.«

»Weil Sie arbeitslos geworden sind?«

»Nein.« Wehmeier lachte bitter. »Nein, das hatte andere Gründe.«

»Verstehe«, sagte die Frau und nickte.

Wehmeier war sich sicher, das tat sie nicht. Dieses Gespräch war seltsam. Sie gelangten an eine Straßenkreuzung.

»Haben Sie Kinder?«

»Nein«, sagte Wehmeier und schüttelte zur Bekräftigung den Kopf.

»Kinder leiden bei einer Trennung immer am meisten.«

Er starrte vor Verlegenheit auf seine Füße, dachte einen kurzen Moment daran, endlich Socken besorgen zu müssen. »Und Sie? Ich meine, Sie sind auch oft hier allein unterwegs.«

»Ich bin nicht allein, ich habe ja meine Tochter. Wir müssen zum Bus.« Sie wies mit dem Kinn Richtung Haltestellen, an der mehrere blau-gelbe Linienbusse standen. »Wir wohnen in der Borsigstraße. Es ist eng dort. Kein Garten, nichts, wo Cora spielen darf. Deshalb sind wir oft am Schlosssee auf dem Spielplatz. Sie braucht andere Kinder, soziale Kontakte. So nennt man das doch wohl?«

Es klang in Wehmeiers Ohren fast wie eine Entschuldigung. Er dachte an die Szene neulich, als sich das Mädchen mit ihrem Spielkameraden um die Schaufel gestritten und seine Mutter tatenlos zugesehen hatte. Er konnte sie nicht einschätzen. »Leben Sie mit Ihrer Tochter allein?«

»Ja, Coras Vater hat uns verlassen, weil …« Sie hörte mitten im Satz auf zu sprechen, blieb stehen und starrte geradeaus. Sie standen im Weg, doch die Frau schien das nicht zu bemerken. Als ob sie ihre Gefühle nicht im Griff hat, dachte Wehmeier, und nicht daran erinnert werden will. Das konnte er gut verstehen. Ihm ging es nicht anders.

»Es ist nicht einfach …«, begann sie erneut und wieder beendete sie den Satz nicht.

Wehmeier war irritiert, sagte aber nichts.

»Wenn wenigstens mein Vater, also Coras Großvater, noch leben würde. Er hat uns oft geholfen. Auch mit Geld, aber vor allem hat er sich um Cora gekümmert. Ist mit ihr Eis essen gegangen oder in den Tierpark gefahren. Nun ist er tot.«

Wie einsam muss diese Frau sein, dachte Wehmeier und wurde wieder an seine eigene quälende Einsamkeit erinnert. Soziale Kontakte. Jetzt begriff er, wie schwer das war. Was hatte er früher zu seinen Klienten gesagt? Meistens zu alleinerziehenden Elternteilen: Kapselt euch nicht ab. Sucht Kontakt zu anderen Menschen, sonst vereinsamt ihr. Aber er hatte die verständnislosen Blicke nicht zu deuten gewusst.

Eine junge Mutter hatte es dann einmal auf den Punkt gebracht. »Wer will denn mit Harz-IV-Abschaum wie uns etwas zu tun haben?« Er konnte sich gut daran erinnern, wie sehr diese Äußerung ihn irritiert hatte.

Cora zappelte in ihrer Karre. Sie quengelte, schlug mit den Armen um sich und lehnte sich so weit aus dem Gefährt, dass Wehmeier Angst bekam, die Kleine würde auf die Straße fallen.

»Wir müssen nach Hause. Cora muss etwas zu essen bekommen.« Mittlerweile hatten sie die Haltestelle erreicht.

»Ich weiß gar nicht, wie Sie heißen«, sagte Wehmeier. »Wenn wir uns zufällig wiedersehen, möchte ich Sie gern mit Namen ansprechen dürfen. Ich bin Richard.« Er reichte ihr die Hand.

Zögernd griff sie zu. »Monika.« Sie versuchte, ihm dabei in die Augen zu sehen. Etwas, das ihr schwer zu fallen schien.

»Dann bis bald, Monika.«

»Das wäre schön, Richard.«

Frommelt sah von seiner Akte auf, als das Telefon auf dem Nachbarschreibtisch läutete. Rene schied für weitere Befragungen aus. Dafür hatte die Furie vom Jugendamt gesorgt. Und in Anwesenheit seiner Mutter, eines Anwaltes oder gar von beiden, würde der Junge nichts Brauchbares sagen.

Welchen Zusammenhang gab es zwischen Lisa Brandes und Betti Hein? Außer, dass beide Mädchen im gleichen Alter waren, als sie ermordet wurden. Er notierte sich, dass er überprüfen musste, welcher Kindsmörder, außer Wehmeier, in der letzten Zeit entlassen worden war.

Bräuers Telefon klingelte, aber er nahm erst nach dem fünften Läuten ab. Auch so eine Marotte von ihm, dachte Frommelt. Damit die Leute denken, er hätte viel zu tun. Eine Weile hörte Bräuer zu, dann nickte er und legt den Hörer zurück.

»Donnerwetter«, sagt er und sah Frommelt an. »Der leistet ganze Arbeit.«

Frommelt blätterte in der Akte vor sich. »Wer?« Er gab sich unkonzentriert. Man musste Bräuer das Gefühl geben, nicht so wichtig zu sein.

»Wehmeier. Er hat eben seinem ehemaligen Anwalt einen Besuch abgestattet.«

»Und was wollte er?« Jetzt konnte Frommelt nur mühsam seine Aufregung unterdrücken.

»Den Aufenthaltsort von Silvia, Melissa und Fabian Hein. Er hat Ahlsen wohl ganz schön zugesetzt. Ahlsen sprach von Gewaltandrohung.«

»Gewalt? Wehmeier? Du bist sicher, dass er sich nicht irrt?«

»Das klang nicht so. Im Übrigen wird er ja wohl seinen ehemaligen Mandanten wiedererkennen.«

»Er sucht Silvia Hein? Dann weiß er nicht, dass sie tot ist. Das heißt aber auch, dass er weiß, dass die Heins nicht mehr in ihrer früheren Wohnung leben.«

»Ganz deiner Meinung.«

Frommelt sprang auf. »Ich kümmer mich darum.«

Seine Hände schwitzten, als er Gustav Sargens' Haus beobachtete.

Das Gespräch mit Monika hatte ihm gut getan. Auch wenn er die Frau nicht einschätzen konnte, irgendwie gefiel sie ihm. Möglich, dass dieses Gefühl seiner Einsamkeit geschuldet war.

Nachdem Monika in den Bus gestiegen war, war er zurück in den Park gegangen. Sein neues Zuhause: Das »Park-Hotel«, in dem er sich sogar ein Bett aussuchen konnte. Er musste eingeschlafen sein. Fetzen seines Traumes hingen noch in seiner Erinnerung nach, als er hochschreckte. Die Sonne war fast untergegangen, glitzernd hatte das Licht über das Wasser des Schlosssees geflirrt. Er hatte von Monika geträumt. Sie hatte ihm ihr Leben erzählt, ohne dass er die Worte bewusst verstanden hätte. Nur ein Satz war in seiner Erinnerung haften geblieben. »Wenn Coras Großvater noch leben würde …« Das hatte sie ihm heute Nachmittag erzählt. Er hatte versucht, Realität und Traum auseinanderzuhalten. Dann war es ihm klar geworden: der Großvater! Natürlich. Melissas und Fabians Großvater. Gustav Sargens. Er wusste bestimmt, wo seine Enkelkinder lebten. Müde hatte er sich von der Bank erhoben, seine Beine waren taub von der unbequemen Position gewesen. Dann war er losgegangen. Die Adresse wusste er noch.

Jetzt stand er seit zwei Stunden an dieser Straßenecke, versteckt hinter einer Hecke. Im Haus rührte sich nichts, kein Licht brannte. Er hatte sich im Schutz der Dämmerung dem Haus genähert. Sargens war nicht zu Hause. Was hätte er getan, wenn er da gewesen wäre? Er wusste es nicht. Mit ihm reden? Auf gar keinen Fall. Sargens' Einstellung hatte sich sicher nicht geändert. Die hatte er ihm damals zur Genüge dargelegt: Er wolle Silvia nur ausnutzen und Sex, den er vermutlich bei seiner Frau nicht bekäme. Silvia hätte mit Männern bereits genug durchgemacht, er solle sie in Ruhe lassen. Und den Kindern täte es auch nicht gut. Das habe er an ihrem Verhalten gemerkt.

Er schlich sich erneut an. Das Einfamilienhaus lag etwas zurückgesetzt. Links ein Carport. Er war leer. Er erinnerte sich, dass Sargens damals einen Wagen besessen hatte. Das war acht Jahre her. War es möglich, dass der alte Zausel aufgrund seines Alters kein Auto mehr fuhr? Bei Sargens' sturer Art konnte er sich nicht vorstellen, dass er etwas freiwillig hergab.

Schnell stahl er sich weiter, durch das Gartentürchen und hinter das Haus. Es war nicht verschlossen. Der Schweiß klebte sein Hemd fest an den Rücken. Er wand sich, um das unangenehme Gefühl loszuwerden. Rechts schloss sich eine Terrasse an. Die Fenster zu dieser Seite waren geschlossen. Was hatte er erwartet? Sollte er eine Scheibe einschlagen? Wieder zur Vordertür gehen und klingeln? Unschlüssig trat er von einem Bein aufs andere. Er sah sich um. In den Nachbargärten war alles ruhig und verlassen.

Da sah er den Spalt. Die zwei Schiebeelemente der Terrassentür griffen nicht exakt ineinander. Sargens musste vergessen haben, sie abzuschließen. Oder war er doch zu Hause? Durch die Scheibe konnte er niemanden erkennen. Er huschte hinein. Das spärliche Licht reichte, um leidlich sehen zu können.

Schnell orientierte er sich. Vom Wohnzimmer gingen drei Türen ab. Links die Küche. Hier standen noch die Kaffeetasse, Marmelade und ein Frühstücksbrettchen mit benutztem Messer. Also war Sargens nach dem Frühstück aufgebrochen. In aller Eile, wie es schien. Die Tür gegenüber führte wohl zum Eingangsflur. Er öffnete die Tür zu seiner rechten Seite. Das Schlafzimmer. Der rechte Teil des Doppelbetts war benutzt, ein abgetragener Jogginganzug lag als Knäuel am Fußende, über dem anderen eine wollene Tagesdecke. Zurück im Wohnzimmer durchsuchte er die Schubladen, öffnete Schranktüren. Nichts. Er ging in den Flur. Die übliche Garderobe, Schirme, eine Kommode, in der er ein kleines, in schwarzes Leder gebundenes Adressbuch fand. Flüchtig blätterte er es durch und steckte es ein. In einer anderen Schublade fand er Fotos. Meist Landschaftsaufnahmen. Doch zwei Fotos erregten sein Interesse. Sie waren stark vergrößert, grobkörnig. Die einzigen, auf denen ein Mensch zu sehen war. Auf dem ersten Bild ein Mädchengesicht, strahlendblaue Augen, eine zierliche Stupsnase mit Sommersprossen. Betti. Auf dem zweiten Bild saß sie spielend im Gras. Wehmütig betrachtete Wehmeier das fröhliche Kind. Seine Hände zitterten leicht. Schnell steckte er die Fotos zum Adressbuch.

Sargens war Bettis Großvater, da war es nicht verwunderlich, dass er sich ein Andenken aufbewahrte. Er hatte sehr an der Kleinen gehangen, das hatte ihm Silvia erzählt. Aber auch, dass sie sich wundere, weil er von den beiden anderen Kindern nichts wissen wollte. Vor Bettis Geburt hatte er viel mit Melissa unternommen, hatte sie geradezu vergöttert und mit Geschenken überhäuft, doch als Melissa in die Pubertät kam, hatte Sargens die Nase voll von ihr gehabt. Sie sei eben, ihrem Alter entsprechend, zickig, frech und aufsässig, hatte Silvia erklärt. Das hätte ihr Vater nicht akzeptieren können. Er hätte andere Vorstellungen von Erziehung und Melissa passe da nicht rein. Deshalb möge er wohl auch Betti so gern, da sie wenig spreche und immer brav und angepasst sei.

Den restlichen Stapel Fotos legte er zurück und verließ das Haus. Er kletterte über den Zaun zum Nachbargrundstück und hastete zwischen Blumen und niedrigen Büschen hindurch, gebückt, sodass ihn niemand bemerken konnte.

Er war zum zweiten Mal in ein fremdes Haus eingedrungen. Hoffentlich wird das nicht zur Gewohnheit, dachte er. Sonst entwickle ich mich doch noch zum Kriminellen.

Frommelt kam zurück ins Büro, in der Hand einen Namenlosen. Zwischendurch war er schnell noch etwas essen gegangen, heute würde es wohl länger werden. Es war bereits nach zwanzig Uhr. Bräuer und Hannah waren noch immer da, er beachtete sie kaum. So kannte er sie. Sobald sie einen neuen Fall hatten, wühlten sie sich akribisch durch die Ergebnisse.

»Können wir für uns nicht mal eine Kaffeemaschine beantragen oder hat der Staat für seine Diener keine zwanzig Euro übrig? Diese Plörre ist ja nicht auszuhalten«, maulte Frommelt. Er lehnte sich im Stuhl zurück und verschränkt die Arme hinter dem Kopf. Jetzt erst bemerkte er Hausmann, der neben Bräuer am Schreibtisch saß und durch den Computerbildschirm verdeckt wurde. »Ich habe etwas Interessantes herausgefunden«, fuhr er unbeirrt fort, als Bräuer und Hannah ihn peinlich berührt ansahen. »Ich war eben bei der Nachbarin von Silvia. Sie erzählte mir, dass Silvia Hein kurz nach Bettis Tod weggezogen ist. Wohin wüsste sie nicht. Und noch etwas: Bis zu ihrem Tod war Silvia Hein offiziell unter ihrer alten Anschrift am Innungswall gemeldet. Dort hat man sie erst nach ihrem Tod abgemeldet. Sie war zwischenzeitlich nirgendwo anders gemeldet.« Frommelt wartete auf eine Reaktion seiner Kollegen. Nichts. Also sprach er weiter: »Ich war noch schnell auf dem Einwohnermeldeamt, bevor sie dort Feierabend gemacht haben. Sie geben dort zu, wohl einen Fehler gemacht zu haben. Sie hätten damals auf ein neues Computersystem umgestellt und beim Einfügen seien wohl einige *Unvollkommenheiten*, wie der Beamte es nannte, passiert. Zwischen dem Umzug und ihrem Tod gibt es keinen Hinweis darauf, wo sich Silvia Hein mit ihren Kindern aufgehalten haben könnte.«

»Wie kann eine Frau mit zwei Kindern einfach so untertauchen? Aus dem System verschwinden?«, fragte Hannah. »Hat sie sich absichtlich nirgendwo anders angemeldet? Der Trubel damals wird sie sicher sehr mitgenommen haben. Vielleicht wollte sie dem aus dem Weg gehen?«

»Das wäre verständlich. Auch ihre anschließende Reaktion«, sagte Frommelt. »Ich meine, dass sie sich zwei Jahre später von der Eisenbahnhochbrücke gestürzt hat. Wie verzweifelt muss sie gewesen sein?«

»Wenn Kinder vor den Eltern sterben und dann noch auf solch eine grausame Art und Weise, dann kann ich verstehen, dass einen das so fertig macht, dass man sich umbringt.« Hannah saß versunken auf ihrem Stuhl. Auch ihr schien dieser Fall nahezugehen.

»Aber ich frage mich, wo Melissa und Fabian geblieben sind? Auch wenn Silvia Hein mit den Kindern bis zu ihrem Tod in der Wohnung am Innungswall angemeldet war, müssten zumindest Melissa und Fabian danach irgendwo aufgetaucht sein. Aber die vom Jugendamt wissen nichts, da habe ich vorhin gleich angerufen, und in den Akten findet sich auch kein Hinweis.«

Erst jetzt bewegte sich Hausmann, der sich bis jetzt nicht geregt hatte. Er erhob sich und ging langsam auf Frommelt zu, ohne ihn aus den Augen zu lassen. »Herr Frommelt, Ihre Ermittlung in allen Ehren, aber hatten wir nicht abgemacht, dass Sie den alten Fall in Ruhe lassen und sich voll und ganz auf den Fall Lisa Brandes konzentrieren?« Frommelt antwortete nicht. Er versuchte, Hausmanns Blick standzuhalten. Das war er seiner Ehre schuldig. »Können Sie mir bitte erzählen, was ich der Presse erzählen soll?«

Nun schob Frommelt seinen Oberkörper langsam vor, fixierte Hausmann und sagte betont langsam: »Herr Hausmann, da wird Ihnen doch sicher, wie immer, etwas einfallen. Sie erwarten von einer kleinen Kriminalleuchte wie mir doch sicher keine Anweisungen in solch einer wichtigen Angelegenheit.«

»Haben Sie diesen Wehmeier denn nun endlich gefunden?« versuchte Hausmann das Gespräch in eine andere Richtung zu lenken.

Hannah zog hinter Hausmann eine Grimasse.

»Wehmeier ist und bleibt verschwunden«, antwortete Frommelt und verkniff sich ein Grinsen. »Es gab da eine vorschnelle Aktion, mag sein, dass er dadurch gewarnt …«

»Nun werden Sie mal nicht süffisant, sondern machen Ihre Arbeit, wie ich es von Ihnen erwarte.«

Frommelt knallte demonstrativ die Hacken zusammen. »Selbstverständlich …« Weiter kam er nicht, denn Hausmann knallte schon die Tür hinter sich zu. Bräuer schüttelte den Kopf und Hannah klatschte in die Hände. Die aufgestaute Spannung, die alle befallen hatte, löste sich und sie prusteten los.

»Übrigens, Wehmeier war auch bei der Nachbarin.«

»Na, der ist ja fix«, sagte Hannah.

Bräuer stand auf und reckte sich. »Ich mach Feierabend.«

Frommelt nickte, machte aber keine Anstalten, es ihm gleichzutun.

Aufgebracht lief Monika in der Wohnung umher. Sie war irritiert. Wie lange schon hatte sie nicht mehr mit einem Mann gesprochen? Auch wenn die Unterhaltung eher allgemein gewesen war, hatte sie ihr gut getan. Nur konnte sie sich beim besten Willen nicht vorstellen, was dieser Richard an ihr fand. Sie musste wieder lernen, einem Menschen zu vertrauen. Wieso fing sie dann nicht mit diesem Richard an? Ihre Gefühle konnte sie nicht verleugnen, so zwiespältig sie auch sein mochten.

Cora war gerade eingeschlafen. Heute hatte sie nicht viel Geduld mit ihr gehabt und das musste sie gemerkt haben. Es hatte extrem lange gedauert, bis sie endlich zur Ruhe gekommen war. Doch gerade als Monika eine ihrer Tabletten in einem Glas Saft auflösen wollte, waren Cora die Augen zugefallen. Daraufhin war sie schnell zu dem kleinen Supermarkt um die Ecke gerannt. Wenn sie nicht an der Kasse anstehen musste, brauchte sie exakt vier Minuten. Doch das kam selten vor. Zum Glück waren nur zwei Männer mit wenigen Artikeln vor ihr gewesen. So war sie schnell mit der Flasche Billigwein zurück gewesen. Cora hatte tief und fest geschlafen.

Sie hatte etwas zu feiern. Ein Mann hatte mit ihr gesprochen. Nicht einfach »Hallo« oder »Guten Tag« oder »Wie geht's«, nein, es war eine richtige Unterhaltung gewesen. Wie lange war das her, dass ein Mann Interesse an ihr gezeigt hatte, und wie sehr hatte sie das genossen. Sie überlegte, ob sie sich nicht den Lippenstift kaufen sollte, der ihr neulich so gut gefallen hatte. Doch dafür war kein Geld übrig. Obwohl ihr die Farbe bestimmt ausgezeichnet stehen würde. Vom Amt gab es kein zusätzliches Geld für Luxus.

Sie lehnte sich im Sessel zurück, zog die Beine an, in der Hand hielt sie das Glas. Sie hatte eine Kerze angezündet und schaute verträumt in die Flamme.

Auch wenn es nur ein Teelicht war, für Monika bedeutete dieser Anblick ihre Zukunft. Sie stellte sich vor, wie es wäre, hier mit Richard zu sitzen, gemeinsam ein Glas Wein zu trinken. Ja, sie konnte es sich genau vorstellen, wie er ihr gegenüber auf dem Sofa saß: aristokratisch gerade Haltung, seine braunen Augen sahen sie an, er prostete ihr zu. Sie sah sich selbst, wie sie aufstand, ihre Bluse aufknöpfte, den Rock abstreifte und sich in sündhaft teuren Dessous auf ihn legte. Sie stellte sich vor, wie ihre Hand über seinen Körper glitt, seine Haut sich an ihre schmiegte, wie er sie mit sich nahm.

Sie fühlte sich wieder jung. So jung wie damals, als Teenager. Heimlich, damit ihre Eltern nichts merkten, hatte sie Kerzen angezündet. In diesem romantischen Licht hatte sie von ihrer Zukunft geträumt – mit einem liebevollen Mann und vielen Kindern.

Wie wenig hatten ihre Eltern damals von ihr gewusst? Immer wenn sie verliebt gewesen war, hatte sie es für sich behalten. Ihre Mutter hatte ihr deutlich zu verstehen gegeben, dass in der Wohnung kein Platz für eine weitere Person war. Schon gar nicht für ein Baby. Ihr größter Wunsch war jedoch immer eine Familie: Vater, Mutter, Kind. In ihren Träumen war ihre Zukunft perfekt gewesen.

Als sie Coras Vater kennenlernte, hatte sie noch an die große Liebe geglaubt. Während der ersten Zeit hatte er sich auch um sie bemüht, doch als er sich ihrer dann sicher war, waren seine Kumpels wieder wichtiger gewesen. Sie war damals schwanger und hatte gehofft, dass er sich auf seine kleine Familie besinnen würde, sobald das Baby auf der Welt war.

Sie hatte sich geirrt. Ihn störte das Geschrei der Kleinen, der Geruch der warmen Milch und die vollen Windeln. Er trieb sich mehr und mehr mit seinen Genossen herum und kam nur noch nach Hause, wenn er seine Bedürfnisse gestillt haben wollte: Essen und Sex. Sie hatte begreifen müssen, dass ihre Familie nur existierte, wenn er Hunger hatte und sie danach im Bett die Beine breit machte. Oder, wenn er keine Zeit hatte, auf dem Küchentisch.

Aus Angst hatte sie ihn gewähren lassen, denn sonst schlug er sie. Sie hatte die Beine gespreizt, teilnahmslos dagelegen und gewartete, bis er fertig war. Bevor er wieder in die Kneipe gezogen war, hatte sie sich anhören müssen, wie frigide sie sei und dass jede Nutte – er hatte von vielen gesprochen – mehr Gefühl für ihn aufbrachte als sie. Das hatte sie verstumpfen lassen. Im Herzen.

Viel war nicht übriggeblieben von der Monika, die sich so sehr aufs Leben gefreut hatte.

Mit ihren Eltern hatte sie nie reden können. Als sie ihrer Mutter vorsichtig eine Andeutung gemacht hatte, hatte sie von ihr zu hören bekommen, dass das Leben nun mal kein Honigtopf sei. Seit diesem Tag hatte sie geschwiegen. Niemand sollte je von ihrem Leid erfahren.

Cora wurde immer lebhafter und entwickelte sich zu einer kleinen Tyrannin. Wahrscheinlich hatte das Kind mehr von den Schwierigkeiten ihrer Eltern mitbekommen, als es ihr bewusst gewesen war. Die Schläge, die ehelichen Vergewaltigungen, Coras Aufsässigkeit – das alles hatte zum körperlichen Zusammenbruch geführt. Niemandem hatte sie sich anvertrauen können, selbst die Ärzte hatten sie nicht ernst genommen. Niemand erkannte den wahren Grund und sie hatte geschwiegen.

Als sie auf jede Kleinigkeit hysterisch reagierte, hatte man ihr Tabletten verschrieben, die sie ruhigstellten. Sie hatten sie dumpf im Kopf und schwer in den Gliedern gemacht. Sie hatte nicht mehr regelmäßig gekocht. Außer für Cora, der sie Gläschen aufgewärmt hatte. So passiv hatte ihr Mann sie nicht mehr gebrauchen können. Sie sei faul, träge und krank im Hirn, hatte er geschimpft und eines Tages war er fort gewesen.

Im Grunde war sie froh darüber gewesen. Bis sie eines Tages vor Gericht hatte erscheinen müssen. Sie war hingegangen, ohne den wahren Grund zu begreifen. Als ein Mann, den sie nicht kannte, über sie und Cora sprach, war sie aus ihrer Lethargie erwacht. Er sagte, sie sei nicht in der Lage, ein Kind ordentlich zu erziehen, da sie psychisch krank sei. Eine Frau vom Jugendamt hatte ihr dann erklärt, dass sich ihr Mann wohl nicht nur vor den Unterhaltszahlungen drücken wolle, außerdem wolle er erwirken, dass Cora ihm zugesprochen würde und, wenn er wieder Arbeit bekäme, sich seine Eltern um die Kleine kümmern würden. Doch so weit war es nicht gekommen. Die Frau vom Jugendamt, Monika hatte ihren Namen vergessen, hatte sich erfolgreich darum gekümmert, dass Cora bei ihr bleiben durfte.

Frommelt saß noch immer am Schreibtisch. Es war mittlerweile stockdunkel, doch er konnte sich nicht aufraffen aufzustehen, um das Licht einzuschalten. Noch weniger gelang es ihm, nach Hause zu fahren. Was erwartete ihn dort schon? Stattdessen ließ er seine Gedanken kreisen.

Warum sollte Richard Wehmeier ein kleines Mädchen töten und sich dann auf die Suche nach der Familie machen, deren Kind er vor über acht Jahren getötet haben soll? Das ergab einfach keinen Sinn.

Seit dem Augenblick, in dem er Wehmeier zum ersten Mal begegnet war, hatte Frommelt eine Verbindung, eine unausgesprochene Nähe, fast eine seelische Verwandtschaft mit diesem Mann gespürt. Es gab vieles, das sie verband: Sie dachten beide gradlinig, ihre Handlungsweisen ähnelten einander, als würden sie sich absprechen. Und doch gab es diese Distanz, dieses vorsichtige Zurückweichen voreinander. Sie standen auf entgegensetzten Seiten. Wie bei einem Fußballspiel, in dem der Stürmer auf den Verteidiger der gegnerischen Mannschaft trifft, der vor Kurzem noch im selben Verein gespielt hat.

Frommelt erhob sich nun doch und ging zum Schrank an der hinteren Wand. Er nahm die angebrochene Flasche Mineralwasser, die Hannah stehen gelassen hatte, und goss sich ein Glas ein. Whisky wäre ihm lieber gewesen. Es hatte noch eine volle Flasche zu Hause im Wohnzimmerschrank und fast wäre er der Versuchung erlegen zu fahren und sie kurzerhand bis auf den letzten Tropfen auszutrinken – seinen Kummer zu betäuben. Kraftlos schaffte er die wenigen Schritte zurück zu seinem Stuhl.

Es war schon weit nach vierundzwanzig Uhr, als Wehmeier von Sargens' Haus im Teichwiesenweg zurück in die Stadt kam. Die Nacht war sternenklar und der Duft frisch gemähten Rasens vermischte sich mit dem schweren Aroma von Jasmin. Die dumpfe Wärme lag noch immer auf der Stadt. Automatisch ging er nach Hause, bis ihm einfiel, dass sie ihn in seiner Wohnung zuerst suchen würden. Vorsichtig blickte er sich um.

Die Straßen waren menschenleer, nur hin und wieder sah er in der Entfernung Grüppchen abendlicher Kneipenbesucher. Als er um die Ecke bog, fuhr ein dunkler Kombi aus einer Parkbucht und verschwand an der nächsten Kreuzung. Den Gedanken an seinen Selbstmord hatte er vergessen.

***

Wieder hatte er nicht schlafen können. Den ganzen Tag hatte er am Fenster verbracht. Hatte hinaus gestarrt, ohne etwas zu sehen. Was wäre geworden, wenn er damals die Wahrheit gesagt hätte? Wem hätte es etwas genützt?

Fast hätte er sich verraten, doch sie hatten ihm nicht zugehört. Der Einzige, der immer gut zu ihm gewesen war, war er *gewesen. Er hatte an ihn geglaubt, mit ihm geredet und ihn wie einen vollwertigen Menschen behandelt.*

Die Wahrheit ist schrecklich, hatte sie gesagt. So schrecklich, dass niemand sie erfahren dürfe. Niemand hätte sie verstehen können, nur sie beide wussten, was passiert war. Es muss unser Geheimnis bleiben, hatte sie gesagt. Versprich es, hatte sie gefordert. Er hatte genickt. Geheimnisse durfte man niemals verraten. Er musste jetzt los.

***

Dritter Tag

Wehmeier wachte früh auf. Ungelenk rappelte er sich auf, setze sich gerade hin. Seine Knochen waren steif, die Muskeln verkrampft. Noch eine Nacht auf der harten Parkbank würde er nicht durchhalten. Er musste sich heute etwas einfallen lassen. Auch wenn es während der Nachtstunden nicht sonderlich abkühlte, die unbequeme Bank war sein Tod.

Von Schlaf war ohnehin kaum die Rede gewesen, viel zu sehr hatten sich seine Gedanken im Geschehen der vergangenen zwei Tage verfangen. Er hatte von Silvia geträumt, die aussah wie Simone. Von den Kindern, vor allem von Fabian, der ihn aus kalkweißem Gesicht angestarrt hatte. Was mochte aus ihm geworden sein?

Es tat gut, dass der Park und der etwas weiter entfernte Spielplatz um diese Zeit fast menschenleer waren. Er hätte die Blicke der Mütter, die um ihre Kinder bangten, nicht ertragen.

Er massierte sich die Oberschenkel, die von der unbequemen Haltung taub geworden waren. Mit der rechten Hand tastete er durch den spröden Stoff seiner Jacke nach dem kleinen Buch. Es war noch da, das beruhigte ihn. Nun war er wirklich zum Einbrecher geworden und die Polizei würde schnell feststellen, dass er in Gustav Sargens' Haus gewesen war.

Es konnte sowieso nicht mehr allzu lange dauern, bis sie ihn fanden, dessen war er sich bewusst. Er war nicht mehr er selbst. Hätte ihm vor wenigen Tagen jemand gesagt, er würde seinen Anwalt bedrohen und in ein Haus einbrechen, hätte er das empört zurückgewiesen. Er, der stets akkurate Mensch, der sich selbst keine Fehler zugestand, war zu einem Einbrecher geworden, zu einem heruntergekommenen Penner.

Doch solange er die Möglichkeit hatte zu reagieren, etwas zu unternehmen, wollte er alles tun, um herauszufinden, wer damals Betti und vorgestern die kleine Lisa getötet hatte.

Hätte er nur Handschuhe dabeigehabt. Seine Fingerabdrücke waren in Sargens' Haus überall zu finden. Er war eben kein professioneller Einbrecher. Ein leichtes Grinsen huschte über sein Gesicht. Er schüttelte den Kopf. Einbrecher schon, das stand fest, aber nicht professionell. Das änderte seine Lage aber nicht im Geringsten.

Außer dem Adressbuch und den beiden Fotos hatte er nichts mitgenommen, doch auf den ersten Blick stand nichts drin, was ihn weitergebracht hätte. Weder Silvia, noch Melissa oder Fabian waren aufgeführt.

Die Fotos von Betti. Er betrachtete sie eingehend und fuhr mit den Fingern über das grobkörnige, stark vergrößerte Foto. Etwas war daran, das ihn stutzig werden ließ, aber er kam nicht darauf.

Der Park füllte sich nun stetig mit Menschen, die zur Arbeit gingen, Kindern mit Ranzen auf dem Rücken, zu Fuß oder mit dem Fahrrad. Hundebesitzer, verschlafen und teilweise mürrisch, führten ihre Vierbeiner über die Rasenfläche, damit sie sich erleichtern konnten. Eine ältere Frau mit einem abgetragenen dünnen Sommermantel ging an ihm vorbei. Ohne Hemmungen sah sie ihn von oben bis unten an und schüttelte den Kopf. Ich muss hier verschwinden, dachte er, die Leute halten mich wirklich für einen Penner. Er steckte die Fotos und das Buch wieder ein und sah frech zurück.

Penner, Einbrecher, Mörder. Welch eine Karriere in nur fünf Wochen Freiheit. Na, wenn das nichts war. Das sollte ihm mal einer nachmachen.

Steif und unausgeschlafen wie er war, sah er wirklich wie ein Stadtstreicher aus, doch er besaß etwas, das er seit fünf Wochen nicht gespürt hatte. Das Gefühl von Freiheit und ein Ziel. Und die Energie, es zu erreichen. Es war zwar erst zaghaft zu spüren, doch es war da. Und Zeit hatte er zur Genüge. Er würde sämtliche Adressen, die in diesem Buch standen, aufsuchen. Irgendwo musste sich ein Hinweis auf die Heins finden lassen. Er gab sich einen Ruck und schob sich von der Bank hoch.

»Himmel, Arsch und Mondgesicht! Was tut dieser Mensch?«, schrie Frommelt und schlug mit der flachen Hand auf den Schreibtisch.

Hannah saß ihm gegenüber. Sie hob kurz den Kopf, sah erst ihn und dann das Fluchschwein an.

»Kein Wort«, fuhr Frommelt sie an. »Oder du wirst es bereuen.« Er stand auf und rannte aus dem Büro. Hinter ihm fiel die Tür krachend zu.

Kurze Zeit später kam er zurück, knallte den Pappbecher mit dem Namenlosen auf den Schreibtisch und schwieg.

Hannah tat, als hätte sie ihn nicht bemerkt, und las weiter in ihren Unterlagen. Seit drei Jahren arbeitete sie mit Frommelt zusammen, was nicht immer angenehm war. Er hatte Launen und war manchmal unerträglich. Und doch mochte sie ihn, weil er fair war. Selten hatte sie solch einen Gerechtigkeitssinn bei einem Menschen erlebt. Er schien sich persönlich für die Ungerechtigkeiten dieser Welt verantwortlich zu fühlen.

Außerdem gefiel ihr sein Aussehen. An jenen Abend, als sie fast miteinander geschlafen hatten, dachte sie ungern zurück. Aber es war gut gewesen, seine Wohnung zu sehen, in die er bislang kaum einem Kollegen Zutritt gewährt hatte. Sie kannte nun Friedrun, sein seltsames Haustier, und seine Marotte, sofort alles, was nicht an seinem Platz stand, wieder auf- und fortzuräumen.

Nun ja, der Schluss, als er sie mit dem Namen seiner Ex-Frau angesprochen hatte, hatte ihr gezeigt, dass er noch lange brauchen würde, ehe er eine neue Beziehung eingehen konnte. Wobei Hannah davon ausging, dass Frommelt eine neue Partnerschaft nicht ernsthaft in Erwägung zog.

So blieb ihr die Arbeit. Sie saß ihm tagtäglich gegenüber, obwohl sie wusste, dass es kein Kollege mit ihm im Büro ausgehalten hatte. Außer Bräuer, aber der war eine Ausnahme. Er zog sein eigenes Ding durch. Er hatte ihr erzählt, dass er es innerhalb von fünf Jahren bis ganz nach oben schaffen wollte. Dorthin, wo heute Frommelt war. Sie lächelte und Frommelt, der gerade kurz den Kopf hob, deutete es völlig falsch. Auch das war sie gewohnt.

»Kümmere dich um deinen Scheiß«, sagte er.

»Weißt du, was du mich mal kannst?« Sie stand auf, ging zum Fenster und öffnete es. »Wir arbeiten hier gemeinsam an diesem Fall und wenn du Details hast, die wichtig sind, dann bitte ich drum, davon zu erfahren.« Es sollte nicht so aggressiv klingen, wie es sich wohl angehört hatte, aber es verfehlte seine Wirkung nicht.

»Es tut mir leid. Wirklich Hannah, es ist nicht persönlich gegen dich gerichtet. Aber dieser Mensch macht mich krank.«

»Das will ich doch hoffen. Persönliche Angriffe nehme ich nur außerhalb meiner Dienstzeit entgegen«, sagte sie versöhnlich.

Damit war die Spannung gelöst. Frommelt lehnte sich auf seinem Stuhl zurück und sah sie an. »Ich hab nicht gut geschlafen, letzte Nacht.«

»Sei dir noch einmal verziehen.«

»Wehmeier ist in Sargens' Haus eingebrochen. Bräuer ist schon dort.«

»Sargens? Das ist doch der Großvater von Fabian und Melissa?«

»Richtig.«

»Und was wollte Wehmeier dort?«

»Siehst du. Das ist die große Frage. Er hat nichts gestohlen. Jedenfalls nichts, was auf den ersten Blick auffällt. Sargens' Nachbarin hat den Polizeinotdienst informiert. Sie hat angeblich die ganze Nacht nicht geschlafen, weil ein fremder Mann um Sargens' Haus herumgeschlichen sei. Sie sagte, sie wäre spätabends noch rausgegangen, um Kompost hinauszubringen, und hätte dann diesen Schatten im Nachbargarten gesehen. Sie hätte Sargens seit gestern Morgen nicht mehr gesehen und, wie sie ausdrücklich betonte, bekommt sie alles mit, was auf der Straße passiert. Der Kollege, der sie vernommen hat, meinte, ihre Blumen würden noch an übermäßiger Pflege eingehen. Die anderen Nachbarn, die er befragt hat, sagten, dass sie in ihrem Garten schlafen würde, so oft ist sie da. Die Nachbarin hat sich wohl Gedanken gemacht, weil Sargens, nachdem er die Post hereingeholt hat, so schnell mit dem Wagen davongefahren ist. Wie auf der Flucht, meinte sie. Und heute Morgen, als sie die Zeitung hereinholen wollte, war Sargens noch immer nicht zu Hause. Der Wagen fehlte. Sie hat dann als gute und aufmerksame Mitbürgerin sofort die Polizei verständigt. Vorsichtshalber hat der Kollege die Spurensicherung geholt, weil die hintere Terrassentür offen stand. Wehmeiers Fingerabdrücke befanden sich überall im Haus.«

»Was hat er dort gesucht?« Hannah lehnte mit vor der Brust verschränkten Armen an der Fensterbank.

»Tja. Wenn ich das wüsste. Vielleicht den Aufenthaltsort von Fabian und Melissa. Nachdem sein Anwalt ihm keine Auskunft gegeben hat, könnte es sein, dass er es auf diesem Weg versuchen wollte.«

»Weißt du, für mich sieht das alles nach Rache aus. Vielleicht wollte er Sargens ja töten?«

»Schwachsinn, warum sollte er das tun? Außerdem hätte er in diesem Fall gewartet, bis Sargens zurück ist, und wäre nicht bei ihm eingestiegen. Oder er hätte im Haus gewartet, bis er wieder da ist.« Frommelt stand auf und ging nachdenklich einige Schritte, ehe er fortfuhr. »Könnte es nicht sein, dass er seine Unschuld beweisen will?«

»Unfug, der will Zeugen von damals beseitigen.«

»Aber warum? Er ist verurteilt worden und hat seine Strafe abgesessen.«

»Ja, eben, und jetzt will er sich rächen.«

»Und du meinst, er hat Sargens umgebracht? Und was hat das Ganze mit Lisa Brandes zu tun?« Frommelt blieb stehen und wartete auf Hannahs Antwort.

»Das weiß ich nicht«, sagte Hannah, »aber wenn deine Theorie stimmt, dann würde das bedeuten, dass Wehmeier für den Mord an Betti Hein nicht verantwortlich ist. Warum sollte er sonst nach den Kindern suchen?«

»Siehst du, genau das frage ich mich schon die ganze Zeit. Was der Fall Lisa Brandes mit dem Mord an Betti Hein zu tun hat. Du kannst ja mal Hausmann fragen.«

»Kilian, du nimmst das viel zu persönlich. Und die Sache mit Hausmann klärst du allein. Ich lass mich da bestimmt nicht vor deinen Karren spannen. Aber gut, nehmen wir einmal an, Wehmeier ist unschuldig. Er marschiert nach Isenbüttel zu den Glockwiesen, wo Lisa Brandes wohnt. Lisa wird umgebracht und Wehmeier erneut eines Mordes verdächtigt.«

»Siehst du.«

»Was?«

»Welche Fragen das aufwirft.«

»Nein.« Hannah schüttelte heftig den Kopf.

»Gut, dann noch einmal von vorn. Angenommen, Wehmeier hat Betti nicht getötet. Er sitzt acht Jahre unschuldig hinter Gittern. Dann kommt er raus, ist fünf Wochen in Freiheit. So weit ist noch alles klar und deutlich. Dann geht er spazieren. Kommt zufällig in die Straße, wo Lisa Brandes wohnt. Und ausgerechnet Lisa wird, kaum dass sich Wehmeier laut Zeugenaussagen dort aufgehalten hat, genauso ermordet wie damals Betti.« Frommelt baute sich breitbeinig vor Hannah auf, die Hände in den Hosentaschen.

»Klingt unlogisch und schwer konstruiert«, sagte Hannah.

»Unlogisch, ja, aber ich konstruiere mir nichts zusammen. Ich versuche nur, alle erdenklichen Möglichkeiten zu beachten. Tatsache ist, Wehmeier war dort. Die Frage ist: Wieso?«

»Sag du es mir«, sagte Hannah.

»Zufall?«

»Zweimal der gleiche Zufall? Daran kann ich nicht glauben, Kilian. Für mich steht fest, Wehmeier will die ganze Familie auslöschen. Und was die kleine Lisa damit zu tun hat, das werden wir herausfinden.«

»Und wer sollte uns das bitte sagen?«

»Der Mörder von Betti Hein.«

Bevor Frommelt etwas erwidern konnte, riss Bräuer die Tür auf und stürmte ins Zimmer. »Sargens ist aufgetaucht, er wird gleich hier sein. Die Nachbarin hat ihn, nachdem sie die Polizei verständigt hatte, sofort über den Einbruch informiert. Sie hat wohl seine Handynummer. Das hat sie allerdings erst gesagt, als Sargens ankam.«

»Na, dann hätten wir den schon mal gefunden. Es können ja auch nicht alle verschwunden sein, die mit diesem Fall zu tun haben. Ich kümmere mich noch mal um Carola Brandes. Am besten, ich bestell sie gleich her«, sagte Hannah.

Frommelt trat von seiner Kollegin weg und sie ging zu ihrem Schreibtisch. Frommelt ging auf den Flur. Sobald Sargens und Carola Brandes hier wären, würde er jede Menge zu tun haben. Er wandte sich dem Kaffeeautomaten zu. Kaum hatte er die Münzen in den Schlitz gesteckt, sah er aus den Augenwinkeln, dass Hausmann den Flur entlangkam und auf ihn zusteuerte. Der hatte ihm gerade noch gefehlt.

»Herr Frommelt«, begann Hausmann. Frommelt drehte sich nicht um, sondern klaubte betont langsam den Becher aus dem Automaten und trank einen Schluck. »Herr Frommelt, welche Ergebnisse können Sie mir heute Morgen liefern?«

Allein der arrogante Ton ließ Frommelts Magen verkrampfen. »Sargens ist aufgetaucht und Carola Brandes wird noch einmal verhört«, sagte er, ohne den Becher vom Mund zu nehmen oder Hausmann direkt anzusehen.

»Was versprechen Sie sich denn davon? Konzentrieren Sie sich lieber auf Wehmeier. In einer halben Stunde ist die Pressekonferenz. Was soll ich denen sagen?«

»Die Wahrheit, Chef, nichts als die Wahrheit.« Feixend marschierte Frommelt zurück ins Büro.

»Na, plötzlich so gute Laune?«, fragte Hannah, als er immer noch grinsend den Raum betrat. »Du, die Wache hat angerufen, Sargens ist eingetroffen. Holst du ihn bitte von unten ab? Ich warte noch auf Carola Brandes.«

»Ja, klar. Ich geh dann mit ihm nach nebenan, du kannst Carola Brandes hier befragen.«

Hannah nickte und sah Frommelt hinterher. Keine Spur mehr von privaten Gefühlen. Sein Dienstgesicht. Das musste sie ihm lassen, das konnte er.

Als Frommelt zum Eingang kam, stand Sargens auf der anderen Seite der Glastür und blickte suchend umher. Er trat nervös von einem Bein aufs andere. Ein alter Mann mit Knollengesicht, der versucht, die Fassung zu wahren, dachte Frommelt. Hatte ihn der Einbruch wirklich so aufgeregt oder gab es noch andere Gründe?

Auf ein Kopfnicken hin betätigte der wachhabende Kollege den Öffnungsschalter für die Tür.

»Guten Tag, Herr Sargens.« Frommelt hielt ihm bereits bei den letzten zwei Schritten, bevor er den alten Mann erreichte, die Hand hin. Sargens ergriff sie. Seine Handfläche waren feucht. Es fühlte sich äußerst unangenehm an. Ehe sich die Tür wieder geschlossen hatte, kam Carola Brandes von draußen die Treppe hoch. Frommelt gab dem wachhabenden Kollegen ein Zeichen, sie hereinzulassen.

Auf Sargens' Höhe zuckte Carola kaum merklich zusammen und Sargens grinste hinterhältig. Frommelt machte sich keine weiteren Gedanken darüber.

Im Büro bot Frommelt Sargens einen Platz an und begann ohne Umschweife. »Herr Sargens, in Ihrem Haus wurde eingebrochen. Wo haben Sie sich zu diesem Zeitpunkt aufgehalten?«

»Ich war in einem Hotel.«

»In einem Hotel? Wo?«

Er nannte den Namen und die Adresse eines Hotels in Meinersen. Frommelt kannte das Hotel, dort war er an einem Sonntagnachmittag mit Maren zum Kaffeetrinken gewesen. Als sie ihn noch geliebt hatte.

»Das ist keine zwanzig Kilometer von Ihrem Haus entfernt. Gab es dafür einen Grund?« Frommelt beobachtete, dass der alte Mann nach dieser Frage noch mehr schwitzte als zuvor. Nervös knetete er seine Hände. Aber er schwieg. Frommelt sah ihm an, dass er angestrengt nachdachte. Er ließ ihm Zeit.

»Ich hab einen Brief bekommen«, krächzte Sargens schließlich.

Während er sprach, stand Frommelt auf und holte ein Glas Wasser. Der Mann sah aus, als würde er im nächsten Moment vom Stuhl fallen. Ein gebrochener, alter Mann, dessen Enkelkind ermordet wurde und dessen Tochter sich das Leben genommen hatte. Doch das war Jahre her.

»Von wem war der Brief? Haben Sie ihn noch?«

Sargens schüttelte den Kopf. »Nein, natürlich nicht, solch einen Schmutz schmeiß ich sofort in den Müll, wo er auch hingehört.«

Frommelt ärgerte sich und beschloss, ihm keine zwei Fragen mehr auf einmal zu stellen. Er schien sichtlich überfordert. »Von wem war der Brief?«

»Von Wehmeier«, sagte Sargens schnell. Zu schnell.

»Er hat den Brief also mit seinem Namen unterschrieben?«

»Nein, hat er nicht.« War da ein Anflug von Zorn in Sargens' Stimme? »Der Brief war anonym, kein Absender, keine Unterschrift.«

»Was macht sie so sicher, dass er von Wehmeier war?«

Sargens zog die Schultern hoch. »Von wem sollte er denn sonst gewesen sein?«

»Was stand in dem Brief?«

»Dass er Rache will, dass er mich umbringen wird, wie die ganze restliche Familie auch. Damals hatte ich schon befürchtet, dass Wehmeier sich rächen würde. Er wusste, dass ich ihn nicht leiden konnte. Ich hatte ihn öfter gefragt, warum er so oft bei Silvia herumlungert und die Kinder gegen mich aufhetzt. Sie haben es doch selbst mitbekommen, als Silvia damals ihre Aussage zurückgezogen hat, ist er fast durchgedreht. Man hat gesehen, das dieser Mensch nicht ganz normal ist.«

»Ach, hat man das? Wenn Silvia damals ihre Aussage zurückgezogen hat, warum will er sich dann an Ihnen rächen? Nach über acht Jahren? Was haben Sie damit zu tun? Sie waren zu dieser Zeit selten bei ihrer Tochter. In den Akten steht, Sie hätten sich, nach eigenen Angaben, sehr zurückgezogen, weil Sie die Lebensumstände Ihrer Tochter nicht billigten. Außerdem waren Sie wegen eines verstauchten Knöchels im Krankenhaus hier in Gifhorn.«

Sargens wirkte noch verstörter. Frommelt wusste nicht, ob es die Angst vor Wehmeier war oder ob etwas anderes dahinter steckte.

»Nicht nur an mir. Der will Rache. Der will die ganze Familie plattmachen«, sagte Sargens. Es dauerte eine Weile, dann schüttelte er unmerklich den Kopf.

»Und deshalb bringt Wehmeier ein fremdes Kind um? Herr Sargens, ganz ehrlich, warum sollte er das tun? Was hat Richard Wehmeier mit der Familie Brandes zu tun?« Als Sargens nicht antwortete, fuhr Frommelt fort. »Wann sind Sie gestern im Hotel angekommen?«

Sargens sah nun zwar in Frommelts Richtung, schaute aber an ihm vorbei, als denke er angestrengt nach. »Ich bin sofort losgefahren, nachdem ich den Brief gelesen hatte. Ich weiß nicht genau, wann ich im Hotel war. Ich hatte nur Angst, da hab ich nicht auf die Uhr gesehen. Aber das müssten die im Hotel doch wissen.« Nun sah er Frommelt direkt in die Augen.

Seltsam, dachte Frommelt, erst ist er nervös, schwitzt und jetzt kann man ihm nicht mehr die kleinste Unsicherheit ansehen.

»Glauben Sie, ich schau auf die Uhr, wenn ich so einen Brief bekomme?«, fuhr Sargens Frommelt barsch an.

Frommelt zwang sich zur Ruhe. »Wo waren Sie gestern um dreizehn Uhr?«

»Ich habe mich gleich nachdem ich angekommen bin ins Bett gelegt und geschlafen. Die ganze Aufregung, das ist nichts mehr für einen alten Mann wie mich. Wie lange ich geschlafen habe, das weiß ich leider nicht mehr, Herr Kommissar. In meinem Alter spielt Zeit keine so große Rolle mehr.«

Das nahm ihm Frommelt nicht ab. Erst die helle Aufregung wegen des Briefes und dann legt er sich seelenruhig ins Bett und schläft? »Herr Sargens, Sie wissen, wer bei Ihnen eingebrochen hat?«

Sargens nickte, sein gesamter Oberkörper schwankte. »Ihr Kollege hat es mir gesagt.«

»Und können Sie sich vorstellen, warum Richard Wehmeier bei Ihnen im Haus war? Was hat er bei Ihnen gesucht? Was hat er mitgenommen?«

»Nichts. Mir ist nicht aufgefallen, dass etwas fehlt.«

»Haben Sie überall nachgesehen?«

»Was macht Sie überhaupt so sicher, dass er was klauen wollte?«, fragte er aufgebracht.

Frommelt ging nicht darau ein und fragte stattdessen: »Warum kommen Sie erst heute? Warum sind Sie mit dem Brief nicht sofort zu uns gekommen?«

Nun fuhr Sargens fast aus dem Stuhl hoch, verharrte jedoch in der Bewegung, als hätte er es sich anders überlegt, und setzte sich wieder hin. Mit betont gefasster Stimme sagte er: »Ich habe Ihnen bereits gesagt habe, dass ich Angst hatte. Dass ich mich versteckt habe. Und als mich meine Nachbarin vorhin auf dem Handy angerufen hat, bin ich sofort nach Hause gefahren und hab mit Ihren Kollegen gesprochen. Was wollen Sie von mir?«

»Die Wahrheit, Herr Sargens, nichts als die Wahrheit.« Frommelt ließ bewusst eine Pause, um den Satz wirken zu lassen, ehe er weitersprach: »Herr Sargens, wo sind Ihre Enkelkinder?«

Gustav Sargens sah Frommelt mit durchdringendem Blick an. »Wissen Sie, die Silvia wollte keinen Kontakt mehr mit mir. Nur weil ich ihr mal die Wahrheit über ihr Leben gesagt habe. Und Hilfe wollte sie auch keine. Sie war zu stolz, um Geld anzunehmen. Da trieb sie sich lieber nachts in schummerigen Spelunken herum. Hab ihr trotzdem geholfen. Nach Bettis Tod war sie sogar dankbar dafür. Außerdem, glauben Sie im Ernst, das würde ich Ihnen sagen, wenn ich es wüsste? Damit dieser Mistkerl die beiden auch noch plattmacht? Aber wie gesagt, ich habe seit damals keinen Kontakt mehr zu den Kindern.« Der letzte Satz klang um einiges trotziger.

»Wir könnten sie schützen.«

»Nicht, solange dieser Mensch auf freiem Fuß ist.«

»Herr Sargens, ich frage Sie noch einmal: warum sind Sie in ein Hotel gegangen, anstatt zu uns zu kommen?«

»Und wenn ich Ihnen das hundertmal erklären muss: weil ich Angst hatte. Als ich den Brief gelesen habe, bin ich Hals über Kopf weggefahren. Ich konnte nicht mehr vernünftig denken. Und dass ich damit recht hatte, sehen Sie ja daran, dass er bei mir eingebrochen ist.«

»Das hätten wir verhindern können, wenn Sie uns rechtzeitig informiert hätten.«

»Hätten, hätten. Dieser Mensch ist gefährlich. Der hat meine süße, kleine Betti, meinen Engel auf dem Gewissen.«

»Herr Sargens, kennen Sie die Familie Brandes?«

Die Antwort kam sehr schnell. »Brandes? Nie gehört.«

Stundenlang lief Wehmeier in der Stadt herum, klapperte eine Adresse nach der anderen ab. Nichts, nicht eine Spur von Silvia oder den Kindern. Ein hoffnungsloses Unterfangen und kräftezehrend allemal. Hin und wieder war er mutig bis zum Haus gegangen, hatte das Namensschild lesen können, aber an einigen Häusern traute er sich nicht weiter vor. Zu klingeln und nachzufragen hätte er nie gewagt. Nicht so, wie er aussah. Man hätte ihn noch nicht einmal für einen Staubsaugervertreter oder einen Zeugen Jehovas gehalten. Erschwerend kam hinzu, dass die Eintragungen zwar alphabetisch geordnet waren, nicht aber nach Straßennamen. So rannte er von einer Anschrift zur nächsten und verbrachte bis Mittag damit. Dieses System taugte nichts.

Der Weg führte ihn wieder in Richtung Schlosssee. Hier fühlte er sich wohl, abseits der Hektik. Sofort wurde er ruhiger, eine innere Gelassenheit stellte sich ein. Nach den gleichförmigen Abläufen im Gefängnis konnte er sich noch immer nicht an die Betriebsamkeit des Lebens draußen gewöhnen.

Er ging an einem Busch vorbei, vor dem eine junge Frau saß. Sie hatte anscheinend Schatten gesucht, die Beine hatte sie untergeschlagen und hielt ein Buch auf den Knien. Fast regungslos saß sie auf ihrer Jacke. Sie schaute kurz hoch. Wehmeier schätzte sie auf etwa zwanzig. Eine Studentin, die es ebenso wenig in der Enge ihrer Räume auszuhalten schien wie er selbst. Sie senkte den Blick wieder, völlig auf ihr Buch konzentriert. Er ging vorbei, wollte sie nicht in Bedrängnis bringen. Vor allem wollte er sich nicht seinen bitteren Gedanken aussetzen, doch es war zu spät. In ihm zog ein Gedankenblitz auf: Simone daheim auf der Couch, mit untergezogenen Beinen, eine Wolldecke darüber. Sie las in einem Buch, gedankenverloren, mit diesem melancholischen Ausdruck in den Augen. Das hatte ihn immer fasziniert.

Er hatte die nächste Bank erreicht, setzte sich und hielt das Gesicht der Sonne entgegen. Auch wenn ihm die Bank nicht persönlich gehörte, so hatte er auf ihr übernachtet und somit zumindest einen moralischen Anspruch darauf.

Seine Beine schmerzten, seine Hacken waren blutig gelaufen und Hunger hatte er auch. Und den gesamten Vormittag nicht eine Spur, die ihm weiterhalf.

Er streckte die Beine von sich und schloss die Augen. Ein Fehler. Sofort stiegen die Bilder auf. Gedanken, die er am liebsten für immer aus seinem Gedächtnis gelöscht hätte. Stimmen, Rufe, Worte: »Kindermörder«, schrien sie. Selbst im Gefängnis waren Menschen wie er der letzte Abschaum.

Sein Kreuz schmerzte. Er wechselte die Sitzposition. Immer noch unbequem.

Vom ersten Tag an hatte er Angst gehabt: vor den Mitgefangenen, den hohen Mauern, den engen Räumen. Eingesperrt mit Verbrechern, die in den Stunden, die er mit ihnen verbringen musste, ausführlich von ihren Taten berichteten, sich mit ihnen brüsteten.

Die Freude daran hatten, wenn ihre Zuhörer verschreckt zurückwichen.

Er scharrte mit den Schuhen im Kies, starrte auf seine nackten Fesseln und schämte sich. Warum hatte ihm damals niemand geglaubt?

Von Weitem sah er Monika, die mit Cora in der Karre auf ihn zukam. Weshalb Cora mit ihren drei Jahren noch immer nicht lief, ging ihn nichts an. Er hatte genügend eigene Probleme. Die Frau gefiel ihm. Gestern, als er sie von der Apotheke zur Bushaltestelle begleitet hatte, hatte sie ihm von der Angst vor ihrem Ex-Mann erzählt. Er hätte gedroht, ihr das Mädchen wegzunehmen. Sie hatte es vermieden, ihm in die Augen zu sehen. Er kannte den Blick. Sie verbarg etwas.

Nun hatte sie ihn fast erreicht. Sie lächelte. Einsamkeit lag darin verborgen. Er freute sich, sie zu sehen.

Frommelt drückte die Tür hinter sich zu. Sargens war gerade nach Hause gegangen. Hannah kam aus dem Büro nebenan.

»Na, wie ist es gelaufen?« Sie trug eine weiße Bluse mit leuchtenden Mohnblumen. Hatte sie sich umgezogen oder war er mit seinen Gedanken ausschließlich bei Wehmeier und dem ganzen Drumherum des Falls, dass er Hannah nicht bewusst angesehen hatte? Fasziniert schaute er auf die großen roten Blüten.

»Ich weiß nicht recht. Meiner Einschätzung nach ist er ein verzweifelter alter Mann der Angst hat. Und bei Carola Brandes?«

»Nichts. Sie sagt nicht mehr als das, was wir schon wissen. Und doch hab ich das Gefühl, sie verheimlicht etwas. Sie war sehr verstockt, fast erschrocken. Irgendetwas sagt mir, dass das nichts mit dem Tod ihrer Tochter zu tun hat. – Sag mal, ist was mit meinem Busen?«

»Wie kommst du darauf?«

»Du starrst drauf.«

»Entschuldige. Hast du eine Ahnung, was Carola Brandes verschweigen könnte?«

Hannah schüttelte den Kopf. »Ich weiß nicht, was es ist, nenn es weibliche Intuition.«

»Sargens sagt, es wurde beim Einbruch nichts gestohlen. Und dass ihm Wehmeier einen anonymen Brief geschrieben hat, in dem er ihm drohte, ihn und seine Familie umzubringen.«

»Glaubst du ihm das, Kilian?«

»Dieser Mensch ist glatt wie ein Fisch. Er windet sich bei jeder Frage und antwortet, als hätte er sich alles schon vorher zurechtgelegt.«

»Und wie gehen wir weiter vor?«

»Vorrangig ist: Was verheimlicht er? Warum lügt er? Und warum ist er, nachdem er den Brief gelesen hat, verschwunden? Was stand da drin? Also, ich halte es für relativ unwahrscheinlich, dass Wehmeier ihm einen Brief schreibt, droht, ihn umzubringen und dann nachts in sein Haus einsteigt. Wusste er wirklich nicht, dass Sargens nicht zu Hause war? Sargens behauptet, es hätte kein Absender auf dem Brief gestanden, und ist sich doch sicher, dass er von Wehmeier war. Recht seltsam.« Frommelt ging langsam neben Hannah her, Richtung Kaffeeautomat. Bei dem Gedanken an einen erneuten Namenlosen schüttelte er sich. »Die Nachbarin hat ausgesagt, dass Sargens um etwa neun Uhr morgens seine Post geholt hat. Kurz darauf hat er das Haus verlassen und ist mit dem Auto eilig davongefahren. Dann hat Sargens durchaus die Möglichkeit gehabt, Lisa Brandes zu töten. Aber weshalb? Hast du Carola Brandes gefragt, ob sie Sargens kennt?«

»Hab ich, sie streitet es ab.«

»Ich werde das Gefühl immer noch nicht los, dass die beiden Fälle etwas miteinander zu tun haben. Und wenn Hausmann sich auf den Kopf stellt, ich bleib da auf alle Fälle dran.«

»Und sei es nur aus Gnatz.« Hannah sagte es eine Spur zu fröhlich – fast, als bewundere sie ihn dafür.

Kurz vor dem Automaten drehte Frommelt sich um, zwinkerte Hannah kurz zu und ging zurück ins Büro.

Müde drückte sich Wehmeier von der Bank hoch. Noch eine Nacht hier hielt er nicht aus. Er war schließlich nicht mehr der Jüngste. Bis Einbruch der Dunkelheit musste ihm etwas einfallen.

Nachdem Monika mit Cora nach Hause gegangen war, war er noch kurz bei Birgit in der Brasserie gewesen. Sie hatte ihm wohl angesehen, wie hungrig er war, und ihm kommentarlos einen Teller mit Makkaroni hingestellt. Die Brasserie war bis auf den letzten Platz gefüllt gewesen, so dass Birgit keine Zeit gehabt hatte, mit ihm zu sprechen. Danach war er wieder auf seine Bank zurückgekehrt, um zu überlegen, was er tun sollte.

Sein Problem war: Würde er nach acht Jahren Melissa und Fabian überhaupt noch erkennen? Und falls Silvia in der Zwischenzeit geheiratet hatte und einen neuen Namen trug, wäre es Zufall, wenn sie gerade in dem Moment aus dem Haus käme, wenn er daran vorbeiging. Er sah sich die beiden Fotos noch einmal genauer an. Sein erster Eindruck, dass irgendetwas seltsam daran war, verstärkte sich. Etwas war auf den Fotos, das nicht so sein sollte.

Eine Adresse aus dem Buch stand noch aus. Ein Krankenhaus in Königslutter. Wie sollte er dort hinkommen? Zu Fuß war der Weg nicht zu schaffen. Er musste wieder auf dem Amt vorsprechen, auch wenn er sich jedes Mal wie ein Bettler vorkam. Aber er brauchte Geld. Er würde arbeiten, wenn man ihn nur ließe.

Er kramte in seiner Hosentasche und fand noch einige Münzen. Er zählte sie durch. Es müsste für eine Fahrkarte nach Königslutter reichen, für die Rückfahrt würde er sich etwas einfallen lassen müssen.

Zwei Stunden später stand er in einem idyllischen Park. Vor ihm lag ein gelbes Gebäude mit Erkertürmchen und Ornamenten, die quer über die Fassade verliefen. Das Ganze sah sehr anheimelnd und verwunschen aus.

Sein Hemd klebte auf der Haut, es juckte. Die Fahrt im Linienbus war sehr anstrengend gewesen, er hatte mehrmals umsteigen müssen. Seit gestern hatte er nicht mehr geduscht, er konnte sich selbst kaum noch riechen. Der Schweiß lief ihm von der Stirn in die Augen. Es brannte. Was wollte er hier? Ein großes Schild zeigte an, dass es sich bei dem gelben Gebäude um eine Psychosomatische Klinik handelte.

Wenn Sargens Adresse und Telefonnummer in seinem Buch hatte, dann war hier jemand, den er kannte. Hatte nicht die Nachbarin gesagt, Silvia sei in Behandlung gewesen? Das wäre eine Möglichkeit. Sie hatte es nach Bettis Tod sicher nicht leicht und viel Hilfe hatte sie nicht zu erwarten gehabt. Die wirklichen Opfer sind immer die, die zum Schluss übrigbleiben.

Es klang für ihn immer wahrscheinlicher: Silvia war umgezogen. Kurz nach seiner Verurteilung hatte sie sich von ihrer Nachbarin verabschiedet, ohne eine neue Anschrift zu hinterlassen. Genauso hätte er auch gehandelt, wenn er in eine Klinik eingewiesen worden wäre. Aber Silvia hätte die Kinder nie allein gelassen. War sie wieder entlassen worden? Sollte er am Empfang nachfragen, ob sie noch hier war? Und wo waren die Kinder abgeblieben? Bei Sargens sicher nicht. Im Haus hatte er keine Hinweise gefunden, dass außer Sargens noch jemand dort wohnte. Außerdem hätten seine Kollegen vom Jugendamt sicher eingegriffen und anders entschieden. Schließlich war Sargens nicht mehr der Jüngste und alleinstehend.

Wahrscheinlich waren die Kinder in einem Heim oder einer Pflegefamilie untergebracht worden.

Mutig ging er durch die große Tür und steuerte auf den Empfangstresen zu. Ein untersetzter Mann mit Doppelkinn arbeitete an irgendwelchen Unterlagen. Erst als Wehmeier direkt vor ihm stand, sah er auf. Sein Blick ging an Wehmeier auf und ab und ließ ahnen, was er dachte. Wehmeier zuckte unwillkürlich zusammen. Sein Foto war groß in den Zeitungen gewesen, hatte der Mann ihn erkannt? Daran hatte er gar nicht gedacht, jetzt war es zu spät. Er stellte seine Fragen und bekam keine Auskunft. Schweigepflicht.

Ärgerlich machte er auf dem Hacken kehrt. Den weiten Weg hätte er sich gut sparen können.

Wen konnte er noch fragen? Seine ehemaligen Kollegen vom Jugendamt? Ihm fiel niemand ein, dem er besonders nahe gestanden hatte und der ihm heute noch helfen würde. Außer Simone. Sie arbeitete noch immer in der Stadtverwaltung. Das Jugendamt war im Schloss untergebracht, aber Simone kannte die Kollegen dort. Und sie war bei allen beliebt. Simone hätte die nötigen Kontakte, um etwas herauszubekommen.

Noch immer kreisten Frommelts Gedanken um die Befragungen von Gustav Sargens und Carola Brandes. Sie waren seltsam verlaufen. Hannah hatte das gleiche Gefühl und sie hatte einen ausgezeichneten Instinkt. Sie hielt Wehmeier für den Täter und wenn er professionell dachte, musste er ihr zustimmen. Doch irgendetwas tief in ihm hinderte ihn daran.

Ehe er sich weiter in seine Gedanken hineingrub, kamen Hannah und Bräuer ins Büro. Sie setzten sich schweigend um seinen Schreibtisch und sahen ihn erwartungsvoll an. Hannah wischte sich übers Gesicht. Sie sah müde aus. Frommelt nahm sich vor, sie zum Essen einzuladen und mir ihr zu reden, sobald dieser Fall geklärt war. Es gab mehr offene persönliche Fragen als ihre gemeinsame Arbeit vertrug. Bräuer bemerkte die Blicke zwischen Hannah und Frommelt nicht, er blätterte in seinen Aufzeichnungen.

»Also, was haben wir?«, fragte Frommelt und lehnte sich müde auf seinem Stuhl zurück. Dieser Fall kostete alle mehr Kraft, als er es für möglich gehalten hatte – nicht nur physisch.

Bräuer klaubte umständlich ein Blatt aus seinem Stapel. »Ich weiß nicht, ob ihr beide das hier gelesen habt, Kopien hatte ich euch auf den Schreibtisch gelegt. Aber der Einfachheit halber fasse ich es noch mal kurz zusammen: Carola Brandes ist unauffällig. Sie ist ein Einzelkind, genau wie ihr Mann sagte. Weitere Familienangehörige hat sie keine. Ihre Mutter kam durch einen Unfall ums Leben, ihr Vater verpiss… ähm, hat sich verdrückt, als Carola noch klein war. Meinem Bewegungsprofil zufolge hatte sie zeitlich keine Möglichkeit, ihre Tochter zur Senke zu schaffen. Außerdem wurden an der Senke und auf dem Feldweg keine Reifenspuren gefunden. Weder von ihrem Pkw noch von einem Fahrrad.«

»Rene hat jemanden auf der Straße gesehen, mit ihm gesprochen und es hat nicht den Anschein, als wäre es Wehmeier gewesen.«

»Du glaubst ihm also?«

»Weißt du, er erscheint mir so naiv, dass ich wirklich annehme, dass er die Wahrheit sagt. Er ist unser einziger wirklicher Zeuge. Wir sollten ihm auf alle Fälle die Fotos von allen Männern, die infrage kommen, noch einmal vorlegen. Hannah, übernimmst du das?«, bat Frommelt. Hannah nickte stumm.

»Also sind wir wieder bei Wehmeier«, sagte Bräuer. Frommelt musste sich darauf konzentrieren, den Ausführungen seines Kollegen zu folgen. Immer wieder flogen seine Gedanken zu Wehmeier und ihren Unterhaltungen. Doch war er heute noch derselbe Wehmeier, wie damals?

»Wehmeier wurde gegen dreizehn Uhr in den Glockwiesen gesehen«, sagte Bräuer. »Einen Tag später steht er bei Ahlsen, seinem damaligen Anwalt, auf der Matte und fragt nach den Heins. Warum? Weil er nicht weiß, dass Silvia tot ist, nehme ich an. Und die ehemalige Nachbarin der Heins, wie hieß sie noch mal?« Bräuer blätterte flink durch die Zettel. »Wiebrecht. Sie wusste auch nur, dass Silvia mit den Kindern fortgezogen ist. Also muss er davon ausgehen, dass sie noch lebt.«

»Aber das ist doch mehr als suspekt«, wandte Frommelt ein. »Weshalb um alles in der Welt sollte er an einem Tag ein fremdes Mädchen töten und am nächsten sucht er eine Familie, die er von früher her kennt? Das macht keinen Sinn.«

»Vielleicht ist ihm die kleine Lisa bei irgendwas in die Quere gekommen«, sagte Bräuer. »Ich denke genau wie du, Kilian, dass die zwei Mädchen etwas miteinander zu tun haben. Er muss Carola Brandes von irgendwoher kennen. So viele Zufälle kann es nicht geben. Außerdem sagst du, dass sie merkwürdig reagiert hat. Ich kann es leider nicht präzise formulieren, es ist mehr eine Ahnung.«

»Also geht ihr weiterhin davon aus, dass Wehmeier die ganze Familie auslöschen will? Warum? Ihr stützt euch dabei nur auf Sargens' Aussage und den angeblichen Brief«, warf Frommelt mürrisch ein.

»Wer weiß denn, wie acht Jahre Gefängnis einen Menschen verändern können?«, sagte Hannah.

»Ich kann nicht sagen, was es ist, aber etwas daran macht mir Kopfschmerzen. Als ob ich etwas übersehen habe, was direkt vor meiner Nase liegt. Wir müssen herausfinden, wo die Verbindung ist«, sagte Frommelt versöhnlich. »Ach ja, hast du Sargens' Angaben überprüft?« Er hatte Bräuer noch während der Vernehmung von Sargens gebeten, das Hotel anzurufen.

»Das Hotel hat bestätigt, dass Sargens dort übernachtet hat. Nur, wann er angekommen ist und ob er das Hotel verlassen hat, konnte niemand der Mitarbeiter sagen. Die Mitarbeiterin an der Rezeption sagte, es sei gerade eine größere Gruppe angekommen und sie hätte viel zu tun gehabt. Die Gäste waren wohl etwas schwierig. Andauernd kam jemand mit Problemen zu ihr. Mal fehlte ein Kissen, mal war nicht genügend Mineralwasser auf dem Zimmer. Also hat sie nur seine Personalien notiert und wollte, sobald sich der Trubel gelegt hatte, seine Ankunft ins System eingeben. Dazu kam sie aber erst gegen vierzehn Uhr.«

»Na, das hilft uns nicht wirklich weiter«, sagte Hannah.

»Also, noch einmal die Fakten der Reihe nach: Wehmeier sitzt acht Jahre im Gefängnis. Er kommt frei, schreibt Sargens einen Brief, rennt zu den Brandes und tötet deren Tochter. Anschließend macht er sich auf den Weg, um die Familie Hein zu suchen. Er fragt seinen Anwalt, geht zur ehemaligen Wohnung der Heins, erfährt dort, dass Silvia fortgezogen ist, und steigt dann in das leere Haus von Gustav Sargens ein, wo er nichts klaut. Also wirklich, Leute …«

»Für mich hört sich das einwandfrei nach einem fehlgesteuerten Menschen an«, sagte Bräuer.

»Fehlgesteuert?« Frommelt drückte sich schwer aus seinem Stuhl hoch. Die Erkenntnis, dass Wehmeier zwei kleine Mädchen ermordet haben könnte, drückte wie eine bleierne Last auf ihm. »Was noch?«

Hannah schüttelte müde den Kopf und Bräuer schien sich auf seine Notizen zu konzentrieren. »Wir müssen herausfinden, in welchem Zusammenhang das alles steht.«

»Ja, aber für heute machen wir Schluss. Schönen Feierabend.«

Schnell standen Bräuer und Hannah auf und verließen das Büro, während Frommelt sich wieder auf den Stuhl fallen ließ.

Vor der Klinik war eine Bushaltestelle. Dort warteten bereits mehrere Menschen auf den Bus. Seine Hacken waren mittlerweile blutig aufgescheuert. Er brauchte dringend Pflaster und Socken. Mutig stellte er sich zu den anderen an die Haltestelle. Er würde schwarz zurück nach Gifhorn fahren.

Zwischen den Aussteigenden schlich er sich unbeobachtet durch die hintere Tür in den Bus. Der Fahrer war damit beschäftigt, eine

Fahrkarte abzurechnen, die ein Fahrgast mit einer Handvoll Münzen bezahlt hatte.

Während der Fahrt nickte er immer wieder kurz ein. Die Sitze im Bus waren ungleich angenehmer als seine harte Parkbank und ein Kontrolleur stieg auch nicht zu.

Am Steinweg in Gifhorn verließ er den Bus. Bis zum Rathaus waren es nur wenige Meter. Die Kirchturmuhr von St. Nicolai zeigte kurz vor vier. Vor dem Rathaus standen die Tische und Stühle des Restaurants »La Piazza«: umsäumt von vielen Kübelkoniferen, große rote Sonnenschirme hielten die Sonne von den Gästen fern. Er ging rechts am Gebäude vorbei und wartete.

Wie er gehofft hatte, kam Simone kurz nach vier aus dem Gebäude und ging in Richtung des Parkplatzes am Schloss, wo sie auch früher immer ihren Wagen abgestellt hatten. Ein Zittern lief durch seinen Körper, sein Herz hüpfte vor Freude. Es war schön, sie zu sehen.

Kurz bevor sie ins Auto einsteigen wollte, hatte er sie erreicht. »Simone.«

»Richard.« Sie sah sich nervös um. »Wie geht es dir?«

»Wie soll es mir gehen? Ständig auf der Flucht, ohne dass ich etwas getan habe. Es kommt mir vor wie ein Déjà-vu.«

»Steig ein. Es ist besser, wir reden, wo es etwas unauffälliger ist.« Es schien ihm, als hätte sie Angst. Er ging um den Wagen herum und setzte sich auf den Beifahrersitz. Sie fuhr nicht mehr den Wagen, den sie sich damals angeschafft hatten. Kein Wunder, Autos hielten nicht ewig.

Bevor sie losfuhr, sah sie ihn mit einem merkwürdigen Ausdruck an. Er konnte ihn nicht deuten, hoffte aber, dass sie nur überrascht war.

»Wo wohnst du?«, fragte sie und steuerte den Wagen aus der Stadt.

»Von wohnen kann zwar keine Rede sein, aber sie haben mir ein kleines, schimmeliges Loch zur Verfügung gestellt. Wenigstens regnet es nicht rein. Aber das ist nicht das Schlimmste.«

Simone fuhr in Richtung Christinenstiftkreuzung und bog rechts ab. Gegenüber dem Morada-Hotel gab es einen kleinen Parkplatz. Die Räder rumpelten über den unbefestigten Weg, als Simone einen von der Straße nicht einsehbaren Platz zwischen hohen Fichten ansteuerte.

»Du hast die Zeitung gelesen?«, fragte er, als sie den Motor abgestellt hatte. Dieses Mal nickte sie nur. »Glaubst du, dass ich es war? Simone, sag mir die Wahrheit, sag mir bitte, was du denkst.«

»Ist es wichtig, was ich denke?«

»Für mich schon.«

»Es ist schon merkwürdig, findest du nicht auch? Du wirst verhaftet und verurteilt, weil du ein kleines Mädchen umgebracht haben sollst, sitzt deine Strafe ab und kommst nach acht Jahren wieder frei. Und kurze Zeit später passiert das Gleiche noch einmal. Wieder wird ein kleines Mädchen getötet und du warst wieder in der Nähe. Sag du mir, was ich glauben soll.«

»Ich hab es nicht getan, Simone. Ehrlich. Weder Betti noch die kleine Lisa. Die einzige Chance, die ich habe, ist, den wirklichen Mörder der beiden zu finden. Ich vermute, dass es ein und derselbe ist.«

»Warum vermutest du das?«

»Weil ich etwas wissen könnte, was jemand anderen in Schwierigkeiten bringen könnte, und man mich lieber hinter Gitter sehen möchte. Dort würde mir dann mal wieder niemand glauben.«

»Das sind Vermutungen.«

»Richtig. Aber etwas anderes habe ich nicht.«

»Und wenn du mit Frommelt sprichst? Er war gestern bei mir. Ich hatte das Gefühl, als würde er nicht glauben, das du es warst.«

»Das Gefühl hatte ich damals auch schon. Aber was soll er tun? Er ist Polizist und sobald ich ihm gegenüberstehe, ist er gezwungen, mich zu verhaften. Sonst verliert er seinen Job.«

»Wenn du etwas weißt, musst du es Frommelt sagen.«

»Wie soll ich das machen, ohne selbst in Verdacht zu geraten?«

»Verdächtigt wirst du doch sowieso schon. Warum bist du in das Haus dieser Familie gegangen? Und du hast dort sogar deine Fingerabdrücke hinterlassen. Blöder geht es denn nun wirklich nicht.«

»Ich hab einen Anruf bekommen. Jemand wollte mir dort Informationen geben, die beweisen würden, dass ich unschuldig bin.«

»Und auf diesen jämmerlich Trick bist du hereingefallen?«

»Muss ich wohl. Du hast schließlich nicht acht Jahre lang im Gefängnis gesessen. Da greift man nach jedem Strohhalm. Weißt du, was richtig bescheuert ist? Ich hab das Kind noch im Garten gesehen.«

»Was hast du?«

»Ja, sie saß auf einer Decke und spielte mit ihren Puppen. Ich bin an dem Haus vorbeigegangen. Ich habe die Straße nicht gleich gefunden und als ich wieder zurückkam, war das Mädchen nicht mehr im Garten. Es war mörderisch heiß und ich war die ganze Zeit zu Fuß unterwegs. Ich hab an dem Haus geklingelt, zu dem ich kommen sollte, aber es war niemand da. Die Türen standen alle offen. Also die Haustür, die Terrassentür und noch ein Fenster. Ich dachte, sie hätten mich nicht gehört, aber das Haus war leer. Ich bin in die Küche und hab ein Glas Wasser getrunken. Natürlich hab ich erst gerufen und mich umgeschaut. Danach bin ich gleich wieder weg.«

»Weißt du, wie das alles für mich klingt?«

»Total bescheuert, ich weiß.«

»Ja, das auch. Aber wenn du dir nicht wirklich alles nur ausgedacht hast, klingt das für mich so, als wollte dir jemand eine Falle stellen.«

Für einen Moment herrschte Schweigen. Wehmeier hätte zu gern gewusst, was gerade in Simone vorging. Dann sagte er leise: »Du glaubst mir nicht?«

Simone zuckte fast unmerklich zusammen: »Richard. Es klingt alles so irreal, so phantastisch. Es ist so viel passiert, damals und auch heute. Ich weiß schon lange nicht mehr, was ich glauben soll und was nicht.«

»Bist du glücklich?«

»Richard. Bitte.«

Eine Weile hingen beide ihren Erinnerungen nach.

»Weißt du vielleicht, wo Silvia und die Kinder abgeblieben sind?«, fragte Wehmeier schließlich.

Simone sah ihn erstaunt an. »Weißt du es wirklich nicht?«

»Was?«

»Silvia hat sich an ihrem vierzigsten Geburtstag von der Eisenbahn-Hochbrücke am Bahnhof gestürzt. Du weißt schon, die, die über die Braunschweiger Straße führt. Keine Ahnung, wie sie dort hochgekommen ist. Mehrere Autos waren auf der Straße, es gab einen schweren Auffahrunfall, bei dem einige Menschen schwer verletzt wurden, aber zum Glück keine Toten. Nur Silvia hat es leider nicht geschafft, sie war auf der Stelle tot. Das war vor sechs Jahren.«

»Oh, mein Gott.« Er war fassungslos. Damit hatte er nicht gerechnet.

Wieder kehrte eine dunkle Stille ein. Doch dieses Mal war sie umso bedrückender.

»Du musst mir helfen«, brach Wehmeier nach einer Weile das Schweigen.

»Ich muss?«

»Ich bitte dich darum.«

»Das klingt netter.«

»Kannst du dich bei deinen Kollegen umhören, wo die Kinder abgeblieben sind?«

»Das ist einen Versuch wert. Aber ich verspreche dir nichts.« Er nickte dankbar. Danach brachte sie ihn in die Stadt zurück. Als er ausstieg war ihm, als gehörten sie noch immer zusammen.

Frommelt sah auf die Uhr. Fast zehn. Er sollte nach Hause gehen und schlafen, damit er morgen ausgeruht war. Schon oft war ihm die Lösung eines Problems nach einer erholsamen Nacht einfach zugeflogen. Doch er wusste, dass er nicht schlafen konnte. Noch nicht. Und allein in seinem Wohnzimmer zu sitzen, allein mit Jack Daniels, der ihm wieder üble Kopfschmerzen bescheren würde, dazu hatte er keine Lust.

Er musste Wehmeier finden. Er musste mit ihm sprechen, auch wenn er dafür seinen Job aufs Spiel setzte. Hausmann würde nicht zögern, ihm bei der kleinsten Verfehlung ein Dienstaufsichtsverfahren anzuhängen. Aber viel wichtiger war es herauszufinden, ob er sich so in Richard Wehmeier getäuscht hatte. Aber wo sollte er ihn suchen? Dann kam ihm ein Gedanke.

Müde nahm er sein Jackett und verließ das Büro. Niemand war mehr auf dem Flur. Heute war es ruhig. Am Ausgang hob er die Hand und grüßte den wachhabenden Kollegen hinter der Scheibe. Er hatte seinen Namen vergessen.

***

Sie war wieder hier gewesen. Hatte Fragen über Fragen gestellt, die er nicht verstand, die er nicht beantworten konnte. Die Worte sprudelten aus ihrem Mund und er hatte geschwiegen. Die Worte purzelten in seinem Kopf durcheinander, ergaben keinen Sinn.

Sie hatte vor ihm gesessen, auf dem Sessel. In dem schummrigen Licht sah sie fast durchsichtig aus. Wie ein Geist. Er hatte schon einmal einen Geist gesehen, im Fernsehen.

Er hatte zu ihren Füßen auf dem Boden gekauert, dort, wo er am liebsten saß, an der Wand. Sie hatte sich kaum bewegt und doch hatte er sich allein durch ihre Anwesenheit bedroht gefühlt.

***

Silvia war tot. Wehmeier konnte es nicht fassen. Diese lebenslustige, trotz aller Probleme immer fröhliche Frau sollte sich einfach aufgegeben haben? Sollte sich auf eine Brücke gestellt und gesprungen sein, weil sie nicht weiter wusste? Er wollte, konnte es nicht glauben.

Geistesabwesend war er zum Friedhof St. Nicolai gegangen. Den Weg hatte ihm Simone noch beschrieben und ihn bis zur Celler Straße mitgenommen. Er brauchte nur noch die Straße Am Ziegelberg hochzugehen und den Kirchweg ein Stück weit nach links. Jetzt stand er vor dem schmiedeeisernen Tor und konnte sich kaum erinnern, wie er hierhergekommen war. Seine Gedanken wirbelten durcheinander, er zwang er sich zur Ruhe. Langsam und bedächtig schritt er zwischen hoch gewachsenen Thujen entlang.

Das Grab lag etliche Wege weiter auf der rechten Seite. Es war gepflegt, Blumen lagen darauf. Also musste sich jemand darum kümmern. Melissa oder Fabian oder beide. Sein Blick blieb an dem schweren, grob behauenen Stein hängen. Ihr Name stand dort, sonst nichts. Kein Geburtsdatum, kein Sterbetag. Mit eigenen Augen zu sehen, dass Silvia wirklich nicht mehr lebte, war ein Schock. So vieles war in den vergangenen Tagen passiert.

War es wirklich erst drei Tage her, dass ihn dieser Anruf erreicht hatte? Ihm kam es vor, als würde sein gesamtes Leben in diesen knappen Zeitraum passen.

Wie lange saß er schon hier? Er versuchte aufzustehen, doch es gelang ihm nicht. Eine jämmerliche Furcht kroch in ihm hoch. Er wusste, er würde es nicht mehr lange ertragen. Der psychische Schmerz würde sich binnen weniger Minuten in einen physischen verwandeln. Wie Ameisen kroch er an seinen Beinen hinauf. Meistens wartete er ab, bis die »Ameisen« seine Oberschenkel erreicht hatten. Dann hielt er die Luft an. Sobald sich die eisernen Ketten um seinen Brustkorb legten, schien sich die Lungen von innen gegen die Rippen zu pressen. Dann schwoll die Zunge an und der Schweiß brach ihm aus. Wenn er Glück hatte, barsten die Ketten, ehe die Panik ihn ganz überfiel.

Er musste Abstand gewinnen. Er durfte nicht mehr so oft an Simone denken. Im Gefängnis und bis vor wenigen Tagen war sie seine einzige Hoffnung, der einzige Halt gewesen. Jetzt, wo er sie gesehen hatte, begriff er, dass sie ihr Leben weitergeführt und sich entwickelt hatte, während er vor acht Jahren aufgehört hatte zu leben. Wenn ihn just in diesem Moment jemand fragen würde, ob er weiterleben wolle, er wüsste die Antwort nicht.

Was hatte er erreicht? Er hatte seinen Anwalt bedroht, war in fremde Häuser eingedrungen, hatte ein Adressbuch und zwei Fotos gestohlen. Er war die halbe Stadt abgelaufen, um Silvia und die Kinder zu finden. Stattdessen hatte er eine Klinik gefunden und wusste nicht einmal, was er mit dieser Information anfangen sollte. Was er wusste: Silvia war tot. Sie konnte ihm nichts mehr sagen. Mit Simone hatte er gesprochen, das war schon weit mehr, als er sich erträumt hatte. Er hatte ihre Stimme gehört, ihren Anblick genossen. Die seidenweiche, gebräunte Haut gesehen, auf der noch immer die feinen Härchen schimmerten. Der neue Haarschnitt stand ihr gut, den Duft ihres Parfüms glaubte er noch immer riechen zu können. Es war die gleiche Marke, die er ihr damals geschenkt hatte.

Diesen Geruch in sich einzusaugen war wie nach Hause zu kommen.

Hätte er gestern Abend auf Sargens warten sollen? Ihn zur Rede stellen und nach den Kindern fragen sollen? Er wusste es nicht. Er war nicht klüger als zuvor. Noch einmal zog er die beiden undeutlichen Fotos aus der Tasche. Sofort füllten sich seine Augen mit Tränen. Betti. Diesem Kind hätte er niemals etwas antun können. Er starrte mit tränenverschleiertem Blick auf ihr Gesicht. Noch immer hatte er das Gefühl, dass auf den Fotos irgendetwas war, das so nicht sein sollte. Wieder kam er nicht drauf.

Müde wischte er sich über die Augen. Seine letzte Hoffnung lag unter diesem groben Stein.

Wer außer Silvia konnte die Wahrheit wissen? Der Mörder von Betti.

Müde stand er auf.

Was ist, wenn er wirklich dort ist? Ich müsste ihn sofort festnehmen, das wäre meine Pflicht, dachte Frommelt. Und dann? Wehmeier würde sofort wieder in die Mühlen der Justiz geraten. Bei der erdrückenden Beweislast würde sich Hausmann auf ihn stürzen und ihn für viele Jahre hinter Gitter schicken. Sobald ihn die Staatsanwaltschaft in die Finger bekam, konnte er ihm nicht mehr helfen. Wie damals. Und wenn Wehmeier es tatsächlich nicht gewesen war, dann wäre es seine Schuld, wenn er fast sein gesamtes Leben im Gefängnis verbringen musste.

Er nahm die Sache persönlich, Hannah hatte recht. Dabei sollte er in der Lage sein, dem Gericht die ordnungsgemäße Rechtsprechung zu überlassen. Doch wäre Wehmeier wirklich unschuldig und würde erneut verurteilt, dann hätte er seine Arbeit nicht ordentlich erledigt. Ließ er Wehmeier aber laufen und der war tatsächlich schuldig, starb womöglich noch ein weiteres Kind, dann wäre das seine persönliche Schuld. Konnte er das verantworten? Wenn dann herauskäme, dass er sich mit Wehmeier getroffen und geredet hatte … Er mochte nicht weiter daran denken.

Er jagte einem Phantom hinterher. In seiner Wohnung war Wehmeier seit der Hausdurchsuchung nicht mehr gewesen, sie wurde Tag und Nacht observiert. Damit hatte er gerechnet. Was also trieb er die ganze Zeit über? Wo schlief er, wo aß er, mit wem sprach er? Er konnte sich nicht vorstellen, dass Wehmeier tagsüber in einem dunklen Loch hauste, um nachts wie eine Ratte herauszukommen. Das passte nicht zu ihm. Wehmeier liebte soziale Kontakte, brauchte Menschen um sich herum. So gut glaubte er ihn zu kennen. Richard Wehmeier war ein attraktiver Mann, der bei Frauen sicher gut ankam. Und wer acht Jahre im Gefängnis gesessen hatte, der sehnte sich nach einer Frau. War er offen und neugierig auf das neue Leben gewesen, das ihm bevorstand, oder war er verunsichert gewesen, weil er annahm, der Makel des Mörders prange deutlich sichtbar für alle auf seiner Stirn?

Niemand von seinen ehemaligen Freunden hatte ihn im Gefängnis besucht, niemand hatte ihm seine Loyalität, seine Freundschaft bewiesen.

Er glaubte zu wissen, warum sich Wehmeier so verhielt. Er wollte beweisen, dass er weder Betti noch Lisa getötet hatte. Und er, Frommelt, glaubte ihm, auch wenn sich alle anderen auf ihn als Täter stürzten. Wenn er nur endlich mit Wehmeier sprechen und ihm deutlich machen konnte, mit ihm zusammenzuarbeiten. Aber Wehmeier würde sich nicht melden. Er musste es selbst versuchen. Im Dienst war das nicht möglich, nur privat. Er setzte sich in seinen Wagen, startete und fuhr mit aufheulendem Motor los.

Genau damit hatte er gerechnet. Seinen Wagen hatte Frommelt kurz zuvor zwei Querstraßen weiter, auf dem Efeuweg, abgestellt und war zu Fuß weitergegangen. Nun schlich er, im Schutz der Dunkelheit, den schmalen Weg zwischen den Grundstücken bis ans Ende. Ein kleines Gartenhäuschen bot ihm Schutz vor neugierigen Blicken. Er hielt sich dicht am Rand verborgen und beobachtete das gegenüberliegende Grundstück. Ein Fenster des Hauses war hell erleuchtet.

Von der Parallelstraße kommend, huschte eine Gestalt um das Haus herum. Trotz des spärlichen Lichts erkannte er ihn. Er hatte sich in all den Jahren kaum verändert. Älter war er geworden, ausgezehrt und abgemagert. Heruntergekommen, dieses Wort fiel ihm ein. Allerdings betraf das nur seine Kleidung. Hatte er keine Socken an? Im diesigen Schimmer der Straßenlaternen konnte er es nicht genau erkennen. Richard Wehmeier würde niemals freiwillig seine Körperhygiene vernachlässigen, dessen war er sich sicher.

Er sah, wie Wehmeier Deckung hinter einem Busch suchte. Frommelt nickte zufrieden. Er hatte Zeit. Er wusste genau, zu wem Wehmeier wollte. In der Dunkelheit sah er eine Zigarette aufglimmen. Das schien ein Zeichen zu sein, denn im Haus wurde sofort das Licht gelöscht. Frommelt rief sich den Plan des Hauses ins Gedächtnis, es musste sich um das Wohnzimmerfenster handeln. Kurze Zeit später trat Simone Sebald aus der Hintertür und lief durch den Garten zum hinteren Zaun.

Er wartete ab. Warum, wusste er selbst nicht genau, es kam ihm wie ein Vergehen, ein Eingriff gegen moralische Grundsätze vor, wenn er jetzt störte.

Sie redeten leise, aber heftig aufeinander ein. Frommelt sah es an den ungestümen Bewegungen der beiden. Plötzlich drehte sich Simone um und rannte auf das Haus zu.

Erst jetzt stieg er über den niedrigen Zaun und ging langsam näher. Wehmeier stand noch immer auf demselben Fleck und bewegte sich nicht. Er hatte etwas Andächtiges, ja geradezu Rührendes an sich. Wie muss er diese Frau geliebt haben, fuhr es ihm durch den Sinn, ja, er liebte sie noch immer. Niemand verstand das besser als er. Er wischte den Gedanken an Maren mit einer schnellen Kopfbewegung beiseite und ging näher.

»Wehmeier?« Gerade laut genug, um von niemand anderem gehört zu werden. Er kam näher, nun konnte er sein Gesicht erkennen. Panik lag in Wehmeiers Augen. Heftig zuckten sie in ihren Höhlen, suchten nach einem Fluchtweg.

»Warten Sie. Bitte.« Frommelts Ton hatte etwas Flehendes, das Wehmeier zögern ließ. Noch immer das alte Urvertrauen an Gerechtigkeit, dachte Frommelt. »Haben Sie eine Zigarette für mich?«, fragte er lächelnd.

Wehmeier griff in seine Jackentasche und zog ein Päckchen hervor. »Sie sind mir aber nicht gefolgt, um mich um eine Zigarette zu bitten? Außerdem rauchen Sie nicht. Oder haben sie Sie bei der

Kripo so fertig gemacht, dass Sie keinen anderen Ausweg mehr wussten, als das mit einem Laster zu kompensieren?«

Das war der Richard Wehmeier, den er kannte. »Vielleicht.« Frommelt nahm sich eine Zigarette aus dem Päckchen und ließ sich Feuer geben. Als er hustete, sah er Wehmeier lächeln. Kurz darauf erstarb das Lächeln.

»Was wollen Sie von mir?«

»Gehen wir ein Stück«, sagte Frommelt, der sich sicher war, dass Simone hinter dem dunklen Fenster stand und sie beobachtete.

»Wie haben Sie mich gefunden?«, fragte Wehmeier. Sie stiegen über den Zaun und gingen den schmalen Fußweg entlang, der zwischen den Grundstücken entlangführte.

»Routine.«

»Gute Arbeit.«

»Danke. Die Auswahl war eingeschränkt.«

»Sie müssen mich verhaften.«

Frommelt nickte.

»Bist du deshalb hier?«, fragte Wehmeier.

Frommelt quittierte den Übergang zum Du mit einem Schmunzeln. »Vielleicht. Was wolltest du von Sargens?«

Dieses Mal lachte Wehmeier. »Du bist ja von der ganz fixen Truppe. Hat er sich gemeldet?«

»Hat er. Übrigens Ahlsen hat sich auch über dich beschwert. Und Sargens war heute bei mir. Er meint, du hast ihm einen anonymen Brief geschrieben. Angeblich drohst du ihm damit, ihn und den Rest der Familie umzubringen.«

»Warum sollte ich das tun?«

Frommelt sah Wehmeier fest in die Augen. Verzweiflung stand darin. Und Ehrlichkeit. Frommelt hoffte es zumindest. »Sagst du es mir?«

»Ich muss Melissa und Fabian finden. Nur sie könnten wissen, was damals wirklich passiert ist. Aber einen Brief habe ich mit Sicherheit nicht geschrieben. Silvia ist tot.«

»Hat Simone dir das gesagt?«

Wehmeier nickte. »Ich war auf dem Friedhof.« Er wandte sich ab, ging einige Schritte und drehte sich dann langsam um. »Warum sollte ich dir vertrauen?«, fragte er leise.

Frommelt sah seinen schmal gewordenen, gebeugten Rücken, bevor er sich wieder zu ihm wandte. Er ist ein gebrochener Mann, dachte er. Schnell ging er weiter und fragte, als er wieder neben ihm war: »Was hast du bei Sargens mitgenommen?«

»Das kann ich dir nicht sagen.«

Frommelt hatte keine Lust auf diese Spielchen und doch ging er darauf ein. »Sargens sagt, es fehlt nichts.«

»Seltsam«, sagte Wehmeier nachdenklich. »Dann hat er etwas zu verbergen. Er müsste zumindest gemerkt haben, dass sein Adressbuch fehlt.«

»Was noch?«

Wehmeier zögerte. Noch immer vertraute er Frommelt nicht.

Wieder ließ ihm Frommelt einen kleinen Vorsprung. Er wollte ihn nicht bedrängen oder durch seine körperliche Nähe gar in die Flucht treiben.

Wehmeier blieb stehen, als sie auf dem Lavendelweg angekommen waren, und sah Frommelt erstaunt an, als ob er erst in diesem Moment begriff, dass er nicht allein war. »Zwei Fotos von Betti. Die waren in einer Kommode auf dem Flur«, gab er endlich zu.

»Betti war Sargens' Enkeltochter. Großväter haben Fotos von ihrer Familie zu Hause.«

Wehmeier schüttelte den Kopf. »Eben, von ihrer Familie. Im ganzen Haus gab es aber nur diese zwei Fotos. Keins von Silvia, keins von Melissa oder von Fabian.«

»Seltsam ist das schon. Hast du die Kinder gefunden?«

»Nein. Ich bin alle Adressen aus dem Buch abgelaufen. Nichts. Nicht einen einzigen Hinweis, wo sie stecken könnten. Deshalb hab ich auch Simone gebeten, auf dem Jugendamt nachzuforschen, was mit ihnen passiert ist. Kann es sein, dass ihr damals den Kindern geholfen habt?«

»Du meinst, dass sie von uns eine neue Identität bekommen haben?« Wehmeier sah Frommelt hoffnungsvoll an. Doch Frommelt schüttelte den Kopf. »Nein, denn dann wüssten wir, wo sie stecken. Wir haben sie aber auch noch nicht gefunden. Und was hat Sargens mit Lisa Brandes zu tun?«

»Das weiß ich nicht. Ich war bei Sargens, weil ich wissen wollte, wo Silvia und die Kinder abgeblieben sind.«

»Warum warst du im Haus der Familie Brandes?«

»Ich kenne die Familie überhaupt nicht.«

»Als ich Carola Brandes dein Foto gezeigt habe, hatte ich schon das Gefühl, dass sie dich kennt.«

»Keine Ahnung. Hast du ein Foto?«

Frommelt schüttelte den Kopf. »Es gibt von ihr nur ein uraltes Passfoto. Heute sieht sie völlig anders aus. Dabei fällt mir auf, dass kein neueres Foto von ihr zu existieren scheint. Im ganzen Haus gab es keins, selbst ihr Mann hat kein Bild von seiner Frau auf dem Schreibtisch stehen.« Er ging ein Stück, dann drehte er sich wieder zu Wehmeier um. »Richard, erzähl mir, was genau passiert ist.«

»Ich hab einen Anruf bekommen. Wohl von einem Mann, später hab ich mir gedacht, es hätte auch eine Frau sein können, die ihre Stimme verstellt. Ich bin dann zum Treffpunkt, aber niemand war da. Im Garten habe ich das kleine Mädchen gesehen. Sie saß auf einer Decke und spielte mit ihren Puppen.«

»Hast du ein Handy?«

Wehmeier schüttelte den Kopf.

»Wie spät war es da?«

»Weiß nicht. Ich hab auch keine Uhr. Kein Handy, keine Uhr. Tragisch, nicht wahr?« Als Frommelt ihn strafend ansah, fuhr er fort: »Das muss so gegen dreizehn Uhr gewesen sein.«

»Was hat der Anrufer gesagt?«

»Dass ich um eins da sein soll. Es hätte was mit Betti zu tun. Dass er die Wahrheit kennt. Ich hab mich verlaufen und auf der Straße war auch niemand, den ich hätte fragen können. Da war nur dieser Bengel mit dem Fahrrad. Dann bin ich ins Haus. Die Türen standen ja alle offen.« Wehmeier starrte nachdenklich in die Dunkelheit. »Ich habe gerufen und hatte so ein seltsames Gefühl, als ob etwas passiert sei. Ein Gefühl eben. Aber es war niemand da. Da habe ich in der Küche ein Glas Wasser getrunken und bin schnell abgehauen.«

»Weißt du Richard, irgendwie kann ich es nicht glauben, dass du die Mädchen getötet hast, aber es gibt zu viele Indizien, die gegen dich sprechen.«

»Hör zu, die Einzige, die die Wahrheit weiß, ist tot. Ich komme gerade vom Friedhof und habe ihr Grab gesehen. Um den aktuellen Fall musst du dich allein kümmern. Ich war es auf jeden Fall nicht. Aber mach deine Arbeit besser als vor acht Jahren. Oder du steckst mich einfach wieder ins Gefängnis. Da hab ich geregelte Mahlzeiten, ein Dach über dem Kopf und meine Ruhe.«

Trotz der Verbitterung und des Sarkasmus' in Wehmeiers Stimme lächelte Frommelt. Er wusste, wie es Wehmeier ging. Nun wollte er es ihm nicht noch schwerer machen. »Was meinst du eigentlich, warum ich hier bin?«

»Das frage ich mich schon die ganze Zeit.« Bockig ging Wehmeier weiter. Noch immer hatte Frommelt ihn nicht überzeugt. Er war ein einsamer Wolf, der sein Rudel verloren hatte. Nun fiel ihm die Orientierung schwer. Frommelt konnte es ihm nicht verübeln. Wehmeier vertraute niemandem mehr, er leckte seine Wunden.

»Du glaubst also nicht, dass ich es war?«

»Was ich glaube, spielt keine Rolle. Ich habe einen riesigen Staatsapparat hinter mir, der Wert auf Beweise und Fakten legt. Und die sind erdrückend.«

»Genau wie damals. Richtig.«

»Ich konnte nicht mehr tun.«

»Und heute? Kannst du heute mehr für mich tun?«

»Nur, wenn du mir die Wahrheit sagst.«

»Das tue ich. Ich kann sie aber nicht beweisen und in diesem Fall nützt sie mir überhaupt nichts.«

Sie standen sich eine Weile schweigend gegenüber und Frommelt wusste, dass ihn genau diese Situation seinen Job kosten konnte. Und ihm war klar, Wehmeier wusste das auch. Aber nur so funktionierte sein Plan. »Wer könnte es auf dich abgesehen haben?«

»Wie meinst du das?«

»Es sieht, wenn du recht hast, nach einer Falle aus. Jemand will dich wieder in den Knast bringen. Was meinst du, wer hat einen Grund dazu?«

»Ich weiß es nicht. Es ist alles so … so unlogisch.«

»Damals wie heute.« Frommelt sah Wehmeier fragend an.

»Es passt nicht. Das heißt, es passt viel zu gut«, sagte Wehmeier. Er zuckte mit den Schultern. Auf seinem Gesicht stand Resignation.

»Und Simone? Weiß sie etwas?«

»Was hat Simone damit zu tun?« Wehmeier sah ihn an, als hätte er die Frage nicht verstanden. Frommelt wusste, hakte er hier weiter nach, war alles umsonst. Wehmeier ging bereits einige Schritte rückwärts. »Wo schläfst du?«, fragte er stattdessen.

Wehmeier grinste. »Überall und nirgendwo.«

»Ich hatte auch nicht erwartet, dass du mir diese Frage beantwortest.«

»Warum hast du sie mir gestellt?«

»War einen Versuch wert.«

»Du solltest dich hier nicht erwischen lassen«, sagte Wehmeier.

»Du hättest zur Polizei gehen sollen. Du wärst ein guter Ermittler geworden.«

»Danke, meine kriminelle Erfahrung reicht für den Rest meines Lebens.«

War es ein Spiel? Ein Spiel, das Wehmeier zu gewinnen dachte? Bei dem es vielleicht keine Sieger und keine Verlierer geben würde? Hatte Wehmeier nicht schon genug verloren? Acht lange Jahre waren kein Pappenstiel. Sondern eine verflucht lange Zeit.

Frommelt drückte ihm seine Visitenkarte in die Hand und ging den dunklen Weg zum Auto zurück.

Wehmeier ließ sich durch die Straßen treiben. Die Dunkelheit bot ihm Schutz, doch seine Gedanken konnte sie nicht aufhalten.

Das Gespräch mit Frommelt hatte ihm mehr zugesetzt, als er es für möglich gehalten hatte. Ihm gegenüberzustehen und mit ihm zu reden war schon mehr, als er sich erhofft hatte. Die alte Vertrautheit, die er damals verspürt hatte, war nicht entstanden, doch was hatte er erwartet? Es hatte gut getan, mit jemandem über alles zu sprechen, doch ob er in Frommelt einen Verbündeten gefunden hatte, wusste er nicht. Schlapp setzte er einen Fuß vor den anderen. Er hatte kein Ziel. Eben, bei Simone, hatte er die Hoffnung gehabt, sie würde ihn bei sich übernachten lassen. Selbst die Couch wäre ihm recht gewesen. Nur in ihrer Nähe sein, ihre Anwesenheit spüren, zu wissen sie ist da. Sie hatte ihn fortgeschickt. Verjagt, wie einen räudigen Hund.

Er landete vor dem *Paula's*. Hier lungerte er eine Weile herum und wartete, bis Birgit Feierabend machte. Durchs Fenster konnte er sehen, wie sie bereits die Tische abwischte. Es war niemand mehr da. Hastig drückte er die Tür auf und huschte hinein. Als hätte Birgit ihn erwartet, sah sie auf, den Lappen noch immer in der Hand, und lächelte ihn an. Wortlos ging sie hinter den Tresen, schenkte ihm einen Whisky ein und ging in die angrenzende Küche. Wehmeier starrte in sein Glas und beobachtete, wie sich die bernsteinfarbene Flüssigkeit darin bewegte. Erst als Birgit einen Teller mit Schnittchen vor ihm abstellte, blickte er hoch. Er nickte zum Dank. Trotz des Whiskys war sein Hals trocken und rau.

»Wo schläfst du?«, fragte Birgit. Darauf wusste er keine Antwort. »Komm mit zu mir«, sagte sie. »Mein Vater und mein Bruder leben bei mir in der Wohnung, aber ich habe ihnen so viel Geld dagelassen, dass sie genug Schnaps und Bier kaufen konnten und jetzt sicher tief und fest schlafen.«

Sie arbeite seit sieben Jahren im *Paula's*, hatte sie ihm vor einiger Zeit erzählt. Sie sei froh, einen Job zu haben, denn die zwei Männer lägen ihr ständig auf der Tasche.

Ihre Wohnung sei klein und sauber – wenn sie allein sei. Das sei sie selten, denn ihr Vater und ihr Bruder Meinhard würden den ganzen Tag im Wohnzimmer vor dem Fernseher hocken und auf das Geld warten, das sie mitbrachte. Spät abends, wenn sie nach Hause kam, schliefen die beiden bereits auf der Couch und sie dürfe ihren Dreck forträumen. Sie nähme selten Gäste mit zu sich nach Hause. Einerseits, weil sie sich ihrer Armut schäme, andererseits, weil ihr kein Mann so gefallen könne, dass sie ihn länger hätte ertragen wolle. Die beiden heruntergekommenen Halunken, die sich bei ihr eingenistet hätten, würden es ihr auch nicht leicht machen, eine Beziehung einzugehen.

Wehmeier überlegte einen Moment, aber die Aussicht auf die harte Parkbank war wenig verlockend.

Gemeinsam stiegen sie die Treppen des in die Jahre gekommenen, grauen Mietshauses hinauf. Im zweiten Stock blieb Birgit vor der Wohnungstür stehen. Sie legte den Zeigefinger an die Lippen, bedeutete ihm, still zu sein. Dann erst schloss sie auf. Die Luft wog schwer von Bierdunst und Zigarettenqualm. Leise schlich Wehmeier hinter Birgit ins Schlafzimmer. Erst dort unterhielten sie sich flüsternd. Vom Flur aus hatte er einen kurzen Blick ins Wohnzimmer werfen können. Der Fernseher flimmerte und warf ein schemenhaftes Licht auf das Sofa. Dort lag, schnarchend und schlafend, Birgits Bruder Meinhardt. Überall im Zimmer lagen Abfälle herum, standen volle Aschenbecher und leere Bierflaschen.

»Er wird nicht wach, dafür hat er zu viel getrunken, sei aber trotzdem leise, er muss dich hier nicht sehen. Bestimmt kennt er dein Bild aus der Zeitung und für ein paar Kröten wird er dich sofort verraten«, flüsterte sie.

Er konnte nicht schlafen. Immer wieder wälzte er sich hin und her. Zu viele Gedanken gingen ihm durch den Kopf, zu viel war passiert in der kurzen Zeit. Fragen über Fragen drängten sich ihm auf und zermürbten ihn bis an den Rand seiner Kraft. Für heute war er sicher, doch was würde morgen werden?

Wer hatte ihn angerufen? Wer wusste davon, dass er aus dem Gefängnis entlassen worden war? Es musste ihn jemand beobachtet haben, denn abgeholt hatte ihn niemand.

Was war in den vergangenen Wochen passiert, dass ihn jemand in eine Falle locken und wieder ins Gefängnis bringen wollte? Denn das stand außer Frage. Frommelt hatte recht. Der Anrufer hatte ihn zum Haus der Brandes bestellt. War er, Wehmeier, das Ergebnis eines ausgeklügelten Planes? Dieser Mann hätte einen Tag wählen müssen, an dem das kleine Mädchen allein im Haus und im Garten war. Wehmeier fragte sich, ob Frau Brandes ihre fünfjährige Tochter regelmäßig allein gelassen hatte. Andererseits hatte der Unbekannte zu viel dem Zufall überlassen, denn er konnte kaum damit rechnen, dass er ins Haus ging und dort seine Fingerabdrücke hinterließ.

Hatte Sargens ihn angerufen? Warum behauptete er, einen Drohbrief von ihm erhalten zu haben? Wenn es tatsächlich einen solchen Brief geben sollte, wer hatte ihn geschrieben? Wer wollte den alten Mann in Angst und Schrecken versetzten? Und warum? Sargens lebte völlig allein. Die einzige Erinnerung an seine Familie schien aus zwei Fotos von Betti zu bestehen.

Frommelt. Warum war er heute Nacht bei Simone gewesen? Er setzte seinen Job aufs Spiel. Wollte er ihm wirklich nur helfen oder ging es ihm um den Fall, den er unter allen Umständen lösen wollte?

Wehmeier kniff die geschlossen Augen noch fester zusammen, als könnte er so seine Konzentration, sein Erinnerungsvermögen steigern.

Aus dem Nebenzimmer drang das Schnarchen des Bruders, auf der Straße herrschte noch immer reger Verkehr. Das Fenster konnten sie wegen der brütenden Hitze, die tagsüber geherrscht hatte, nicht schließen, es war nach wie vor entsetzlich heiß. Er lag auf dem Rücken und starrte im Dunkeln gegen die Decke. Birgit lag friedlich auf ihrer Seite des Bettes, eingerollt wie ein Embryo, ein leichtes Zischen entfuhr ihrer Nase, wenn sie ausatmete.

Als er bei ihr am Haus gewesen war, hatte er Simone gefragt, ob sie den Schlüssel, den er von Silvias Wohnung besessen hatte, damals hatte nachmachen lassen. Sie könne sich nicht mehr daran erinnern, hatte sie zu ihm gesagt und war sehr wütend geworden. Warum hatte Frommelt gefragt, was Simone wusste? Was hatte er herausgefunden? Simone hatte von seinem Verhältnis mit Silvia gewusst. War sie wirklich in der Lage, ein kleines, unschuldiges Kind zu töten?

Mit Simone war es an diesem frühen Morgen vor über acht Jahren zu einem heftigen Streit gekommen. Das übliche Thema: Kinder. Dazu kam, dass Simones Vater am Wochenende Geburtstag hatte. Dort wollte sie hin und hatte von ihm verlangt mitzukommen. Er hasste das verlogene Geplänkel, die unausgesprochenen Vorwürfe in seine Richtung. Er hatte nicht sachlich bleiben können, nicht am frühen Morgen, und wütend das Haus verlassen. Am Abend hatte sie zu einer Versammlung des Kulturvereins gewollt. Eine neue Ausstellung sollte vorbereitet werden. Den Künstler, einen schmierigen Jüngling, der noch schmierigere Bilder malte, lobte sie über alle Maßen.

Nach der Arbeit war er zu Silvia gefahren. Auch wenn bei ihr wegen der Kinder immer Trubel herrschte, hatte er in dieser Familie mehr Ruhe als zu Hause. Sie hatten zusammen gegessen – er, Silvia und die Kinder. Danach waren Fabian und Melissa in ihre Zimmer gegangen.

Vor Gericht hatte eine Kinderpsychologin die Aussagen der beiden vorgetragen. Melissa sagte, sie hätte Musik gehört, den Kopfhörer aufgehabt und nicht mitbekommen, was sich in der Wohnung abspielte. Er war bei Fabian im Zimmer gewesen. An jenem Abend hatte Silvia die kleine Betti zu Bett gebracht, hatte geduscht und sich geschminkt, weil sie zur Arbeit musste. Fabian und er hatten versprochen, die Küche aufzuräumen. Das hatten sie vertrödelt. Dann hatte er einen Anruf erhalten. Ein Mann, er hatte schnell und hektisch gesprochen: In seiner Nachbarwohnung ginge es hoch her. Streit, lautes Gepolter. Sie hätten dort doch ein Kleinkind. Wehmeier kannte die Familie. Sie wurde von ihm betreut und lebte am anderen Ende der Stadt. Er hatte dem Hinweis nachgehen müssen.

Als er die Wohnung verließ, hörte er, dass Silvia unter der Dusche stand. Er hatte vergessen, eine Nachricht zu hinterlassen.

Als er zu der angeblich randalierenden Familie gekommen war, war alles friedlich gewesen. Sicher, gab die Frau an, sie hätten sich gestritten, weil der Alte mal wieder gesoffen hätte. Aber nun schliefe er. Er hatte darum gebeten, nach dem Kind sehen zu dürfen. Wie es aussah, hatte das Baby nichts mitbekommen, es lag unversehrt und friedlich schlummernd in seinem Bett.

Gut, dass Nachbarn aufeinander achteten. So manches Mal war es zu einem schrecklichen Unglück gekommen. Er fuhr lieber zwei-, dreimal umsonst als einmal zu spät zu kommen.

Als alles geklärt war, war er nach Hause gefahren. Erst dort hatte er bemerkt, dass er seinen Haustürschlüssel vergessen hatte. Und Simone war ja auf der Versammlung. Es brannte kein Licht im Haus. Er klingelte trotzdem. Wie erwartet, hatte ihm niemand geöffnet. Er hatte Simone auf dem Handy angerufen, doch das war abgeschaltet gewesen. Wütend war er zu dem Restaurant gefahren, wo die Versammlung stattfinden sollte. Hier saßen sie bei solchen Anlässen in einem kleinen Nebenraum. Simone war nicht dort gewesen. Als er nachfragte, sagte man ihm, dass der Termin kurzfristig abgesagt worden sei. Er war zurück zu Silvia gefahren, in der Hoffnung, den Schlüssel dort liegen gelassen zu haben.

Er hatte einen Schlüssel für ihrer Wohnung besessen, den er in seinem Auto versteckte. Im Haus hätte Simone ihn vermutlich gefunden und unangenehme Fragen gestellt.

Zurück in Silvias Wohnung, saß Melissa auf ihrem Bett, noch immer die Kopfhörer auf den Ohren, mit dem Rücken zu ihm. Sie hatte ihn nicht bemerkt und er hatte die Tür sofort wieder geschlossen. Fabian hatte am Fenster gesessen und in die Nacht gestiert. Er hatte sich nach seinem Befinden erkundigt und nach Betti gefragt. Fabian hatte ihm gesagt, dass sie schlafen würde. Er, Wehmeier, sollte aber lieber nicht nach ihr sehen, da sie manchmal sehr lebhaft träumen würde und Fabian wollte nicht, dass sie aufwachte. Also hatte er die Wohnung wieder verlassen, ohne in Bettis Zimmer geschaut zu haben.

Am nächsten Tag war er verhaftet worden.

Auf dem Weg nach Hause war Frommelt in Gedanken noch immer bei dem Treffen mit Richard. Erst kurz vor der Haustür bemerkte er, dass er die Strecke geistesabwesend gefahren war.

Er liebte sein Zuhause, doch seit Maren nicht mehr hier wohnte, war es nur noch eine Unterkunft. Gewohnheitsmäßig stellte er den Fernseher an und den Ton aus. Dann ging er in die Küche, nahm den Rest des gestrigen Abendessens aus dem Kühlschrank und stellte den Teller in die Mikrowelle. Die einzige Neuerung, auf die Maren ausdrücklich bestanden hatte. Eine neue Küche. Seine gesamten Ersparnisse waren auf dem Konto eines Möbelhauses gelandet.

Er nahm sich ein Glas Wasser mit ins Wohnzimmer, drückte zwei Magentabletten aus der Packung und schluckte sie mit angewidertem Gesicht. Die Mikrowelle ließ ihr nerviges »Ping« hören und er wusste, er würde nichts essen können. Er hatte einwandfrei den falschen Beruf. Sobald ein Mord geschah, und ganz besonders, wenn ein Kind getötet wurde, bekam er keinen Bissen mehr herunter, nahm ein Kilo ums andere ab. Dafür konnte aber Friedrun nichts. Er ging in die Hocke und sah durch die Scheiben des Terrariums. Seit einer Woche hatte sie nichts mehr bekommen. Unter dem Tisch stand der Behälter mit den lebenden Grillen. Vorsichtig nahm er eines der Tiere mit einer Pinzette heraus und warf es ins Terrarium. Die Vogelspinne hockte reglos da. Erst als die Grille sprang, erwachte ihr Jagdinstinkt. Kurz nachdem Maren ihre Sachen gepackt hatte und ausgezogen war, hatte er sich das Tier angeschafft.

Er stand auf, ging hinüber zur Bar, in der immer ein kleiner Alkoholvorrat stand, und schenkte sich einen Whisky ein. Damit setzte er sich in den Sessel am Fenster, neben das Terrarium.

Er nahm einen großen Schluck. Es wurde langsam dunkel, doch er sah keine Veranlassung aufzustehen und das Licht einzuschalten. Bei diesem diffusen Dämmerlicht konnte er am besten denken. Und es passte zu seiner Stimmung.

Frommelt fuhr sich mit der Hand durch die Haare und sah auf die Uhr. Er war so sehr in Gedanken versunken gewesen, dass er nicht bemerkt hatte, dass es fast Mitternacht war. Er trank den Rest Whisky, der im Glas war, und stellte die Flasche zurück in den Schrank. Sie war fast leer.

Vierter Tag

Morgens wachte Frommelt mit höllischen Kopfschmerzen auf. Im Badezimmerspiegel bewunderte er das Resultat seiner nächtlichen Verabredung mit Jack Daniels.

Das Gespräch mit Wehmeier war nicht so verlaufen, wie er es sich erhofft hatte. Das freundschaftliche Gefühl, das er damals für ihn empfunden hatte, hatte sich nicht wieder eingestellt. Er hatte genau gespürt, sie standen auf verschiedenen Seiten. Die Distanz wurde immer größer, auch wenn es nach außen nicht den Eindruck gemacht hatte. Das betrübte ihn. Doch was hatte er erwartet? Dass Wehmeier ihm mit einem Anflug von Sentimentalität um den Hals fiel?

Eine merkwürdige Euphorie erfasste ihn. Er hätte ein schlechtes Gewissen haben sollen, weil er mit einem Mordverdächtigen gesprochen hatte. Zu seiner Verwunderung stellte sich dieses Gefühl nicht ein. Er musste sein Wissen für sich behalten, sonst war er seinen Job los. Er konnte seinen Kollegen oder gar Hausmann nicht von seinem gestrigen Treffen erzählen. Nur so konnte er Wehmeier helfen.

Ja, er glaubte an Wehmeiers Unschuld, denn was er erzählt hatte, klang plausibel. Und war ihm sein Job vielleicht doch ganz lieb, obwohl er vor Kurzem noch alles hatte hinschmeißen wollen? Was sollte er sonst tun? Wie Wehmeier den ganzen Tag wie ein Penner herumlungern und genauso aussehen? Er lachte laut auf, sah sich in Gedanken mit Wehmeier und einer Flasche Wermut durch die Stadt ziehen. Von Parkbank zu Parkbank und um die Zeitung streiten, die sie als Decke brauchten. Zwei »Nichtsesshafte mit Brückenhintergrund« oder wie hieß die korrekte Bezeichnung?

Das kam alles nur vom Alkohol.

Wenig später hatte Frommelt das Polizeigebäude erreicht und parkte den Wagen auf dem Bediensteten-Parkplatz hinter dem Haus.

Während er die Treppe in den zweiten Stock und über den Flur zum Büros von Staatsanwalt Hausmann ging, hielt er den Kopf gesenkt, als würde man ihm an den Augen ansehen, dass er ein schlechtes Gewissen hatte. Seine Laune würde sich heute bestimmt nicht mehr bessern und er vermutete, dass sich das nicht ändern würde, bis der Fall Wehmeier vollständig aufgeklärt war. Den Fall zu klären, war er sich selbst und vor allem Richard schuldig. Über das, was danach kam, machte er sich heute noch keine Gedanken.

Hausmann hatte ihn auf dem Handy angerufen und noch vor Dienstbeginn zu sich beordert – er war noch nicht mal geduscht gewesen. Was sollte er ihm sagen? Hausmann wollte Fakten, Tatsachen, Beweise – die Presse saß ihm im Nacken und Frommelt hätte um nichts in der Welt mit ihm tauschen mögen. Doch eines war klar, er wollte Wehmeiers Kopf. Für Hausmann stand fest, Richard Wehmeier war auch für den Mord an Lisa Brandes verantwortlich.

Er öffnete die Tür und trat in den Vorraum zu Hausmanns Büro. Valerie Mattern, Hausmanns Sekretärin, sah von ihrem Computer auf und lächelte ihm zu. Eine gutaussehende junge Frau, dachte Frommelt und lächelte ebenfalls. Wenn Maren nicht wäre, würde er sie durchaus einmal zum Essen einladen. Soviel er wusste, hatte sie zurzeit keinen festen Freund. Hier sprachen sich persönliche Dinge schnell herum.

»Gehen Sie ruhig gleich durch, er wartet schon«, sagte sie und sah ihm begehrlich hinterher. Er registrierte ihren Blick, als er die Tür hinter sich schloss. Betont langsam drehte er sich zu Hausmann um, dessen Schreibtisch direkt am Fenster stand. Frommelt dachte noch immer an Valerie. Doch jetzt musste er Hausmanns verbale Attacken hinter sich bringen.

»Nun, Herr Frommelt, was haben Sie für mich?«

Mühsam sammelte er seine Gedanken zusammen. Was konnte er, nach dem Treffen mit Wehmeier, an Informationen weitergeben, um seine Arbeit weiterhin korrekt zu machen, ohne ein Disziplinarverfahren zu riskieren? Er entschied sich für eine Teilwahrheit. »Dass Wehmeier in Sargens' Haus eingebrochen hat, wissen Sie ja schon. Wir haben Sargens vernommen, er hat ausgesagt, dass nichts gestohlen wurde. Ansonsten gibt es noch keine neuen Erkenntnisse.«

»Seltsam. Und Ihr persönlicher Eindruck?«

Frommelt berichtete, was bei der gestrigen Besprechung erörtert worden war und dass sie zu der Überzeugung gelangt seien, dass weder Carola Brandes noch Rene die kleine Lisa getötet haben konnten. Und das auch Wehmeier, der, laut Bräuers Bewegungsprofil, zwar in der Nähe des Tatortes gewesen war, kaum Zeit gehabt hatte, Lisa zu töten und zum Wald zu bringen.

»Sehr vage Theorie, mein Werter«, Hausmann sah ihn streng an.

»Ich bin mir fast sicher, dass der Mord an Lisa Brandes mit dem Fall Betti Hein zu tun hat.«

Eine ganze Weile schwieg Hausmann und saß mit strengem Gesichtsausdruck, die geballten Fäuste auf der Tischplatte liegend, da. Er antwortete fast flüsternd. Frommelt wusste, das bedeutete selten etwas Gutes. »Der Fall Betti Hein ist abgeschlossen, ich verstehe nicht, was er damit zu tun haben sollte. Außer, dass Wehmeier vermutlich erneut ein Kind umgebracht hat, kaum, dass er fünf Wochen auf freiem Fuß ist. Alle Indizien sprechen gegen ihn.«

»Indizien, immer nur Indizien. Genau wie beim Fall Betti Hein. Ich will endlich Fakten, damit ich überzeugt bin.« Frommelt merkte, dass er sich bald nicht mehr in der Gewalt hatte. Seine Stimme wurde lauter, das musste er verhindern.

»Dann liefern Sie genau die Beweise, die Sie brauchen, dafür sind Sie hier angestellt. Und lassen Sie die alten Sachen ruhen, das hat hiermit nichts zu tun. Begreifen Sie endlich, dass dieser Wehmeier gefährlich ist. Oder wollen Sie, dass er noch ein Kind tötet?«

Frommelt musste an sich halten. So kam er nicht weiter.

Hausmann starrte auf seine Fäuste. »Was soll ich der Presse erzählen? In zwei Stunden ist Pressekonferenz.«

»Am besten das, was Sie ihnen immer erzählen. Geheime Untersuchungen, um die Ermittlungen nicht zu gefährden.« Ehe Frommelt das Büro verließ sah er sich noch einmal kurz um. Hausmann hatte den leisen Anflug eines Lächelns im Gesicht. Immerhin.

Auf dem Flur kam ihm Roland Bräuer entgegen. »Na, wieder 'n Anschiss gekriegt?«, fragte er und schielte auf die Tür, hinter der der Staatsanwalt residierte.

»Ging soweit. Gibt's was Neues?«

»Ich hab mich noch mal mit Sargens' Nachbarin unterhalten. Sargens ist kurz nach neun weggefahren.«

»Das wissen wir doch schon.«

»Ja, sorry, ich bin noch etwas durcheinander. Die Dame hat mir einen längeren Vortrag über rheumatoide Arthritis gehalten. Jetzt weiß ich alles über Morgensteifigkeit oder wie das heißen mag. Auf alle Fälle kramt sie morgens schon ab fünf Uhr in Haus und Garten herum. Und sie sagt, sie hätte um diese Zeit einen jungen Mann in der Nähe des Hauses gesehen. Wohin der wollte, konnte sie nicht sagen.«

»Interessant. Kann sie ihn beschreiben?«

»Sie ist bereits hier, wir lassen ein Phantombild anfertigen. Wehmeier war es übrigens nicht, da ist sie sich ganz sicher. Wir haben ihr ein Foto von ihm gezeigt.«

»Sehr gut. Und die anderen Nachbarn?«

»Sind sich einig in ihrer Meinung. Sargens ist ein ruhiger Nachbar. Unauffällig, würde ich sagen.«

»Gerade bei denen liegen oftmals die Leichen unter dem Bett«, sagte Frommelt.

»Da habe ich natürlich nicht nachgesehen.« Bräuer grinste. Er hatte eine Jacke an und war auf den Weg nach draußen.

»Wohin willst du?«, fragte Frommelt.

»Du weißt doch, mein Auto.«

»Du meinst dieses schrottreife Ding?«

»Eben. Silke bringt Marvin in den Kindergarten und holt mich gleich ab. Wir haben uns neulich ein paar Gebrauchte angesehen. Für mehr reicht das Gehalt ja leider nicht.«

Frommelt nickte. Konnte er gut verstehen. Silke, Bräuers Frau, ging noch nicht wieder arbeiten, ihr Sohn Marvin war gerade zwei geworden im vergangenen Monat. »Und?«

»Kombi, vier Jahre alt, knapp achtzigtausend Kilometer und gut gepflegt für schlappe zwölftausend.«

Frommelt pfiff durch die Zähne.

»Unsere Eltern steuern einen Teil dazu«, sagte Bräuer, »allein würden wir es nicht schaffen. Dafür haben sie uns das Versprechen abgenommen, öfter am Wochenende zu ihnen zu kommen.«

»Schon allein aus so einem Grund würde ich einen Fiat Panda vorziehen.«

Bräuer wandte sich grinsend ab: »Kennst du die Frauen?«, und verschwand in Richtung Ausgang.

Vor seiner Bürotür blieb Frommelt stehen. Er zögerte, machte kurzerhand auf dem Hacken kehrt und ging hinaus ins Freie. Hannah war bestimmt schon im Büro. Der Moment, in dem er ihr gegenübertreten musste, machte ihm Angst. Sie würde es ihm sofort ansehen, dass er ein schlechtes Gewissen hatte. Es war besser, ihr noch eine Weile aus dem Weg zu gehen. Vor allem musste er versuchen, seine Gedanken nicht abschweifen zu lassen und sich wieder auf den Fall konzentrieren. Der Gedanke, der ihn während der gestrigen Besprechung verwirrt hatte, erschien ihm nun so klar und deutlich wie nach einem erfrischenden Regenguss. Er setzte sich in seinen Wagen und fuhr los.

Er hatte doch noch etwas schlafen können während dieser Nacht. Nicht halb so unausgeschlafen, wie er es vermutet hatte, wachte Wehmeier, wie gewohnt, um fünf Uhr auf. Birgit schlief noch. Sie hatte sich im Bett gedreht und lag nun mit dem Gesicht zu ihm. Reizend sah sie aus. Ihre dunklen Locken fielen ihr wirr ins Gesicht.

Sie war ein guter Kerl, würde den Menschen, die sie um Hilfe baten, stets helfen, dachte er. Auf sie konnte er sich immer verlassen.

Er stand auf und ging leise ins Bad. Zu duschen traute er sich nicht. Nur keine schlafenden Hunde wecken, dachte er. Birgits Bruder lag im Wohnzimmer und schnarchte, von ihrem Vater war nichts zu sehen. Vermutlich hatte er ein paar Kumpel getroffen und war gar nicht nach Hause gekommen. Er schlich zurück ins Schlafzimmer, zog sich an und verließ die Wohnung. Einen kurzen Moment dachte er daran, Birgit einen Kuss auf die Stirn zu geben, doch er wollte sie nicht wecken, sie brauchte ihren Schlaf dringend.

In Sargens' Adressbuch standen noch zwei schnell hingekritzelte und kaum zu entziffernde Eintragungen, die er gestern übersehen hatte. Heute Vormittag wollte er sie ablaufen. Und Socken würde er kaufen. Birgit hatte ihm noch fünfzig Euro zugesteckt, obwohl sie selbst nicht viel Geld hatte.

Hatte Silvia, an jenem Abend vor über acht Jahren, wirklich nicht mitbekommen, dass er die Wohnung verlassen hatte? Hatte sie angenommen, er sei zu Melissa ins Zimmer gegangen oder räumte wie versprochen in der Küche das Geschirr fort? Warum hatte Silvia vor Gericht steif und fest behauptet, dass er noch in der Wohnung gewesen war, als sie zur Arbeit ging? Warum? Warum? Warum?

Obwohl sie zunächst ausgesagt hatte, dass er vor ihr die Wohnung verlassen hatte, behauptete sie kurze Zeit später das genaue Gegenteil. Sie hatte sogar geschworen. Das war es, was ihm in den vergangenen acht Jahren immer wieder durch den Kopf gegangen war. Immer diese eine Frage: Warum?

Wenn er nicht selbst herausbekam, wer Betti damals wirklich getötet hatte, würde er Zeit seines Lebens auf der Flucht sein. Obwohl er Frommelt für einen fähigen Polizisten hielt, glaubte er nicht mehr daran, dass diese Instanz seine Unschuld würde beweisen können.

Damals waren auch Melissa und Fabian befragt worden. Sie hatten angegeben, sich nicht erinnern zu können, zu welchem Zeitpunkt er die Wohnung verlassen hatte. Das glaubte er ihnen, denn nach dem Anruf war er sofort los, ohne sich von ihnen zu verabschieden. Wie alt waren die Kinder heute? Er rechnete nach. Fabian war damals dreizehn, Melissa fünfzehn. Also musste Fabian heute einundzwanzig sein, Melissa bereits dreiundzwanzig. Erwachsene Menschen also, die die Dinge heute vielleicht anders sahen.

Sein Nacken tat ihm weh. Er hob kaum den Kopf, starrte auf seine Füße und überlegte, wann er sich Socken kaufen wollte. Neue, saubere Unterwäsche wäre auch schön. Aber er scheute davor zurück, sich in größeren Menschenansammlungen aufzuhalten. Die Gefahr, dass ihn jemand erkannte, war zu groß.

An der ersten Adresse, in der Braunschweiger Straße, wohnte ein Immobilienmakler. Vielleicht hatte Sargens ja vor, sein Haus zu verkaufen, um in ein Seniorenheim zu ziehen. Das konnte er sich zwar nicht vorstellen, wollte aber auch keine weitere Aufmerksamkeit auf sich lenken und verschwand wieder. Jetzt war er auf dem Weg zur zweiten Adresse. Der Weg zur Röntgenstraße war, wie er befürchtet hatte, anstrengend gewesen. Lange hielt er das nicht mehr durch. Er wünschte sich, nicht immer zu Fuß gehen zu müssen. Die Blasen an den Fersen waren noch nicht verheilt und brannten höllisch.

Fahrkarten für den Bus konnte er sich nicht leisten. Das Geld, das Birgit ihm gegeben hatte, wollte er nicht leichtsinnig ausgeben. Er hätte sich ein Fahrrad *leihen* können, doch damit wäre seine Karriere als Einbrecher und Dieb wohl eindeutig besiegelt. Würde man es ihm als Notfall zugutehalten, wenn er der Polizei seine wundgescheuerten Füße zeigte? Er stellte sich Frommelts Gesicht vor und musste laut lachen. Einige Passanten, die gerade an ihm vorbeigingen, sahen ihn vorwurfsvoll an. Die alte Frau, die ihm krumm und gebückt unter der Last ihrer Einkaufstaschen entgegenkam, wich hastig aus. Es wurde Zeit zu verschwinden, ehe ihn jemand erkannte.

Fast wäre Wehmeier am Haus vorbeigelaufen. Er blieb auf der gegenüberliegenden Straßenseite stehen und betrachtete das Mehrfamilienhaus. Ein leichtes Kribbeln zwischen seinen Schulterblättern ließ ihn schaudern. Als ob ihm jemand gefolgt wäre und ihn beobachtete. Schnell drehte er sich um. Nichts. Alles war ruhig, auf der Straße herrschte kaum Verkehr, die wenigen Fußgänger schienen ihm keine Beachtung zu schenken. Zwischen den Parkplätzen für die Mieter stand ein großer, dunkler Wagen. Er maß ihm keine große Bedeutung bei, schaute aber trotzdem noch einmal hin. Das Kribbeln verstärkte sich.

Er ging näher ans Haus heran, verfluchte sich. Er litt schon unter Verfolgungswahn. Auf den Klingelschildern nur unbekannte Namen. Auf einem der Schilder, die Wohnung musste im dritten Stock liegen, war der Name unleserlich gemacht worden.

Die Haustür war nicht verschlossen. Wie ein Dieb schlich er ins Haus, überlegte einen kurzen Moment, ob er den Fahrstuhl nehmen sollte, entschied sich für die Treppe und kämpfte sich mühsam die Stufen hoch. Im dritten Stock verharrte er eine Weile, wartete, bis er wieder genügend Luft bekam, bevor er auf die Klingel drückte. Es war die einzige Wohnung ohne Namensschild.

Ein Geräusch auf der Treppe über ihm. Wie Schritte. Nein, eher ein Kratzen, ein Schaben. Auf sein Klingeln reagierte niemand. Er klopfte leise.

Er hatte wohl wieder kein Glück. Wehmeier schlich den halben Treppenabsatz hinunter, als sich hinter ihm leise die Tür öffnete. Er hatte es nicht gehört, nur einen Windhauch gespürt. Ein junger Mann stand in der Tür, die nur einen kleinen Spalt offen stand. In dem schummrigen Licht erkannte er ihn nicht. Vorsichtig ging er die Treppe wieder hoch.

Aus dem Jungen von damals war ein junger Mann geworden. Blass und schmächtig, mit diesem hoffnungslosen Blick, in dem nun ein winziger Funke Freude aufblitzte. Doch das Leuchten verschwand sofort wieder. Angst und Niedergeschlagenheit sprachen aus diesem Blick. Fabian. Wehmeiers Herz hüpfte, er konnte seine Aufregung kaum unter Kontrolle bringen.

»Fabian.« Mehr brachte er nicht heraus. Der Junge war aus der Tür verschwunden, hatte sie aber nicht geschlossen. Er folgte ihm in die Wohnung. Ein schmaler Flur, kaum Möbel, am Ende, linker Hand, eine Tür. Sie stand einen Spalt offen, Wehmeier ging hinein.

Fabian saß zusammengekauert in einer Ecke des Raumes auf dem Boden, unter dem Fenster. Die Vorhänge waren zugezogen und Wehmeier hatte den Verdacht, dass es den gesamten Tag über so war. Er ging zum Fenster, sah durch einen schmalen Spalt der Gardinen hinunter auf die Straße. Von oben konnte Wehmeier niemanden eindeutig erkennen, doch die gedrungene Körperhaltung des Mannes, der gerade zu dem dunklen Wagen ging und einstieg, hatte er nicht vergessen. Sargens.

Fabian sah ihn nicht an. Leicht wippte er mit dem Kopf vor und zurück. Fabian war in der Klinik gewesen, nicht Silvia, wurde ihm in diesem Moment bewusst. Er hatte den Druck damals nicht ausgehalten. Das konnte er gut verstehen. Er ging in die Hocke, wahrte aber genügend Abstand, damit der Junge keine Angst bekam.

»Fabian, bist du ganz allein hier?« Er schüttelte den Kopf. »Aber dein Großvater besucht dich öfter, er war hier, nicht wahr?«

Fabians Kopf ruckte heftig von links nach rechts. Seine Reaktion verriet Wehmeier, dass er mit seiner Vermutung recht hatte. Warum hatte Sargens der Polizei nicht gesagt, wo Fabian lebte? Doch als er den angstvollen, zusammengekauerten Jungen sah, war ihm klar, dass Sargens Fabian schützen wollte. Er selbst hätte nicht anders gehandelt.

»Kümmert sich Melissa hier um dich?«, fragte Wehmeier.

Fabians Kopf zuckte hoch, er sah Wehmeier aus weit aufgerissenen Augen an. So viel Angst hatte Wehmeier noch nie gesehen. »Simone«, flüsterte er plötzlich.

»Was ist mit Simone?«

Doch Fabian sagte nichts mehr. Er saß starr auf dem Boden, hielt seine Beine umschlungen, den Kopf auf den Knien. Wehmeier wusste, dass es keinen Sinn mehr hatte, weiter zu fragen. Er wollte Fabian nicht zusätzlich verängstigen und verließ die Wohnung. Doch er würde wiederkommen.

Auch jetzt verzichtete er auf den Fahrstuhl und lief die Treppen hinunter. Als er um das Haus ging, beschlich ihn erneut das Gefühl, verfolgt zu werden. Er sah sich um. Nichts. Er bog um die Ecke und, einer inneren Eingebung folgend, wählte er einen anderen Rückweg. Hinter ihm lagen mehrere nebeneinander stehende Mehrfamilienhäuser, dazwischen ein schmaler Weg, der zu den Hauseingängen führte. Einige Büsche, Bäume und kleine Rasenflächen, die den Anwohnern das Gefühl eines Lebens im Grünen vermitteln sollten. Vor ihm die nächsten vier Mehrfamilienhäuser – das hatte System. Aus den Augenwinkeln bemerkte er einen Schatten. Nicht sehr groß, eher …

Hannah saß an ihrem Schreibtisch und sah ihm erwartungsvoll entgegen, als Frommelt ins Büro kam. Auf den Namenlosen hatte er verzichtet, der konnte ihm heute auch nicht helfen. Noch immer hatten sie nicht entschieden, wer den Antrag für eine eigene Kaffeemaschine stellen sollte.

»Ich war eben in Braunschweig in der JVA«, sagte Frommelt bevor Hannah im zuvorkommen konnte und schmiss seine Jacke auf den Besucherstuhl. Dann kniete er sich mit einem Bein auf seinen Stuhl, schwang sich über den Schreibtisch und wühlte in den Unterlagen.

»Suchst du etwas Bestimmtes oder übst du für den Zirkus?« Hannah sah ihm belustigt zu.

»Hier.« Triumphierend hielt er eine aufgeschlagene Akte hoch. »Ich wollte in der JVA mit jemandem sprechen, der Kontakt zu

Wehmeier hatte.« Hannah sah ihn fragend an. Das sah ganz entzückend aus, fand Frommelt. »Seine Mitinhaftierten, sagt man das so? Also sie haben über Wehmeier gesagt, dass er ein korrekter, freundlicher Mann gewesen sei. Und über damals hat er wohl kein einziges Wort verloren.«

»Kilian, komm auf den Punkt.«

»Ja. Entschuldige. Eins ist wirklich interessant, Wehmeier war offenbar ziemlich beliebt im Gefängnis. Also bei den Schlüsselgewalten. Er sei immer höflich gewesen, ruhig, nicht aufs ...« Er blätterte, suchte eine bestimmte Stelle.

»Kilian.«

»Ja, hab's ja gleich. Mit einem der Justizvollzugsbeamten, wie es korrekt heißt, hat sich Wehmeier, na quasi angefreundet. Und der hat ihn kurz vor seiner Entlassung gefragt, ob er von jemandem abgeholt würde. Mit diesem Beamten hat er sich wohl hin und wieder privat unterhalten und ihm von Simone erzählt. Und als Wehmeier meinte, er hätte niemanden mehr, hat dieser Beamte Simone einen Tag vor der Entlassung angerufen.«

»Das ist ja ein Ding. Und uns erzählt sie, sie wüsste von nichts. Warst du schon bei ihr?«

»Ich bin gleich von der JVA aus bei ihr vorbeigefahren, aber sie war nicht da.«

»Nun, die Frage ist doch: Warum lügt sie?«

***

Die Tür fiel leise ins Schloss. Er stand auf und ging zum Fenster. Da sah er ihn. Ein stechender Schmerz durchbohrte seinen Kopf.

Er presste die Hände dagegen und sah nach unten auf den Parkplatz. Er hätte mit ihm reden müssen. Nun war es zu spät. Der Schmerz hämmerte mit einer solchen Kraft von innen gegen seinen Kopf, dass er dachte, sein Schädel würde platzen und in kleinen Stückchen durch die Luft fliegen.

Er trat vom Fenster zurück und wusste, jetzt half nur noch eines. Zu oft hatte er diese Qual verspürt. Er schlug mit dem Kopf gegen die Wand. Zehn ..., zwanzig ..., dreißig, einunddreißig ...

Er hörte auf zu zählen. Es wurde dunkel in seinen Gedanken. Die Augen fielen ihm zu, er merkte es kaum. Seine Knie sackten ein, er spürte den Teppich an seinen Fingern. Glühende Nadeln zersprengten grelle Lichtblitze. Er kniff die Augen zusammen.

Das Letzte, was er mitbekam, ehe die Dunkelheit ihn vollständig einhüllte, war ein sanftes Brummen, das seinen Kopf ausfüllte.

***

Wehmeier hielt sich den Kopf. Er spürte etwas Warmes, Feuchtes an seinen Fingern. Als er die Augen aufschlug, sah er Monika, die sie sich mit sorgenvollem Blick über ihn beugte. Sie war allein.

»Kommen Sie«, sagte Monika. »Können Sie laufen?«

Er wusste es nicht. Langsam rollte er sich auf den Bauch, kroch auf Armen und Knien ein Stück vor, um sich dann in die aufrechte Position zu hieven. Monika stützte ihn am Arm, sodass er nicht gleich wieder hinfiel. Ihm wurde schwindelig.

»Danke«, sagte er. Mehr fiel ihm nicht ein.

»Sie bluten. Was ist passiert?« Monika sah ihn betroffen an.

»Ich weiß es nicht. Jemand muss mich niedergeschlagen haben.« Er nahm die Hand vom Kopf: Blut. »Es tut mir leid wegen gestern.«

Sie sah ihn an, als begreife sie seine Worte nicht.

Er schüttelte den Kopf: »Unsere Verabredung.«

»Kommen sie mit, ich wohne gleich hier um die Ecke.« Sie hielt ihn noch immer fest am Arm.

Dankbar sah er sie an und wusste nicht, was er sagen sollte. Er war von hinten angegriffen worden und hatte niemanden gesehen. Nur diesen Schatten.

Er hatte seine Strafe abgesessen, für etwas, was er nicht getan hatte, und dennoch wollte man ihn aus dem Weg räumen.

Vor zwei Tagen hatte jemand versucht, ihn zu überfahren. Oder bildete er sich das nur ein? War er einfach nur unachtsam über die Straße gegangen? Er brauchte Ruhe. Ruhe und Schlaf, damit er seine Gedanken wieder ordnen konnte. Zu viel war passiert in diesen wenigen Tagen.

Frommelt haderte mit sich. Er tat so, als würde er arbeiten, doch insgeheim überlegte er, wie er Hannah beibringen sollte, dass er gestern mit Wehmeier gesprochen hatte. Die Fahrt nach Braunschweig hatte ihn abgelenkt, er war wieder konzentriert bei seinem Fall gewesen. Doch als er Hannah gesehen hatte, kamen die Schuldgefühle zurück. Er war ihr die Wahrheit schuldig. Sie waren ein perfektes Team, Hannah, Bräuer und er. Und er war es, der Unruhe hineinbrachte, vielleicht sogar verhinderte, dass sie die Wahrheit herausfanden.

Lange würde er es nicht mehr aushalten. Vor allem würde es ihm nicht mehr lange gelingen, Richard Wehmeier zu schützen. Der innere Zwiespalt zermürbte ihn.

Als ob Hannah seine Gedanken erraten hatte, sagte sie: »Kilian, willst du über irgendwas reden?« Sie saß hinter ihrem Schreibtisch und Frommelt war dankbar, dass sie nicht herüberkam und wieder körperlichen Kontakt suchte. Er schüttelte den Kopf.

»Danke, geht schon.«

»Du hast Probleme, das sehe ich. Was belastet dich? Es geht nicht nur um diesen Fall, nicht wahr?«

»Lass mich einfach in Ruhe, ja.« Sie meinte es nett, doch Nettigkeit war nicht das, was Frommelt heute gebrauchen konnte. Sie stand auf seiner Seite, doch würde sie so weit gehen, ihm den Rücken zu stärken, wenn sie erführe, dass er gestern Abend die Gelegenheit gehabt hatte, den Hauptverdächtigen zu verhaften?

»Du siehst nicht gut aus.«

»Danke, ich weiß«, sagte er.

Hannah schüttelte den Kopf. »Weißt du, was mich wundert?«, fragte sie nach einer Weile.

»Mich wundert hier überhaupt nichts mehr«, antwortete Frommelt kurz.

»Mensch, Kilian, wir arbeiten an einem Mordfall. Du verrennst dich in den alten Fall. Auch wenn ich nicht zu Hausmann gehe, er wird schon von allein drauf kommen.«

»Soll er doch.« Das war es also: Hannah dachte, dass seine schlechte Laune mit Hausmann zu tun hatte. Dass er noch immer in dem alten Fall ermittelte, obwohl Hausmann es ihm untersagt hatte. Im Grunde war es ihm für den Moment gerade recht, dass sie so dachte.

»Was hast du eigentlich gegen ihn?«

»Leck mich doch am Arsch.« Frommelt sprang auf, warf einen zornigen Blick auf Hannah und verließ türenknallend das Büro.

So kam er nicht weiter und das wusste er auch. Er hatte sich doch noch einen Namenlosen gezogen und war ins Freie gegangen. Er war ungerecht Hannah gegenüber und doch konnte er im Moment nichts daran ändern. Aber wenn Hausmann herausbekam, dass Hannah wusste, dass er Wehmeier getroffen hatte, war auch sie ihren Job los. Das konnte er nicht verantworten. Es reichte, wenn er bis zum Hals im Sumpf steckte.

Hinter der Polizeiinspektion verlief die Aller. Er ging um das Gebäude herum, hockte sich im Schutz einer kleinen Buschgruppe hin und betrachtete den sanft dahinplätschernden Fluss.

Was hatte er falsch gemacht? Nicht nur, dass er Richard sofort hätte verhaften müssen, da war noch etwas anderes. Etwas, das ihm entgangen war. Ein winziges Detail, ein Puzzlestückchen, eine dahingeworfene Bemerkung. Er kam nicht drauf. Viel zu viele Gedanken gingen ihm im Kopf herum. Die meisten hatten mit Richard Wehmeier und seinem schlechten Gewissen zu tun.

So konnte er nicht arbeiten. Er brauchte eine Auszeit. Eine Pause, um Abstand zu bekommen und anschließend wieder konzentriert weitermachen zu können. Meistens half das. Kurz entschlossen schmiss er den Plastikbecher in die Büsche, das schwarze Gebräu schwappte noch im Flug über den Rand des Bechers, und ging in Richtung Innenstadt.

Wehmeier lag frisch geduscht, in einem ihm fremden Bademantel auf Monikas Sofa. Er kühlte die Beule am Kopf mit Eiswürfeln. Monika hatte sie in ein Tuch gewickelt. Sie war sehr fürsorglich. Nun war sie einkaufen gegangen. Sie wollte ihm frische Wäsche besorgen und auf dem Rückweg Cora vom Kindergarten abholen.

Der Kopf tat ihm weh – außen wegen des Schlags, innen wegen seiner Gedanken. Ehe er sie jedoch in eine bestimmte Richtung lenken konnte, war er eingeschlafen.

Er erwachte, als Monika mit einem Teller Suppe vor ihm stand. Dankbar lächelte er sie an.

»Sie müssen etwas essen, damit Sie wieder auf die Beine kommen«, sagte sie. Einen Moment lang sah sie ihm zu, wie er die Suppe aß, dann ging sie in die Küche. Er hörte das Klirren von Gläsern, das Scheppern von Töpfen.

Die warme Suppe tat ihm gut.

Fabian hatte Simones Namen genannt. Was hatte das zu bedeuten? Damals hatte sie keinen Kontakt zu ihm oder seiner Schwester gehabt. Was war in den acht Jahren passiert, dass Simone und Fabian sich kannten? Simone hatte nie einen Hehl daraus gemacht, dass sie die fremde Familie verachtete. Er konnte sich nicht vorstellen, dass sie so einfach zu ihnen gegangen war, um freundschaftliche Gespräche zu führen. Sie hatte ihm gesagt, sie wüsste nicht, wo Melissa und Fabian wohnten. Lebte Melissa auch in der Wohnung? Warum log Simone? Immer neue Fragen tauchten auf, zermürbten seinen ohnehin überstrapazierten Geist. Je mehr er versuchte, den Pulk an Fragen zu entwirren, umso mehr Probleme tauchten auf.

Als Frommelt die Tür zum *Paula's* öffnete, kam ihm ein köstlicher Duft entgegen. Niemand war hinter der Theke, Frommelt sah sich um. Was ist bloß los mit mir, dachte er. Seitdem Maren ausgezogen ist, habe ich mich von allen Frauen ferngehalten und nun treibt es mich zu einer Frau, von der ich nicht einmal den Namen weiß. Er setzte sich auf einen Hocker am Tresen.

»Na, Sehnsucht oder Hunger?«

»Ein Bier bitte«, sagte er verwirrt. Birgit stand vor ihm und lächelte ihn erwartungsvoll an. Er hatte nicht bemerkt, wie sie an ihn herangetreten war.

»Die Polizei trinkt also Bier während der Arbeit?«

»Wer sagt denn, dass ich im Augenblick arbeite?«

»Na, dann ist es ja gut.« Birgit nahm ein Glas aus dem Regal und ließ ihn, während sie das Pils zapfte, nicht aus den Augen. Sie stellte das Glas vor ihm ab und lächelte ihm zu. Ein Gast, drei Tische weiter, bat um die Rechnung. Erst jetzt bemerkte Frommelt, dass er Hunger hatte. Die Wohlgerüche frisch zubereiteter Speisen verstärkten seinen Speichelfluss. Er schluckte. Dann klaubte er sich eine Speisekarte vom Tresen und blätterte darin. Als er wieder aufsah, schaute ihn Birgit an.

»Einmal die *Tagliatelle Paula's* von der Tageskarte und Ihren Namen, bitte«, sagte er und sah ihr fest in die Augen. Statt einer Antwort drehte sie sich um und ging durch eine Tür, hinter der Frommelt die Küche vermutete. Nach einer Weile kam sie wieder, stellte einen Teller mit Nudeln, Schweinefiletstreifen, Tomaten, Zwiebeln und frischen Kräutern in Sahnesauce vor ihm ab und sagte: »Bitte schön, der Herr-Polizist-nicht-immer-im-Dienst. Einmal Tagliatelle à la Birgit.«

Zum Dank verneigte er sich übertrieben höflich und machte sich über das Essen her. Es schmeckte köstlich. Birgit. Ein schöner Name. Vor allem hatte er wenig gemeinsam mit Maren. Birgits gesamte Erscheinung hatte sehr wenig mit Maren gemeinsam. Aus den Augenwinkeln starrte er ihren festen Hintern an, als sie mit einem Tablett Getränken zu einem Tisch in der hinteren Ecke der Brasserie ging. Er hätte sich gern mit ihr unterhalten, doch zum einen wusste er nicht, über was er mit ihr sprechen sollte, zum anderen hatte sie viel zu tun und war ständig im Lokal unterwegs. Nun erst hörte er die Musik. Im Hintergrund sang Andrea Bocelli leise Verdis *Ah! si, ben mio*. Er verliebte sich augenblicklich in sie. Frommelt bezahlte und bedankte sich für das leckere Essen und für ihren Namen.

»Einen schönen Tag noch, vielen Dank für Ihren Besuch und … bis bald, hoffe ich.« Dabei sah sie ihm fest in die Augen.

»Das hoffe ich auch«, sagte er. Sagte sie das zu jedem Gast oder durfte er dahinter ein gewisses Interesse erhoffen? Er war aus der Übung. Nicht einmal mehr vernünftig flirten konnte er.

Richard Wehmeier saß auf dem Sofa, vor sich auf dem Tisch eine Tasse Kaffee. Er hatte frische Unterwäsche, ein neues Hemd und Jeans an. Und Socken, die Monika als Sonderangebot gefunden und mitgebracht hatte. Außerdem hatte sie seine wunden Fersen versorgt. Schon wieder kamen ihm die Tränen.

Cora saß auf dem Teppich und spielte mit einer kleinen Puppenküche. Sie sah immer wieder verschämt zu ihm herüber. Klar, dachte er, sie ist keine Männer in der Nähe ihrer Mutter gewöhnt. Als ihr Vater sie verließ, war sie noch zu klein, um die Umstände zu begreifen. In der Küche klapperte Monika wieder mit Geschirr. Sie ließ wohl Spülwasser ins Becken laufen.

Er fühlte sich zu Monika hingezogen, befürchtete aber, dass diese Neigung allein aus der Tatsache folgerte, dass er die anheimelnde Atmosphäre genoss. Er hatte es an Monikas Blick gesehen. Er brauchte nur ein Wort zu sagen, eine einzige Geste würde genügen und er hätte die Familie, die er sich immer erträumt hatte.

Doch zuvor gab es noch einiges zu klären. Er hatte Monika gegenüber ein schlechtes Gewissen. Sie hatte ihm geholfen, hing mehr an ihm, als ihm lieb war. Ihre Gesten, ihre Blicke waren eindeutig. All das wollte er nicht. Er nutzte Monika aus. Dieses Gefühl widerte ihn an. Zuallererst musste er sein verkorkstes Leben wieder in Ordnung bringen, ehe er daran dachte, eine Beziehung zu beginnen. Und eine Beziehung konnte er sich nur mit Simone vorstellen. Wenn sie das zuließ.

Aber vielleicht war es nur sein Verantwortungsbewusstsein, das sein schlechtes Gewissen heraufbeschwor? So wie früher, Simone gegenüber. Obwohl es schreckliche Szenen gegeben hatte, hatte er nie daran gedacht, sie zu verlassen, um zu Silvia zu ziehen. Sollte er sich auch dieses Mal die Entscheidung wieder abnehmen lassen? Was empfand er für Monika? War es Verantwortung oder reine Bequemlichkeit? Würde Frommelt jetzt die Entscheidung für ihn treffen? Indem er den Fall löste, mit welchem Ergebnis auch immer? Es war ihm fast egal. Sollte Simone wirklich eines der beiden Mädchen getötet haben oder in irgendeiner Art und Weise daran beteiligt sein, würde er ohne zu zögern für sie ins Gefängnis gehen. Schlimmer konnte es nicht werden. Da half auch Monikas rührende und aufopfernde Pflege nichts.

Der einzige Mensch, von dem er glaubte, mit ihm über seine Probleme sprechen zu können, war Kilian Frommelt. Der würde ihn verstehen, zuhören und begreifen. Doch würde er ihm auch glauben? Gestern Abend war er überrascht gewesen, ihn bei Simones Haus zu treffen. Im Nachhinein waren ihm tausend Dinge eingefallen, über die sie hätten sprechen können. Und warum hatte er ihn nicht verhaftet? Kilian war seine einzige Möglichkeit, seine einzige Hoffnung auf Verständnis. Kilian war da gewesen und er hatte es versaut.

Er trank den letzten Schluck des nun kalten Kaffees und stand mühsam auf. Sofort verstärkte sich der Kopfschmerz. Er kniff die Augen zusammen, streckte das Kreuz durch. Sobald der Schwindel vorbei war, nahm er die Tasse und ging in die Küche. »Ich muss noch einmal weg«, sagte er zu Monika. »Es ist wirklich wichtig«, fügte er schnell hinzu, als er ihren enttäuschten Blick sah.

Als Frommelt zurück ins Büro kam, saß Hannah noch immer an ihrem Schreibtisch. Birgit hatte ihm gut getan. Er fragte nicht nach Bräuer, der interessierte ihn im Moment überhaupt nicht. Er musste die Angelegenheit mit Hannah klären, das war er ihr schuldig.

Hannah sah in an, als wüsste sie, was in ihm vorging. »Du warst lange fort«, sagte sie.

Er wollte gerade etwas sagen, das nicht nach Entschuldigung klang, da stürmte Bräuer zur Tür herein. Er sah erschöpft und abgehetzt aus. Entschuldigend blickte er in die Runde. »Die macht mich fertig«, sagte er. »Wir haben uns mindestens zwanzig Autos angesehen, aber meint ihr, sie wäre mit irgendwas zufrieden, was wir uns leisten können? Sie will einfach nicht einsehen, dass ich kein Geld von ihren Eltern annehmen möchte. Deshalb ist sie völlig ausgerastet. Ich glaub, ich muss ein paar Tage hier im Büro übernachten.«

So viel Privates hatte Bräuer noch nie erzählt. Verwundert sahen sich Hannah und Frommelt an. Bräuer deutete ihre Blicke falsch. »War'n Scherz. Und bei Euch? Gibt's was Neues?«

Also musste Frommelt seine Aussprache mit Hannah wohl verschieben. Es kam ihm nicht ungelegen, er wusste aber, dass das Thema damit nicht aus der Welt war.

»Ja, ich war in der Zeit, in der ihr euch herumgetrieben habt, bei Simone Sebald«, sagte Hannah. Als sie Bräuers schuldbewusstes Gesicht sah, fuhr sie fort: »Irgendjemand muss ja schließlich arbeiten. Sie behauptet nach wie vor, dass sie nicht wusste, beziehungsweise erst aus der Zeitung erfahren hat, dass Wehmeier entlassen wurde. Auch auf die Frage, wie oft sie Wehmeier im Gefängnis besucht hat, wand sie sich in Ausflüchten und behauptete, dass Kilian sie da wohl falsch verstanden hätte.«

Bräuer überlegte kurz, dann sagte er: »Ich war eben noch beim Erkennungsdienst und habe das Phantombild, das sie mit Hilfe von Frau Spatzek, also Sargens' Nachbarin, angefertigt haben, abgeholt.« Er legte es auf den Tisch. Frommelt und Hannah beugten sich darüber.

»Das könnte jeder unter dreißig sein«, sagte Hannah.

»Und diese Frau Spatzek hat Wehmeier ja auch ausgeschlossen«, sagte Bräuer.

»Also hat Wehmeier den Brief nicht geschrieben?« Frommelt hoffte, so der Wahrheit auf die Spur zu kommen, ohne seine Informationsquelle zu verraten.

»Hm, Sargens' Nachbarin hat nur ausgesagt, dass sie einen jungen Mann gesehen hat. Aber sie kramt ja ständig in ihrem Garten herum, ein zweiter Mann wäre ihr sicher aufgefallen, so neugierig, wie sie ist.«

»Dann also alles noch einmal von vorn. Wo fangen wir an?« Frommelt ging einmal quer durch den Raum und wieder zurück zu Hannahs Schreibtisch. »Lassen wir mal Rene, Carola Brandes und Wehmeier außer Acht. Aufgrund deines Bewegungsprofils können es die drei kaum gewesen sein. Wen haben wir noch?«

»Simone Sebald, Gustav Sargens und die beiden verschwundenen Hein-Kinder«, antwortete Bräuer wie aus der Pistole geschossen.

»Es passt alles nicht zusammen. Simone Sebald lügt und was Sargens verheimlicht, wissen wir nicht.« Noch würde Frommelt nichts über das Adressbuch und die gestohlenen Fotos sagen.

»Wurde Simone Sebald damals als mögliche Täterin in Erwägung gezogen?«, fragte Hannah.

»Nicht wirklich. Sie wurde zwar verhört, aber nur in Bezug auf ihren Mann Richard. Und vor Gericht machte sie von ihrem Aussageverweigerungsrecht Gebrauch. Sie selbst stand zu keinem Zeitpunkt unter Verdacht«, sagte Frommelt.

»Weshalb nicht?«

»Ich hatte keinen Einfluss darauf. In diesem Fall wurde meines Erachtens sowieso sehr einseitig ermittelt. Nach den Zeugenaussagen war Wehmeier zum Zeitpunkt der Tat in der Wohnung. Er hat es auch nie bestritten, beharrte aber darauf, vor Silvia gegangen zu sein. Vor Gericht sagte sie zunächst aus, dass Wehmeier tatsächlich vor ihr die Wohnung verlassen hätte, später meinte sie, dass sie sich nicht mehr sicher sei, und am Schluss zog sie ihre Aussage ganz zurück. Wem hätte man damals glauben sollen? Wem hättest du geglaubt? Einer Mutter oder ihrem Liebhaber?«

»Wurde Silvia Hein überprüft?«

»Ja, sie kann es zweifelsfrei nicht gewesen sein. Sie war pünktlich auf ihrer Arbeitsstelle und hat bis fünf Uhr morgens gearbeitet. Zu dem Zeitpunkt, als sie die Wohnung verließ, hat Betti, nach Obduktionsbefund, noch gelebt.«

»Blieb also nur Wehmeier.«

»Mein damaliger Chef und der Staatsanwalt waren froh, so schnell einen Verdächtigen überführen zu können. Dem Staatsanwalt saß die Öffentlichkeit im Nacken, mein Chef stand kurz vor der Pensionierung. Er hatte keinen Antrieb mehr und der Fall machte so viel Wirbel, ich denke, er wollte ihn schnellstmöglich los sein.«

»Welches Motiv hätte Simone Sebald gehabt?«

»Das glaubhafteste aller Motive. Eifersucht«, sagte Hannah.

»In den Akten steht, dass sie behauptet hat, von dem Verhältnis zwischen Richard und Silvia nichts mitbekommen zu haben. Sehr plausibel ist das in meinen Augen nicht. Hast du das nicht überprüfen lassen?«

»Hannah, ich hab dir doch gesagt, ich hatte keine Möglichkeit, war erst ganz kurz in der Abteilung.«

»Jetzt fühl dich doch nicht gleich aufs Hemd gepinkelt.«

»Hannah.« Er würde sich nie an ihre derbe Ausdrucksweise gewöhnen.

»Angenommen, Simone Sebald hat von dem Verhältnis Wind bekommen. Frauen spüren so etwas nämlich. Sie fährt ihm nach, also das volle Programm, das Frauen so draufhaben«, sie ignorierte sein Grinsen, »und bekommt Silvias Adresse heraus. Der Rest ist einfach. Sie geht in Silvias Wohnung …«

»Und die Kinder machen ihr brav die Tür auf? Das hätten sie doch bestimmt der Kinderpsychologin gesagt.«

»Hatte Richard Wehmeier einen Schlüssel für Silvias Wohnung?«

»Soviel ich weiß, ja.«

»Das wäre eine Möglichkeit. Was ist damals denn eigentlich genau passiert? Ich bin noch nicht dazu gekommen, mir die Akte gründlich durchzulesen.«

Frommelt dachte kurz nach. Er erinnerte sich, als sei es gestern gewesen. »Wir bekamen morgens um kurz nach fünf Uhr einen Anruf. Eine Frau, also Silvia Hein, gab an, dass ihre fünfjährige Tochter aus der Wohnung verschwunden sei. Ihre beiden anderen Kinder hätten geschlafen. Sofort wurde eine Großfahndung eingeleitet. Etwa um zehn Uhr morgens fand ein Spaziergänger ein totes Mädchen am Rand der Aller. Das war ganz in der Nähe der Wohnung, in der Silvia Hein mit den Kindern lebte. Ziemlich schnell wurde festgestellt, dass es die kleine Betti war. Bei der Obduktion kam heraus, dass sie missbraucht worden war, aber nicht am Tag ihres Todes. Sie war eindeutig erwürgt worden. Weiterhin hatte sie Hämatome am Körper, die von einem Sturz hätten herrühren können. Wehmeier, der sich öfter in der Wohnung aufgehalten hatte, wurde sofort verdächtigt und verhaftet. Er stritt bis zum Schluss ab, etwas mit ihrem Tod und dem Missbrauch zu tun zu haben.«

»Aber weshalb sollte Simone Sebald Lisa Brandes getötet haben? Ich sehe da keinen Zusammenhang«, sagte Hannah.

Frommelt saß nachdenklich auf seinem Stuhl und schwieg.

»Wir gehen immer von ein und demselben Täter in beiden Fällen aus«, sagte Bräuer.

»Du hast recht, Roland. Ich komme auch immer mehr zu der Annahme, dass es sich hier um zwei verschiedene Täter handelt.«

»Ich hab die Besuche, die Wehmeier im Gefängnis bekommen hat, überprüft«, sagte Frommelt nun leise.

»Fabian Hein hatte zwei Besuchsanträge gestellt, die jedes Mal von Silvia Hein abgelehnt wurden.«

Bräuer, der während des Gesprächs hin und her gelaufen war, blieb stehen. »Warum?«

»Fabian war noch nicht volljährig, er brauchte die Erlaubnis seiner Mutter«, erwiderte Frommelt.

»Nein«, sagte Bräuer: »Ich meine, warum hat sie abgelehnt?«

»Nun mal ehrlich, Roland«, sagte Hannah. »Würdest du deinen Sohn zum Mörder deiner Tochter lassen? Silvia Hein können wir ja leider nicht mehr befragen. Ich weiß auch nicht, ob das für unseren Fall überhaupt wichtig ist«, sie blätterte nun in ihren Notizen. »Aber was ist mit Gustav Sargens, dem Großvater von Betti? Der hat für beide Fälle ein mehr als fragliches Alibi. Oder seht ihr das anders?«

Frommelt räusperte sich. »Als Betti getötet wurde, hat Sargens ausgesagt, dass sein Wagen kaputt gewesen und in der Werkstatt gestanden hätte. Dann hätte er sich noch den Fuß verstaucht und sei in Gifhorn im Krankenhaus gewesen. Dort wurde er behandelt. Das wurde zwar überprüft, aber die genauen Zeiten ließen sich nicht mehr feststellen. Das Krankenhaus hat den Zeitpunkt bestätigt, an dem er beim Arzt war, aber nicht, wann er in der Notaufnahme angekommen ist. Die Wartezeiten dort sind manchmal enorm. Da kannst du ein Loch im Kopf haben, du musst warten, bis du dran bist oder tot vom Stuhl fällst. Und das Hotel konnte auch keine genaue Zeitangabe machen.«

»Sehr merkwürdig. Aber das kann Zufall sein, denn es liegen immerhin acht Jahre zwischen den beiden Fällen. Was wissen wir noch über ihn?« Hannah stützte nachdenklich den Kopf auf die Hände.

»Er scheint der Saubermann schlechthin zu sein. In der Nachbarschaft wurde er zwar als mürrisch beschrieben, doch niemand hatte etwas Nachteiliges über ihn zu berichten. Unauffällig und korrekt, das war die einhellige Meinung.«

»Welches Motiv könnte er haben?«

»Ich sehe keins. Sargens hat damals hin und wieder auf die Kinder aufgepasst, doch an jenem Abend war er nicht in der Wohnung. Er hat immer wieder betont, wie sehr er seine Enkeltochter geliebt hat. Wie sagte er noch?« Frommelt blätterte durch eine Akte. »Hier«, er tippte mit dem Finger auf die damalige Aussage von Sargens, »hier steht: Mein kleiner Engel.«

»Was nichts zu bedeuten hat, er war schließlich ihr Großvater.«

»Und der Zusammenhang mit der Familie Brandes ist auch mehr als ungewiss.« Bräuer lief wieder im Raum hin und her, blieb einige Male vor der Tafel mit den Fotos stehen und betrachtete sie nachdenklich.

»Wurde wegen des Missbrauchs bei Betti eigentlich eine DNA-Analyse vorgenommen?«, fragte Hannah.

»Da war nichts mehr festzustellen«, sagte Frommelt. »Der Missbrauch lag schon mehrere Tage zurück, es wurden nur eindeutige Spuren darauf sichergestellt.«

Eine angespannte Pause entstand. Jeder hing seinen Gedanken nach. Frommelt stand am Fenster und starrte in die langsam aufziehende Dunkelheit. Hannah saß mit übergeschlagenen Beinen auf dem Stuhl und malte kleine Schweinchen auf ihren Notizzettel. Bräuer ging, mit dem Finger am Mund, durch den Raum.

»Ich hab mir mal Gedanken in eine ganz andere Richtung gemacht«, sagte Bräuer in die Stille hinein. »Was ist mit Martin Sebald?«

»Wie kommst du auf Martin Sebald?«, fragte Frommelt und drehte sich vom Fenster weg.

»Ein Motiv hätte er schon«, sagte Bräuer. »Kilian, du hast gesagt, als du neulich bei Simone Sebald warst, ist dir aufgefallen, dass alles noch genauso aussieht, als würde Richard Wehmeier noch dort wohnen. Also angenommen, Simone Sebald erfährt durch den Anruf des Justizbeamten, dass Wehmeier freikommt. Nehmen wir mal an, sie erzählt ihrem Mann, also Martin Sebald, davon. Er muss doch befürchten, dass Simone zurück zu Richard Wehmeier geht. Sebald gerät in Panik und legt sich einen Plan zurecht. Er lockt Wehmeier zum Haus von Carola Brandes und tötet Lisa.«

»Dann müsste Sebald Carola Brandes kennen oder meint ihr, dass er sich das Mädchen wahllos ausgesucht hat?«

»Ich kümmer mich drum. Ich hab ja sowieso kein Zuhause mehr«, sagte Bräuer. Ohne eine Reaktion abzuwarten, nahm er seine Jacke und verließ das Büro.

Frommelt sah Hannah verdutzt an: »Was war das denn jetzt?«

Hannah zog die Schultern hoch. »Er wird schon wissen, was er tut.« Sie ging zur Tür. »Auch einen Kaffee?«

Müde rieb sich Frommelt die Augen. Die letzten Tage waren anstrengend gewesen und er hatte nicht viel Schlaf bekommen. Er schüttelte den Kopf und Hannah verschwand.

Der Fall war komplizierter, als er gedacht hatte. Hing Wehmeier da mit drin, spielte er ihm etwas vor oder war er tatsächlich unschuldig?

Hannah kam zurück, sah ihn nachdenklich an und sagte: »Willst du nicht nach Hause fahren und dich ausschlafen? Ich glaube, du kannst es vertragen. Wir machen dann morgen früh weiter.«

Nach allem, was Frommelt ihr heute Morgen an den Kopf geworfen hatte, bewunderte er sie dafür, dass sie es nicht persönlich zu nehmen schien. Vor allem merkte sie, wenn es ihm nicht gut ging. Er schüttelte den Kopf und rieb sich den Nacken. Schon wieder verspannt. Hannah sah zu ihm herüber. Sofort hielt er inne. Er wollte nicht, dass sie ihn wieder massierte. Das hätte er nicht ertragen können. Für sie stand wohl fest, dass er eines Tages schon nachgeben werden würde. Auch wenn sie eine gut aussehende Frau war, gingen ihm ihre Avancen auf die Nerven.

Zum Glück setzte sich Hannah an ihren Schreibtisch und vertiefte sich in die Akten. Vielleicht fand sie ja eine Spur. Frommelt ließ sie alleine.

Während der Fahrt starrte er stumpf geradeaus. Erst als er den Triangeler Kreisel erreicht hatte und links vor sich den Penny Markt sah, registrierte er, wo er sich befand. In Gedanken ging er den Inhalt seines Kühlschrankes durch und beschloss, sich etwas zu essen zu kaufen.

Mit zwei Fertiggerichten, etwas Obst und einer Flasche Jack Daniels stieg er zufrieden in den Wagen.

Als er das Ortsschild Neudorf-Platendorf sah, ging es ihm besser. Hier lebte er gern. Die Menschen waren freundlich und warmherzig. Obwohl es eine eigene Sorte Mensch war, die zudem noch ein recht gewöhnungsbedürftiges Platt sprach, mochte er sie. Einige Ausdrücke hatte er von seinem Großvater aufgeschnappt. Wenn er mal die Zeit hatte, um auf ein, zwei Bier in den Dorfkrug zu gehen, lachten sie ihn allerdings aus, weil er ihrer Unterhaltung kaum folgen konnte. Aber das machte nichts. Sie lachten nie aus Boshaftigkeit.

Während der Zeit, in der er mit Maren in Querum gewohnt hatte, war er immer froh gewesen, viel arbeiten zu müssen. Dort waren die Nachbarn an ihm vorbeigelaufen ohne zu grüßen. Das Leben dort war anonym und kalt gewesen. Er hatte den Eindruck, die Schicksale der einstigen Moorbauern hingen noch immer in den Seelen der Dörfler. Frommelt trat auf die Bremse, setzte den Blinker und bog rechts ab. Endlich zu Hause, dachte er.

Monika saß am Küchentisch und starrte auf ihre Hände. Cora saß ihr gegenüber und manschte in dem Pudding herum, der vom Mittagessen übriggeblieben war.

Schon wieder hatte sie einen Fehler gemacht. Eine Entscheidung getroffen, die falsch gewesen war. Neulich, auf dem Spielplatz, als Richard sie zum ersten Mal angesprochen hatte, hatte sie ihn sofort erkannt. Sie las jeden Tag die Zeitung. Sie hatte Angst vor ihm gehabt. Zwei kleine Mädchen sollte er getötet haben.

Diese verfluchten Tabletten. Sie war sich sicher, dass die ihre Entscheidungen beeinflussten. Doch der Arzt hatte ihr gesagt, dass sie sie nehmen müsse, sonst könne Cora nicht bei ihr bleiben. Das hatte sie sich gemerkt. Deshalb war sie zur Polizei gegangen. Das durfte Richard nie erfahren. Sie hatte Schuld, wenn man ihn ihr wegnahm und wieder ins Gefängnis steckte. Dort würde sie ihn dann immer besuchen. Eigentlich war das nicht schlecht, denn dort könnte er ihr nicht weglaufen. Warum war er noch einmal fortgegangen? Sicher zu einer anderen Frau. So, wie sie immer herumlief, wunderte es sie nicht. Sie musste sich neue Sachen zum Anziehen kaufen, dann würde er auch bei ihr bleiben, dann hätte er keinen Grund mehr, zu anderen Frauen zu gehen. Sie musste versuchen, alles für ihn zu tun, ihn verwöhnen. Das taten Frauen für ihre Männer. Dann würde er bleiben.

Er hatte ihr doch bei der Apotheke mit der Karre geholfen. Das war nett gewesen. Ihr hatte zuvor noch nie ein Mann geholfen. Richard würde sie ganz bestimmt niemals schlagen. Und wie er reden konnte. Wie intelligent er war. Nein, so ein Mann brachte keine kleinen Kinder um, da war sie sich ganz sicher.

War es falsch gewesen, ihn mit hierher zu nehmen? Nein, ganz sicher nicht. Wie er so dagelegen hatte, mit der blutenden Wunde am Kopf. Hilflos. Ja, sie hatte ihm einfach helfen müssen. Dieses Mal war sie die Überlegene, dieses Mal konnte sie jemandem helfen.

Sie stand auf, legte vorsichtig die Zeitung, die unter ihren Händen gelegen hatte, zusammen und warf sie in den Behälter mit dem Altpapier. Das Foto von Richard hatte sie ausgeschnitten und legte es fein säuberlich in das einzige Kochbuch, das sie besaß.

Fünfter Tag

Hannah war bereits vor ihm im Büro gewesen, vertieft in ihre Arbeit. Heute Morgen war er ausgeruht und voller Tatendrang. Bisher hatte niemand ein Wort gesprochen und Frommelt war froh darüber. Er tat so, als studiere er die Akten, denn er konnte sich nicht konzentrieren. Immer wieder dachte er an Richard.

Hannah hob den Kopf, sah Frommelt eine Weile an, las wieder einige Zeilen, die sie mit dem Finger auf dem Blatt nachfuhr, und sagte: »Kilian, mir fällt hier gerade etwas auf. Ich weiß nicht, ob das einen Zusammenhang ergibt, aber seltsam ist es schon.«

Frommelt wartete ab. Es war besser, sie in ihren Gedanken nicht zu stören. Süß sah sie aus. Ihre Ponyfransen fielen ihr keck in die Stirn, um die Augen zogen sich zarte Fältchen, die immer dann entstanden, wenn sie beim Nachdenken die Lider zusammenzog, dazu ihr versonnener Blick.

»Die Aussage von Sargens. Er hat gesagt: ›Ich hab ihr trotzdem geholfen‹.«

»Was meinst du damit?«

»Hier steht: ›Geld wollte Silvia keins annehmen‹, das waren seine Worte. Wie hat er ihr geholfen? Noch mal von vorn: Betti war tot, die Familie am Boden zerstört. Silvias Aussage vor Gericht. Erst entlastet sie Wehmeier, dann zieht sie die Aussage zurück. Kurz darauf zieht sie um. Wohin?« Hannah sah ihn konzentriert an.

Frommelt kramte auf seinem Schreibtisch herum. Er musste dringend aufräumen. Die Papiere lagen, wie immer, verstreut durcheinander.

»Suchst du etwas?« Hannah Stimme klang neutral, dienstlich.

»Die Einkommensverhältnisse von Sargens. Habt ihr die überprüft?«

»Dazu gab es keinen Grund.«

Frommelt nickte. »Dann sollten wir das schleunigst nachholen.«

»Jawoll, Chef«, rief Hannah zackig. Der Bann war gebrochen und die alte Verbundenheit wieder hergestellt. Ohne eine Antwort abzuwarten, griff sie zum Telefon. Sie kritzelte etwas auf einen Zettel und hielt ihn Frommelt hin.

»Ich weiß zwar nicht, wie du das machst, ich weiß nur, dass du immer den richtigen Riecher für Spuren hast«, sagte er hochachtungsvoll.

Bräuer kam kurz vor zehn Uhr ins Büro. Er berichtete, was er über Martin Sebald herausgefunden hatte. Das war nicht viel. Ein unbescholtener und angesehener Bürger, keine Vorstrafen, noch nicht einmal Punkte in Flensburg. Er war Professor für Wirtschaftsrecht und hat eine Professur an der TU Braunschweig. Simone und er hatten sofort nach Simones Scheidung geheiratet. Völlig intaktes Umfeld, nichts, was interessant sein könnte. Keine offensichtliche Verbindung zur Familie Brandes. An dem Tag, an dem Lisa Brandes ermordet worden war, hatte er eine Vorlesung über Europarecht, wie Simone Sebald angegeben hatte. Er sei nach dem Gespräch gleich nach Braunschweig zur Uni gefahren. Sebald hätte etwa zweihundert Zeugen.

»Da warst du ja früh unterwegs.«

»Na ja, viel Schlaf bekomm ich im Moment nicht.« Bräuer setzte einen Blick auf, der um Mitleid bettelte.

»Immer noch wegen des Autos?«

Bräuer nickte stumm. Hannah zuckte die Schultern.

»Was hast du über Simone Sebald herausgefunden?«, fragte sie Frommelt.

»Nun ja, viel steht nicht in den Akten«, begann er. »Sie wurde ja nie verdächtigt. Man hat ihre Fingerabdrücke zum Abgleich genommen, die tauchten aber weder in der Wohnung noch in irgendeinem Zusammenhang mit dem Fall auf. Wehmeier war an diesem Nachmittag bis zum späten Abend bei Silvia. Simone Sebald hatte angegeben, sie sei bei einer Sitzung des Kulturvereins im Deutschen Haus gewesen. Diese Spur wurde damals nicht weiterverfolgt. Wir sollten also noch mal ihr Alibi überprüfen.«

»*Wir* heißt ich?« Bräuer schlenderte schon wieder hin und her. Frommelt und Hannah sahen sich an verkniffen sich ein Lachen.

»Roland, du weißt es noch nicht, aber ich habe eben auf dem Katasteramt angerufen, Gustav Sargens hat noch eine Wohnung in der Stadt.« Hannah hatte sich schneller gefasst als Frommelt.

»Wart ihr schon dort?«

»Nein. Ich wollte erst die Besprechung abwarten und die weitere Vorgehensweise mit euch klären.«

»Braves Mädchen«, sagte Bräuer und handelte sich damit einen vernichtenden Blick von Hannah ein. Das zu sehen, tat Frommelt gut.

»Na, dann mal los«, meinte er.

Was sie in der Wohnung vorfanden, erschütterte sie. Ein junger Mann, Frommelt schätzte ihn auf Anfang zwanzig, saß in einer Ecke in einem abgedunkelten Raum. Er war offensichtlich psychisch krank. Er schaukelte mit dem Körper hin und her. Er schien sie gar nicht zu registrieren, denn er reagierte nicht auf ihre Fragen, sondern starrte sie nur an. Frommelt rief Sarah Menges an. Sarah war eine Psychologin, mit der er bereits öfter zusammengearbeitet hatte und die er aufgrund ihrer ruhigen, professionellen Art sehr schätzte. Eine halbe Stunde später war sie vor Ort. Sarah war sehr auffällig gekleidet. Sie trug wie immer enge Hüftjeans, ein mehr als knappes Shirt und hatte ein Zungenpiercing. Sie ging langsam auf den jungen Mann zu und sprach ruhig und geduldig auf ihn ein. Nach kurzer Zeit folgte er ihr bereitwillig.

Währenddessen durchsuchten sie die Wohnung und fanden Unterlagen, die bestätigten, dass die Familie Hein hier gewohnt hatte und es sich bei dem jungen Mann um Fabian Hein handelte. Auch ein Entlassungsschreiben der psychosomatischen Kinder- und Jugendklinik in Königslutter war darunter. Fabian hatte sich dort längere Zeit aufgehalten. Nach dem, wie er Fabian erlebt hatte, wunderte sich Frommelt, dass der Junge nicht noch immer in Königslutter untergebracht war.

Sie nahmen die wenigen Ordner und Papiere mit und verließen die Wohnung, um die Kollegen von der Spurensicherung nicht länger bei der Arbeit zu stören.

Wehmeier atmete einmal tief durch. In Monikas Wohnung hatte er es nicht mehr ausgehalten. Nicht nur die Enge machte ihm zu schaffen, es war Monikas Anwesenheit. Kaum dachte er an sie, bekam er ein schlechtes Gewissen, weil er sie auszunutzte.

Der Schlag auf den Kopf hatte ihm schwer zugesetzt. Noch immer flimmerte es, sobald er die Augen schloss. Auf der Couch hatte er sich gesund und stark gefühlt. Er taumelte, musste sich an der nächsten Wand abstützen. Nur mühsam setzte er einen Fuß vor den anderen.

Das Haus, in dem Fabian wohnte, lag gleich um die Ecke. Er war sein einziger Anhaltspunkt. Wehmeier rieb sich die Schläfen. Dumpfe Schläge erzeugten einen gleichförmigen Rhythmus in seinem Kopf, doch er musste noch einmal mit Fabian sprechen. Woher kannte er Simone? Wieso saß er mutterseelenallein in dieser Wohnung? Er achtete kaum auf den Weg und schrammte knapp an einer Hausecke vorbei, als er ihn sah: Kilian Frommelt. Er ging in Begleitung einer jungen Frau und mit Fabian in ihrer Mitte auf ein Fahrzeug zu. Sie hatten ihn also auch gefunden. Er wusste es, Frommelt war gut. Am liebsten wäre er auf Fabian zugelaufen, hätte ihn geschüttelt und ausgefragt. Doch das traute er sich nicht. Die Kopfschmerzen verstärkten sich. Er musste nachdenken.

Fabian Hein saß Frommelt gegenüber und stierte auf seine Hände, die er wie zum Gebet verschränkt auf die Oberschenkel gelegt hatte. Sie zitterten. Neben ihm saß Sarah Menges. Sie schwieg, beobachtete ihn aber genau. Es würde eine Weile dauern, bis sie sein Vertrauen wirklich gewonnen hatte.

Frommelt bemühte sich, sich so ruhig und gelassen wie möglich zu verhalten, damit sich Fabian nicht aufregte. Sarah hatte ihn, kurz bevor sie den Raum betreten hatten, instruiert. Fabian musste Vertrauen zu ihnen fassen, da verbot sich jeder laute Ton, jede schnelle Bewegung. Frommelt zeigte ihm Fotos von Sargens, von Lisa und Wehmeier, doch Fabian reagierte kaum. Erst als sie ihm ein Bild von Carola Brandes zeigten, schien er zu erwachen. Er starrte darauf, hob langsam den Arm, fuhr mit der Hand fast zärtlich darüber. Sein Kopf wippte unmerklich, die Augen waren halb geschlossen. Er war in einer anderen Welt. Ihre vorsichtig formulierten Fragen schien er nicht zu hören. So kamen sie nicht weiter.

Frommelt nickte Sarah kurz zu und verließ den Raum. In dieser düsteren Atmosphäre konnte er nicht denken.

Kaum hatte er sein Büro betreten, klingelte das Telefon. Bräuer, der mit Hannah nach Königslutter gefahren war, erzählte, dass Fabian den Tod seiner Schwester Betti nicht überwunden hatte und deshalb in Behandlung gewesen war. Er gab sich offensichtlich selbst die Schuld daran, da er ihn nicht hatte verhindern können.

Seine Schwester Melissa hatte ihn dort regelmäßig besucht. Als sein Zustand sich soweit normalisiert hatte, dass er, allerdings unter Betreuung, in einer eigenen Wohnung leben konnte, hatte sie sich um ihn gekümmert.

Frommelt schüttelte den Kopf. Wie konnte das möglich sein? Sprachen sie wirklich von der gleichen Person? Von Fabian Hein, der völlig verstört im Nebenraum am Tisch saß und zu keinerlei Reaktionen fähig war? In der Wohnung hatte es den Anschein gemacht, als wohne Fabian allein dort. Wie konnte man ihn in einem solchen Zustand auch nur eine einzige Minute allein lassen? Vor allem stellte sich die Frage, wo seine Schwester jetzt war?

Bräuer unterbrach seine Gedanken: »Jetzt halt dich fest, Kilian. Weißt du, wer Fabian noch in der Klinik besucht hat?«

»Nun mach es nicht so spannend, Roland, das ist hier keine Quizshow.«

»Simone Sebald.«

Das war allerdings interessant.

Frommelt wollte schon auflegen, als Bräuer sagte: »Und nun kommt der Clou.« Frommelt hasste Bräuers Art, sich zu inszenieren. »Wir haben den Ärzten ein Foto von Carola Brandes vorgelegt. Zuerst waren sie sich nicht sicher, weil Carola dunkelbraunes Haar hat und Melissa hellblondes.«

»Bräuer, komm zur Sache.«

»Ja, also die Sache ist die, Carola Brandes ist Melissa Hein.«

Frommelt war wie vor den Kopf geschlagen. Wie hatte das passieren können? Carola war überprüft worden. Wo war ihnen der Fehler unterlaufen?

Und Simone Sebald hatte während der ganzen Jahre Kontakt zur Familie Hein gehabt. Und ihn hatte sie glauben machen wollen, dass sie all das hinter sich gelassen hätte. Ehe Bräuer auflegte, erzählte er noch, dass sie jetzt bei Carola Brandes vorbeifahren würden, um sie zur Befragung ins Büro zu bringen.

Sobald Carola Brandes hier war, musste sie sich den Fragen stellen. Und sie würden Antworten bekommen, darauf würde er bestehen. Als Frommelt auflegte, klingelte das Telefon erneut. Die Spurensicherung hatte in Fabians Wohnung ein Handy gefunden. An Lisas Todestag hatte Fabian von diesem Gerät aus bei Carola Brandes angerufen. Frommelt liebte es, wenn die Dinge in Bewegung kamen. Dann brauchte er nicht über seine eigenen Probleme nachzudenken.

Als nächstes hatte er beim Bäcker um die Ecke auf die Schnelle zwei halbe Brötchen gegessen. Eins mit gekochtem Schinken, das andere mit Salami. Zurück im Büro überlegte er, woher er jetzt einen Magenbitter bekommen könnte, seine Tabletten hatte er schon wieder aufgebraucht, als Hannah ins Zimmer kam.

»Carola Brandes sitzt nebenan«, sagte sie noch in der Tür. »Und Bräuer holt gerade Sargens ab. Kommst du?« Sie wartete seine Antwort nicht ab, ließ die Tür offen und verschwand auf den Flur.

Frommelt ging ihr zögernd hinterher, die Faust auf den Magen gepresst. Er brauchte Ruhe. Er lehnte sich gegen die Wand. Das sollte er tun. Wenn dieser bescheuerte Fall endlich geklärt war, wollte er sich ein paar Tage Urlaub nehmen und einfach wegfahren. Wohin wusste er nicht, vielleicht an die See. Die Seele und die Füße baumeln lassen. Den ganzen Scheiß hinter sich …

»Kilian, was ist? Kommst du endlich?«

Frommelt seufzte und setzte sich in Bewegung.

Carola Brandes saß mit verstörtem Blick und weit aufgerissenen Augen am Tisch. Hannah hielt zwei Plastikbecher Kaffee in der Hand und sah ihn fragend an. Er schüttelte angewidert den Kopf. Kaffee konnte er nun überhaupt nicht vertragen.

»Frau Brandes, wir haben herausgefunden, dass Sie Melissa Hein sind.« Carola Brandes sah Hannah stumm an. Hannah stellte einen der Becher vor ihr ab. Carola Brandes starrte drauf, schien den Kaffee aber nicht wahrzunehmen. Es war offensichtlich, das sie Angst hatte. Sie verschränkte die Finger ineinander, die Knöchel waren weiß.

»Sie brauchen es nicht abzustreiten. Wir haben Fabian in der Wohnung Ihres Großvaters gefunden und die Bestätigung aus der Klinik. Die haben Sie dort ohne jeden Zweifel identifiziert.«

Carola Brandes wurde kalkweiß und plötzlich brach alles aus ihr heraus. Sie drückte ihre Hände aufs Gesicht, ihr Körper zuckte, sie schüttelte sich in Weinkrämpfen.

Hannah wartete, bis sie sich wieder beruhigt hatte. Frommelt stand hinter ihr und unternahm nichts. Sie hatten eine unausgesprochene Abmachung darüber, wer bei einer Vernehmung die Führung übernahm.

»Was ist passiert, Frau Brandes? Warum haben Sie ihren Namen geändert? Wovor haben Sie Angst?«

Noch einmal schüttelte sich Carola Brandes, als könne sie so die Spuren der Vergangenheit abschütteln. Dann begann sie zu sprechen. »Glauben Sie, mit einer solchen Vergangenheit hätte ich jemals ein normales Leben führen können?«

»Warum hat Ihr Großvater die Wohnung gekauft? Er hat behauptet, keinen Kontakt mehr zu Ihrer Familie zu haben.«

»Das weiß ich nicht, wirklich. Es wurde immer geredet und getuschelt, dass meine Mutter eine Nutte war. Ich hab das nie geglaubt, aber vielleicht hat sie sich ja wirklich verkauft. Vielleicht wollte er deshalb nichts mit ihr zu tun haben. Mit Betti hat er viel unternommen. Vielleicht wollte er auch nur sein Gewissen freikaufen, weil er uns vorher nicht geholfen hat. Früher hat er mich oft mitgenommen, aber nachdem Betti auf der Welt war, war er wie verwandelt. Er hatte nur noch Augen für sie.« Carola Brandes starrte an Hannah vorbei auf einen imaginären Punkt an der Wand. Als ob sie dort die Bilder von früher sehen könnte. »Das hätte er nicht tun dürfen«, flüsterte sie.

»Was hätte er nicht tun dürfen?«, hakte Hannah vorsichtig nach, doch Carola Brandes schüttelte vehement den Kopf und presste die Lippen aufeinander.

»Und nach dem Prozess, also als Richard Wehmeier verurteilt worden war, da hat er die Wohnung gekauft?«, lenkte Hannah die Befragung in eine andere Richtung.

Carola Brandes nickte und sprach leise und stockend weiter. Sie erzählte, wie ihre Mutter depressiv geworden war, dass auch die neue Wohnung nichts genützt hätte und wie sie sich von der Brücke gestürzt hatte. »Es war an ihrem vierzigsten Geburtstag. Sie hat in der Nacht vorher lange gearbeitet. Wir waren schon aus der Schule zurück, da schlief sie noch. Wir, Fabian und ich, haben ihr einen Kuchen gebacken und Fabian war unendlich stolz darauf. Er hat die Kerzen draufgesteckt. Aber als Mutter dann aufstand, war sie völlig verstört. Wir dachten zuerst, dass sie noch müde war. Sie ging ins Bad, zog sich an und wollte noch schnell etwas einkaufen, ehe wir den Kuchen anschneiden wollten.« Carola Brandes wurde erneut von einem Weinkrampf geschüttelt.

Hannah reichte ihr ein Taschentuch. Sie nahm es, drückte es fest auf ihre Augen und sprach weiter, ohne jemanden anzusehen. Sie sah geradezu durch Hannah hindurch. »Als es später an der Tür klingelte, standen zwei Polizisten da und sagten uns, dass unsere Mutter tot ist. Es war wegen Betti. Sie hat es nie verwunden, dass sie ihren Tod nicht verhindern konnte. Und dann musste ich mich ja um Fabian kümmern.«

Sie erzählte ohne eine Pause zu machen, wie Fabian abgerutscht war, sich herumtrieb, aufgegriffen wurde. Dass er keinen Halt mehr gehabt hätte. Er war nicht mehr in die Schule gegangen, lungerte am Bahnhof herum und verkaufte seinen Körper an fremde Männer.

Frommelt kam es vor, als fiele eine Last von Carola Brandes ab, jetzt wo sie sich alles von der Seele reden konnte. Auch Hannah war so klug und unterbrach sie nicht. Erst als Carola Brandes eine Weile schwieg und Hannah direkt ansah, fragte sie: »Hat Ihre Mutter jemals mit Ihnen über den Abend gesprochen, als Betti starb?«

»Nein, und ich wollte das auch nicht. Ich war doch selbst noch ein Kind. Und ich konnte mit niemanden darüber reden.«

»Haben sie keine Hilfe bekommen?«

»Hilfe? Von wem? Ich hab mich um meine Mutter kümmern müssen, um meinen Bruder, um den Haushalt, die Wohnung. Nein, Hilfe hatte ich keine.«

»Und Ihr Großvater?«

Sie zog die Schultern hoch.

»Was wissen Sie noch über den Abend, als Betti starb?«

Carola schüttelte den Kopf. Dabei war ihr gesamter Körper in Bewegung. »Ich weiß nicht. Das habe ich damals doch alles schon gesagt.«

»Wer hatte zu dieser Zeit einen Schlüssel für Ihre Wohnung?«, mischte sich Frommelt nun doch ein. Er lehnte noch immer hinter Hannah an der Wand und versuchte, seine Stimme so ruhig klingen zu lassen, wie es nur möglich war. Innerlich bebte er.

»Wir, also Fabian und ich, hatten einen. Meine Mutter natürlich und Richard.«

»Ihr Großvater?«

»Keine Ahnung. Glaub ich aber nicht.«

»Gibt es irgendwas, das Sie damals nicht erzählt haben, weil Sie glaubten, dass es nicht wichtig wäre?«

Carola Brandes schüttelte wieder den Kopf. Dieses Mal bewegte sich ihr Körper nicht mit. »Ich hab mich nur gewundert, damals.«

»Über was?«

»Nachdem Betti tot war, wurde ich von einer … einer … ich hab damals Kindertante gesagt …«

»Kinderpsychologin?«

»Ja. Ich glaube. Fabian und ich wurden von ihr befragt. Ich hab ihr gesagt, dass ich das Gefühl hätte, dass noch jemand in der Wohnung gewesen ist. Also, als alle weg waren, meine Mutter und Richard. Aber das interessierte niemanden. Die … Tante … also diese Psychologin hat gesagt, das wäre nicht so wichtig für die Verhandlung. Vielleicht wäre es ja nur Fabian gewesen, der auf die Toilette gegangen ist.«

»Wir kümmern uns darum. Was passierte dann?«

»Nachdem unsere Mutter tot war, ist Fabian völlig durchgedreht. Die Ärzte hielten es für das Beste, wenn er in diese Klinik kommt.«

»Und? Ist er da zur Ruhe gekommen?«

»Es wurde besser mit der Zeit.«

»Und wie ging es Ihnen?«

»Mir? Danach hat mich noch nie ein Mensch gefragt. Weder damals noch heute. Aber ab da wurde es besser. Keine Verantwortung mehr. Es hat mich erdrückt, erschlagen. Doch da war immer dieses schlechte Gewissen, ich hätte an irgendeinem Unglück etwas ändern können. Aber ich bin bis heute nicht darauf gekommen, wie.«

»Und dann haben Sie Ihre Identität geändert?«

»Wieso? Ich habe nur meinen zweiten Vornamen angenommen. Melissa Carola Dresens heiße ich. Meine Mutter war doch mit meinem Vater verheiratet. Zwar nur zwei Jahre, dann ist er abgehauen. Danach hat sie wieder geheiratet. Fabians Vater. Auch der ist nicht lange bei uns geblieben. Sie hatte nie Glück mit Männern. Ich glaube, danach hatte sie die Nase voll von denen. Nach Bettis Geburt jedenfalls hat sie nie wieder einen Mann in die Wohnung gelassen.«

»Und Richard Wehmeier?«

»Ich weiß nicht. Der kam ja vom Jugendamt und hat immer wieder nach dem Rechten geschaut. Ich weiß nicht, was die beiden miteinander hatten.«

»Wissen Sie, wo Ihr Vater jetzt ist?«

»Keine Ahnung. Ich war ja noch klein, als er fort ist. Meine Mutter hat gesagt, er ist ein unbegabter, arbeitsloser Rockmusiker gewesen. Wahrscheinlich hat er sich tot gesoffen oder gefixt.«

»Wann lernten Sie Gero Brandes kennen?«

»Nachdem Fabian in der Klinik war, hab ich eine Ausbildung als Verkäuferin in der Stadt gemacht. In einem Schuhgeschäft. Damals kam Gero als Kunde öfter in den Laden.«

»Und Sie wohnten weiterhin in der Wohnung?«

»Ja, zuerst. Ich hab Gero aber nie da mit hingenommen. Ich wollte nicht, dass er zu viele Fragen stellt. Ich wollte ein für alle Mal meine Vergangenheit hinter mir lassen.«

»Daran hinderte Sie aber Ihr Bruder.«

»Ja. Nein. Ich musste mich doch um ihn kümmern. Das hab ich auch gern gemacht, ich hatte doch sonst niemanden mehr. Und er hat mir immer geholfen, damals, in der schweren Zeit. Dann zog ich zu Gero. Er hatte ein Haus.«

»Warum haben Sie Ihrem Mann nie von Ihrer Vergangenheit erzählt?«

»Ich dachte, er würde mich dafür verachten, aus solch einer Familie zu stammen. Oder dass er mich auch für verrückt hält, wie meinen Bruder. Wissen Sie, wie das ist? Erst wird meine Schwester ermordet, dann bringt sich meine Mutter um und mein Bruder landet in der Psych. Das wäre wirklich kein guter Anfang für eine Ehe gewesen. Und ich liebe Gero. Später traute ich mich dann nicht mehr.«

»Und die Wohnung in der Röntgenstraße haben Sie behalten?«

»Ja. Fabian musste ja irgendwohin. Die Ärzte sagten damals, er sei nicht unheilbar. So war es dann ja auch. Und ich bin immer heimlich zu ihm gefahren.«

»Und Fabian war allein in der Wohnung? Er konnte also kommen und gehen, wann immer er wollte?«

Sie nickte. »Im Grunde ja. Aber das hat er nicht getan. Er hat Angst vor allem, was draußen passiert. Er braucht die Sicherheit. In allem. Das können Ihnen die Ärzte bestätigen. Er ist wohl nur hin und wieder nachts, wenn es dunkel war, nach draußen gegangen. Gesprochen haben wir darüber aber nie.«

»Und Simone Sebald? Sie war auch bei Fabian.«

Carola Brandes schaute verständnislos. »Simone, ehemals Wehmeier, die Ex-Frau von Richard Wehmeier«, fügte Frommelt als Erklärung hinzu.

»Ja, sie kam eines Tages. Sprach mit uns.«

»Lebte Ihre Mutter da noch?«

»Ja. Sie kannten sich wohl. Und als Fabian dann in die Klinik kam, hat sie sich um ihn gekümmert. Und später auch noch.«

»Warum hat sie das getan?«

Carola Brandes blickte fragend von einem zum andern. »Ich weiß nicht, ich hab sie nie gefragt. Sie war einfach da und das war gut so.«

Hannah nickte zur Bestätigung und um Carola zum Weitersprechen zu ermuntern. Doch sie schwieg nun, in Gedanken versunken, als mache sie sich zum ersten Mal Gedanken über die Geschehnisse.

»Frau Brandes«, durchbrach Hannah die Stille, »haben Sie Ihre Tochter umgebracht?«

Carola Brandes sah Hannah entsetzt an. Dann schüttelte sie den Kopf.

»Betti wurde damals missbraucht. Wissen sie, von wem?«, fragte Hannah weiter. Carola Brandes schüttelte sich. Für einen kurzen Moment konnte sie noch die Fassung wahren, dann sank sie in sich zusammen.

Frommelt begriff, dass Carola Brandes am Ende war. Zu viele Erinnerungen, die sie bislang zu verdrängen versucht hatte, waren an die Oberfläche gekommen. Tränen strömten ihr über das Gesicht. Hannah hielt ihr ein weiteres Taschentuch hin, doch sie beachtete es nicht. Frommelt stellte sich vor, welche Bilder in ihr aufzogen. Frommelt gab Hannah ein dezentes Zeichen, sie kurz in Ruhe zu lassen. Bereitwillig folgte sie ihm nach draußen.

Auf dem Flur lehnte sich Hannah gegen die Wand. Auch sie war geschafft. Er wusste, solche Befragungen gingen ihr sehr nahe. Sie brauchte nun eine gewisse Zeit, um all die Informationen zu verarbeiten. Er ging los und holte zwei Namenlose aus dem Automaten. Wenn dieses ganze Theater hier vorbei war, wollte er sich um eine Kaffeemaschine kümmern, schwor er sich.

Er drückte Hannah einen Becher in die Hand. Sie schob sich von der Wand ab und ging in Richtung Ausgang. Noch während sie nebeneinander an die frische Luft gingen, dachte Frommelt an das Treffen mit Richard und wie er ihm erzählt hatte, dass er von einem unbekannten Anrufer nach Isenbüttel gelockt worden war.

Auf den Stufen vor dem Polizeigebäude sagte Hannah: »Gehen wir noch einmal den vermeintlichen Tathergang durch: Wehmeier wird entlassen und sieht durch Zufall Carola Brandes. Er erkennt sie als Melissa. Er spricht sie an und sie gerät in Panik. Er folgt ihr bis nach Hause, weiß, wo sie wohnt. Unklar ist, ob Wehmeier Lisa umgebracht hat oder ob Carola Brandes, beziehungsweise Melissa, Wehmeier auf der Straße gesehen hat und befürchtete, Lisa könnte sie verraten. Sie gerät in Panik, schnappt sich ihre Tochter und bringt sie um. Lisa lag wie aufgebahrt am Waldrand. Das spricht für eine Mutter als Täterin. Carola Brandes verdrängt den Mord. Aber ihre Reaktion eben, als ich sie gefragt habe, ob sie Lisa umgebracht hätte, die passt überhaupt nicht.«

»Ach, hier steckt ihr.« Bräuer kam aus dem Gebäude, sein Körper schwang wie immer beim Gehen. Er trat zu ihnen. »Also, Sargens macht die gleichen Aussagen wie vorher. Er gibt zu, der Familie eine Wohnung gekauft zu haben, damit sie keine finanziellen Sorgen mehr hatte. Aber da Silvia den Kontakt zu ihm ablehnte, konnte er nicht mehr für sie tun. Und er wollte es wohl auch nicht. Ein wenig bockig scheint mir der alte Knabe schon zu sein.«

»Und nun?«, fragte Hannah.

»Und nun fahre ich zu Simone Sebald. Sie hat mir einiges zu erklären. Und du bringst Carola Brandes nach Hause. Sorg dafür, dass sie nicht allein ist«, sagte Frommelt zu Hannah. Er schmiss seinen Becher fort und ging in Richtung Parkplatz. Nach wenigen Schritten fiel ihm noch etwas ein. Er drehte sich zu Hannah um: »Und versuch bitte herauszubekommen, was sich damals abgespielt hat. Ich bin mir sicher, Carola Brandes, Melissa oder wie auch immer, weiß mehr, als sie sagt.«

»Jawoll, Chef.« Hannah knallte betont auffällig die Hacken zusammen und grinste übers ganze Gesicht.

»Was ist mit Sargens?«, rief ihm Bräuer hinterher.

»Der kann gehen.«

Bevor Frommelt außer Sichtweite war, kam Sarah Menges aus dem Gebäude. Sie hastete angespannt die Stufen hinunter. »Zum Glück erwisch ich euch noch«, sagte sie. »Kommt mit, ich muss euch etwas zeigen.«

Im Büro hantierte Sarah am Computer herum, bis der Bildschirm Fabians Gesicht bei der Befragung zeigte. Er saß immer noch so am Tisch, wie Frommelt ihn verlassen hatte. Nur seine Augen sprangen ruckartig von einem Punkt zum anderen. Er wirkte nervös, seine Handflächen fuhren fahrig über die Tischplatte, als wolle er sie sauber wischen. Vor allem vermied er es, Sarah, die ihm gegenüber saß, anzusehen. Eine geraume Weile tat sich nichts, sodass Frommelt schon abbrechen und fragen wollte, was das solle.

Sarah bemerkte es. »Warte, gleich.« Hannah und Bräuer standen hinter Frommelt und starrten gebannt auf den Monitor.

Fabian hob nun langsam den Kopf. Doch er sah Sarah noch immer nicht an. Es schien, als würde er an der gegenüberliegenden Wand einen Film ansehen, den er, unsichtbar für andere, nun erklärte. »Die Treppe …« Seine Stimme war nur der Hauch eines Flüsterns. »Er war auf der Treppe.« Wenn sich seine Lippen nicht bewegt hätten, zwischen denen die Worte zitternd hervorkamen, hätte man meinen können, es handle sich um ein Standbild. »Sie fiel …« Seine Augen waren weiterhin starr auf den imaginären Punkt an der Wand gerichtet. »Im Garten … Blumen … verdreht … ganz verdreht …« Danach verfiel er wieder in Schweigen. Das Band lief noch eine ganze Weile weiter, doch es zeigte einen geistig vollkommen abwesenden Fabian.

Auch die vier Betrachter bewegten sich nicht. Sie waren angespannt.

»Könnt ihr euch einen Reim darauf machen?«, ergriff Sarah als Erste wieder das Wort.

Frommelt verließ ohne ein Wort den Raum. Mit dem, was er soeben gehört hatte, musste er erst einmal zurechtkommen. *Er*, damit konnte nur Wehmeier gemeint sein. Fabian hatte gesagt: Er war auf der Treppe. Damals, als Betti starb. Sie hatte Hämatome am Körper gehabt, die von einem Sturz herrührten. Sie war die Treppe heruntergefallen. Und Fabian war an jenem Abend zu Hause gewesen. Fabian hatte ihn gesehen. Wehmeier.

Hatte er, Frommelt, sich verrannt? Wehmeier geglaubt, weil er ihm glauben wollte? Weil er nicht anders konnte, als ihm zu glauben? Obwohl der ihn anlog, ihn hinters Licht führte, in die Irre trieb? Warum der Garten, die Blumen?

Der Spielplatz lag fast menschenleer vor ihm. Zwei Kinder, Wehmeier schätzte sie auf etwa acht Jahre, rangelten um eine Schaukel, obwohl es noch zwei weitere gab, die unbesetzt ins Leere baumelten.

Er musste zu Simone. Sie musste ihm endlich die Wahrheit sagen, doch noch war es zu früh, zu ihr zu gehen. Er musste sich genau überlegen, wie er vorgehen wollte. Vor allem musste er warten, bis es dunkel war. Es war durchaus denkbar, dass die Polizei vor ihrem Haus stand. Frommelt hatte ihn dort schon einmal gefunden. Wie weit konnte er dem Kommissar überhaupt trauen?

Er zögerte, gab sich dann aber einen Ruck und ging in Richtung Schloss. Zu Monika wollte er nicht. Ihren Blick, ihre Hilfsbereitschaft, ihre nur auf ihn gerichtete Aufmerksamkeit konnte er nicht ertragen. Sollte er zu Birgit gehen, um sich für das warme Bett vorgestern Nacht zu bedanken? Birgit würde seinen desolaten Zustand sofort bemerken. Fragen wollte er aber nicht beantworten. Er brauchte Zeit, um nachzudenken. Kraftlos setzte er sich auf eine Bank. Zufrieden stellte er fest, dass es *seine* Bank war, auf der er einige harte Nächte verbracht hatte. Der Schlosssee lag still und friedlich vor ihm. Es herrschte kaum Wind, nur am Ufer kräuselten sich sanfte Wellen. Am gegenüberliegenden Ufer sah er die idyllische Silhouette des Mühlenmuseums. Vor Jahren hatte er es mit Simone besucht.

Er atmete tief durch und genoss die Ruhe vor dem Sturm. Denn wenn er Simone die Fragen stellen würde, die ihm auf der Seele lagen, würde ein Unwetter losbrechen, ein Vulkanausbruch.

Ihm war klar, Simone verschwieg ihm etwas, und noch viel schlimmer, sie belog ihn. Frommelt hatte gefragt, wo sie an jenem Abend gewesen sei und Fabian hatte ebenfalls ihren Namen genannt.

Damals, etwa vier Wochen vor Bettis Tod, hatte Simone herausgefunden, dass er ein Verhältnis mit Silvia hatte. Sie hatte getobt und geschrien: »Der Schlampe werd ich's zeigen!« Simone, die sich immer sehr kultiviert ausdrückte, solch eine Ausdrucksweise war er von ihr nicht gewohnt gewesen.

Sie musste ihm nachgefahren sein und so herausbekommen haben, wo Silvia wohnte. Silvia hatte ihm Tage später erzählt, dass Simone sie telefonisch terrorisierte. Sie beschimpfte und bedrohte. War sie wirklich dazu fähig? Heftige Auseinandersetzungen waren zuvor schon an der Tagesordnung gewesen. Sie hatte ihm vorgeworfen, ein elender Versager zu sein, und dass sie froh sei, nie Kinder von ihm bekommen zu haben. Ihre Eltern hätten doch recht gehabt in Bezug auf ihn. Hatte sie ihre Drohung wirklich wahrgemacht? Er hatte Simone geliebt, deshalb ließ er all die unwürdige

Schmach über sich ergehen. Es hatte keine befriedigende Lösung gegeben: Ruhe und Geborgenheit bei Silvia, die große Liebe zu Simone.

Und Simone hatte sicherlich gewusst, wann er entlassen werden sollte. Er war freigekommen und sie hatte handeln müssen, denn er war der Einzige, der beweisen könnte, dass sie Betti umgebracht hatte, der wusste, dass sie an jenem Abend nicht zu Hause gewesen war. Also musste sie alles daransetzen, dass er wieder hinter Gitter kam. Aber wieso Lisa Brandes? Was hatte sie damit zu tun?

Nein, er konnte sich einfach nicht vorstellen, dass Simone etwas damit zu tun hatte. Aber er brauchte endlich Gewissheit.

Er musste zu ihr. Sie musste ihm endlich die Wahrheit sagen.

***

Die Leute, die in seine Wohnung gekommen waren, kannte er nicht. Sie hatten auf ihn eingeredtet, er hörte die Worte, begriff ihren Sinn erst viel später.

Sie wussten alles. Aber er hatte es doch nicht gewollt! Es war keine Absicht gewesen. Sie hatten ihm ihr Foto gezeigt und ihm war übel geworden.

Die Frau, die mit ihm gesprochen hatte, hatte eine nette Stimme. Sie war lieb. Würde sie ihm auch glauben, wenn er ihr alles erzählte? Was hatte sie gesagt? Niemandem vertrauen, niemandem das Geheimnis verraten. Daran musste er sich halten. Das hatte er versprochen. Sie war mit ihm in seine Wohnung gekommen und saß bei ihm. Das tat ihm gut. Er summte. Das half. Meistens jedenfalls.

***

Simone Sebald war nicht zu Hause, als Frommelt ankam. Er hatte sich sofort auf den Weg gemacht, nachdem er die eigenartige Aussage von Fabian gesehen hatte. Nun, da Simone nicht zu Hause war, konnte er sich die Fragen, die er ihr stellen wollte, noch einmal in Ruhe durch den Kopf gehen lassen. Sie würde schon nicht davonlaufen. Und jetzt? Nach Hause? Die Vorstellung, mit seinem Freund Jack Daniels und Friedrun die alten, abgewohnten Möbel anzustarren, ließ ihn schaudern. Sie hatten recht, alle beide, Maren und Hannah: Er lebte in einem Mausoleum. Einer Gedenkstätte für seine verstorbenen Großeltern.

Er fuhr zurück ins Büro. Hier gab es klare Strukturen, moderne Möbel und eine Putzfrau. Er setzte sich hinter den Schreibtisch und stützte den Kopf auf die Hände.

»Lust auf ein kaltes Bier?«

Frommelt zuckte zusammen. Er hatte nicht bemerkt, dass Hannah hereingekommen war. »Mein Gott, musst du dich so anschleichen?«

»Entschuldige, ich hab mich nicht angeschlichen, ich arbeite hier. Außerdem ist der Kaffeeautomat kaputt.«

»Na, welch ein Glück.« Frommelt lehnte sich auf seinem Stuhl zurück und massierte sich den Nacken. Den mitfühlenden Blick von Hannah versuchte er zu ignorieren.

»Du siehst fertig aus.« Sie hatte ihre Jacke über dem Arm und blieb an der Tür stehen. »Ich hab Carola Brandes nach Hause gebracht. Ihr Mann ist bei ihr. Ich denke, sie hat sich die Ruhe verdient.« Hannah wartete auf eine Antwort, die nicht kam. »Gleich hier um die Ecke ist die Ratsschänke. Ich fass dich auch nicht an, versprochen.«

Frommelt sah Hannah skeptisch an. »Na gut, unter diesen Umständen. Aber du bezahlst.«

»Hätte ich jetzt nicht anders erwartet.«

Es herrschte noch nicht viel Betrieb in der Ratsschänke. Nur wenige Tische waren besetzt. In der Ecke am Tresen saß ein Mann und starrte verzweifelt in sein Glas. Sie nahmen auf Hockern an der Theke Platz und bestellten zwei Bier.

Eine Weile saßen sie schweigend nebeneinander, bis Hannah fragte: »Bist du bei Simone Sebald weitergekommen?«

»Das klingt sehr anzüglich.« Er wusste, sie wollte ihn aus der Reserve locken. Eigentlich tat sie ihm leid, dass sie mit ihm zusammenarbeiten musste. Manchmal konnte er sich selbst nicht leiden, wie konnte er erwarten, dass es andere taten. »Nein, sie war nicht zu Hause. Ich fahre morgen früh noch mal hin.«

Hannah spielte mit den Wassertropfen auf ihrem Glas herum, zog mit dem Finger kleine Linien, malte Herzchen darauf. Frommelt registrierte es mit einem Schmunzeln. Sie würde nie aufgeben.

»Was hältst du von Fabians Aussage?«, fragte sie.

»Aussage? Welche Aussage? Ich hab nur einen jungen Mann gesehen, der wirres Zeug von sich gegeben hat.«

»Kannst du nicht oder willst du nicht?«

Frommelt schüttelte den Kopf. »Was hat er denn gesagt?« Er versuchte, seine Stimme so wenig aggressiv wie möglich klingen zu lassen. »Er hat von einer Treppe gesprochen, von Blumen und einem Garten. Fehlten nur noch die Bienchen.«

Hannah war klug genug, nicht auf diesen Sarkasmus einzugehen. »Er hat von einem *er* gesprochen.«

»Das hab ich gehört.«

»Und was meinst du, wen er damit meinte?«

»Was weiß ich denn?« Sein Ton war schärfer geworden. Er konnte es nicht verhindern und er wollte es auch gar nicht.

Hannah schwieg und er begriff, dass er es übertrieben hatte. Es war einfach alles zu viel. Zu viel Arbeit, zu viel Enttäuschung, zu viel Hoffnung und zu viele Widersprüche.

»In diesem Fall gibt es immer mehr Ungereimtheiten«, sagte er versöhnlich. »Warum hatte sich Silvia mit den Kindern in Sargens' Wohnung versteckt? Es gab keinen Grund dafür. Die Presse hatte sich nach dem Prozess beruhigt, die Familie in Ruhe gelassen und sich auf Richard Wehmeier gestürzt.«

»Sargens ist nicht der Mensch, der vor lauter Mitgefühl eine Wohnung kauft.« Hannah fuhr mit dem Daumen über das Glas, die Herzchen verschwanden.

»Mich würde vor allem interessieren, warum Simone Sebald den Kontakt zu Silvia und den Kindern gesucht hat«, sagte Frommelt. »Sie besucht ihren Mann zweimal im Gefängnis. Dort bittet sie ihn um die Scheidung. Obwohl ich eher glaube, dass sie Richard Wehmeier vor vollendete Tatsachen gestellt hat, denn sie ist keine Frau, die lange bittet. Zwei Jahre nach dem Urteil nimmt sie Kontakt zu den Heins auf. Und zwar genau zu dem Zeitpunkt, als sie wieder geheiratet hat.«

»Seltsam ist das schon. Zumal für sie ja alles erledigt war. Ihr Ex-Mann sitzt im Gefängnis, somit konnte er seine Affäre zu Silvia nicht fortführen.« Hannah trank einen großen Schluck von ihrem Bier. »Was wollte sie herausfinden?«

»Es gibt nur zwei Möglichkeiten: Entweder, ob Richard Wehmeier den Mord wirklich begangen hat, oder ob jemand weiß, dass sie es war und sie nach all den Jahren verraten könnte.« Frommelt senkte den Kopf. Er musste Hannah endlich über sein Treffen mit Richard aufklären.

»Und Fabian sagt, *er* war auf der Treppe. Wen um Himmels Willen meint er? Das klingt nicht nach Simone Sebald.«

»Nur mal angenommen, Fabian hätte Wehmeier gesehen. Wehmeier, der vielleicht ahnte, was seine Frau vorhatte. Und dann weiß Fabian nicht, wie er sich verhalten soll. Deshalb stellt er die Besuchsanträge.«

Eine Weile saßen sie schweigend nebeneinander. Plötzlich schlug sich Frommelt mit der flachen Hand vor die Stirn. »Ich Idiot.«

»Ich widerspreche dir nicht.« Hannahs spöttischen Blick nahm Frommelt nicht wahr.

»Fabian muss den Brief an Sargens geschrieben haben.«

»Na klar, du hast recht, es könnte Fabian auf dem Phantombild sein.«

»Vielleicht bekommt Sarah etwas aus ihm heraus. Sie ist doch noch bei ihm?« Er zog sein Handy aus der Jackentasche und wählte ihre Nummer.

»Ja, sie bleibt bei ihm in der Wohnung und passt auf ihn auf. Weißt du, was mir nicht aus dem Kopf geht?« Ohne eine Antwort abzuwarten sprach Hannah weiter: »Was Carola Brandes vorhin gesagt hat: ›Das hätte er nicht tun dürfen.‹ Was meinte sie damit?«

»Sie hat es darauf bezogen, dass Sargens sich um Betti gekümmert hat. War sie eifersüchtig auf ihre Schwester?« Er lauschte weiter auf das Rufzeichen. Hoffentlich ging Sarah dran.

»Du meinst, Melissa hat damals Betti umgebracht, weil sich der Großvater mehr um die Kleine als um sie gekümmert hat?«

»Weiß man, was in Pubertierenden so vor sich geht? Melissa war damals fünfzehn.«

Endlich nahm Sarah ab. Frommelt informierte sie und bat sie, Fabian vorsichtig zu befragen.

Als er aufgelegt und sein Handy wieder in die Jackentasche gesteckt hatte, hingen beide ihren Gedanken nach. Der Mann am hinteren Ende der Theke knallte mit dem Kopf auf die Platte und stieß dabei sein Glas um.

»So möchte ich auch nicht enden. Wo waren wir stehen geblieben?« Frommelt sah Hannah wieder dabei zu, wie sie auf dem Glas herumwischte.

»Du hast Wehmeier damals geglaubt, nicht wahr?«

»Ja. Und das tue ich noch immer. Sonst hätte ich meinen Job schon längst hingeschmissen. Ein Rest Vertrauen in die Menschheit ist zwingend notwendig.« Frommelt ließ den Kopf hängen. Er konnte Hannah nicht in die Augen sehen. Er musste es ihr jetzt sagen.

Sie sah ihn von der Seite an, sagte aber nichts. Obwohl Frommelt auf sein Glas starrte, bemerkte er es. »Was ist?«

»Was soll sein?«

»Hannah, glaub mir, ich bin lange genug Polizist, um zu merken, dass eine eigenartige Stimmung in der Luft liegt.« Er wartete darauf, dass sie in direkt fragen würde, er begriff, dass er es ihr sonst nicht erklären konnte.

Hannah reagierte prompt. »Dann hast du mir wohl etwas zu sagen?«

Er nickte, starrte auf die dunkle Fläche der Theke und spielte mit seinem Glas. »Ich hab einen Fehler gemacht«, sagte er leise. Hannah war so klug, nicht nachzufragen. »Ich war gestern Nacht schon einmal bei Simone Sebald.«

»Kilian, das glaub ich jetzt nicht«, empörte sich Hannah. Er sah ihr entsetztes Gesicht und begriff das Missverständnis. »Quatsch. Doch nicht so. Ich hatte so ein Gefühl …«

»In der Lendengegend?«

»Hannah, nun ist es aber gut. Es ist schon so schlimm genug.« Er sah ihr in die Augen. Er musste wissen, was sie dachte, wenn er ihr erzählte, was ihn bedrückte. Vielleicht konnte er es an ihrem

Gesicht ablesen. »Ich hatte, sagen wir mal, eine Ahnung, dass Wehmeier irgendwann bei ihr auftauchen würde.«

»Er war dort?«

Frommelt nickte.

»Konntest du ihn nicht schnappen?«

»Hannah, es ist viel schlimmer. Ich habe mit ihm gesprochen.«

»Was hast du? Und du hast ihn wieder laufen lassen? Das kann jetzt nicht dein Ernst sein?« Hannah starrte auf die Flaschen, die hinter der Theke im Regal standen.

Frommelt sah sie unsicher an. Sie musste gleich morgen früh zu Hausmann und ihm den Vorfall melden. Sonst war sie mit dran, wenn es herauskam.

»Das kann dich deinen Job kosten«, sagte Hannah.

»Ich weiß. Dich deinen aber auch, wenn du es nicht meldest.«

»Das lass mal meine Sorge sein. Was hat er gesagt?«

»Dass er bei Sargens zwei Fotos von Betti und dessen Adressbuch mitgenommen hat. Ich vermute, er rennt nun durch die ganze Stadt und versucht herauszubekommen, wo die Hein-Kinder abgeblieben sind.«

»Du hast ihm das Buch nicht abgenommen?«

»Irgendwas muss er ja auch zu tun haben«, sagte Frommelt. »Er erzählte mir, dass er einen Anruf bekommen hat. Er sollte sich in Isenbüttel in den Glockwiesen mit jemandem treffen, der seine Unschuld beweisen könnte. Und er hat mit Simone Sebald gesprochen. Übrigens hat er sehr energisch reagiert, als ich einen leisen Verdacht in Simone Sebalds Richtung andeutete.«

»Dann muss Wehmeier gewusst haben, dass der Mann seiner Ex-Frau nicht zu Hause war.«

»Ich hatte viel eher das Gefühl, dass Richard Wehmeier gar nicht weiß, dass seine Ex-Frau wieder verheiratet ist.«

»Du meinst, sie hat es ihm nicht erzählt?«

»Es ist nur ein Gefühl.«

»Das würde die Sache noch komplizierter machen.«

»Allerdings.«

»Du weißt, dass du diese Informationen nicht verwenden kannst.«

Frommelt nickte. »Nicht offiziell jedenfalls.«

Eine betretene Pause entstand. Hannah malte auf der Tresenplatte herum, es sah aus wie viele kleine Galgen. Frommelt betrachtete den schlafenden Biertrinker.

»Du siehst fertig aus«, sagte Hannah. Sie fuhr ihm mit der Hand über den Arm.

»Irgendwann ist jeder ausgebrannt.«

»Das Treffen mit Wehmeier hat dich fertiggemacht?«

»Schätze ich auch. Ich glaube nicht, dass ich bis zu meiner Pensionierung bei der Polizei durchhalte.«

»Was willst du denn sonst tun?«

Er grinste. »Ich kaufe mir einen Hund und mach mich selbstständig.«

»Als Callboy mit Pudel?«

»He, das wär noch ne Idee. Gar nicht so übel.« Er trank einen Schluck von seinem Bier ehe er weitersprach: »Vielleicht einen Schäferhund oder Rottweiler, mit dem laufe ich um Fabrikgebäude und belle jeden Eindringling an.«

»Na, bellen kannst du ja schon.«

»Werd ja nicht frech.«

Hannah legte Geld auf den Tresen, nahm ihre Jacke und rutschte vom Hocker. »Ich muss nach Hause, es war ein langer Tag.«

Frommelt nickte. Er wäre gern noch einige Stunden hier geblieben. Auch wenn er die meisten der Besucher nicht kannte, Hannah wäre bei ihm gewesen, vor allem aber wäre er nicht allein.

»Sag mal«, sagte Hannah, während sie hinausgingen, »es geht mich ja nichts an, aber ich wollte dich fragen, was du gegen Hausmann hast. Das ist nicht beruflich, nicht wahr?«

»Du hast recht.«

»Mit was?«

»Es geht dich nichts an.«

Wehmeier ging eine Weile an der Aller entlang, über den Parkplatz der Allerwelle, des recht neuen Sport- und Freizeitbades, bis er auf den Dannenbütteler Weg gelangte. Auf dem Weg ins Blumenviertel war er so in seine Gedanken versunken, dass er zunächst gar nicht bemerkte, dass er bereits vor Simones Haus stand. Hinter allen Fenstern war es dunkel. Er ging um das Haus herum, klopfte an die Scheibe zum Schlafzimmer. Sofort flammte innen Licht auf, der Vorhang wurde etwas zur Seite geschoben. Simone sah entzückend aus. Ihre Haare standen zerzaust um ihren Kopf herum. Er hätte sie küssen mögen. Sie gab ihm ein Zeichen, zur Terrassentür zu kommen.

»Simone, ich muss die Wahrheit wissen«, sagte Wehmeier ohne Begrüßung.

»Richard, was meinst du, was ich möchte.« Sie ging ihm voraus in die Küche, füllte Wasser in die Kaffeemaschine. Dann schien ihr bewusst zu werden, was sie tat. »Möchtest du überhaupt einen Kaffee?«

Wehmeier nickte. »Kaffee wäre gut. Rotwein wäre besser.« Simone stellte die Maschine wieder aus und ging in den Keller. Währenddessen sah Wehmeier sich im Haus um. Noch immer waren viele Zeichen dafür vorhanden, dass er einst in diesem Haus gewohnt hatte. Die Bilder an den Wänden, die Fotos vom Urlaub. Als sei er nie fortgewesen. Es tat ihm gut.

Simone stellte Gläser auf den Tisch. Umständlich versuchte sie, den Korken aus der Flasche zu lösen. So, wie er es seit jeher gewohnt war, nahm er ihr beides aus der Hand.

»Was ist damals passiert, Richard?«, flüsterte sie.

»Genau das frage ich mich auch. Was ich zu sagen hatte, weiß jeder, der sich für den Prozess interessiert hat. Das wurde alles groß und breit aufbereitet.«

»Die Aussagen der anderen aber auch«, sagte Simone.

»Richtig. Nur mit dem einen winzig kleinen Unterschied, ich habe die Wahrheit gesagt.«

»Und wer hat gelogen?«

»Simone, wenn ich das wüsste, wäre ich nicht hier.«

»Nicht?«

Er nahm sein Glas und prostete ihr zu. Sie lächelte. Da war es. Dieses Lächeln setzte ihm zu. Hatte es schon immer getan. Sie wickelte ihn damit um den Finger und sie wusste es genau. Er kniff die Augen zusammen. Er musste aufpassen, durfte sich nicht in die Irre führen lassen.

»Warum hast du mir nicht gesagt, dass du wusstest, wo Melissa und Fabian stecken?«

»Du hast sie gefunden?« Simone wurde blass. Vielleicht lag es aber auch am fahlen Licht der kleinen Stehlampe.

»Ich hab Fabian gefunden. Sag mir einfach, warum du mir nicht die Wahrheit gesagt hast.«

»Richard, was hätte das genutzt? Du hast deine Strafe abgesessen, du musst ein neues, normales Leben beginnen.«

»Und wie soll ich das tun? Mit einem weiteren Mord, den man mir anhängen will?«

»Ich bin mir ganz sicher, dass die Polizei die Wahrheit herausfinden wird.«

»Sicher. Genauso wie damals.«

»Wie hast du ihn gefunden?«

»Sagen wir, ich habe einen entscheidenden Tipp bekommen. Warum hattest du Kontakt mit den beiden?«

Simone stand auf, setzte sich zu ihm auf die Lehne des Sessels und legte einen Arm um seine Schultern. Ein wohliges, vertrautes Gefühl stieg in ihm auf. »Ich wollte einfach nur wissen, ob du es getan hast. Ob sich Fabian oder Melissa an irgendwas erinnern konnten. Ich habe den Gedanken, dass du ein Mörder bist, einfach nicht ertragen.«

Er sah ihr in die Augen, ihr Blick verzauberte ihn. Wie hatte er dieser Frau nicht trauen können? All seine Befürchtungen, seine Ängste schwanden unter diesem Ausdruck. »Du weißt, dass Frommelt dich verdächtigt?«, fragte er und lehnte seinen Kopf an ihre Brust.

Sie lachte laut auf und umschlang ihn nun mit beiden Armen, küsste ihn auf den Haaransatz. Ihre Stimme klang für ihn wie helles Glockengeläut. Klar und rein. Unschuldig und sauber. Für einen kurzen Moment war er Monika dankbar, dass er bei ihr hatte duschen dürfen. Dann schwanden ihm die Sinne.

Sechster Tag

Gestern Abend hatte Hannah ihn zu seinem Wagen gebracht, der auf dem Parkplatz der Polizeiinspektion stand. Bedrückt und schweigend waren sie nebeneinander hergegangen.

Im Grunde wäre Hannah die richtige Frau für mich, dachte Frommelt. Sie weiß, wie es mir geht, schweigt, wenn es nichts zu sagen gibt, und spürt, wann ich Halt brauche. Ihm war klar, dass er einen Freund verlieren würde, sobald er eine Beziehung mit ihr begann. Das wollte er nicht aufs Spiel setzen. Er war froh, dass er mit Hannah über Wehmeier gesprochen hatte. Auch wenn sie dadurch Schwierigkeiten bekommen könnte. Wichtiger war, dass er ihr gegenüber kein schlechtes Gewissen mehr haben musste.

Jetzt war er auf der K114, der Gifhorner Ostumgehung, unterwegs. Am Dannenbütteler Weg bog er rechts ab. Sarah Menges wollte gegen neun ins Büro kommen, er hatte also noch Zeit, um mit Simone Sebald zu sprechen. Sie würde ihm endlich erklären müssen, warum sie den Kontakt zu Fabian Hein und Carola Brandes verschwiegen hatte.

Er hatte vergessen, sich zu rasieren.

Wehmeier war glücklich. Beschwingt verließ er nach dem gemeinsamen Frühstück das Haus. Die vergangene Nacht lag wie ein vollkommener Zauber auf seiner Seele. Sie hatten sich geliebt. Simone hatte sich wie früher angefühlt. Wehmeier war sich sicher, dass er Simone zurückbekommen hatte. Es konnte nicht anders sein. Sie war so anschmiegsam und zärtlich, so wild und leidenschaftlich gewesen.

Überall im Haus, selbst im Schlafzimmer, sah es noch so aus wie früher. Im Schrank hingen Anzüge, Hemden, lag Wäsche in den Fächern. Die Schranktür hatte einen kleinen Spalt offen gestanden und als Simone ihm einen kurzen Moment den Rücken zudrehte, hatte er hineingeschaut. Selbst heute Morgen im Bad hatte er seine sentimentalen Gefühle kaum zurückhalten können. Alles hatte sie für seine Heimkehr vorbereitet. Die zweite Zahnbürste im Glas, neben der ihren, der Rasierapparat auf dem kleinen Schränkchen. Es war rührend anzusehen gewesen.

Warum hatte sie ihn heute Morgen nicht gefragt, ob er bei ihr bleiben wollte? Ich Dummkopf, dachte er, die Polizei sucht mich und bei ihr wäre wirklich der ungeeignetste Platz. Sie hatten Zeit. Ja, er liebte sie noch immer von Herzen und er wollte von jetzt an alles dafür tun, seine Unschuld zu beweisen. Umso eher konnte er wieder zu ihr.

Er war auf dem Weg zu Monika, um ihr zu erklären, dass er zu seiner Ex-Frau zurückkehren würde. Er legte sich die Worte zurecht, mit denen er ihr die Situation erklären würde, damit sie nicht allzu sauer auf ihn war.

Wieder hatte er das Gefühl, verfolgt zu werden. Er achtete nicht darauf. Bald, schon ganz bald würde er Simone wiederhaben.

Frommelt bog links in den Lavendelweg ab, die ersten Häuser lagen im Morgenlicht friedlich nebeneinander. Er parkte den Wagen am Straßenrand, stellte den Motor aus und stieg aus. Er klingelte. Niemand öffnete. Simone Sebalds Auto stand nicht unter dem Carport.

Er holte das Handy aus der Jackentasche und rief sie im Amt an. Nein, sie sei nicht auf der Arbeit, sie hätte sich einen Tag Urlaub genommen. Erst jetzt fiel es Frommelt wieder ein. Sie wollte heute ja ihren Mann, Martin Sebald, in Hannover vom Flughafen abholen. Dann würde er später mit ihr reden. Er fragte ihre Kollegin, wo Simone Sebald am Todestag von Lisa Brandes gewesen sei. Die Antwort überraschte ihn weniger, als er erwartet hatte.

Als er wieder im Wagen saß, zögerte er einen Moment, ehe er den Motor startete. Sollte er veranlassen, dass das Haus observiert wurde? Eine Fahndung nach Simone Sebald einleiten? Dafür brauchte er Hausmanns Genehmigung. Und die war in diesem Fall schwer zu bekommen. Nicht nur einmal hatte er ihn darauf hingewiesen, Simones Sebalds Namen nicht in den Schmutz zu ziehen und diese angesehene Familie in Ruhe zu lassen. Hausmann fürchtete den Einfluss von Simones Vater, das wusste er aus sicherer Quelle. Hausmanns nette Sekretärin, Valerie Mattern, hatte ihm schon die eine oder andere vertrauliche Information zukommen lassen. Er sollte sie wirklich einmal zum Essen einladen.

Er könnte die Observation auch damit begründen, dass Wehmeier sicher wieder auftauchen würde. Doch dann müsste er zugeben, Richard getroffen zu haben, und ihn gleichzeitig der Gefahr aussetzen, verhaftet zu werden. Wie er sich auch entschied, Frommelt wusste, es würde falsch sein. Doch er hatte einen Job zu erledigen und bislang hatte er sich noch nichts zuschulden kommen lassen. Bis auf den kleinen Ausrutscher.

Er startete den Motor und fuhr zügig los. An der Kreuzung Calberlaher Damm beschloss er, jetzt gleich noch einmal mit Carola Brandes zu sprechen. Er ordnete sich auf der linken Fahrspur ein, die Ampel war grün. Er gab Gas.

An einer Fußgängerampel musste er halten. Er versuchte, an nichts zu denken. Der heutige Tag würde ebenso anstrengend werden wie die vergangenen. Er musste seine Kräfte schonen. Maren fiel ihm ein, doch genau diesen Gedanken schob er ruckartig ganz nach hinten. Sein Magen meldete sich bereits wieder.

Die Ampel schaltete auf Grün. In Gedanken noch immer bei Maren, sah er im Rückspiegel, auf der gegenüberliegenden Straßenseite, eine bekannte Gestalt. Wehmeier. Was machte der um diese frühe Uhrzeit hier? Noch einmal versicherte er sich, dass es wirklich Wehmeier war. Zum Bremsen war es zu spät. Die nächste Wendemöglichkeit war an der Tankstelle, hier auf der Straße zu wenden, war wegen des Berufsverkehrs unmöglich. Aber sobald er abbog, würde er Wehmeier aus den Augen verlieren.

Er fuhr langsam weiter, der Fahrer des Wagens hinter ihm hupte bereits. Er zeigte ihm einen Vogel. Richard Wehmeier ging über die Straße. Dort war kein Fußgängerüberweg. Vom Seitenrand löste sich ein dunkler Wagen und fuhr geradewegs auf ihn zu. Der Wagen erfasste ihn, Frommelt sah es im letzten Moment, ehe er um die Kurve bog, er sah, dass Richard Wehmeier im hohen Bogen auf der Straße landete und der Wagen einfach weiterfuhr.

Er gab Gas. Frommelt trommelte mit seinen Fäusten auf das Lenkrad. Er war mit seinem Privatwagen unterwegs und hatte kein mobiles Blaulicht dabei.

Als er endlich zu der Stelle kam, an der er Wehmeier das letzte Mal gesehen hatte, stand dort noch eine Gruppe Passanten, die sich langsam auflöste. Von dem dunklen Wagen keine Spur.

Wehmeier rappelte sich hoch. Bis er begriffen hatte, was passiert war, standen etliche Leute um ihn herum und sahen ihn geschockt an. Von Ferne hörte er sie fragen, ob er einen Arzt bräuchte. Er wischte sich den Staub von der Kleidung, überprüfte kurz, ob er sich ernsthaft verletzt hatte, doch es schien nichts gebrochen zu sein. Alle Knochen taten ihm weh, aber er musste hier weg. Er schüttelte den Kopf und rannte in Panik davon. Doch die keifende Stimme einer Frau hinter sich hört er noch genau: »Das ist doch der Mörder aus der Zeitung!«

Frommelt war wie betäubt. Was war passiert? Ein unglücklicher Zufall? Daran konnte er nicht glauben. Nicht nach all den Informationen, die er bereits hatte. Nein, jemand hatte es auf Wehmeier abgesehen, ihn absichtlich umgefahren. Er war noch eine Weile in der Gegend herumgefahren, doch den dunklen Wagen hatte er nirgendwo entdecken können. Was wusste Wehmeier, was er ihm nicht erzählt hatte? Oder wusste er tatsächlich nicht mehr?

Er schüttelte den Kopf, umklammerte das Lenkrad und gab Gas.

Monika schlief noch, als Wehmeier in die Wohnung kam. Das war ihm recht, denn so hatte er Ruhe, um nachzudenken. So musste er ihr nicht in die Augen sehen. Den Schlüssel legte er auf die Kommode im Flur, in die kleine Glasschüssel. Mit ihr zu sprechen, ihr die Wahrheit über die vergangene Nacht zu erzählen, hätte er nicht übers Herz gebracht. Natürlich wusste er um Monikas Gefühle ihm gegenüber. Sie tat ihm leid. Aber das war nicht sein vorrangiges Problem.

Nackte, kalte Angst stieg in ihm auf, nun, wo er erst einmal in Sicherheit war. Wer wollte ihn umbringen? Denn genau das war es gewesen: ein Mordversuch. Er hatte den Wagen nicht genau gesehen, es war alles viel zu schnell gegangen und in Gedanken war er noch bei Simone und der vergangenen Nacht gewesen. Das Einzige, was er noch wusste, war, wie ein großer, schwarzer Schatten über ihm erschienen war. Dunkelgetönte Scheiben, die Sonne hatte geblendet, so dass er den Fahrer nicht erkennen konnte.

Litt er unter Verfolgungswahn? Erst neulich hatte jemand versucht, ihn zu überfahren. Das hatte er als Zufall abgetan. War es doch Absicht gewesen? Kurz darauf war er niedergeschlagen worden und jetzt versuchte jemand erneut, ihn anzufahren. Das waren weder Unfälle noch Zufälle, das war bitterböse Absicht. Warum? Sollte er etwas wissen? Er war doch selbst auf der Suche nach der Wahrheit.

Er ging ins Wohnzimmer und legte sich auf die Couch. Eine angenehme Wärme breitete sich in ihm aus. Sein gesamter Körper tat ihm weh. Nun kam er ein wenig zur Ruhe. Bevor er weiter über den Vorfall eben nachdenken konnte, war er eingeschlafen.

Hannah war bereits im Büro, als Frommelt eintraf. Er hatte den Gedanken verworfen, zu Carola Brandes zu fahren. Doch ehe er ihr von dem Unfall erzählen konnte, kam Bräuer herein. Unter dem Arm hielt er eine große Tüte. Sie beachteten ihn kaum. Auch nicht, als er sich auf dem halbhohen Aktenschrank an der hinteren Wand zu schaffen machte.

Noch immer in Gedanken bei Wehmeiers Unfall, bekam Frommelt kaum mit, dass Hannah bereits mit ihren Ausführungen begonnen hatte. Fahrig wischte sie sich mit der flachen Hand über das Gesicht. Sie sah müde und abgespannt aus. Sie alle hofften, diesen Fall bald aufgeklären zu können. Er ging jedem von ihnen an die Substanz.

»Hallo? Hört mir jemand zu?«, ermahnte Hannah die Männer.

Frommelt wollte den anderen so schnell wie möglich von Wehmeiers Unfall erzählen. Bräuer werkelte weiter auf dem Aktenschrank herum.

»Ja doch, entschuldige«, sagte Frommelt und auch Bräuer nickte matt.

»Also noch mal. Ich war eben bei Carola Brandes. Sie war, glaube ich, froh darüber, mit jemandem reden zu können. Sie hat mir erzählt, dass Fabian sich an dem Tag, als Lisa umgebracht wurde, bei ihr am Haus aufgehalten hat. Er hatte sie angerufen und war völlig aufgelöst. Sie hat ihn dann mit dem Wagen nach Hause gebracht und es eilig gehabt, weil sie Lisa nicht so lange allein lassen wollte. Das Mädchen durfte Fabian nicht sehen, das hätte sie sicher ihrem Vater erzählt.«

»Das ist ja ein völlig neuer Ansatzpunkt«, sagte Frommelt. »Lasst uns doch noch einmal diesen Tag Punkt für Punkt durchgehen.«

Bräuer kramte und klapperte so laut, dass Frommelt aufsah. »Was machst du da eigentlich?«

»Überraschung«, sagte Bräuer mit stolz geschwellter Brust. Frommelt runzelte die Stirn. Dann ging Bräuer einen Schritt zur Seite und gab den Blick auf das Gerät frei, das er soeben angeschlossen hatte.

»Eine Kaffeemaschine! Bräuer, du bist ein Schatz.« Hannah sprang auf und drückte Bräuer einen Kuss auf die Wange. »Nicht so stürmisch, wenn ich bitten darf«, sagte Bräuer, aber man sah ihm an, dass er sich über den spontanen Freudenausbruch der Kollegin gefreut hatte. Sogar ein wenig rot war er geworden. Jetzt betrachtete Frommelt den Kollegen genauer. Er sah müde aus. Wahrscheinlich hatte ihn sein Sohn die ganze Nacht wach gehalten.

»Beschissen siehst du aus«, sagte Frommelt unverblümt.

»Danke. Marvin hat Fieber. Man sollte nicht annehmen, wie viel Platz so ein kleiner Bengel in einem Ehebett einnehmen kann.« Bräuer zuckte die Schultern. »Was soll's. Ich weih jetzt erst mal unser bestes Stück ein«, sagte er, schnappte sich die Kanne und verließ das Büro.

»Solltest du ihm nicht auch besser die Wahrheit sagen?«, fragte Hannah.

Frommelt zog die Schultern hoch. »Und dann? Ihn damit auch noch belasten?«

»Du hast recht. Und ich glaube, er würde mit dieser Neuigkeit sofort zu Hausmann rennen. Er ist doch eh scharf auf deinen Posten.«

»Das hast du auch schon gemerkt?«

»Für wie dumm hältst du mich eigentlich?« Hannah spielte die Empörte.

Bräuer kam mit der Kanne zurück, goss Wasser in die Maschine, füllte Kaffeepulver in den Papierfilter. Während das Wasser röchelnd durch die Maschine zog, bemerkte er die bedrückten Gesichter seiner Kollegen und sah sich fragend um. Doch niemand reagierte darauf. Also setzte er sich neben Hannah auf einen Stuhl an Frommelts Schreibtisch. Frommelt hatte sich in der Zwischenzeit überlegt, noch etwas zu warten, bis er von Wehmeiers Unfall erzählte. Das, was Hannah erfahren hatte, war im Moment wichtiger.

»Also, wo waren wir stehengeblieben? Ach ja, der Tagesablauf. Das Phantombild, das wir mit Hilfe von Sargens' Nachbarin angefertigt haben, zeigt meiner Meinung eindeutig Fabian Hein. Angenommen, er schreibt seinem Großvater einen Brief. Er geht zu dessen Haus und schmeißt den Brief in den Kasten. Sargens holt den Brief gegen neun Uhr heraus. Auch das bestätigt die Nachbarin. Sie hat ausgesagt, dass Sargens wie auf der Flucht mit seinem Auto fortgefahren ist. Was wir nicht wissen, ist, was in dem Brief stand. Was Sargens solch einen Schrecken eingejagt hat. Ich glaube ihm kein Wort, wenn er sagt, dass Wehmeier ihm mit Rache gedroht hat.«

»Oder Sargens wusste tatsächlich nicht, von wem der Brief war«, warf Bräuer ein.

»Nur mal angenommen, Sargens hat tatsächlich geglaubt, der Brief sei von Wehmeier, und versteckt sich daraufhin in einem Hotel.«

»Wobei aber noch immer nicht geklärt ist, um welche Zeit er dort angekommen ist, wie lange er da war und ob er vielleicht zwischendurch fort war«, sagte Hannah.

»Na gut«, Frommelt kratzte sich am Kinn. »Was macht aber Fabian in der Zwischenzeit? Wie viele klare Momente hat er? Welche Möglichkeit hat sein labiler Geist, um zu planen? In der Klinik sagten die Ärzte doch, dass er die Schuldgefühle, seiner Schwester damals nicht geholfen zu haben, nie losgeworden ist. Vielleicht ist es aber auch etwas ganz anderes. Angenommen, Fabian hat Betti damals getötet. Diese Schuld drückte all die Jahre so auf ihm, dass er es jemandem erzählen musste.«

»Du meinst, deshalb stellte er den Besuchsantrag bei Wehmeier im Gefängnis?«, fragte Hannah.

»Dann muss auch Silvia Hein davon gewusst haben und hat ihm aus diesem Grund den Besuch im Gefängnis verboten«, sagte Bräuer.

»Vielleicht wusste es auch Melissa, beziehungsweise Carola. Denn die beiden Frauen haben alles getan, um Fabian zu schützen. Das bezieht nun auch Sargens mit ein. Er hat der Familie die Wohnung gekauft, um sie aus der Schusslinie zu bringen.«

»Das würde vieles erklären.«

»Ja, vielleicht sogar alles.«

»Du meinst also, Fabian hat alle Beteiligten zu Carola Brandes' Haus bestellt, zu seiner Schwester, weil er von ihr die meiste Hilfe erwarten konnte?«

»Möglich. Er schreibt seinem Großvater einen Brief, informiert Wehmeier.« Frommelt zuckte zusammen und sah schnell in die Runde. Glück gehabt. Es war den anderen nicht aufgefallen, dass ihm gerade etwas herausgerutscht war, das er gar nicht wissen konnte. Schnell fügte er hinzu: »Wie auch immer er das angestellt hat, es ist auch nur eine Vermutung und irgendwo müssen wir ansetzen.« Hannahs wissenden Blick versuchte er zu ignorieren.

»Du meinst, bei seiner Schwester versuchte er sich zu erklären? Wem schadet diese Offenbarung denn am meisten? Denn aus diesem Grund musste die kleine Lisa wohl sterben«, sagte Bräuer.

»Ich frage mich gerade, ob Fabian dann nicht auch Simone Sebald informiert hat. Hast du ihr Alibi überprüft?«

»Vorhin war sie nicht zu Hause. Ich habe aber mit ihrer Kollegin im Amt gesprochen. Sie hat sich für heute frei genommen, wahrscheinlich holt sie ihren Mann vom Flughafen ab. Aber diese Kollegin hat mir noch etwas erzählt, und zwar, dass Simone Sebald sich am Tag, als Lisa Brandes starb, ab Mittag freigenommen hat. Sie sagte, sie hätte Migräne und wollte sich zu Hause hinlegen.«

»Dann hat sie uns sicher einiges zu erklären.«

»Ich fahr nachher noch mal hin und bring sie mit.«

Jetzt wäre ein guter Zeitpunkt, um Bräuer und Hannah über den Unfall zu informieren, doch bevor er auch nur Luft holen konnte, fasste Bräuer zusammen: »Also, vier oder meinetwegen auch fünf

Personen halten sich in der Nähe von Carola Brandes' Haus auf. Ihre wahre Identität darf nicht aufgedeckt werden, sonst ist ihre Ehe in Gefahr.«

»Sie hatte ein Motiv, denn wenn Lisa ihrem Vater von dem Besuch erzählt hätte, wäre Carola Brandes in Erklärungsnot gekommen. Vielleicht hat das Mädchen doch etwas gesehen«, sagte Hannah.

»Möglich. Ich frage mich gerade, wie passt Wehmeier da ins Bild? Hätte ihm Fabians Erklärung geschadet? Er hat acht lange Jahre im Gefängnis gesessen. Er wird«, Frommelt warf einen schnellen Seitenblick auf Bräuer, doch der hatte sein Notizbuch auf den Knien und blätterte darin herum, »vermutlich von Fabian zu den Glockwiesen bestellt. Warum er dorthin geht, dafür gibt es für mich nur eine logische Erklärung: Er hat Betti Hein nicht getötet. Denn wäre er es gewesen, hätte er seine Strafe abgesessen und überhaupt keinen Grund, dieser Aufforderung zu folgen.«

»Oder Sargens hat recht und Wehmeier will sich tatsächlich rächen.«

»Mit all den Leuten, die sich rund um das Haus aufgehalten haben?«

Nun sagte Bräuer: »Wer weiß denn, wie lange vorher er schon dort war und auf eine günstige Gelegenheit gewartet hat? Außerdem wusste der doch nicht, wer noch alles kommen sollte.«

Die Tür ging auf und Sarah Menges trat ins Zimmer. Sie sah, wie immer, frisch und ausgeruht aus. Wie macht sie das nur, dachte Frommelt und fuhr sich mit der Hand über sein kratziges Kinn. Sarah nickte ihnen nur kurz zu, nahm sich einen Stuhl und setzte sich schweigend dazu.

»Fabian muss sich aber um exakt die gleiche Uhrzeit dort aufgehalten haben. Dann hätte er Wehmeier sehen müssen«, fuhr Hannah fort.

Frommelt stand auf und ging zur Tafel, an der die Fotos von Betti und Lisa hingen. »Worüber ich mir schon seit Tagen den Kopf zerbreche: Die beiden Mädchen sahen sich äußerst ähnlich.«

»Das soll in manchen Familien tatsächlich vorkommen«, sagte Bräuer. Was ihm einen strafenden Seitenblick von Hannah einbrachte.

»Was meinst du damit, Kilian?«, sagte sie.

»Wir sind uns doch alle einig, dass Fabian nicht unbedingt die stärkste psychische Konstitution hat.« Frommelt schaute in die Runde, doch niemand reagierte. Deshalb fuhr er fort: »Fabian, der Angst hat, bei Tag draußen herumzulaufen, und sich nur nachts aus dem Haus traut, sieht durch Zufall Wehmeier. In diesem Moment muss alles, was er zu verdrängen versucht hat, wieder in ihm hochgestiegen sein. Er braucht vielleicht Tage und Wochen, bis er sich einen Plan zurechtgelegt hat, und fasst endlich einen Entschluss. Er bestellt alle zu seiner Schwester, wie auch immer er das angestellt haben mag. Zumindest wissen wir von einem Brief, den Sargens bekommen hat. Fabian geht zu seiner Schwester und sieht die kleine Lisa im Garten spielen. Sein verwirrter Geist gaukelt ihm vor, dass er Betti sieht. Doch Betti ist tot, das weiß er. Was muss in diesem Moment in Fabian vorgegangen sein?«

»Du meinst, er hat Lisa umgebracht, weil sie Betti so ähnlich sah?«

»Wäre doch möglich. Was sagst du, Sarah? Du kennst ihn doch nun einigermaßen.«

»Was heißt kennen? Aber denkbar wäre es schon. Lisas Anblick könnte durchaus etwas bei ihm ausgelöst haben, dass er nicht mehr kontrollieren konnte.«

»Was wird mit ihm?«

»Ich bin der Meinung, wir dürfen ihn auf gar keinen Fall allein lassen. Und seine Schwester wird kaum die Nerven haben, sich um ihren Bruder zu kümmern. Jemand von uns muss ständig bei ihm bleiben.«

»Du hast recht. Sarah, kannst du das machen? Ich glaube, zu dir hat er das meiste Vertrauen.«

Sarah nickte. »Ich hab mich eben noch mal mit den Ärzten in der Klinik unterhalten, die Fabian dort betreut haben. Mir hat keine Ruhe gelassen, was Fabian über die Treppe gesagt hat. *Er* war auf der Treppe. Und die Ärzte meinten, dass Fabian oft von sich in der dritten Person gesprochen hätte.«

»Also könnte er sich selbst mit *er* gemeint haben«, sagte Bräuer.

»Genau das habe ich eben gesagt.« Sarah klang etwas genervt. Das war Frommelt früher ebenfalls aufgefallen. Sobald auch nur die allerkleinste Kritik an ihrer Arbeit aufkam, konnte sie sehr zickig werden.

»Dem sollten wir nachgehen«, sagte Hannah. »Und was ist, wenn Fabian sich damals an Betti vergangen hat? Lasst mich mal spinnen: Fabian, der damals schon recht labil war, geht in das Zimmer seiner kleinen Schwester. Betti, die merkt, was Fabian vorhat, rennt aus der Wohnung und stürzt in der Aufregung die Treppe hinunter. Damit das Kind still ist, erwürgt er es. Nun stellt sich die Frage, was hat Melissa mitbekommen?«

»Guter Ansatz«, sagte Frommelt. »Damals hat Melissa ausgesagt, von alldem nichts gewusst zu haben. Neulich, als Lisa gefunden wurde, hat sie allerdings als Erstes gefragt, ob Lisa missbraucht worden ist. Ich hab mir nichts dabei gedacht, weil fast alle Eltern diese Frage stellen. Bei der neuen Betrachtungsweise ergibt das aber ein völlig neues Bild.«

»Ich frage mich noch immer, was Carola Brandes damit gemeint hat, als sie sagte, das hätte er, also ihr Großvater, nicht tun dürfen? Meinte sie wirklich nur, dass er sich um Betti gekümmert hat und sie eifersüchtig war oder kann das mit dem Missbrauch zu tun haben?«

»Vielleicht wusste Sargens ja, dass sich Fabian an der Kleinen verging, und Melissa wusste nicht, wie sie das ihrer Mutter beibringen sollte.«

»Und du meinst, Sargens hat Betti abgeholt, weil er sie schützen wollte?« Bräuer stand auf und brachte die Kaffeekanne und Tassen mit. Während Hannah weitersprach, schenkte er den dampfenden Kaffee ein.

»Wenn Fabian wirklich der Täter ist, dann erklärt das den Garten und die Blumen, von denen er gesprochen hat. Carola Brandes hat aber gesagt, dass sie Lisa gesucht hat. Bevor oder nachdem Fabian sie angerufen hat? Oder hat sie zu diesem Zeitpunkt gar nicht mehr auf ihre Tochter geachtet, sie vergessen, weil sie so sehr mit Fabian beschäftigt war und damit, ihre neue Identität zu schützen?«

»Hatte Fabian Zeit genug, um Lisa zu töten, zur Senke zu schleppen, zurück zu Carola Brandes' Haus zu laufen und seine Schwester anzurufen? Es hieß, er sei völlig aufgelöst gewesen, dass kann auch bedeuten, dass er vom schnellen Laufen von der Senke bis zum Haus völlig außer Atem war.«

»Carola Brandes fährt Fabian also nach Hause und erfährt erst nach ihrer Rückkehr, dass ihre Tochter tot ist. Was hat sie da gedacht? Hat sie die gleichen Rückschlüsse gezogen wie wir jetzt? Hatte sie schon bei Bettis Tod die Vermutung, dass Fabian der Täter gewesen ist? Oder hat sie es sogar gewusst? Dann musste sie davon ausgehen, dass ihr Bruder auch ihre Tochter getötet hat.«

»Wir sollten Peter Neuhaus und Rene Fabians Foto vorlegen. Ich hab so ein Gefühl, da stimmt etwas nicht.«

»Das kann ich machen«, sagte Bräuer.

»Gut, dann fahr ich jetzt noch mal zu Simone Sebald. Und dann ist da noch etwas«, sagte Frommelt. Nun berichtete er endlich von Wehmeiers vermeintlichem Unfall.

»Hast du den Wagen erkannt?«, fragte Hannah.

»Nicht wirklich. Ein großer, dunkler Wagen, das Kennzeichen hab ich leider nicht sehen können.«

»Da sollten wir dranbleiben«, sagte Hannah. »Ich fahr zu Carola Brandes. Vielleicht erzählt sie ja noch mehr.«

Als Wehmeier aufwachte, saß Monika mit Cora in der Küche am gedeckten Frühstückstisch. Augenblicklich bekam er ein schlechtes Gewissen. Für die schönen Augenblicke war Simone zuständig, aber Monika half ihm, wo sie nur konnte.

Monika empfing ihn mit einem glücklichen Lächeln. Er musste mit ihr reden. Er musste ihr sagen, dass sie keine Zukunft hatten. Er musste ihr gestehen, dass er wieder mit Simone zusammenleben wollte. Es würde ihr wehtun.

Monika stand auf und holte eine Tasse aus dem Schrank. »Komm, setz dich, wir frühstücken gerade.« Cora manschte in ihren Cornflakes.

Ich muss mit Monika allein sein, dachte er. Schon wieder schob er wichtige Entscheidungen vor sich her, in der Hoffnung, jemand anderer würde sie ihm abnehmen.

»Ich bringe Cora in den Kindergarten und dann können wir uns einen gemütlichen Vormittag machen«, sagte Monika.

Er setzte sich vorsichtig an den Tisch und versuchte, sich die Schmerzen nicht anmerken zu lassen. Dass ihn ein Auto angefahren hatte, verschwieg er besser. Der Kaffee tat gut.

Frommelt saß im Büro und legte den Kopf in die Hände. Bräuer und Hannah waren auf dem Weg nach Isenbüttel. Bräuer wollte Rene und Peter Neuhaus Fabians Foto zeigen und Hannah wollte mit Carola Brandes sprechen. Sarah war bei Fabian. Frommelt genoss die Ruhe. Er musste endlich einen Weg finden, diesen komplizierten Fall zu Ende zu bringen. Eigentlich müsste er jetzt zu Simone Sebald fahren, konnte sich aber nicht aufraffen. Stattdessen griff er zum Telefon und telefonierte Krankenhäuser und Ärzte in der Umgebung ab, doch Richard Wehmeier war nirgendwo aufgetaucht. Er konnte nur hoffen, dass er mit dem Schrecken davongekommen war.

Gedanken schwirrten ihm im Kopf herum, Informationsfetzen jagten pfeilschnell vorüber. Er bekam sie nicht zu fassen. Das Telefon klingelte. Fahrig wischte er sich übers Gesicht, als würde er einen Schatten verscheuchen, und nahm den Hörer ab.

Ein Mitarbeiter der Polizeiwache erklärte ihm in verlegenem Ton, dass er etwas mitzuteilen hätte, das vielleicht wichtig wäre. Eine Frau sei bei ihm gewesen. Sie hätte, vor einigen Tagen bereits, wie er zerknirscht zugab, einen Mann angezeigt, der auf Spielplätzen herumlungere. Sie hätten das für nicht so wichtig gehalten, also seine Kollegen und er, weil die Frau häufiger käme und unbescholtene Männer diffamiere. Sie scheine nicht ganz richtig im Kopf zu sein. Nachdem aber in der Zeitung ausführlich über diesen gesuchten Mann berichtet worden wäre und auch eine Fahndung ausgeschrieben worden sei, wolle er die Sache endlich melden.

Frommelt war zu angespannt, um den Kollegen zu maßregeln. Er bedankte sich und machte sich eine Notiz. Den Zettel legte er zu den anderen Unterlagen und vergaß ihn.

Wehmeier seifte sich ein. Das heiße Wasser tat ihm gut. Sorgfältig widmete er sich seiner Körperpflege. Er hoffte, Monika wäre in der Zwischenzeit mit Cora unterwegs zum Kindergarten, doch als er mit einem Handtuch um die Hüften aus dem Bad kam, hörte er sie in der Küche herumhantieren. Er zog sich an und ging zu ihr.

»Was möchtest du heute essen?«, fragte sie und sah ihn schmachtend an. Von allen Fragen hatte er diese am allerwenigsten erwartet. Irritiert und in der Hoffnung, seine Stimme würde nicht allzu barsch klingen, sagte er: »Ist mir egal. Ich muss gleich noch mal weg.«

Monika sah ihn traurig an, doch er hatte andere Probleme, als sich damit auseinanderzusetzen.

Die Sehnsucht zog ihn durch die Straßen, bis er vor Simones Haus stand. Sie würde ihn mit offenen Armen und liebevollen Küssen empfangen. Doch noch war es nicht soweit, ihr Wagen war nicht da. Er schüttelte den Kopf. War sie zur Arbeit gefahren? Sie hatte ihm doch erzählt, dass sie heute Urlaub hätte.

Sie hatte ihm allerdings auch gesagt, er solle auf gar keinen Fall wieder zu ihr kommen, ehe der Fall aufgeklärt sei. Doch wie hätte er nach dieser Nacht ihrer Anweisung folgen sollen? Es sei zu gefährlich, hatte sie gesagt und dass er nicht bei ihr gesehen werden dürfe.

Enttäuscht machte er sich auf den Rückweg, als er ihren Wagen um die Ecke biegen sah. Sie konnte ihn nicht erkennen, noch war sie zu weit entfernt und er drückte sich schnell in den Schatten der Büsche auf dem Fußweg. Der Wagen hatte die Grundstückseinfahrt erreicht. Er lief auf ihn zu, als er auf dem Beifahrersitz einen fremden Mann sitzen sah. Er blieb abrupt stehen, versteckte sich hinter einer Hecke und wartete, bis die beiden ausgestiegen waren. Er hörte glückliches Lachen, ein heiteres Gespräch über einen Flug. Er drückte die Zweige auseinander.

Fast blieb ihm das Herz stehen. Simone küsste den Mann innig auf den Mund, er hielt sie mit seinen Armen umschlossen. Seine Simone. Der Schweiß brach ihm aus, sein Herz schlug bis zum Hals. Der Mann holte eine Reisetasche aus dem Kofferraum und die beiden verschwanden im Haus. Ihm wurde schwindelig. Was sollte er tun? Das Einzige, das richtig erschien.

Er schwankte den Weg bis zum Haus, hob den Finger zum Klingelknopf. Ja, er würde Simone zur Rede stellen. Sein Blick fiel auf den Wagen. Etwas daran kam ihm merkwürdig vor. Er ging um das Fahrzeug und entdeckte am rechten Kotflügel eine Beule. Was hatte das zu bedeuten?

Der Unfall. Der große, schwarze Schatten.

Simones Auto.

Sie wollte ihn umbringen.

Wütend stapfte er zum Haus, das Schwindelgefühl war fast unerträglich, hinderte ihn jedoch nicht daran, seinen Daumen auf den Klingelknopf zu pressen. Von drinnen erklang Dauergeläut, dann Schritte. Simones erschrockenes Gesicht.

»Richard. Du?«

»Woher stammt die Beule in deinem Wagen?« Eine Begrüßung sparte er sich.

»Spinnst du jetzt? Du bist hier, um mich nach meinem Auto zu fragen?« Sie sah über die Schulter ins Haus.

»Sag es mir einfach.«

»Damit du Ruhe gibst: Mir ist neulich ein Reh vors Auto gelaufen.«

Wehmeier fühlte sich nicht wie ein Reh, eher wie ein gehörnter Bock. Er hatte keine Kraft mehr, mühevoll fragte er: »Wer war der Mann bei dir im Wagen?«

Sie lachte schrill. »Oh mein Gott, bist du dämlich. Hast du wirklich geglaubt, ich bleibe für den Rest meines Lebens allein? Natürlich habe ich gleich nach unserer Scheidung wieder geheiratet. Was willst du hier? Mein Leben geht dich nichts mehr an oder hast du geglaubt, ich lebe mit einem vorbestraften Mörder zusammen?« Sie wirkte nervös.

»Und was ist mit gestern Nacht? Bedeutet dir das gar nichts? Simone, ich liebe dich.«

Ehe sie antworten konnte, hörte er von drinnen eine Männerstimme. »Was ist los, Simone? Wer ist denn da?«

»Nichts, Liebling, nur ein Hausierer, der um Almosen bettelt.« Sie lachte. Schrill. Boshaft und gehässig. Dann flog die Haustür vor seiner Nase zu.

Der Schmerz bohrte sich tief in seinen Körper. Er schwankte zurück zur Straße, stolperte den Weg zurück in die Stadt. Was sollte er noch hier? Hätte sie ihn doch umgebracht, dann müsste er dieses Elend nicht länger ertragen. Er lief durch die Stadt, überquerte Straßen, ohne auf den Verkehr zu achten. Autos hupten, schlingerten, die Fahrer fuchtelten mit den Armen. All das sah er nicht.

***

Er stand am Fenster und sah hinaus. Die nette Frau war wiedergekommen, hatte aber nicht viel zu ihm gesagt. Das tat ihm gut. Diese Frau verstand ihn.

Er versuchte, sich auf die Autos zu konzentrieren, aber heute wollte ihm das nicht gelingen. Dann sah er ihn wieder. Richard. Er ging am Haus vorbei. Wie gebannt schaute er ihm nach, konnte sich nicht rühren, nichts sagen. Seine Gedanken waren gelähmt, wie erstarrt. Sollte er hinunter, ihm nachlaufen? Da war er schon hinter den nächsten Häusern verschwunden.

Hinter ihm atmete die nette Frau. Fast konnte er ihren Atem spüren. Er drehte sich nicht um, wusste, dass sie ihn beobachtete. Unten ging eine Frau entlang. Sie hatte neulich Richard gefunden, als er auf dem Boden lag. Das hatte er gesehen. Sie schob eine Kinderkarre. Ein kleines Mädchen saß darin. Blond, wie Betti, blond, wie die andere Betti in Mellis Garten.

***

Simone Sebald war zu Hause. Frommelt sah ihren Wagen sofort, als er vor dem Haus hielt. Der Unfall. Es war nur ein kurzer Gedanke. Er ging die wenigen Schritte und sah die Beule am rechten vorderen Kotflügel.

Simone Sebald öffnete die Tür und sah Frommelt erschrocken an. Als hätte sie auf mich gewartet, dachte er.

»Entschuldigen Sie die Störung, Frau Sebald. Ich muss wissen, ob Richard gestern bei Ihnen gewesen ist.«

Sie zögerte und machte keine Anstalten, ihn hereinzubitten.

»Ich habe Ihren Ex-Mann heute Morgen auf dem Calberlaher Damm gesehen. Er wurde von einem Auto angefahren. Nun mache ich mir Sorgen, dass ihm etwas Ernsthaftes passiert ist.«

»Nein«, flüsterte sie, »hier war er nicht.«

»Was ist denn, Liebling? Schon wieder ein Hausierer?«, kam von innen eine Männerstimme.

»Nein, alles in Ordnung«, antwortete Simone Sebald schnell. »Entschuldigung«, sagte sie in Frommelts Richtung. »Martin, mein Mann. Ich habe ihn eben erst vom Flughafen abgeholt, er braucht noch ein wenig Ruhe. Diese weiten Flüge strengen ihn immer sehr an.«

»Sie haben eine Beule am Kotflügel«, sagte Frommelt und nickte Richtung Carport.

»Mir ist ein Reh vor den Wagen gelaufen.«

Frommelt zog nachdenklich die Stirn in Falten. Sollte er ihren Wagen von der Technik untersuchen lassen? Dann konnten die sich damit herumschlagen. »Würden Sie bitte mit mir ins Büro kommen. Es gibt neue Erkenntnisse und ich habe noch einige Fragen an Sie. Wir können natürlich auch hier …?«

»Nein. Schon gut. Ich komme mit«, sagte Simone Sebald und sah nervös über die Schulter ins Haus.

Simone Sebald war nervös. Sie knetete ihre Finger und versuchte Haltung zu bewahren.

»Frau Sebald, ich habe Richard Wehmeier bei Ihnen am Haus gesehen«, sagte Frommelt, ohne näher auf den Zeitpunkt einzugehen. Vielleicht war er ja noch einmal bei ihr gewesen und sie verriet sich.

Simone sah starr geradeaus. Ihr Gesicht verriet keinerlei Regung.

»Wir haben Fabian Hein gefunden. Ihre Fingerabdrücke waren in seiner Wohnung und Carola Brandes hat zugegeben, Melissa zu sein. Warum haben Sie uns das nicht erzählt?

»Ich wollte zuerst selbst herausfinden, was passiert ist«, sagte sie leise.

»Warum haben Sie damals Kontakt zu Silvia Hein aufgenommen?«

»Das war die einzige Verbindung zu Richard, ohne ihm in die Augen sehen zu müssen. Das hätte ich nicht ertragen. Verstehen Sie mich?«

Frommelt schüttelte den Kopf. Nein, er verstand es nicht, wollte es auch nicht verstehen.

»Er hat Silvia Hein geliebt, das hat er vor Gericht ausgesagt. Es war ein gehöriger Schock für mich. Ich wollte herausfinden, warum. Was diese Frau an sich hatte, was ich anscheinend nicht hatte, dass er für sie so leichtfertig unsere Ehe aufs Spiel setzte.« Die Verzweiflung stand ihr jetzt ins Gesicht geschrieben. Noch heute schien sie darunter zu leiden. Oder war sie einfach eine perfekte Schauspielerin? »Ich war damals ganz allein.«, fuhr sie fort. »Mit wem hätte ich sprechen, wem mich anvertrauen können? Mein Mann saß im Gefängnis und auch wenn ich ihn besucht hätte, wer hätte mir garantiert, dass er mich nicht anlügt? Wieder anlügt. Martin habe ich auf einer Ausstellung kennengelernt. Er hat sich damals sehr um mich gekümmert, aber auch ihn hätte ich mit meinen Problemen nicht belasten können, er hätte es nicht verstanden. Wie hätte ich es ihm erklären sollen?«

Und aus Dankbarkeit hat sie ihn geheiratet, ging es Frommelt durch den Kopf. Um nicht allein zu sein. War sie wirklich so verzweifelt gewesen? »Warum haben Sie behauptet, Sie hätten Ihren Ex-Mann regelmäßig im Gefängnis besucht?«

»Weil ich ein schlechtes Gewissen hatte. Ich habe immer geglaubt, ich wäre es ihm schuldig, aber ich konnte nicht.« Leicht verschämt sagte sie nach einer Pause: »Aber zweimal war ich da.«

»Und dann haben Sie sich an Fabian gehalten?«

»Nein. Zuerst nicht. Es war Silvia Hein. Ich habe sie besucht. Sie wollte damals aus der Wohnung ausziehen, sagte sie. Zu viele Erinnerungen an Betti. Das kann man doch verstehen, oder?« Es klang wie eine Rechtfertigung für ihr Tun. »Silvia hat damals von ihrem Vater Geld bekommen. Zumindest hat sie so etwas angedeutet. Ich habe ihr dann beim Umzug geholfen.«

»Wie hat sie reagiert, als Sie so plötzlich vor der Tür standen?«

»Irritiert, würde ich sagen. Sie hatte mich natürlich nicht erwartet.« Sie machte eine kurze Pause. »Kann ich bitte ein Glas Wasser haben?«

»Natürlich.« Frommelt stand auf, schenkte ihr ein Glas ein und stellte es vor ihre ineinander geschlungenen Finger.

»Ich glaube, im Grunde war sie froh, mit jemandem reden zu können. Da nahm sie sogar jemanden wie mich in Kauf«, fuhr Simone Sebald fort, nachdem sie einen Schluck getrunken hatte.

Frommelt reagierte nicht auf die letzte Bemerkung. »Kannte Silvia Hein Bettis Mörder?«

»Nein. Sie war genauso verzweifelt wie ich. Und da habe ich gemerkt, wie sehr sie Richard geliebt hat. Sie war, wie soll ich sagen, enttäuscht.«

»Enttäuscht?«

»Nun ja, sie war im Grunde genau wie ich der Meinung, Richard könne so etwas nie im Leben tun. Wissen Sie, er war …, er ist ein wundervoller Mensch. Sie war wohl von der Justiz, dem Gericht enttäuscht, dass sie nicht den wirklichen Mörder von Betti gefunden haben.«

»Obwohl sie vor Gericht ausgesagt hat, dass sich Richard Wehmeier noch in der Wohnung aufgehalten hat, als sie zur Arbeit ging?«

»Sehen Sie, genau das verstehe ich bis heute nicht. Und das ist der Grund, warum ich Fabian besuche. In der Hoffnung, der Junge könnte doch etwas wissen, beziehungsweise sich daran erinnern, was damals geschehen ist.«

»Wissen Sie, warum Gustav Sargens seiner Tochter eine Wohnung gekauft hat? Hat Silvia Hein jemals darüber gesprochen? Jahrelang lässt er kaum ein gutes Haar an ihr, sieht zu, in welchen bescheidenen Verhältnissen sie mit den Kindern lebt, und kurz nach Bettis Tod kauf er ihr eine Wohnung.«

»Sie hat nie darüber gesprochen und ich hab nicht danach gefragt. Um ehrlich zu sein, habe ich mir darüber nie Gedanken gemacht.«

»Und Sie hatten, als Sie Silvia besucht haben, auch Kontakt zu den Kindern?«

»Ja, vor allem zu Fabian. Es ging ihm sehr schlecht nach Bettis Tod. Melissa hat damals eine Ausbildung begonnen, sie war selten zu Hause. Als was, weiß ich nicht mehr. Fabian drohte damals völlig abzurutschen. Richard hatte sich ja um den Jungen gekümmert und als er fort war, hat Fabian völlig den Halt verloren. Ihm fehlte die männliche Hand, wie Silvia es ausdrückte. Fabian hat Richard vertraut. Dann fing er an, sich herumzutreiben, blieb oft über Nacht fort. Silvia war völlig am Ende, wollte aber vielleicht auch gar nicht so genau wissen, was der Junge trieb.«

»Wieso nicht?«

»Nun, sie sagte einmal, dass sie Fabian in der Stadt mit einem fremden älteren Mann gesehen hätte. Ehe sie ihn ansprechen konnte, war er verschwunden und kam drei Tage lang nicht nach Hause.«

»Warum ist sie nicht zur Polizei gegangen und hat das gemeldet?«

»Weil sie fürchtete, dass man ihr den Jungen dann wegnehmen würde.«

»Wie lange ging das?«

»So etwa zwei Jahre. Bis ich vorgeschlagen habe, Fabian zur Therapie zu bringen. Silvia hat kurze Zeit später einen Psychologen mit ihm aufgesucht.«

»Hat das geholfen?«

»Es besserte sich zuerst etwas, jedenfalls hatte es nach außen hin den Anschein.«

»Wie meinen Sie das?«

»Silvia fand heraus, dass er sein altes Leben wohl doch nie so völlig aufgegeben hatte.«

»Und dann?«

»Nach Silvias Tod brachte Melissa, ich meine Carola, den Jungen in einer psychiatrischen Klinik unter.«

»Und danach durfte er allein in der Wohnung leben?«

»Zuerst nur zeitweise. Sein Zustand hatte sich so weit gebessert, dass die Ärzte es hin und wieder erlaubt haben. Fabian sollte sich dadurch wieder in das normale Leben eingliedern. Unter Aufsicht natürlich. Da ich den Jungen in Königslutter in der Klinik regelmäßig besucht habe und seine Mutter tot war, schlug man mir vor, die

Vormundschaft für Fabian zu übernehmen. Melissa war damals ja noch nicht volljährig.«

»Eine verantwortungsvolle Aufgabe.«

»Richard hätte es so gewollt. Mir wurde in diesem Moment bewusst, dass Fabian meine einzige Verbindung zu Richard, Entschuldigung, zu dem Fall damals war.«

Weshalb entschuldigte sie sich plötzlich? Simone Sebalds angebliche Selbstsicherheit verschwand mehr und mehr.

»Warum haben Sie mir nicht gesagt, wo sich Fabian aufhält?«

»Sie haben mich nicht danach gefragt.«

Das stimmte allerdings. »Was hat Ihr Mann, äh, Ihr Ex-Mann, zu Ihnen gesagt, als er nachts bei Ihnen im Garten war?«

»Er hat sich entschuldigt und gesagt, dass er die Mädchen nicht getötet hat.«

»Wofür hat er sich entschuldigt?«

»Für seine Affäre mit Silvia. Das hat er bis dahin noch nie getan.« Sie lächelte. Frommelt gab das Lächeln knapp zurück. Er konnte durchaus verstehen, was Richard an dieser Frau fand. Aber leider war sie nur eine grandiose Schauspielerin. Denn Wehmeier hatte ihm erzählt, dass er Simone gebeten hatte, sich auf dem Amt nach dem Wohnsitz der Kinder zu erkundigen. Wer von beiden log?

»Wissen Sie, was mir während der letzten Zeit immer wieder durch den Kopf gegangen ist? Warum hat sich Silvia Hein erst zwei Jahre nach Bettis Tod umgebracht? Warum nicht sofort, wenn sie so verzweifelt war?«

»Das verstehe ich auch nicht. Vielleicht lag es an Fabian. Weil er Halt brauchte. Der Junge war zu dieser Zeit in Behandlung und die Ärzte haben ihr nicht viel Hoffnung gemacht, dass sich sein Zustand jemals großartig ändern würde.« Sie machte eine kurze Pause, um einen Schluck zu trinken. »Mich hat Silvias Tod damals schwer geschockt. Ich hatte den Eindruck, sie wäre über Bettis Tod einigermaßen hinweg gewesen. Ich meine, man trauert bestimmt immer, vor allem, wenn einem ein Kind stirbt, aber …«

»Ich verstehe, was Sie meinen. Genau darauf wollte ich hinaus. Ist etwas passiert während dieser Zeit? Gab es einen Auslöser für die Tat? Es muss doch etwas vorgefallen sein.«

»Ich weiß es nicht.« Simone Sebald wirkte müde und fuhr sich mit der Hand durch die Haare.

»Wann haben Sie von dem Verhältnis zwischen Ihrem Ex-Mann und Silvia Hein erfahren?«

Müde hob sie den Kopf. »Bei der Verhandlung, nehme ich an.«

»Nehmen Sie an?«

»Das ist so lange her.«

Frommelt wartete eine Weile und beobachtete sie. Simone Sebald saß unbeweglich auf ihrem Stuhl und sah gedankenverloren in die Ferne. Sie schien ihn gar nicht mehr wahrzunehmen. »Eine Frage habe ich noch, dann können Sie gehen.«

Sie hob leicht den Kopf, sah ihn aber nicht an.

»Frau Sebald, wo waren Sie am Tag, als Lisa Brandes getötet wurde? Und zwar genau um dreizehn Uhr.«

»Sie meinen doch nicht etwa …?«

»Ich meine gar nichts. Ich will nur jeden ausschließen, der nichts mit dem Mord zu tun hat.«

Sie nickte. »Ich war auf der Arbeit.«

»Bis mittags um zwölf Uhr, das haben wir überprüft. Was haben Sie anschließend gemacht?«

»Stimmt, das war der Tag, an dem ich diesen entsetzlichen Migräneanfall hatte. Ich bin nach Hause gefahren, habe mich ins Bett gelegt und den ganzen Nachmittag geschlafen.«

»Vielen Dank Frau Sebald, Sie können dann gehen«, sagte Frommelt und ging zur Tür. Aber sie rührte sich nicht. Dann sollte sie eben sitzen bleiben. Ehe er hinausging fragte er: »Hatten Sie damals eigentlich einen Schlüssel für Silvia Heins Wohnung?«

Sie drehte den Kopf wie in Zeitlupe in seine Richtung. »Warum sollte ich?«

Eine Gegenfrage war auch eine Antwort. Zumindest, wenn man etwas verheimlichen wollte.

Monika stand im Wohnzimmer. Sie hatte ihre Einkäufe in die Küche getragen, dort standen sie in der Tüte auf dem Küchentisch. Cora spielte auf dem Teppich, der Frühstückstisch war immer noch nicht abgeräumt. Sie konnte sich nicht aufraffen, das Geschirr in die Küche zu tragen.

Sie setzte sich auf einen Stuhl und sah ihrer Tochter zu. Sie sollte mit Cora zum Spielplatz gehen. Doch selbst dazu war sie nicht in der Lage. Hatte sie Richard nicht deutlich genug gezeigt, was sie für ihn empfand? Warum war er fortgegangen? Seine Erklärung, er hätte noch etwas zu erledigen, genügte ihr nicht. Bestimmt ging er nun zu einer Frau.

So wie sie, Monika, aussah und wie sie sich nach Coras Geburt hatte gehen lassen, war sein Verhalten durchaus verständlich. Wann hatte sie zum letzten Mal schöne Unterwäsche getragen? Die Auswahl an Slips in ihrem Schrank beschränkte sich auf eine geringe Anzahl verfärbter und ausgeleierter Baumwollteile. So wollte und so konnte sie einem Mann wie Richard nicht unter die Augen treten. Heute war das nicht zu ändern, aber gleich morgen würde sie sich darum kümmern.

Monika gab sich einen Ruck, stand auf und nahm Cora auf den Arm. Sie strampelte und zappelte, wand sich in ihrem Arm. Sie setzte die Kleine wieder ab. Dieses Kind überforderte sie. Das war richtig und der Gedanke überraschte und erschreckte sie. Sie liebte ihre Tochter, doch dieser kleine Wildfang war kaum zu bändigen. Antriebslos setzte sie sich wieder hin.

Also doch, Frommelt hatte recht behalten, dachte Wehmeier. Simone hatte die beiden Mädchen getötet und wollte auch ihn umbringen. Er konnte es nicht glauben und doch sprachen die Indizien gegen sie. Was sollte er tun? Versuchen, auch ihre Unschuld zu beweisen?

Sein Verstand stellte sich quer. Die Informationen, die Worte, alles wirbelte durcheinander, er war zu keiner Entscheidung fähig. Müde setzte er sich auf eine Bank. Wieder war er Richtung Schlosssee gelaufen. Eins war klar: Egal, wer von ihnen beiden ins Gefängnis ging, seine große Liebe, seine Hoffnung in all den Jahren, Simone, würde er nie wieder zurückbekommen. Dann konnte er auch gleich selbst ins Gefängnis gehen. Dort ging alles seinen geregelten Gang, dort hatte er die Sicherheit und Korrektheit, die er so dringend brauchte.

Wenn er den Mord an der kleinen Lisa zugab, war wenigstens Simone glücklich und zufrieden. Mehr wollte er überhaupt nicht.

Mit einem Ruck stand er auf, ehe die Gedanken zu mächtig wurden. Er lief Richtung Schloss, überquerte verschiedene Rasenflächen, er hasste Wege, die im Kreis führten, eilte durch die Innenstadt und stand schließlich vor seiner Wohnung.

Er stolperte die Treppe hinauf, steckte fahrig den Schlüssel ins Schloss und hielt die Luft an. Es roch noch immer nach Schimmel und Moder. Sein Hals war trocken. In der Küche ließ er Wasser laufen, es rumpelte laut durch die Leitungen. Das Geräusch war im gesamten Haus zu hören. Eine brackig braune Brühe röhrte aus dem Hahn, doch das vertraute Geräusch beruhigte ihn. Er stellte das Wasser wieder ab und öffnete den Kühlschrank – eine angebrochene Milchpackung. Sein ganzer Reichtum, wurde ihm schlagartig bewusst, bestand aus einem Rest saurer Milch. Na, wenn das nichts ist, dachte er.

Im Schlafzimmer sammelte er einige Kleidungsstücke zusammen und warf sie in die alte Reisetasche, die er schon mit ins Gefängnis genommen hatte. Dann machte er sich auf den Weg.

Frommelt saß an seinem Schreibtisch und starrte auf die gegenüberliegende Pinnwand. Wie passten all diese Menschen in die beiden Mordfälle? Schützte Carola Brandes ihren Bruder? Wollte Simone Sebald ihren Ex-Mann umbringen, weil er beweisen konnte, dass sie Betti Hein und Lisa Brandes getötet hatte? Aber Richard Wehmeier würde seine Ex-Frau nie verraten. War sich Simone Brandes dessen bewusst?

Der Bericht von der Technik war noch nicht da. Er war sich sicher, sie suchten in ihrem Wagen jeden Millimeter ab, würden jeden noch so kleinsten Fussel finden. Das dauerte seine Zeit. Frommelt hasste es zu warten. Doch ohne Spuren am Wagen konnte er Simone Sebald nichts beweisen.

Hannah war bei Carola Brandes. Sie waren sich alle sicher, dass sie mehr wusste, als sie sagte. Vielleicht hatte sie den Abend, an dem ihre kleine Schwester umgebracht worden war, vollkommen aus ihrem Gedächtnis gestrichen, vielleicht wusste sie nur noch das, was ihr nicht wehtun konnte.

Frommelt sah auf die Uhr. Kurz vor sechs. Er hoffte, dass Bräuer noch nicht Feierabend gemacht hatte. Die vergangene Nacht hatte ihm anscheinend übel zugesetzt. Es half nichts, sie mussten noch einmal gemeinsam alle Fakten zusammentragen und ihre Ergebnisse abgleichen. Er rief Bräuer und Hannah an. Sie wollten in einer Stunde wieder im Büro sein.

Wehmeier lag im Bett und starrte an die Decke. Es war fast dunkel im Raum, nur durch einen schmalen Spalt in den Vorhängen drang etwas Licht. Das, was er eben getan hatte, bereute er zutiefst. Es war einfach passiert. Er hätte sich wehren, nein sagen können, doch er hatte keine Kraft gehabt. Monika traf keine Schuld.

Er war nicht, wie geplant, zur Polizei gegangen, um sich zu stellen. Eine Weile hatte er am Parkhaus in der Hindenburgstraße gestanden und die Fenster der Polizeiinspektion betrachtet.

Nein, er musste erst mit Monika sprechen, hatte er entschieden, ihr alles erzählen. Das war er ihr schuldig.

Als er in die Wohnung kam, war es fast sechs Uhr. Monika ließ gerade Wasser in die Wanne. Er hatte dabeigesessen und zugesehen, wie sie Cora auszog, wusch und abduschte. Cora jauchzte vor Freude, spritzte mit Wasser und Schaum. Sie hatte mehr und mehr Vertrauen zu ihm und hatte Faxen in seine Richtung gemacht. Ein Schwung Schaum war auf seiner Hose gelandet. Er hatte gelacht, was Cora für eine Aufforderung gehalten hatte, einen Schwall Wasser in seine Richtung zu spritzen. Monika hatte geschimpft, er hatte abgewiegelt.

Diese Momente der Zufriedenheit und des Wohlbehagens taten ihm gut. Sie gaben ihm die Ruhe zurück. Als Monika Cora aus der Wanne hob, hatte sie darauf bestanden, dass er sie abtrocknete. Vorsichtig, um dem kleinen, zarten Kinderkörper nicht wehzutun, hatte er ihr diesen Gefallen getan. Seine Gedanken kreisten dabei um Betti, die er früher auch oft geduscht hatte.

Monika hatte glücklich daneben gestanden und gestrahlt. Nachdem Cora eingeschlafen war, hatten sie sich ins Wohnzimmer gesetzt.

Monika hatte Kerzen angezündet, eine Flasche Wein geöffnet und sich an ihn gekuschelt. Der Wein war vom Discounter, doch das war ihm egal gewesen. Er war nicht allein. Monikas Nähe hatte ihm gut getan. Er hatte ihren Duft eingeatmet und das Kribbeln, das Verlangen gespürt, das er so lange hatte entbehren müssen und das sich in den vergangenen Jahren nur eingestellt hatte, wenn er an Simone gedacht hatte. Der Wein war süß und süffig gewesen und ihm schnell zu Kopf gestiegen. Oder war das vielleicht nur eine Ausrede?

Monika hatte kein Parfüm getragen und er war froh darüber gewesen, denn er hatte noch immer Simones Duft in der Nase gehabt.

Dankbar, seine Gedanken und Gefühle äußern zu können, hatte er über sein Leben, seine Vergangenheit und auch über Simone gesprochen. Er war erschreckend offen gewesen und Monika hatte ihm schweigend zugehört.

Warum war er geblieben? Aus Dankbarkeit oder Hilflosigkeit? Oder weil ihm Monikas Schwäche ein Gefühl der Überlegenheit gab? Sie bestimmte nicht über ihn, wie es andere taten. Sie war froh darüber, dass ihr jemand das Gefühl der Stärke gab, eine Schulter, an die sie sich anlehnen konnte.

Als sie die zweite Flasche halb geleert hatten, war Monikas Rock ein Stück zu weit nach oben gerutscht. Sie hatte schöne Beine. Im gleichen Moment, in dem er seine Hand auf ihren Oberschenkel gelegt hatte, hörte er auf zu denken. Es war irrational und verwirrend gewesen. Er hatte Monikas Lippen gespürt, ihre Hände auf seinem Körper, die Wärme ihres Körpers – und an Simone gedacht.

Im Schlafzimmer waren sie wie ausgehungerte Tiere übereinander hergefallen.

Jetzt schlief Monika neben ihm, atmete gleichmäßig und ruhig. Und er dachte wieder an Simone.

Frommelts Magen spielte mal wieder verrückt. Doch statt Tabletten zu nehmen, wollte er lieber schnell noch eine Kleinigkeit essen, bevor Hannah und Bräuer kamen. Er verließ das Gebäude und ging zu Birgit ins *Paula's*. Ihre Nähe würde ihm gut tun und Ruhe in seine Gedanken bringen, hoffte er.

Birgit empfing ihn mit einem verschmitzten Lächeln. Es herrschte kaum Betrieb. Er setzte sich zu ihr an den Tresen und fragte, was sie ihm auf die Schnelle zu essen machen könne. Ohne zu antworten, ging sie in die Küche und brachte ihm hausgemachten Flammkuchen mit Speck und Zwiebeln. Der würzige Duft trieb ihm Pfützen auf die Zunge. Es schmeckte köstlich. Sie unterhielten sich über Belanglosigkeiten und er genoss es.

Als Frommelt auf dem Weg zurück ins Büro war, ging es ihm besser. Birgit war nicht grundlegend gegen eine Einladung zum Kaffee gewesen. Das erfüllte ihn mit Freude. Plötzlich kam ihm Maren entgegen. Sie trug ein elegantes schwarzes Kleid. Enganliegend und tief ausgeschnitten, brachte es ihre Figur mehr als vorteilhaft zum Ausdruck. Kurz bevor sie ihn erreichte, beschleunigte er seinen Schritt und hatte, noch ehe sie ihn ansprechen konnte, bereits die Eingangstür erreicht. Das war knapp gewesen. Aber eine Unterhaltung mit Maren in solch einem Kleid konnte er nicht ertragen.

Hannah und Bräuer warteten bereits auf ihn. Hannah saß beim Fenster, sie sah ihn nicht an. Sie hat Maren auch gesehen, dachte Frommelt.

Bräuer bekam von alldem nichts mit. »Hausmann kann nicht dabei sein. Er hat eben angerufen und mitgeteilt, dass er Karten für die Oper hat. Verdi. La Traviata. Sehr schöne Inszenierung.«

Eine peinliche Stille entstand. Hannah sah von einem zum anderen und sagte dann: »Ich habe die Nachbarin, Annemarie Neuhaus, gebeten, bei Carola Brandes zu bleiben, bis ich zurück bin.«

Frommelt nickte. Fahrig wischten seine Hände über die Tischplatte. Seine Gedanken waren noch immer bei Maren. Warum musste sie ausgerechnet mit diesem Blödhammel, mit dieser Dumpfbacke zusammen sein? Jeden anderen hätte er akzeptieren können, aber den? Außerdem machte sie sich gar nichts aus klassischer Musik.

Der Gedanke durchzuckte ihn, froh zu sein, dass Maren und er niemals Kinder bekommen hatten. Dafür hatte er schon zu viel Schreckliches gesehen. Und ein Kind zu verlieren war wohl das Schlimmste und Grausamste, was Eltern passieren konnte. Wehmeier hatte sich Kinder gewünscht. Das hatte er damals zu Protokoll gegeben, so war es während des Prozesses ausführlich erörtert worden. Konnte so jemand ein kleines Mädchen ermorden? Das ergab keinen Sinn. War es Neid? Der hilflose Wunsch, die unstillbare Sehnsucht nach einem eigenen Kind? Die Erkenntnis, darauf für immer verzichten zu müssen, und es gleichzeitig niemand anderem zu gönnen? So hatte es der Richter formuliert.

Frommelt lief eine Gänsehaut über den Körper. Betti war missbraucht worden. Das hatte er Wehmeier nie zugetraut. Was , wenn er es doch getan hatte? Aus Schande, aus Scham, aus Angst, Betti würde sich jemandem anvertrauen?

Das passte aber weder zu seinem Kinderwunsch noch zu einem Neidmotiv.

»… schon seltsam, dass sich die Exfrau von Wehmeier um Fabian gekümmert hat. Das passt gar nicht zu ihr«, sagte Bräuer.

Die Worte rissen Frommelt aus seinen konfusen Gedanken.

»Kilian, bist du bei uns?«

»Ja. Wiederhol doch bitte noch mal, was du eben gesagt hast.«

Bräuer ließ ihn mit einer Handbewegung wissen, dass er jetzt die Oberhand hatte. Sollte er. Das war seine geringste Sorge.

»Du hast vorhin am Telefon gesagt, dass Simone Sebald dir erzählt hat, sie hätte gehofft, dass Fabian ihr eines Tages die Wahrheit erzählen würde und dass er der einzige Kontakt zu Wehmeier gewesen sei.«

»Schon seltsam, nicht wahr?«, sagte Hannah. »Wehmeier saß ja nun nicht unbedingt im Hochsicherheitstrakt und hätte durchaus jederzeit Besuch empfangen dürfen. Und vor ihrem Mann, Martin Sebald, brauchte sie das auch nicht zu verheimlichen. Wie sie sagte, hatte der durchaus Verständnis für ihre Lage. Ich frage mich, weshalb sie solch ein Geheimnis darum macht und statt ihres Ex-Mannes heimlich Fabian besucht?«

»Sie hat mir gesagt, sie hätte Richard Wehmeier gegenüber ein schlechtes Gewissen gehabt, weil sie ihn nicht im Gefängnis besucht hat. Sie sei es ihm schuldig gewesen«, sagte Frommelt.

»Schuldig gewesen? Seltsam. Stattdessen kümmert sie sich um Fabian. Da steckt mehr dahinter. Ist nur ein Gefühl, aber das ist mir alles viel zu merkwürdig«, sagte Bräuer.

»Merkwürdig, ja. Was wäre, wenn es andersherum einen Sinn ergibt? Hatte Simone Sebald vielleicht Kontakt zu Fabian, weil sie sicherstellen wollte, dass der Junge nicht redet?«, gab Hannah zu bedenken.

»Du meinst, Fabian weiß, dass Simone Sebald Betti getötet hat? Hat er sie an jenem Abend in der Wohnung gesehen? Und jetzt setzt sie ihn unter Druck?«, fragte Bräuer nach.

»Den Schlüssel hätte sie sich ohne Weiteres nachmachen lassen können. Wehmeier besaß einen«, sagte Hannah.

Die Tür öffnete sich und ein schlaksiger junger Mann mit Nickelbrille, den Frommelt aus der technischen Abteilung kannte, dessen Namen er aber nicht wusste, kam herein. Er nickte kurz zur Begrüßung, steuerte auf Frommelt zu und drückte ihm einige Zettel in die Hand. »Soll ich hier abgeben. Sie sind doch Hauptkommissar Frommelt, oder?«

Frommelt bestätigte, nahm ihm die Zettel ab und der junge Mann verschwand wieder. Nachdem er einen flüchtigen Blick darauf geworfen hatte, sagte Frommelt: »Der Wagen von Simone Sebald wurde so gründlich gereinigt, dass absolut keine Spuren mehr vorhanden waren. Weder von einem Tier noch von einem Menschen.«

»Mist.« Das kam von Bräuer.

Frommelt war klar, er musste unbedingt noch einmal mit Wehmeier sprechen. Nur er konnte wissen, wo Simone Sebald an jenem Abend gewesen war. »Mir fällt gerade etwas ein«, sagte er. »Als ich das erste Mal bei Simone Sebald war, klingelte das Telefon. Ich hab nicht wirklich darauf geachtet, was sie sagte, das war nur ein sonderbares Gefühl, als ob irgendetwas nicht stimmen würde. Jetzt, im Nachhinein, ergibt das einen Sinn.«

»Kannst du dich an etwas Bestimmtes erinnern?«

»Nicht wirklich. Es war vielmehr ihre Reaktion. Als ob sie Angst hätte. Sie redete betont ruhig, als ob sie jemanden davon überzeugen wolle, dass alles in Ordnung ist. Nein, sie sagte wörtlich: Ich werde das in Ordnung bringen.«

»Das heißt für mich: Ich hab Lisa umgebracht, damit Wehmeier wieder ins Gefängnis kommt. Und wenn das nicht klappt, dann werde ich ihn selbst beseitigen«, sagte Bräuer.

»Das sind Vermutungen. Denen dürfen wir uns nicht hingeben. Wir müssen uns hier an die Fakten halten, sonst verrennen wir uns«, sagte Frommelt.

»Wir sollten uns die Auflistung ihrer Telefonate besorgen«, sagte Hannah.

»Dafür brauchen wir Hausmanns Genehmigung«, sagte Bräuer.

Frommelt stand auf. »Bin gleich wieder da.« Bevor er die Tür hinter sich schloss, hatte er das Handy bereits in der Hand und tippte schnell eine Nummer ein.

Als er zurückkam, sahen ihn Hannah und Bräuer erwartungsvoll an. Er schmunzelte zufrieden. »Die Liste mit den Telefongesprächen von Sebalds Anschluss bekommen wir morgen.« Er verschwieg, dass er eben eine Verabredung mit Valerie Mattern, Hausmanns Sekretärin, getroffen hatte. Er hatte das Gefühl, sich ein bisschen an Maren gerächt zu haben.

»Alle Achtung«, sagte Hannah.

»Was haben wir noch?«, fragte Frommelt schnell, um von seinem Telefonat abzulenken. »Bräuer, was hast du mit den Fotos erreicht?«

»Rene und Peter Neuhaus sagen übereinstimmend, dass es nicht Fabian war, den sie gesehen haben. Der Mann war älter. Sagt jedenfalls Neuhaus. Rene ist ja nun …«

»Ich glaube, du könntest ihm Bilder vom Weihnachtsmann oder seiner Mutter vorlegen und er wüsste nichts damit anzufangen. Der Mann sagte etwas von Höschen, das muss enorme Schuldgefühle in dem Bengel ausgelöst haben«, sagte Frommelt.

»Oder er war scharf wie Nachbars Lumpi«, warf Bräuer ein.

»Roland, bitte«, tadelte ihn Hannah. »Ich hab das Gefühl, als hätten die Schrader vom Jugendamt und seine Mutter den Jungen entsprechend geimpft, dass er nichts sagen muss«, fügte sie hinzu.

Bräuer ließ sich nicht beirren. »Dann hab ich noch einmal Sargens' Nachbarin, dieser Frau Spatzek, Fabians Foto gezeigt. Sie meinte, er könnte es gewesen sein, und auch das Phantombild zeigt ja eine gewisse Ähnlichkeit mit ihm. Sie gab allerdings zu, dass dieser Mann zu weit weg gewesen ist und sie ins Haus gegangen ist, weil das Telefon klingelte.«

»Okay. Haben wir alles?«

»Über eines bin ich mir noch nicht so ganz im Klaren«, sagte Bräuer. »Sargens kauft eine Wohnung für seine Tochter, zu der er keinen Kontakt hatte, weil er sie, wie Carola Brandes ausgesagt hat, für eine Nutte hielt.«

»Um seine Schuld wieder gutzumachen.«

»Welche Schuld?«

»Vielleicht, weil er sich nicht um seine Familie gekümmert hat und sie in sehr ärmlichen Verhältnissen leben musste?«

»Vielleicht hatte er mehr damit zu tun, als wir ahnen.«

»Er hatte einen verletzten Fuß und hat ausgesagt, dass er nicht in der Wohnung gewesen ist.«

»Und das wurde überprüft?«

»An dem Tag, als Bettis Leiche gefunden wurde, haben wir ihn natürlich auch befragt. Er kam zu uns ins Büro und humpelte stark. Er gab an, am Vormittag im Krankenhaus gewesen zu sein, um sich den Fuß röntgen zu lassen. Das ging aus den Krankenhausakten hervor und reichte uns als Alibi.«

»Machen wir Feierabend.«

»Gut. Alles weitere morgen früh, bei der Morgenbesprechung. Vielleicht fällt uns ja über Nacht etwas ein, was uns weiterbringt.« Frommelt stand auf. Er hatte sein Vorhaben, mit Richard Wehmeier zu sprechen, noch nicht verworfen.

»Dann fahr ich wieder zu Carola Brandes. Ich denke, sie braucht mich heute Nacht. Ich hab das Gefühl, sie hat mir noch einiges zu erzählen.«

»Danke, Hannah. Gute Nacht. Wir sehen uns morgen.«

Er konnte nicht schlafen. Seine Gedanken wirbelten im Kreis. Es war wie damals, bei Silvia. Simone hatte ihn verstoßen und er war ins nächstbeste Bett geflüchtet. Die Sehnsucht nach Liebe und Geborgenheit war größer gewesen als die Vernunft. Aber Silvia hatte er geliebt, während er Monika nur dankbar war. Das war ein Unterschied. Sie machte sich Hoffnungen, das spürte er, und genau das konnte er nicht ertragen. Sie tat ihm leid. Aber aus Mitleid konnte er nicht bleiben.

Leise stand Wehmeier auf, setzte sich ins Wohnzimmer und schaltete den Fernseher ein. Irgendwie musste er sich ablenken. Es liefen Nachrichten. Sie hatten den Mörder der kleinen Lisa noch immer nicht gefunden. Dann kam das Foto, auf das er gewartet hatte. Sein eigenes. Fast musste er lachen. Mit so viel Berühmtheit hatte er nicht gerechnet.

Dann kam ein Foto von Lisa. Bildschirmfüllend. Wie ein Blitz durchzuckte es ihn. Plötzlich war es klar. Alles fügte sich zusammen. Er stand auf, zog die zerknüllte Zeitung aus der Innentasche seiner Jacke und hielt die beiden Fotos, die er bei Sargens mitgenommen hatte, daneben. Eindeutig.

Die Fotos, von denen er geglaubt hatte, sie würden Betti zeigen, zeigten Lisa. Und nun erkannte er es auch. Die schemenhaften Umrisse des Gartens, den er mit eigenen Augen gesehen hatte, eine Ecke der bunten Kinderdecke. Warum hatte Gustav Sargens ein Foto von Lisa Brandes bei sich zu Hause?

Aus Sentimentalität, weil sie Betti so ähnlich sah? Eine Eigenschaft, die er mit Sargens nicht in Verbindung bringen konnte. Und doch: Es gab keine anderen Familienfotos bei ihm zu Hause. Nicht von Silvia, nicht von Melissa oder Fabian und, wie er jetzt wusste, auch nicht von Betti. Als ob sie nie existiert hätten. Woher kannte Sargens die Familie der kleinen Lisa?

Der Alte hatte kein gutes Verhältnis zu Silvia gehabt, doch er konnte sich daran erinnern, dass er den Kindern, besonders Fabian und Betti, sehr zugetan gewesen war. Silvia hatte er immer nur Vorwürfe gemacht.

Er selbst hatte Sargens nur zwei- oder dreimal gesehen und einen sehr unangenehmen Eindruck von ihm gehabt. Schmierig war das Wort, das ihm spontan zu ihm einfiel. Acht Jahre waren vergangen. Sollte der alte Zausel mittlerweile melancholisch geworden sein? Er stand auf, zog seine Jacke an und verließ die Wohnung.

Frommelt fuhr nach nach Hause. Für heute war es genug, in seinem Kopf hatte sich ein Druck aufgebaut, der sich nur durch seinen Kumpel Jack Daniels lindern ließ. Er spürte die Anspannung der vergangenen Tage in den Knochen, in jedem Muskel. Er stellte sich vor, wie Maren neben der Dumpfbacke in der Oper saß und seine Lieblingsmusik hörte. Eine nicht gekannte Wut stellte sich ein. Doch er hatte einen Fall zu lösen. Also konzentrierte er seine Gedanken wieder auf diesen Punkt. Er musste noch einmal mit Wehmeier sprechen, aber nicht heute Nacht. Und wo sollte er nach ihm suchen?

Wusste Simone Sebald, dass Wehmeier sich an Betti vergangen hatte? War es deswegen zum Eklat gekommen? Hatte sie Betti getötet, um ihre gesellschaftliche Stellung zu wahren? Um ihren guten Ruf zu schützen? Er war sich nicht sicher, welche Rolle Simone Sebald in diesem Fall spielte. Diese Frau war aalglatt, aber er würde sie packen.

Wenn er nur noch einmal mit Wehmeier sprechen könnte. Doch dabei musste er sehr besonnen vorgehen, sonst war er seinen Job los. War das wichtig? Im Grunde konnte er nicht einmal sagen, ob er ihn überhaupt behalten wollte. Die vergangenen Tage, und Frommelt befürchtete, dass das es in den Wochen und Monaten davor nicht anders gewesen war, hatte er nur funktioniert, nicht agiert. Ich fange an zu spinnen, dachte er.

Zu Hause ging er in die Küche, öffnete den Kühlschrank und schloss die Tür mit angewidertem Gesicht. Er hatte keinen Appetit, aber vielleicht konnte ihm Jack Daniels etwas auf die Sprünge helfen. Im Wohnzimmer fand er nur eine leere Flasche. Auch dieser Freund hatte ihn verlassen. Eine Flasche Rotwein war noch da. Die stand noch von der Pleite mit Hannah im Schrank. Die eiserne Reserve für Notfälle. Heute war solch ein Notfall, beschloss er.

Er hatte schon viele Fälle bearbeitet, doch dieser war anders. Es ging es um Richard Wehmeier. Wie hätte er selbst an Richards Stelle gehandelt? Auch er hätte alles unternommen, um seine Unschuld zu beweisen. Unter diesem Gesichtspunkt war alles, was Richard in den vergangenen Tagen unternommen hatte, logisch. Aber wie sollte er das Hausmann erklären? Er nahm einen großen Schluck und ging mit dem Glas in der Hand hinaus auf die Terrasse. Es war eine herrliche, laue Nacht. Die Luft fühlte sich an wie Federn auf der Haut. Er lehnte den Kopf zurück und sah in den dunklen Himmel. Keine Wolken, nur ein Sichelmond und Finsternis. So liebte er es.

Fühlte er sich schuldig, weil er damals nicht alles drangesetzt hatte, um Richard Wehmeier zu helfen? Wollte er jetzt nur sein schlechtes Gewissen beruhigen? Um wen ging es ihm? Um Richard oder um ihn selbst? Allzu lange konnte Richard sich nicht mehr verstecken. Und wieder hätte er nicht alles für den Freund, und als solchen sah er Richard Wehmeier, getan.

Es knackte im Gebüsch. Nur leise war das Geräusch zu hören gewesen. Vermutlich ein Igel oder eine streunende Katze. Er hielt das Glas gegen das schwache Licht des Mondes. Leer. Im Haus lag auch noch eine Packung Zigaretten. Die hatte Hannah bei ihrem überstürzten Aufbruch vergessen. Er rauchte seit Marens Schwangerschaft vor vielen Jahren nicht mehr. Hin und wieder, bei Feiern, schnorrte er sich eine oder wenn er unter großer Anspannung stand. So wie jetzt.

Mit der brennenden Zigarette und einem vollen Glas ging er auf die Terrasse zurück. Wie friedlich die Welt doch sein konnte, dachte er und sah den Qualmkringeln hinterher. Am Tage, wenn er seiner Arbeit nachging, war davon nichts zu spüren. Er genoss die Stille und die Einsamkeit und hoffte, es würde ewig andauern.

Wieder dieses leise Knacken. Dazu ein Scharren, eher ein Schaben, wie von Füßen auf unebenem Untergrund.

Er begann zu zittern. Dieser Fall strapazierte seine Nerven. Seine Waffe lag, vorschriftsmäßig eingeschlossen, im Schlafzimmer. Sollte er sie holen? Hatte es jemand auf ihn abgesehen? Er gab einen heiseren Ton von sich. Was würde Hausmann wohl morgen sagen, wenn er nachts in seinem Garten herumballerte und streunende Katzen erschoss? Er war nervös. Das konnte er sich nicht erlauben. Er nahm einen tiefen Zug.

Dann sah er ihn.

Wehmeier kam näher. Frommelt hielt ihm zur Begrüßung das Päckchen Zigaretten hin und wartete, bis sich sein Gast gesetzt hatte. Als sich Wehmeier vorbeugte, sah er die Beule.

Wehmeier erzählte ihm, dass er die Wohnung und Fabian gefunden hatte und auf dem Rückweg niedergeschlagen worden war.

Frommelt war sauer: »Du verdammtes Arschloch, warum bist du nicht zu mir gekommen?«

»Du stehst auf der falschen Seite.«

»Ich? Da verwechselst du was. Ich bin die Polizei, die steht immer auf der richtigen Seite. Ich bin der Gute. Warum bist du hier?«

»Es hat mir keine Ruhe gelassen. Meinst du, dass Simone dahinter stecken könnte?«

Frommelt spürte, wie Wehmeier litt. Dieser Gedanke musste ihn von innen her auffressen. »Ich weiß es nicht. Wirklich Richard, wir müssen allen Spuren nachgehen und im Moment haben wir eine Menge Informationen, die aber alle nicht zusammenpassen wollen. Was weißt du?«

Wehmeier zog die Schultern hoch. Dann holte er die Fotos und das Adressbuch aus der Jackentasche und reichte sie Frommelt. »Das wollte ich dir noch geben.«

»Stammt das aus Sargens' Haus? Hast du nicht gesagt, dass auf den Fotos Betti zu sehen ist? Aber das hier ist Lisa Brandes, Sargens' Urenkelin.«

»Wer?«

»Lisa Brandes.«

»Ja. Nein. Das meine ich doch gar nicht. Wieso ist Sargens ihr Urgroßvater?«

»Weil Carola Brandes Melissa Hein ist. Seine Enkelin.«

Wehmeier schwieg einen Augenblick, dann nickte er.

»Wir haben Fabian ebenfalls gefunden. Und etwas solltest du noch wissen. Simone hatte in der ganzen Zeit Kontakt zu Silvia und bis heute Kontakt zu Carola und Fabian.«

Wehmeier reagiert nicht auf diese Neuigkeit.

»Richard, kannst du mir sagen, wann Simone von deinem Verhältnis mit Silvia erfahren hat?«

»Sie hat Silvia angerufen.«

»Simone?«

»Und sie war wohl nicht sehr nett. Silvia hat es mir, kurz bevor Betti ermordet wurde, erzählt. Wir hatten einen heftigen Streit deswegen, weil ich es nicht glauben konnte.«

»Wann bist du aus Silvias Wohnung weggegangen?«

»Während Silvia geduscht hat. Das hab ich doch immer gesagt.«

Eine drückende Pause entstand.

»Ich bin aber noch mal dort gewesen«, flüsterte Wehmeier.

»Was bist du?« Frommelt traute seinen Ohren kaum.

»Ich hatte meinen Haustürschlüssel vergessen und Simone war nicht zu Hause. Ich dachte, ich hätte ihn bei Silvia vergessen.«

»Und Betti?«

»Weiß ich nicht. Ehrlich. Ich war nicht mehr in ihrem Zimmer. Ich dachte, sie schläft und wollte sie nicht wecken. Das konnte ich doch damals, während der Verhandlung, nicht sagen. Ich meine, sie haben mir doch sowieso nicht geglaubt!«

Erwartet er nun ernsthaft, dass ich ihm glaube, überlegte Frommelt. Um seine Zweifel nicht zu offensichtlich zu machen, fragte er: »Richard, ganz ehrlich, könnte Simone die Mädchen getötet haben?«

Wehmeier sah Frommelt an, stand auf und verschwand in der Dunkelheit. Frommelt fielen keine Worte ein, um ihn aufzuhalten.

Monika lag mit geschlossenen Augen im Bett. Sie hatte gehört, dass Richard aufgestanden war und die Wohnung verlassen hatte. Das war ihr egal. Er hatte mit ihr geschlafen. Wie lange war das schon her gewesen, dass sie solche Gefühle gehabt hatte.

Sie würde alles dafür tun, dass er bei ihr blieb.

Siebter Tag

Kriminalhauptkommissar Kilian Frommelt wachte schweißgebadet noch vor dem Klingeln des Weckers auf. Sechs Uhr dreiundvierzig. Zweimal hatte er Wehmeier laufen lassen. Sollte ihn das beunruhigen? Müde fuhr er sich über die Augen, ehe er ins Bad ging.

Auch das prasselnde, heiße Wasser der Dusche konnte seine wirren Gedanken nicht ordnen. Er zog sich an. Als er bei den Socken angelangt war, fielen ihm Wehmeiers nackte Fesseln wieder ein. Ein sonderbarer Anblick. Gestern Nacht hatte er Socken angehabt. Seltsam, dass er auf solche Kleinigkeiten geachtet hatte. Woher hatte Wehmeier die Socken?

Er schüttelte sich und versuchte, sich zu konzentrieren.

Während der Fahrt zur Polizeiinspektion konnte er kaum die Augen offenhalten. Lustlos schlenderte er über den Flur zu seinem Büro.

»Herr Frommelt, zu Ihnen wollte ich gerade.«

Er sprang zur Seite.

»Entschuldigung, ich wollte Sie nicht erschrecken. Sie sind mit Ihren Gedanken sicher bei dem Fall«, sagte Hausmann und sah ihn spöttisch an.

»Ja. Nein. Sicher.« Frommelt ging weiter. Hausmann folgte ihm auf dem Fuße. Es nützte alles nichts, er war sein Chef und wollte Ergebnisse. Also erzählte er ihm, dass Wehmeier angefahren worden war und er ihn danach aus den Augen verloren hatte. Das konnte er ohne schlechtes Gewissen zugeben und Hausmann hatte etwas, um darüber nachzudenken. Vielleicht ließ er ihn dann ja in Ruhe arbeiten. »Die Technik hat an Simone Sebalds Wagen nichts feststellen können. Der Wagen wurde professionell gereinigt. Außerdem hatte sie Kontakt zu Melissa und Fabian Hein. Und sie hat für beide Morde kein Alibi. Wir sollten sie als Täterin auf gar keinen Fall außer Acht lassen. Im Fall Betti Hein liegt das Motiv ganz klar auf der Hand: Eifersucht.«

Hausmann überlegte, bevor er unvermittelt lospolterte: »Herr Frommelt, ich habe Ihnen schon mehr als einmal gesagt, dass Sie Simone Sebald in Ruhe lassen sollen! Sie haben ja eben selbst gesagt, dass an ihrem Wagen keinerlei Spuren feststellbar sind. Wollen Sie etwa die ganze Familie in den Dreck ziehen? Frau Sebald und auch die Eltern sind angesehene Bürger dieser Stadt!«

Daraufhin wusste Frommelt nichts zu antworten. Er ließ Hausmann auf dem Flur stehen, ging in sein Büro und knallte ihm die Tür vor der Nase zu. Brechen hätte ich sie ihm sollen, dachte er. Nicht nur die Nase.

Hannah war bereits da. Sie sah aus, als hätte sie die ganze Nacht nicht geschlafen. Er sah sie verlegen an. Sie brummelte etwas, stand auf und ging an ihm vorbei zur Tür hinaus. Kurz darauf kam sie mit zwei Bechern Kaffee zurück. Er nickte dankbar, wagte aber nicht, sie direkt anzusprechen. Hannah drückte ihm einen der Becher in die Hand und trank ihren Kaffee rasch aus. Erst als sie den leeren Becher fortwarf, sagte er: »Wir haben hier eine eigene Kaffeemaschine.«

Sie nickte. »Hätte zu lange gedauert. Du willst doch bestimmt wissen, welche Dampfwalze an meinem desolaten Zustand schuld ist?«

»Besser hätte ich es nicht ausdrücken können.« Sie grinsten sich an.

»Ich hab die Nacht bei Carola Brandes auf dem Sofa verbracht.«

»Warum? War ihr Mann nicht da?«

»Doch, aber ich hatte so ein Gefühl. Und das hat mich nicht getrogen. Erst ist sie ins Bett gegangen, kam dann aber wieder runter ins Wohnzimmer. Ich denke, sie hat gewartet, bis ihr Mann eingeschlafen war. Wir haben eine Flasche Wein geöffnet, dann hat sie erzählt.«

»Und das war glaubhaft?«

»Weißt du was, mein Lieber, wenn du das nächste Mal eine Aussage brauchst, dann kannst du dein billiges Rotweingesöff mitnehmen und selbst dorthin fahren. Ich möchte mal sehen, wie du dann aussiehst. Im Übrigen …« Sie grinste noch breiter. Frommelt hob abwehrend die Hand. Es tat ihm gut, mit Hannah zusammenzuarbeiten. Mit einem Satz konnte sie aufgestaute Spannungen lösen.

»Was hat sie gesagt?«

»Das ist schwer zu sagen.«

»Rotweingeschädigt?«

»Blödmann. Außerdem war es Grauer Burgunder. Das ist ein Weißwein. Echt lecker. Das Problem war, sie hat mehr geweint als geredet. Und das wenige, dass sie gesagt hat, musste ich mir mühevoll zusammenreimen. Es ging in erster Linie um Lisa. Wie sie war und was sie so alles angestellt hat. Manchmal hatte ich aber den Eindruck, sie spräche von jemand anderem. Ich bin daraus nicht immer schlau geworden. Um die Sache auf den Punkt zu bringen, viel Informationen habe ich nicht, aber das Gefühl, dass da mehr dahintersteckt, über das sie nicht reden kann.«

»Du meinst, sie weiß mehr, als sie sagen kann.«

Hannah nickte. »Ich fahr gleich wieder hin. Weißt du, was mich die ganze Zeit beunruhigt hat? Dass Carola Brandes die ganze Zeit so ruhig reagiert hat, obwohl ihre Tochter umgebracht worden ist. Ich hab gestern Abend noch mit Sarah telefoniert und die meinte, dass das bei manchen Menschen gar nicht so ungewöhnlich ist. Der Schock sitze so tief, dass man den Eindruck haben könnte, die Sache mache ihnen nichts aus. Der Körper reagiert automatisch, um die Seele zu schützen. Und sie meinte noch, dass sich der Schock nach einer gewissen Zeit wieder lösen würde. Und dann würde sie reden. Ich bin jetzt auch nur hier, weil ich mir einige Unterlagen holen wollte. Vielleicht finde ich in den Aussagen einen Anhaltspunkt.«

»Ja, tu das. Dann werde ich mich noch einmal mit Simone Sebald unterhalten. Obwohl mir Hausmann schon wieder im Nacken sitzt. Ich solle diese *ehrenwerte* Familie in Ruhe lassen, sagt er.«

»Na, dann viel Spaß.« Hannah nahm ihre Sachen und ging hinaus.

»Wo ist eigentlich Bräuer?«, rief Frommelt ihr hinterher.

»Das hätte ich fast vergessen. Der hat vorhin angerufen, sein Bengel ist noch immer nicht gesund und er hat wohl schon wieder eine schlaflose Nacht hinter sich. Er sagte, er würde etwas später kommen.« Sie war zur Tür zurückgekommen.

»Gut, soll er. Wir brauchen hier eh nur ausgeschlafene Mitarbeiter«, sagte Frommelt mit einem zweideutigen Blick zu Hannah.

»Vielen Dank auch, werter Herr Kollege. Ach ja, die Telefonliste von Simone Sebalds Festnetzanschluss ist da. Liegt auf deinem Tisch, ich bin aber noch nicht dazu gekommen, sie zu überprüfen«, sagte sie und verschwand.

Frommelt musste sich zusammenreißen. Das Treffen mit Wehmeier gestern Abend, zuvor Maren in diesem zauberhaften Kleid, es waren einfach zu viele Emotionen, die an seinen Kräften zehrten. Er bemühte sich, sich auf seinen Verstand zu konzentrieren. Dann gab er sich einen Ruck und nahm die Unterlagen auf seinem Tisch zur Hand.

Punkt elf Uhr stand Wehmeier vor dem *Paula's*. Was er herausgefunden hatte, verwirrte ihn. Er brauchte einen ruhigen Ort, an dem er nachdenken konnte. Und einen Menschen, dem er vertraute. Birgit.

Sie stellte ein Glas mit bernsteinfarbener Flüssigkeit vor ihm ab und wandte sie sich den anderen Gästen zu, was ihm nur recht war.

Das Gespräch gestern Nacht in Frommelts Garten bedrückte ihn. Auch Kilian verdächtigte Simone. Dabei wusste Frommelt genau, wie sehr er Simone noch liebte. Für ihn würden sie immer verheiratet bleiben, daran änderten auch das Scheidungsurteil und der neue Mann nichts. Er war verletzt, traurig, enttäuscht und wütend.

Wollte Simone ihn wirklich endgültig loswerden, damit sie Ruhe vor ihm hatte? War sie für die Anschläge auf ihn verantwortlich? Hatte sie nur mit ihm geschlafen, um an Informationen zu kommen? Er könnte zu Monika gehen und für immer bei ihr bleiben. Simone würde im Gefängnis landen. Doch er liebte Monika nicht und würde es auch nie.

Etwas war ihm jetzt klar. Seit er aus dem Gefängnis gekommen war, hatte er nur eins gewollt: Simone. Er wollte sie glücklich sehen und ihr alle Wünsche erfüllen. Dabei sollte es bleiben.

Die Telefonliste lag oben auf Frommelts Unterlagen. Er gab Nummer für Nummer in den Computer ein, verglich und hakte die erledigten ab. Bis er zu dem Tag kam, an dem er bei Simione Sebald gewesen war. Sie hatte zwei Telefonate geführt. Zunächst hatte sie ihren Frisör angerufen, beim zweiten Gespräch war sie angerufen worden. Frommelt tippte die Nummer ein. Und staunte nicht schlecht. Dann telefonierte er mehrmals, bis er den richtigen Gesprächspartner erreicht hatte. Bingo. Hatte sein Gefühl ihn doch nicht getäuscht. Simone Sebald konnte sich ihr rührseliges Gesülze sonst wohin stecken. Und Hausmann gleich dazu.

Augenblicklich machte er sich auf den Weg, um Simone Sebald abzuholen. Sie hatte ihm einiges zu erklären.

Wehmeier drückte die Schwingtür auf. Der diensthabende Beamte hinter der Glasscheibe sah ihn gelangweilt an. Wehmeier brachte sein Anliegen vor und der Uniformierte griff zum Telefon. Dann schüttelte er den Kopf, ging an die kleine Öffnung und erklärte Wehmeier, dass Kriminalhauptkommissar Kilian Frommelt nicht im Hause sei. Wehmeier spürte die Zugluft im Rücken und drehte sich um. Er hörte den Beamten sagen: »Herr Bräuer, hier ist jemand für den Kollegen Frommelt. Vielleicht können Sie das erledigen.«

Bräuer erkannte Wehmeier sofort. Den Triumpf, Wehmeier geschnappt zu haben, wollte er sich auf gar keinen Fall entgehen lassen.

Simone saß Frommelt kerzengerade gegenüber.

»Frau Sebald, Sie haben mich belogen«, begann er. »Sie haben für beide Taten kein Alibi. Am Todestag von Lisa Brandes waren Sie angeblich allein zu Hause.«

»Ich habe öfter Migräneattacken. Ich sagte bereits, dass ich mich sofort ins Bett gelegt habe.«

»Das kann aber niemand bezeugen.«

»Nein, wozu auch?«

»Ich stelle die Fragen und Sie beantworten sie. Das Treffen des Kulturvereins, bei dem Sie damals gewesen sein wollen, wurde an jenem Abend kurzfristig abgesagt. Zum Glück verwahrt der Verein die Sitzungsprotokolle auf. Und Ihr Ex-Mann hat ausgesagt, er hätte seinen Schlüssel vergessen, sei zu Hause gewesen, aber Sie seien nicht dort gewesen.«

»Woher? … Haben Sie ihn gefunden?« Sie wurde bleich.

»Frau Sebald, Sie stehen unter Verdacht, Lisa Brandes und Betti Hein getötet zu haben. Sie haben eine Beule in Ihrem Wagen. Wollten Sie Richard Wehmeier umbringen? Ich habe gesehen, wie er angefahren wurde.«

»Dann haben Sie sicher auch gesehen, dass ich es nicht war. Und warum sollte ich das überhaupt tun?«

»Frau Sebald, weiß Ihr Ex-Mann, dass Sie Betti getötet haben? Schützt er Sie? War er deshalb acht Jahre unschuldig im Gefängnis? Sie haben ihm verschwiegen, dass Sie wieder geheiratet haben. Sie haben ihn gesprochen und ihn bei sich übernachten lassen.«

»Wer sagt das?«

»Noch einmal, ich stelle hier die Fragen. Ist es Ihnen recht, wenn wir Ihren Mann, ich meine Martin Sebald, dazu befragen? Sie haben uns mehr als einmal angelogen. Weshalb sollte ich Ihnen auch nur ein einziges Wort glauben?«

Sie sah ihn an, reagierte aber nicht. Sie ist eiskalt, dachte Frommelt. Eiskalt und abgebrüht. Mein erster Eindruck hat mich nicht getrogen.

»Sie haben mir gestern erzählt, dass Sie erst nach dem Prozess Kontakt zu Silvia Hein aufgenommen hätten. Aber auch das stimmt nicht, Frau Sebald.«

Seine Frage schien ihr egal zu sein. Sie saß steif auf ihrem Stuhl, scheinbar gelassen ließ sie die Fragen über sich ergehen, sie schienen regelrecht an ihr abzuprallen.

»Haben Sie Ihren Ex-Mann angerufen und zu Carola Brandes gelockt?«

Noch immer zeigte sie keinerlei Regung.

Frommelt fuhr fort: »Hatten Sie einen Schlüssel für Silvia Heins Wohnung? Ihr damaliger Mann besaß einen und es wäre ein Leichtes für Sie gewesen, den nachzumachen. Wusste Richard Wehmeier davon? Hat er Sie geschützt und ist für Sie ins Gefängnis gegangen?«

Nun lächelte sie spöttisch, schwieg aber weiterhin.

»Und als er vor wenigen Wochen entlassen wurde, mussten Sie befürchten, dass er die Wahrheit ans Licht bringt. Dann wären Ihre Ehe mit Martin Sebald und Ihre gesellschaftliche Stellung in Gefahr gewesen. Deshalb mussten Sie handeln.« Wieder wartete er auf eine Reaktion. Doch es kam nichts. Simone Sebald saß weiterhin starr da, so als würde sie das alles gar nichts angehen. Die Hände im Schoß gefaltet, die Knie geschlossen. Die Unschuld vom Lande, dachte Frommelt. Wenn ich es nicht besser wüsste, könnte man sie glatt für ein braves, unschuldiges Mädchen halten.

»Frau Sebald?«

Endlich machte sie den Mund auf und betonte jede einzelne Silbe: »Was nehmen Sie sich eigentlich heraus, Herr Frommelt? Was reden Sie für ein dummes Zeug? Mein Anwalt wird gleich hier sein, bis dahin sage ich kein einziges Wort mehr.«

»Gut. Dann erklärt mir Ihr Anwalt sicher auch, warum einen Tag nach Lisa Brandes' Tod Gustav Sargens bei Ihnen angerufen hat.«

Ehe Simone Sebald antworten konnte, ging die Tür auf und Hausmann beorderte Frommelt mit zornigem Gesicht nach draußen. »Frommelt, was fällt Ihnen eigentlich ein? Sie haben die klare Anweisung, Frau Sebald in Ruhe zu lassen«, fuhr Hausmann ihn an.

»Ich sammle nur Fakten«, sagte Frommelt ruhig und ließ seinen Chef stehen.

***

Fabian drückte zwei Tabletten aus der Packung und warf sie in den Mund. Ohne Wasser würgte er sie hinunter.

Er verstand nicht, was gerade passiert war. Kurz nachdem die nette Frau, er wusste nicht mehr, wie sie hieß – Sina, Sonja – irgendwas mit S, gegangen war, war Melissa zu ihm gekommen. Sie hatten sich unterhalten. Nein, Melissa hatte geredet und geredet und er hatte nicht gewusst, was er ihr antworten sollte. Fragen über Fragen und ihre Worte kreisten immer noch in seinem Kopf umher wie Fliegen. Sie summten und brummten und ließen keinen klaren Gedanken zu. Deshalb brauchte er seine Tabletten.

Melissa hatte ihm neue mitgebracht. Viele. Sie sagte, sie würden sich eine Zeit lang nicht sehen, und das hatte ihn traurig gemacht.

Sie hatte ihn gefragt, warum er zu ihrem Haus gekommen war, obwohl sie es ihm doch verboten hatte. Und ob er etwas gesehen hatte an diesem Tag. Er hatte nur genickt oder den Kopf geschüttelt und ihr angesehen, dass sie damit nicht zufrieden war.

Zum Schluss meinte sie, es würde jemand kommen, der sich um ihn kümmerte, wenn sie nicht da war. Er hoffte, dass es diese nette Frau mit dem S vorneweg war, die so lieb mit ihm geredet hatte. Dann war Melissa gegangen. Traurig hatte sie ausgesehen.

Die Tabletten wirkten bereits. Sie machten ihn müde im Körper, doch sein Verstand arbeitete viel klarer. Das brauchte er jetzt. Er musste wissen, warum Melissa das alles gesagt hatte. Obwohl sie doch beide alles vergessen wollten.

Das waren vor langer Zeit ihre Worte gewesen. Alles vergessen. Nur sie beide waren wichtig. Und nun ging sie fort. Ließ ihn allein. Der Einzige, der ihm jetzt noch helfen konnte, war Richard. Er musste mit ihm sprechen.

***

Frommelt war noch immer sauer auf Hausmann. Konnte er ihn nicht einfach seine Arbeit machen lassen? Sobald eine Spur zu Simone Sebald führte, mischte sich diese Dumpfbacke ein. Nervös trommelte er mit den Fingern auf die Schreibtischplatte. Kurz darauf kam Hannah.

»Ich hab Neuigkeiten«, erzählte sie. Er sah kaum hoch. »Carola Brandes ist auch missbraucht worden, genau wie Betti.« Das war allerdings eine Neuigkeit, die er so nicht erwartet hatte. Langsam stand er auf, vielleicht brachte etwas Bewegung seinen maroden Geist wieder in Fahrt.

»Hat sie gesagt, von wem?«

Hannah schüttelte den Kopf. »Nein, aber Fabian wusste davon. Sie hat nur *er* gesagt. Ich hab nachgefragt, da fing sie noch mehr an zu heulen, und ab da war kein vernünftiges Wort mehr aus ihr rauszukriegen.«

»Warum bist du nicht bei ihr geblieben?«, fragte Frommelt und wanderte durch den Raum.

»Sarah ist noch dort. Ich habe sie sofort angerufen. Sie meinte, sie könne Fabian für kurze Zeit allein lassen. Sarah ist für solche Situationen ausgebildet. Ich nicht. Ich hatte das Gefühl, ich störe nur.«

»Was meinst du?«

»Könnte Wehmeier gewesen sein. Aber auch jemand anderer.«

»Also sind wir so schlau wie vorher.«

»Du sagst es.«

»Sollten wir vielleicht Carola Brandes und Fabian miteinander sprechen lassen? Ich meine, allein?«

Bevor Frommelt antworten konnte, kam Bräuer dazu. Er überraschte ihn ebenfalls mit einer Neuigkeit. »Du hast Besuch, Kilian. Was meinst du wohl, wer das sein könnte?«

»Tut mir leid, Roland, aber zu Ratespielchen bin ich absolut nicht aufgelegt«, antwortete Frommelt schärfer als beabsichtigt. Bräuer machte eine betont lange Pause, damit seine Worte nachwirkten. Frommelt wippte bereits mit dem Fuß, er hasste dieses Getue.

»Dann geh mal nach nebenan und lass dich überraschen«, sagte Bräuer triumphierend. »Wir haben einen geständigen Täter.«

Als Frommelt die Tür zum Vernehmungsraum öffnete, traute er seinen Augen nicht.

Wehmeier.

»Was willst du hier, du Arschloch?«, fauchte er wütend. »Erst jammerst du mir die Ohren voll, dass du es nicht warst, und jetzt stehst du hier auf der Matte. Bist du vollkommen bekloppt geworden?« Es war ihm egal, ob Hausmann ihn durch die verspiegelte Scheibe beobachtete oder dass Bräuer, der ihm gefolgt war, ihn pikiert ansah.

Wehmeier saß mit erhobenem Kopf da. »Was wollen Sie, Herr Frommelt? Ich bin hier, weil ich zugebe, Lisa Brandes und Betti Hein getötet zu haben.« Er streckte ihm die Hände entgegen, um sich Handschellen anlegen zu lassen.

Es konnte nur einen einzigen Grund geben, warum Wehmeier die Schuld am Tod der Mädchen auf sich nahm, überlegte Frommelt. Er wusste, wer der Täter war. Und es gab nur eine Person, für die er ins Gefängnis gehen würde. Simone Sebald.

Als er gestern bei ihr gewesen war, hatte Martin Sebald etwas von einem Hausierer gesagt. Das konnte nur bedeuten, dass Wehmeier bereits vor ihm dort gewesen war. Zu diesem Zeitpunkt hatte er anscheinend herausgefunden, dass seine Ex-Frau wieder verheiratet war.

Wehmeier sah nicht mehr so heruntergekommen aus, wie ihn die Nachbarin beschrieben hatte, und er musste irgendwo geduscht haben. Doch hier, im grellen Neonlicht, waren die Spuren der letzten Tage deutlich zu sehen. Am Handballen war die Haut abgeschürft und die rechte Schläfe war blutunterlaufen, sie würde sich wohl bald bläulich verfärben. Wie er sich fühlte, war Wehmeier nicht anzumerken.

»Richard, sag mir bitte endlich die Wahrheit. Wer hat Betti und Lisa getötet?«

»Ich.«

»Und du hast dich auch selbst angefahren?« Frommelt blickte Wehmeier höhnisch an. War da ein leichtes Zucken in Wehmeiers Augen? »Ja, ich habe es gesehen, Richard. Leider war ich nicht schnell genug an der Unfallstelle.«

Wehmeier zog nur die Schultern hoch.

Ihm ist alles egal, dachte Frommelt. Er hat aufgegeben. »Schickt den Idioten nach Hause«, sagte er zu Bräuer und wandte sich zur Tür.

»Sag mal, bist du jetzt völlig bescheuert? Du spinnst ja wohl, den Mann, nach dem wir so lange gesucht haben, einfach so laufen zu lassen.«

Frommelt war sauer. Er hatte endlich Simone Sebald überführt und dann kam dieser Idiot daher. »Tu einfach, was ich sage.«

Hausmann streckte den Kopf zur Tür herein und beorderte Frommelt zu sich. »Was soll das?«, fauchte er ihn an. »Was wollen Sie damit erreichen? Sie haben einen geständigen Täter und was tun Sie? Versuchen es ihm auszureden, bereiten ihm noch den Weg, um seinen Kopf aus der Schlinge zu ziehen.«

Frommelt ließ Hausmann wortlos stehen und ging in sein Büro. Sollte er ihn doch rausschmeißen. Sein Job war ihm gerade völlig egal. Und unter diesen Umständen wollte er auch nicht mehr arbeiten. Als Hausmann aus seinem Sichtfeld verschwunden war, hob Frommelt den Mittelfinger.

Hannah und Bräuer folgten Frommelt ins Büro. »Was willst du jetzt tun?«, fragte Hannah, die das Gespräch mit Hausmann mitbekommen hatte.

»Ganz ehrlich?«

Niemand antwortete.

»Ich weiß es nicht.«

»Na, dann ist es ja gut. Ich dachte schon, du hättest einen genialen Plan.«

Die Tür öffnete sich leise. Sarah Menges kam herein. Sie sah bedrückt aus. »Ich hab interessante Neuigkeiten«, sagte sie leise. »Carola Brandes behauptet, sie hätte die beiden Mädchen getötet. Ich hab sie gleich mitgebracht.«

Die drei Ermittler sahen sich verblüfft an.

»Sie lügt«, entfuhr es Hannah.

»Und wenn nicht?« Bräuer schien erschüttert. Doch darauf konnte Frommelt keine Rücksicht nehmen. Auch wenn er verstand, wie es ihm ging. Tagelang hatten sie nach Wehmeier gesucht, dann stellte er sich. Bräuer musste sich seines Sieges bereits sehr sicher gewesen sein, um dann festzustellen, dass Frommelt bereits mit dem Verdächtigen gesprochen hatte. Aber das würde er später klären.

»Sie kann die Vorgänge präzise beschreiben. Sowohl was den Abend betrifft, als Betti starb, als auch den Tag, an dem ihre Tochter getötet wurde«, sagte Sarah.

»Dann müssen wir Wehmeier wohl laufen lassen«, sagte Hannah.

»Scheiße«, murmelte Bräuer beleidigt und ließ die drei stehen.

Carola Brandes saß zusammengesunken am Tisch, als Frommelt den Vernehmungsraum betrat. Apathisch blickte sie auf ihre zu Fäusten geballten Hände. Sie wiederholte ihre Aussage und gab zu, beide Mädchen umgebracht zu haben. Ihre Ausführungen enthielten Hintergrundinformationen, die nur der Täter wissen konnte.

Als sie geendet hatte, verließen die drei Ermittler den Raum.

»Krisensitzung. Sofort!«, brüllte Frommelt auf dem Flur. Hannah und Bräuer zuckten zusammen.

»Was haben wir?«, fragte Frommelt, als alle um seinen Schreibtisch Platz genommen hatten. Nur Hausmann fehlte, er hatte zum Glück einen Termin außerhalb. Sarah saß auf einem Stuhl am Fenster und sah hinaus. Ihr schien Frommelts schroffer Ton nichts auszumachen. Sie kaute auf ihrem Zungenpircing herum. Frommelt musste sich abwenden.

Auch Hannah machte keine Anstalten, auf seine Frage zu antworten. Frommelt konnte das verstehen. Zu viel war heute geschehen. Dass jedoch selbst Bräuer nichts sagte, wunderte Frommelt. Wahrscheinlich war er noch immer sauer, dass er ihm seinen Triumpf vor der Nase weggeschnappt hatte.

Frommelt ging zur Tafel und griff sich einen Stift. *Simone Sebald*, schrieb er in großen Buchstaben. »Sie hat für beide Taten kein Alibi. Sie ist aber auch die Einzige, die nichts zugibt. Hinzu kommt, dass sie einen großen, dunklen Wagen fährt. Einen BMW X5.«

»Wobei wir aber nicht davon ausgehen können, dass Wehmeiers Unfall mit dem Tod der beiden Mädchen zu tun hat«, äußerte sich Bräuer endlich wieder.

»Vielleicht nur indirekt. Du hast recht, Roland.« Das musste er Bräuer zugestehen. »Dann haben wir zwei geständige potenzielle Täter. Richard Wehmeier, den wir eigentlich durch das Bewegungsprotokoll schon ausgeschlossen hatten. Mir drängt sich die Vermutung auf, dass er damals für seine Ex-Frau ins Gefängnis gegangen ist und es wieder tun würde. Aber wie gesagt, reine Vermutung.« Frommelt war stolz auf seine Formulierung. Er schrieb *Wehmeier* an die Tafel.

»Du meinst wirklich, er will sie schützen, weil er glaubt, dass sie es war?«, fragte Hannah.

»Du musst zugeben, es spricht viel gegen sie«, gab Bräuer die Antwort. »Wehmeier war frei und konnte jederzeit gegen sie aussagen. Vielleicht sogar beweisen, dass sie es war.«

Hannah nickte. »Wenn er sie wirklich so sehr liebt, dann würde er vermutlich alles für sie tun. Und wenn er herausgefunden hat, dass sie wieder verheiratet ist, was muss da in ihm vorgegangen sein?«

»Du meinst, davon wusste er gar nichts?«, fragte Bräuer.

Ohne auf seine Frage einzugehen fuhr Hannah fort: »Aber warum rennt sie dann den Heins die Bude ein?«

»Um herauszufinden, was die drei wissen. Das hat sie quasi zugegeben. Und Carola Brandes hat ausgesagt, dass sie an jenem Abend das Gefühl hatte, später sei noch jemand in der Wohnung gewesen.« Bräuer lehnte sich auf dem Stuhl zurück. Frommelt wollte hier nicht aufklären, dass Wehmeier ihm erzählt hatte, dass er es gewesen war, der in die Wohnung zurückgekehrt war.

»Carola Brandes hat außerdem erzählt, dass auch sie missbraucht wurde. Leider konnten wir noch nicht herausfinden, wer das gewesen ist. Sie braucht, denke ich, noch etwas Zeit«, meldete sich Sarah zu Wort.

»Wir haben aber keine Zeit«, sagte Frommelt.

»Soll ich sie etwa zwingen? Wie stellst du dir das vor? Weißt du eigentlich, was in einem Menschen vorgeht, der so was mitgemacht hat?«

»Entschuldige, Sarah«, sagte Frommelt. »Gehen wir mal davon aus, und wir haben leider nichts anderes als Vermutungen, dass Carola Brandes glaubt, ihr Bruder Fabian sei für Bettis und Lisas Tod verantwortlich. Würde sie ihn schützen wollen, wenn sie von ihm missbraucht wurde?«

»Vielleicht wurde Betti ja getötet, um sie vor weiterem Missbrauch zu schützen.«

»Carola Brandes sagte, *er* hätte sie in Ruhe gelassen, als sie zu alt gewesen sei.«

»Kommt das zeitlich mit Wehmeiers Kontakt zur Familie Hein hin? Ich meine, kannte er Silvia zu dieser Zeit schon?«

»Das sollten wir auf alle Fälle überprüfen.«

»Bleiben wir bei Fabian. Er bestellt Wehmeier zu seiner Schwester. Angenommen, er ist auch der Verfasser des Briefes an seinen Großvater. Wir sind immer davon ausgegangen, dass sich Sargens im Hotel aufgehalten hat, weil er Wehmeiers Rache befürchtete. Wenn aber Fabian den Brief geschrieben hat, kann es dann nicht sein, dass Sargens sofort zu Carola Brandes gefahren ist?«

»Aber warum musste dann Lisa sterben und nicht Fabian?«

»Wehmeier kommt in den Glockwiesen an. Fabian ist bereits dort. Carola Brandes sieht Wehmeier durch das Küchenfenster. Was muss da in ihr vorgegangen sein? Dann ruft auch noch Fabian an und erzählt, dass er am Haus ist. Er durfte Lisa auf gar keinen Fall sehen, weil sie Betti so ähnlich sah und Frau Brandes nicht wissen konnte, wie Fabian auf den Anblick des Kindes reagiert. Sie rennt in den Garten. Was tut sie? Schnappt sie sich ihre Tochter oder bringt sie wirklich zuerst Fabian nach Hause, wie sie ausgesagt hat? Sie hat angeblich zu diesem Zeitpunkt nicht mehr auf ihre Tochter geachtet.«

»Sie befand sich in einer Stresssituation«, sagte Sarah. »Ihr Mann durfte nicht erfahren, wer sie wirklich ist, und Lisa durfte Fabian nicht sehen. Das Kind hätte ihre wahre Identität verraten können.«

»Wie passt Simone Sebald da mit hinein? Hat Fabian auch sie dorthin bestellt? Peter Neuhaus hat jemanden bei den Brandes gesehen. Von Weitem, im Rückspiegel seines Wagens. Ich frage euch, wie viel kann man aus der Position heraus erkennen? Simone Sebald hat kurze, dunkle Haare. Bei entsprechender Kleidung könnte man sie möglicherweise für einen Mann halten.«

»Oder Gustav Sargens. Gehen wir mal davon aus, dass Fabian den Brief an seinen Großvater geschrieben hat. Wir wissen aber noch immer nicht, was dringestanden hat. Fabian muss ihn zu seiner Schwester bestellt haben, sonst macht das keinen Sinn.«

»Womit wir wieder bei Carola Brandes wären«, sagte Bräuer.

Sie sahen sich resigniert an. Sie drehten sich im Kreis. Nach einer kurzen Pause sagte Frommelt: »So, wer tut was?«

Bräuer stand auf: »Ich fahr zu Sargens. Ich werde ihm noch mal auf den Zahn fühlen, was wirklich in dem Brief stand, das ihn so in Angst und Schrecken versetzt hat.«

»Und ich überprüf den Zeitrahmen, in dem Wehmeier Kontakt zu den Heins hatte«, sagte Hannah.

»Ja, mach das«, sagte Frommelt. Und an Sarah gewandt: »Du holst bitte Fabian her. Ich möchte ihn und seine Schwester zusammen in einen Raum setzen. Mal sehen, was die beiden sich zu sagen haben. Ich knöpf mir bis dahin noch mal Simone Sebald vor.«

***

Er musste Richard finden. Nur er konnte ihm noch helfen. Müde stand Fabian auf. Es war schummrig im Raum. Die Vorhänge waren zugezogen. Wie er es liebte. Nicht zu wissen, ob es hell oder dunkel draußen war. Tag oder Nacht.

Schuhe. Er musste seine Schuhe anziehen. Fast geriet er in Panik, weil er nicht wusste, wo er sie hingestellt hatte. Vor seinem Bett standen sie nicht. Auch nicht im Flur, wo er sie sonst immer auszog. Er drehte sich im Kreis, spürte, wie die Hitze wieder in ihm hochstieg. Er starrte auf den Teppich. Und auf seine Füße. Er hatte seine Schuhe bereits an. Er atmete tief ein und wieder aus. Noch einmal. Dann öffnete er die Tür und ging hinaus auf den Flur. Die Tabletten würden ihm helfen, den Weg zu überstehen. Er hatte genug davon geschluckt.

Er starrte auf den Fahrstuhl. Damit zu fahren, würde nicht so viel Kraft kosten wie die Treppe zu nehmen. Einmal war Melissa mit ihm in diesem Fahrstuhl gefahren. Kaum hatten sich die Türen geschlossen, hatten sich die stählernen Wände gegen seinen Körper gedrückt, hatten ihn mit aller Kraft umschlossen, sodass er keine Luft mehr bekommen hatte. Die letzten Atemzüge, bevor ihm schwarz vor Augen geworden waren, vermischten sich mit einem schrillen Ton. Melissa hatte sofort dafür gesorgt, dass sich die Türen öffneten und er wieder Luft bekam. Da war auch das Kreischen in seinen Ohren verschwunden. Melissa hatte gesagt, das sei er selbst gewesen, doch das konnte er nicht glauben. Das hätte er doch merken müssen. Manchmal schwindelte Melissa ihn an.

Stufe für Stufe kroch er die Treppe hinunter.

Tageslicht. Jeder Sonnenstrahl drang wie eine spitze Nadel in seinen Körper. Irgendwie würde er das schaffen. Bisher hatte er sich nur im Schutz der Dunkelheit ins Freie getraut. Von den Menschen gesehen zu werden, hielt er nicht aus. Nicht ohne Tabletten.

Er zog die Schultern nach vorn, beugte den Rücken, hielt die Hände vors Gesicht. Richard. Er wusste, wo er ihn finden würde. Bei der Frau mit dem Mädchen. Gestern Nacht war er eine Runde um den Block gelaufen, hatte Autos gezählt und sich immer wieder vertan. Bis er Kopfschmerzen bekommen hatte und wieder nach Hause wollte. Da hatte er Richard aus einem der Nachbarhäuser kommen sehen. Er hatte nicht gewusst, ob er ihm nachlaufen sollte, ob er vielleicht wütend werden würde, wenn er ihn ansprechen würde. So hatte er sich an den Rand des Parkstreifens hinter die parkenden Autos gesetzt und versucht nachzudenken. Das hatte wohl sehr lange gedauert, zählen konnte er, aber viel denken, das war schwierig für ihn. Dann war Richard zurückgekommen.

Er war ihm gefolgt, sogar die Treppe hoch. Er hatte die Stufen gezählt. Erst Absatz für Absatz, dann zusammengezählt und wieder geteilt durch die Anzahl der Absätze. So wusste er, in welchem Stockwerk Richard wohnte. Er hatte gesehen, durch welche Tür er gegangen war. Auf dem Klingelschild stand: Monika und Cora Hagenau.

Ihr Haus war nicht weit von seiner Wohnung entfernt. Das musste er schaffen. Niemand durfte ihm den einzigen Menschen fortnehmen, den er noch hatte. Das musste Richard verhindern. Er konnte es, da war er sich ganz sicher. Richard hatte ihm immer geholfen, ihm hatte er immer vertraut. Richard würde dafür sorgen, dass Melli wiederkam.

***

Als Frommelt die Tür des Vernehmungsraums öffnete, kam ihm Simone Sebald in Begleitung eines uniformierten Beamten entgegen. Sie warf ihm einen spöttischen Blick zu, ging wortlos an ihm vorbei in den Raum und setzte sich an den Tisch.

»Frau Sebald«, sagte Frommelt ohne Begrüßung. »Warum haben Sie Betti Hein und Lisa Brandes getötet?«

Der vernichtende Blick, den sie ihm zuwarf, berührte ihn nicht. Sie konnte ihm nichts mehr vormachen. Er legte ein Foto von Lisa Brandes vor sie hin. »Warum? Warum Lisa?«

Simone Sebald zeigte keinerlei erkennbare Reaktion. In diesem Moment ging die Tür auf und ein Mann, Frommelt schätzte ihn auf Anfang sechzig, kam herein.

»Ich bin der Anwalt von Frau Sebald. Sie, Frau Sebald, sagen ab sofort kein Wort mehr. Und Sie, Herr Frommelt, überschreiten eindeutig Ihre Kompetenzen. Wenn Sie mich nun bitte mit meiner

Mandantin allein lassen würden und mir die Akten zur Einsicht geben.«

Ohne zu antworten, verließ Frommelt den Raum. Er wollte gerade hinüber zu Hannah, die Carola Brandes befragte, als sein Handy klingelte. Sarah erzählte aufgeregt, dass Fabian verschwunden war. Er fluchte und versprach zu kommen. Das fehlte ihm gerade noch.

Frommelt rannte zu seinem Wagen und kramte noch im Laufen nach dem Autoschlüssel. Auf dem Parkplatz traf er Bräuer. Noch ehe er ihm vom verschwundenen Fabian berichten konnte, kam Bräuer ihm aufgeregt zuvor.

»Weißt du, wer auch ein großes, dunkles Auto fährt?« Wieder machte er eine betont lange Pause, die Frommelt fast auf die Palme brachte. Er ließ ihn mit zusammengebissenen Zähnen gewähren.

»Gustav Sargens.«

Das war allerdings eine Überraschung.

»Sein Wagen hat vorn eine Beule und er hat quasi zugegeben, dass er Wehmeier angefahren hat. Er sagte: Der hat meine kleine Enkeltochter umgebracht und jetzt auch noch meine Urenkelin. Wann wir denn endlich etwas gegen dieses Monster unternehmen wollten.«

»Gut gemacht, Roland. Du suchst Wehmeier und bringst ihn sofort hierher. Nicht, dass Sargens noch auf dumme Gedanken kommt. Ich fahr zu Sarah Menges. Fabian Hein ist verschwunden. Sarah hat mich gerade informiert.«

»Du hast Wehmeier selbst laufen lassen«, maulte Bräuer. »Außerdem hast du mir wohl noch einiges zu erklären.«

»Tut mir leid, Roland, später.«

Im Auto gab Frommelt Gas. Jede Minute zählte. Er musste Fabian finden. Wer wusste schon, was in seinem verwirrten Geist vor sich ging. Sein Handy klingelte. Er sah auf dem Display, dass es Hausmann war. Für einen Moment überlegte er, ob er drangehen sollte. Aber dann hätte er es hinter sich. Mit einem Seufzer drückte er den Annahmeknopf. Hausmann brüllte sofort los.

»Frommelt, Sie haben sich wiederholt über meine Anweisungen hinweggesetzt! Das wird Konsequenzen haben! Der Anwalt von

Frau Sebald hat sich über Sie beschwert und Sie wissen genau, dass Sie nichts, aber auch gar nichts von den Informationen vor Gericht verwerten dürfen.«

Während Hausmann weitere Tiraden über ihn ergoss, drückte Frommelt die rote Taste. Er hatte wahrlich andere Sorgen. Wehmeier war frei, Fabian verschwunden. »Scheiße, Scheiße, Scheiße«, fluchte er und hieb auf das Lenkrad ein.

***

Der letzte Abend mit Betti. Fabian sah jetzt alles wieder klar vor sich. Er hatte nicht daran denken wollen, er hatte es nicht gekonnt. Jetzt kamen all diese schrecklichen Bilder wieder. Der verdrehte Körper seiner Schwester, ihr Stöhnen, ihre Augen. Er hatte ihr doch nur helfen wollen.

Richard war schon fort gewesen und seine Mutter auch. Sie hatten zuvor geredet. Darüber, was er machen wollte nach der Schule. Betti hatte nebenan in ihrem Bett gelegen und geschlafen. Er hatte noch lange allein am Fenster gesessen und in die Dunkelheit hinaus gestarrt.

Es hatte an der Tür geklopft. Das hatte er gehört, als er auf der Toilette war. Dann Stimmen und Schritte. Nun fiel ihm alles wieder ein. Er musste mit Richard sprechen.

***

Monika. Monika und Cora. Genau das, was er nun brauchte. Simone hatte ihn belogen und betrogen. Alles hatte man ihm genommen, seine Freiheit, seine Frau und seine Geliebte. Die Kinder, mit denen er so gut zurechtgekommen war, dass er in manchen Augenblicken das Gefühl gehabt hatte, es wären seine eigenen. Er war nur noch ein Fremder für sie. Was hatte er noch? Nichts. Jetzt war die Stunde der Wahrheit. Er würde sich nichts mehr gefallen lassen. Niemand würde ihm mehr etwas vormachen und oder ihn belügen. Warum hatte Fabian geschwiegen?

Er gab sich einen Ruck und beschleunigte seinen Schritt. Seine Entscheidung duldete keinen Aufschub.

Frommelt stieg aus dem Wagen und sah sich nach Sarah Menges um. Sie bestätigte ihm, dass Fabian in der Zwischenzeit nicht zurückgekehrt war.

Sein Handy klingelte. Hannah. »Du, ich hab mich eben noch einmal auf dem Spielplatz umgehört. So von Frau zu Frau, weißt du. Und einige der Mütter konnten sich gut an Wehmeier erinnern. Er hat anscheinend nur auf der Bank gesessen und gegafft. Wie ein Spanner, haben sie gesagt. Und dass niemand seine Kinder mehr allein spielen ließe, solange er sich dort rumtreiben würde.«

»Was erwartest du jetzt? Soll ich mich mir dir auf die Bank setzen und warten, bis er wiederkommt?«

»Quatsch. Das mein ich doch gar nicht. Viel interessanter ist, dass eine der Mütter sagte, Wehmeier hätte Bekanntschaft mit einer etwas pummeligen, dunkelhaarigen Frau geschlossen. Sie hat eine dreijährige Tochter.«

Frommelt fiel der Anruf des Kollegen wieder ein. »Die Beschreibung könnte auf die Frau passen, die bei uns auf der Wache war und eine Anzeige aufgegeben hat«, sagte Frommelt aufgeregt.

»Weißt du, wo sie wohnt?«

»Auf meinem Schreibtisch muss ein Zettel liegen, sonst ruf den diensthabenden Kollegen an.«

»Ja. Ich melde mich sofort, wenn ich etwas weiß. Kilian, wenn Wehmeier es nun tatsächlich war? Wenn er dich vorgeführt hat? Und sich ganz bewusst eine Frau mit einer kleinen Tochter ausgesucht hat? Wie damals Silvia Hein?«

»Das kann nicht dein Ernst sein, Hannah.«

»Kannst du es hundertprozentig ausschließen?«

»Hannah«, sagte er hilflos. Sollte ihn Wehmeier so vorgeführt haben? Das konnte er nicht glauben. Er musste sich beeilen, wenn er Schlimmeres verhindern wollte. Seine Vorahnungen trog ihn selten. »Bitte beeil dich. Ich seh mich, zusammen mit Sarah, hier in der Gegend um, vielleicht läuft uns Fabian ja über den Weg.« Er beendete das Gespräch und lehnte sich gegen die Hauswand. Sie beschlossen, getrennt auf die Suche zu gehen.

***

Fabian sah sich um. Er war keine fünf Schritte vom Haus entfernt. Was sollte er Richard sagen? Er würde ihm von dem Brief erzählen. Er würde ihm sagen, dass er ihn neulich Nacht auf der Straße gesehen hatte. Dass ihm da alles wieder eingefallen war und er seinem Großvater dann den Brief geschrieben hatte. Die ganze schreckliche Wahrheit. Über Betti und auch über Melissa. Dass er davon nichts geahnt hatte. Bis Melissa ihm in jener Nacht die Augen geöffnet hatte. Dass er diese schrecklichen Dinge nicht hatte glauben wollen, obwohl Betti fast jede Nacht schreiend aufgewacht war.

Er und Melissa hatten der Mutter nichts erzählt. Sie sollte sich keine Sorgen machen. In dieser Nacht konnten sie Betti jedoch nicht beruhigen. Als es an der Tür klopfte, war sie aus dem Bett gesprungen, hinaus auf den Flur gelaufen und dann auf die Treppe. Die Augen hatte sie weit aufgerissen, aber sie war nicht wach gewesen. Sie hatte geschrien vor Angst. Er hätte es verhindern müssen.

Die Erinnerung trieb ihm die Tränen in die Augen. Warum bewegten sich seine Beine nicht schneller? Luft. Er atmete tief ein, erlaubte seinem Körper, sich kurz zu erholen. Der Wagen. Bildete er sich das nur ein? Zwei silberne kleine Autos, ein blauer kleiner, ein roter, drei große blaue, zwei große silberne, ein großer schwarzer …

Er konnte sich nicht konzentrieren. Etwas verwirrte ihn. Er konnte nicht sagen, was. Worte schwirrten in seinem Kopf herum und er wusste nicht, woher sie kamen. Sie vermischten sich mit den Zahlen und Farben der gezählten Autos.

Er ging schneller. So schnell die Befehle seines Gehirns seine Beine dirigieren konnten. Er hatte das Gefühl zu rennen, aber nicht von der Stelle zu kommen. Dort drüben öffnete sich die Tür eines Wagens. Zwei silberne kleine, ein roter …

Schneller. Er hatte das Haus, in dem die Frau wohnte, fast erreicht.

Ein dunkler großer …

Er stolperte. Erreichte den Türknopf. Nicht verschlossen. Ein Fahrstuhl, offen. Er zögerte, erinnerte sich an den grellen Ton in seinen Ohren. Sah die Treppe hinauf. Das würde er nicht schaffen. Er zitterte am ganzen Körper. Er musste in den Fahrstuhl. In Gedanken zählte er noch einmal die Treppenabsätze, die er gegangen war, nur um sicherzugehen. Sechs. Dritter Stock. Er drückte auf den Knopf. Die Tür flog zu. Mit dem Rücken an der Wand ging er in die Hocke. Er fühlte das kalte Metall. Die Hände hatte er vor das Gesicht geschlagen.

Die grellen Töne in seinem Kopf blieben aus, dafür hörte er ein Summen. Ein Kinderlied, das Melissa ihm immer vorgesungen hatte. Bing. Er schreckte zusammen. Durch die Finger hindurch spähte er zur Tür. Sie schwang auf. Ausatmen.

Nur wenige Schritte noch. Der Knopf für die Klingel. Warten. Endlos langes Warten. Er zählte die Sekunden … zehn, elf, zwölf, dreizehn …

***

Monika wachte auf. Sie lag auf dem Sofa, Cora neben ihr schlief noch tief und fest. Sobald sie sich bewegte, würde das Kind die Augen aufmachen, das wusste sie.

Es hatte an der Tür geklingelt. Sie war sich ganz sicher, dass es kein Traum gewesen war. Ihr Schlaf war tief und fest gewesen, bleierne Schwärze drückte ihren Körper zurück auf die Kissen.

Sie musste aufstehen. Wenn es noch einmal schellte, würde Cora bestimmt wach werden. Vorsichtig rückte sie ein Stück zur Seite, schwang die Beine auf den Boden und erhob sich. Noch halb im Schlaf schlurfte sie zur Tür. Vielleicht hatte Richard seinen Schlüssel vergessen. Ehe sie die Tür öffnete, hörte sie das leise Tappen von Coras kleinen Füßchen auf dem Dielenboden hinter sich.

***

Eine Frau. Die Frau, die neben Richard ins Haus gegangen war.

»Richard.« Er keuchte. Seine Stimme konnte er selbst kaum hören. Hinter der Frau krabbelte ein Kind heran. Die Frau sah ihn an. Schüttelte den Kopf. Warum tat sie das? Ein blondes Mädchen. Blaue Augen wie Betti. Und wie die andere Betti im Garten bei Melissa.

Stapfen auf der Treppe. Wie damals. Sein Blut raste, rauschte durch seine Ohren. In seiner Brust war kaum noch Platz zum Atmen. Die Schritte kamen näher. Er kannte sie, hatte sie oft genug gehört. Plötzlich war er schweißgebadet. Er zog die Schultern hoch. Versteckte den Kopf dazwischen.

Das Mädchen. Sie sah ihn liebevoll an. Sie war nicht sicher hier. Er musste dafür sorgen, dass sie in Sicherheit war. Ihr durfte nichts passieren. Nicht ihr auch noch. Seine große Hand auf ihrem zarten Arm. Sie riss den Mund auf. Er drückte den schmalen Körper an seine Beine. Der Schrei in seinen Ohren. Wer war das? Die Schritte kamen näher. Fast waren sie bei ihm. Die Frau fuchtelte mit den Armen. Sie schrie. Warum? Ein Schatten auf der Treppe. Er war da, hatte ihn fast erreicht.

»Hallo, Fabian.«

***

War es tatsächlich möglich, dass Richard ihn derart belogen hatte? Dass das Gericht recht gehabt hatte und Wehmeier sich an kleinen Mädchen verging? War Richard der Mann, dessen Namen Carola Brandes nicht aussprechen konnte? Es passte alles zusammen. Hatte Carola Brandes Wehmeier auf der Straße gesehen und wollte ihrer Tochter ihr eigenes Schicksal ersparen? Sie geriet in Panik, schnappte sich ihre Tochter und brachte sie um. Lisa lag wie aufgebahrt am Waldrand. Das sprach für die Mutter als Täterin.

Es war zum Verrücktwerden. Erst suchten sie wie die Blöden in der ganzen Stadt nach Richard und als sie ihn endlich gefunden hatten und er beide Taten zugab, ließen sie ihn wieder laufen. Jetzt hatten sie eine Handvoll potenzieller Täter. Dieser Fall war so konfus, dass er keinen klaren Gedanken fassen konnte.

***

Fabian begriff es nicht. Diese Situation hatte er schon einmal erlebt. Er drückte Cora an sich. Hatte ihren Hals umschlungen, ohne es zu merken.

»Na, erinnerst du dich, was du getan hast?« Der Mann stand am unteren Treppenabsatz und kam langsam zwei Stufen näher. Fabian wich aus, er fühlte sich bedroht. Drängte in die Wohnung. Er musste Betti vor ihm beschützen. Warum zappelte sie so in seinen Händen? Er drückte sie noch fester an sich.

»Hau ab. Lass deine dreckigen Pfoten von ihr.« Er schrie. Seine Stimme kam laut und deutlich aus ihm heraus.

»Meinst du, du bist heute stärker, als damals? Du bist der gleiche dämliche Waschlappen. Du begreifst überhaupt nichts«, schleuderte ihm der Mann entgegen.

Monika konnte sich nicht rühren. Als es an der Tür klingelte, hatte sie gehofft, Richard wäre zurück. Jetzt hatte lähmendes Entsetzen sie gepackt. Alles, was sie in ihren schlimmsten Träumen erlebt hatte, schien Wirklichkeit zu werden. Wie erstarrt stand sie in der offenen Tür und sah zu, wie der Fremde ihre Tochter an sich drückte.

Von unten hörte sie Schritte auf der Treppe. Sie konnte nicht sehen, wer es war, der junge Mann versperrte ihr die Sicht. Er schien vor dem anderen Angst zu haben. Sie wich in die Wohnung zurück.

»Willst du dieses Kind auch töten? Genau wie deine Schwester?«, sagte der Mann drohend zu Fabian. Er stand jetzt direkt vor ihm.

»Das war ein Unfall. Das weißt du genau. Du bist doch dabei gewesen. Betti ist die Treppe hinuntergefallen«, wimmerte Fabian.

»Du hast sie getötet. Du bist ein Nichts und wirst es immer bleiben.«

***

Frommelt rannte die Gegend ab. Nichts. Keine Spur von Fabian, keine Spur von Wehmeier. Hier sahen alle Häuser gleich aus: hässliche Kästen mit mindestens zwölf Parteien. Fünf an der Zahl, fast symmetrisch angeordnet. Wenn er nur wüsste, wie die Frau hieß, die die Anzeige auf der Dienststelle aufgegeben hatte. Frommelt konnte sich nicht erinnern.

Er rannte von einem Haus zum nächsten, las die Namen auf den Klingelschildern, hoffte, dass er ihm wieder einfiel, wenn er ihn las.

Wehmeier presste die Hand auf den Magen. Ihm war noch immer übel. Er wartete darauf, dass er sich übergeben musste. Nichts. Aber er spürte die Säure die Speiseröhre hinaufsteigen. Er schluckte.

Stimmen. Das Scharren von Füßen, Gerangel vor der Tür. Was war hier los?

Als er vorhin zurück in die Wohnung gekommen war, hatte Monika mit Cora auf dem Sofa gelegen. Er war leise gewesen, um sie nicht zu wecken. Als seine Übelkeit sich verstärkt hatte, war er ins Bad gegangen. Dort endlich übergab er sich in die Toilettenschüssel. Dann hatte er sich den Mund ausgespült, sich ausgezogen und war unter die Dusche gekrochen. Jetzt stand er hinter der Badezimmertür, nur ein Handtuch um die Hüften gewickelt, und lauschte den Geräuschen aus der Wohnung. Etwas war hier nicht in Ordnung. Leise drückte er die Klinke herunter.

Frommelt zitterte. Hoffentlich fand Hannah bald diesen verdammten Zettel. Die Unordnung auf seinem Schreibtisch war verheerend, das wusste er. Er vertraute auf Hannahs Spürsinn. Etwas anderes blieb ihm ohnehin nicht übrig. Er hatte jedes Haus, jedes Klingelschild abgesucht, nirgendwo war ihm ein Name bekannt vorgekommen. Oder hatte er etwas übersehen? In diesem Moment läutete das Handy. Er holte einmal tief Luft, bevor er sich meldete.

Hagenau. Monika Hagenau, so hieß die Frau. Hannah hatte ihm den Namen und die Adresse durchgegeben. Auf sie war Verlass. Wäre sie in diesem Moment hier gewesen, er hätte sie geküsst. Das Haus war gleich um die Ecke. Er rannte los.

Als Frommelt dort ankam, die Haustür war zum Glück nicht verschlossen, hörte er aus einem der oberen Stockwerke Stimmen. Leise schlich er sich näher.

»Wo … ist … Richard?«, presste Fabian fast weinend hervor.

»Was soll mit Richard sein? Dieser dämliche Hund hat gar nichts begriffen. Der hat so schön mitgespielt. Das ideale Opfer. Hat sich wie ein Lamm zur Schlachtbank führen lassen. Und deine Mutter hat sich dafür bezahlen lassen. Hat mich eine schöne Stange Geld gekostet. Dafür hattet ihr ein schönes Zuhause und ein schönes Leben. Anstatt weiter in dieser Drecksbude zu hocken. Und das mit Melissa und Betti blieb hübsch in der Familie.« Der Mann machte zwei Schritte auf Fabian zu.

Fabian heulte auf.

Der Mann lachte irr. »Jaul du nur. Hast ja recht. Ich werde ein für alle Mal Schluss mit euch allen machen. Und Wehmeier, dieser Versager, muss alles wieder ausbaden. Genau wie damals. Leider immer zur falschen Zeit am falschen Ort.«

Noch einen Schritt.

»Ich bring dich um! Bleib stehen!«, stieß Fabian mit letzter Kraft hervor.

»So wie damals?«, lachte der Mann hämisch.

Frommelt hat genug gehört. »Sargens, bleiben sie stehen«, rief er und sprang die restlichen Stufen hinauf.

Vor Schreck hielt Sargens inne. Nur noch wenige Zentimeter und er hätte sich Fabian greifen können. Doch im letzten Moment erwischte ihn Frommelt und drehte ihm den Arm auf den Rücken.

Hinter Fabian sah Frommelt eine Frau. Das musste Monika Hagenau sein.

»Fabian, lass das Mädchen los. Sie kann nichts dafür.«

»Die hat sich nicht mehr bewegt«, wisperte Fabian.

»Fabian, was hast du damals gemacht, als Betty die Treppe hinuntergefallen ist?«

»Ich … bin … in die Wohnung zurück.«

»Und wo war dein Großvater?«

»Unten, er hat sich den Fuß umgeknickt.«

»Genau. Du hast deine Schwester nicht getötet. Sie wurde erwürgt. Sie starb nicht an dem Sturz von der Treppe. Da lebte sie noch«, sagte Frommelt so ruhig wie möglich. »Betti landete genau vor den Füßen deines Großvaters. Da war es einfach für ihn, sie zu erwürgen, damit sie in ihrer panischen Angst nicht über den Missbrauch redet. Fabian, du kannst nichts dafür. Lass das Kind los, bitte.«

Fabian sah Cora an. In seine benebelten Gedanken drang die Erkenntnis, dass die Kleine nicht begriff, was vor sich ging. »Aber … ich muss sie doch beschützen.«

»Sie ist nicht Betti. Für Betti kannst du nichts mehr tun. Aber für Cora. Sieh dir das Mädchen genau an. Es ist nicht deine Schwester und wünscht sich nur, zu seiner Mutter zu kommen. Jetzt kannst du wiedergutmachen, was du bei Betti nicht geschafft hast.«

In diesem Moment riss sich Sargens aus Frommelts Griff los. Er sprang auf Fabian zu, drückte ihn zur Seite und griff sich Coras Arm. Fabian war völlig überrumpelt und prallte gegen den Türrahmen. Sargens drückte Cora Mund und Nase zu. Sein Blick war fest auf Frommelt gerichtet. Deshalb nahm er die unscheinbare Bewegung hinter sich nicht wahr.

»Es ist aus, Sargens«, sagte Frommelt. »Lassen Sie das Kind los. Wenn Sie die Kleine auch noch umbringen, ändert das an Ihrer Situation nicht das Geringste.«

Sargens kehliges Lachen verursachte bei Frommelt Abscheu. Doch er musste ihn hinhalten. Der Schatten, den er gerade in der Wohnung wahrgenommen hatte, war verschwunden. Er hoffte, dass er sich nicht getäuscht hatte.

Monika stand noch immer am gleichen Platz, kalkweiß im Gesicht, am ganzen Körper zitternd. Fabian hatte sich gegen die Wand in die Flurecke gepresst und wippte vor und zurück. Sargens, mit dem Rücken zur Wohnungstür, wich mit Cora einen Schritt zurück. Fast hatte er Monika erreicht.

Wehmeier war fassungslos. So leise, wie er die Badezimmertür geöffnet hatte, schlich er über den Flur. Er sah Monika, die wie hypnotisiert auf die Szene starrte, dann sah er Sargens. Der hatte Cora an sich gepresst und verschloss ihr noch immer Mund und Nase. Hoffentlich erstickte er sie nicht. Fabian konnte er nirgends sehen.

Frommelts Stimme hatte er sofort erkannt. Sargens wandte ihm den Rücken zu. Geräuschlos schlich er in die Küche. Dort zog er leise eine Schublade auf. Zum Glück war es die richtige.

Frommelt zuckte zusammen. Er hatte zunächst nur einen Schatten gesehen, dann das Blitzen eines Messers. Wehmeiers Hand.

»Sargens, machen Sie keinen Fehler. Ich verspreche Ihnen, ich werde Sie laufen lassen, wenn Sie jetzt mit mir die Treppe heruntergehen. Ohne das Kind.« Er musste ihn ablenken. Sargens durfte sich nicht umdrehen. Der Druck seiner Hand auf Coras Gesicht hatte sich verringert. Die Kleine bewegte den Kopf und sah ängstlich zu ihrer Mutter. Sie weinte gar nicht, was Frommelt wunderte.

Auch Wehmeier musste diese schwache Bewegung erkannt haben. Frommelt bekam nicht genau mit, was passierte, sah nur Sargens zurückzucken, seinen Arm nach hinten werfen und Cora im gleichen Augenblick loslassen.

Das Mädchen fiel zu Boden. Sofort bückte sich Wehmeier, schnappte sich das Kind und zog es mit einem Ruck an sich, während er mit der anderen Hand Sargens einen Stoß gab.

Instinktiv stürzte sich Frommelt auf den alten Mann, der zusammengekrümmt auf dem Boden lag. Seine Beine zeigten in Fabians Richtung, was diesen dazu veranlasste, noch ein Stück weiter in die Ecke zu rutschen.

Frommelt drehte Sargens auf die Seite. In seinem rechten Arm steckte ein Filetiermesser. Blut sickerte durch sein Jackett. Frommelt griff nach hinten in seinen Hosenbund und legte Sargens Handschellen an.

Er zitterte vor Wut und wenn er sich nicht zusammenriss, würde er Sargens in die Rippen treten. Stattdessen fragte er: »Warum Lisa?«

Sargens antwortete nicht. Er setzte einen spöttischen Gesichtsausdruck auf, den Frommelt schon von der Vernehmung kannte.

»Warum Lisa?«, wiederholte er. Er wollte Sargens anschreien, doch seine Stimme klang kehlig. Die Drohung wirkte.

»Sie hat mich gesehen. Sie saß in dieser Hecke.« Er sprach in kurzen, abgehakten Silben. »Ich wollte durch die Hecke auf das Grundstück, um Fabian zu suchen. Dieser kleine Scheißkerl hätte alles erzählt. Da war doch alles schon zu Ende und dann kam der mit dem Brief. Was hätte ich denn tun sollen? Die Kleine hockte am Boden und hat sich erschrocken, als sie mich gesehen hat. Sie hat sofort angefangen zu schreien. Wenn ich ihr den Mund nicht zugehalten hätte, hätte Melissa das gehört. Ich wollte sie nicht töten, sie sollte nur still sein.«

»Und danach haben Sie sie zur Senke gebracht?«

Sargens nickte. »Ich konnte sie doch nicht an der Straße liegenlassen. Sie hat mir leid getan.« Er sah ihn Mitleid heischend an. Frommelt wurde es fast übel. Dieser Mensch, der zwei kleine Mädchen auf dem Gewissen hatte, wollte Mitleid von ihm. Er beherrschte sich, nicht doch zuzutreten. Bittere Galle zog von seinem Magen in die Speiseröhre hinauf.

»Sie sah so friedlich aus. Wie mein kleiner Engel. Betti ...«

Der Krankenwagen, den Frommelt informiert hatte, war mit Sargens abgefahren. Hannah und Sarah kümmerten sich im Wohnzimmer um Monika und Cora. Frommelt, dessen Magen sich wieder beruhigt hatte, und Wehmeier setzten sich mit Fabian auf die Treppenstufen.

»Fabian, was genau ist passiert?«, fragte Frommelt. Fabian, der nun etwas klarer wirkte, sah Frommelt ratlos an. Deshalb versuchte er seine Frage anders zu formulieren: »Wann hast du Richard zum ersten Mal wiedergesehen? Wie hast du mitbekommen, dass er auf freiem Fuß ist?«

»Ich kann nachts nicht schlafen, hab Angst«, erklärte Fabian leise. »Dann geh ich immer raus und lauf durch die Stadt. Da sind keine Menschen unterwegs. Richard war auch allein. Ich hab mich zuerst erschrocken, aber er sah so traurig aus.« Er sah Wehmeier entschuldigend an.

»Warum hast du ihn nicht angesprochen?«, fragte Frommelt.

»Das hab ich mich nicht getraut. Mir ist wieder eingefallen, was damals passiert ist, als ich ihn zum letzten Mal gesehen habe. Ich dachte, er ist böse auf mich, weil doch Betti wegen mir die Treppe runtergefallen ist.«

»Deshalb wolltest du ihn im Gefängnis besuchen?«

»Ich hab's einfach nicht mehr ausgehalten. Ich wollte ihm nur sagen, dass ich das war, mit Betti. Aber meine Mutter hat das rausgekriegt und mich angeschrien. Sie sagte, Betti ist tot und ich würde das nicht ändern, wenn ich zu ihm gehe. Und wenn ich alles sagen würde, dann müssten wir raus aus der schönen, neuen Wohnung. Und ich müsste ins Gefängnis oder ins Heim. Sie hat mich gefragt, ob ich meiner Familie das antun wollte.«

»Du hast wirklich geglaubt, du hättest deine Schwester umgebracht?«

»Sie ist die Treppe runtergefallen. Erst hat sie gestöhnt und dann war alles still. Opa war doch da, der hat gesagt, er kümmert sich drum.«

»Wusstest du, dass dein Großvater Betti und auch Melissa missbraucht hat?«

»Ja. Aber erst später. Als Betti schon tot war, da hat Melli mir alles erzählt.«

»Und du hast Richard angerufen und zu Car... äh, Melissa bestellt?«

»Ich dachte, Melli könnte mir helfen. Ihm das alles erzählen und so. Sie kann doch alles und sie hat mir immer geholfen. Ich war mir ganz sicher, dass sie das kann. Ihm die Wahrheit erzählen.«

»Du hast deinem Großvater den Brief geschrieben?«

»Ja. Ich wollte, dass er Angst hat, davor, dass rauskommt, was er Betti und Melissa angetan hat. Hat ja auch geklappt. Ich hab das alles wieder gewusst, als ich Richard gesehen hab.« Fabian sah auf seine Füße. Er sah aus, wie der kleine Junge, der er nie hatte sein können.

»Und dann bist du zu Melissa gegangen? Was ist da passiert?«

»Da war die Kleine, die hat im Garten gespielt. Ich dachte, es ist Betti. Ich hab mich so gefreut, sie wiederzusehen. Bin zu ihr hin. Doch sie hat mich nicht erkannt. Sie hat geschrien und ist weggelaufen.

»So wie Betti damals?«

»Ja.« Fabian sah Frommelt vertrauensvoll an.

»Und was hast du dann gemacht?

»Ich bin auch weggerannt.«

»Wen hast du noch gesehen?«

Fabian starrt auf den Boden.

»Richard?«

Fabian sah Wehmeier mit großen Augen an: »Ja, aber der war schon weitergegangen. Um die Ecke.«

»Da hat das Mädchen noch gelebt?«

Fabian nickte.

»Wen hast du sonst gesehen? Da war noch jemand auf der Straße, nicht wahr?«

»Opa war da. Auf der Straße, hinter der Hecke. Ich war hinter dem Haus, wo er mich nicht sehen konnte.«

Frommelt sah Fabian nur an und hoffte, dass er weitersprechen würde.

»Betti«, er schüttelte den Kopf, schaute jetzt wieder zu Boden, »das Mädchen ist unter die Hecke gelaufen, da saß sie dann.«

»Und was hast du getan?«

»Hab mich versteckt und dann Melli angerufen. Ich wusste nicht mehr, was ich tun sollte. Richard war ja schon weg.«

»War sie sauer?«

»Ich weiß nicht. Ja. Sie hatte mir doch verboten, zu ihrem Haus zu kommen. Melli ist zuerst nicht ans Telefon. Dann hat sie abgenommen und ist gleich raus zu mir.«

»Dann hat sie dich mit dem Wagen nach Hause gebracht.«

Fabian nickte. Dann zog er verlegen die Schultern hoch und sah Frommelt aus traurigen Augen an.

Was muss dieser Junge mitgemacht haben, dachte Frommelt. Acht lange Jahre hat sich dieses Kind für den Mörder seiner Schwester gehalten.

Frommelt legte den Arm um Fabian.

Bräuer kochte Kaffee, als Frommelt das Büro betrat. Hannah saß mit ihrer leeren Tasse am Schreibtisch. Beide schauten ihn erleichtert an.

»Kaffee! Roland, du denkst aber auch an alles«, sagte Frommelt, um irgendetwas zu sagen. Die Stimmung war noch immer angespannt. Doch jeder war froh, dass es vorbei war. Frommelt sah sich suchend um.

Hannah begriff: »Sarah ist bei Carola Brandes. Es gibt viel aufzuarbeiten. Sie hat nun endlich ihrem Mann von ihrer Vergangenheit erzählt und der sieht keinen Grund, sich von ihr scheiden zu lassen. Sie hätte sich viel ersparen können.«

Frommelt nickte: »Und Fabian?«

»Der ist wieder in der Klinik und wird dort betreut. Wenn alles gut geht, kann er bald wieder raus. Carola wird ihn zu sich nehmen, ihr Mann ist einverstanden. Ja, und Monika Hagenau wird auch von einem Psychologen betreut.«

Frommelt holte sich eine Tasse, der Kaffee war noch nicht vollständig durchgelaufen, er schenkte sie trotzdem ein. Das brachte ihm einen strafenden Blick von Bräuer ein, doch er brauchte möglichst schnell einen Kaffee, um sich zu stärken. Es lag ihm noch etwas auf dem Herzen, doch dazu musste er mit Hannah allein sein.

»Was ist mit Sargens?«, fragte Bräuer, der Hannah Kaffee eingoss. Mit einer Handbewegung bat sie darum, die Tasse nur halbvoll zu schenken.

»Er wird wohl nicht mehr lebend aus dem Gefängnis rauskommen.«

»Wie kann man nur so werden?«, sagte Hannah. »Die eigenen Enkelkinder …«

»Das werden wir wohl nie begreifen. Machen wir Feierabend?«, fragte Frommelt.

»Haben wir uns verdient.« Hannah stellte ihre Tasse ab und folgte Frommelt hinaus. Bräuer blieb an seinem Schreibtisch sitzen. Das tat er meist, wenn ein Fall gelöst war. Er arbeitete die einzelnen Stufen der Ermittlungsarbeit noch einmal der Reihe nach auf. Dazu brauchte er Ruhe.

Draußen streckte Hannah ihr Kreuz durch. Frommelt stand nervös neben ihr. Er musste mit ihr reden, wusste aber nicht, wie er anfangen wollte. Seit jener Nacht, die dank Friedrun so gründlich danebengegangen war, hatten sie nicht mehr über Gefühle gesprochen. Genau genommen hatten sie das noch nie getan. Es wurde allerhöchste Zeit.

»Hannah, ich …« Er stockte. Was, wenn sie sich wirklich Hoffnungen machte? Wie sah ihre Zusammenarbeit dann aus? Würde sie sich versetzen lassen, wenn er ihr nun sagte, dass sie keine gemeinsame Zukunft hatten? Das wollte er auf jeden Fall verhindern. Hannah sah ihn erwartungsvoll an. Diesen Blick ertrug er nicht lange. »Du und ich, ich meine …«

Sie ließ ihn zappeln. Geschah ihm wohl auch ganz recht, dachte er. »Ich meine, damals … bei mir zu Hause … der Abend …«

Hannah sah zu Boden. Schmunzelte sie? Er konnte es nicht genau erkennen. »Scheiße, Hannah, sag was.«

Ganz langsam hob sie den Kopf und sah ihm ernst in die Augen. »Was soll ich sagen? Du hast bislang noch keinen vernünftigen Satz herausgebracht.«

»Ja, du hast recht. Also dann. Ich meine uns beide. Privat. Du verstehst?«

»Du sprichst von unserem merkwürdigen gemeinsamen Abend zu dritt. Den mit dem billigen Fuselgesöff?«

»Es tut mir leid wegen Friedrun.«

»Lass mal, vergessen.«

Sie half ihm kein bisschen. »Ich meine, angenommen die Spinne wäre nicht ausgebrochen …«

»Und du hättest vernünftigen Wein dagehabt?«

»Und ich hätte vernünftigen Wein dagehabt, ja. Was wäre dann passiert?«

»Nichts.«

»Nichts?«

»Nein, gar nichts.«

»Wie meinst du das jetzt?«

»Kilian.« Hannah legte ihre Hände auf Frommelts Arme und drückte ganz sanft. Sie trat einen Schritt näher an ihn heran. Er blieb stehen, obwohl er am liebsten davongelaufen wäre. Er konnte ihren Atem spüren. »Nein, es wäre nichts passiert. Ich schätze dich als Menschen und Kollegen. Da bist du unersetzbar, auch wenn du merkwürdige Macken hast. Aber ich habe begriffen, dass wir beide nur dann gut miteinander auskommen, wenn wir das Private aus dem Spiel lassen. Mit uns würde es nie gut gehen. Und über Maren bist du noch lange nicht hinweg. Übrigens, in diesem Zusammenhang fällt mir ein, dass sich Hausmann nach Berlin versetzen lässt.«

»Woher weißt du das mit Maren und Hausmann?«

»Bist du so naiv, oder tust du nur so? Die Buschtrommeln funktionieren auch bei der Kriminalpolizei einwandfrei. Der Flurfunk hat seit Ewigkeiten nur dieses eine Thema. – Wo war ich stehengeblieben? Vielleicht schafft es ja eine andere Frau, dich zu gewinnen. Ich für meinen Teil ziehe es vor, dich jeden Tag auf der Arbeit für mich zu haben. Ohne Hintergedanken. Im Übrigen verbringst du hier sowieso die meiste Zeit des Tages. Also bin ich auf alle Fälle besser dran als eine deiner Freundinnen. So, das war's.«

Solch eine lange Rede hatte er von Hannah nicht erwartet. Sie war ein Prachtstück und wenn es in diesem Moment nicht völlig unangebracht gewesen wäre, hätte er sie geküsst. Er tat es trotzdem. Die Fronten waren geklärt. Ein dicker Knoten löste sich in seiner Brust.

Hannah ließ seine Arme los, trat einen Schritt zurück und sah ihn an. »So, ich mach jetzt Feierabend. Schluss, Ende, aus, alles gut, Fall geklärt.« Im Umdrehen sagte sie, wie nebenbei: »Grüß Birgit von mir und sag ihr, ich würde sie gerne kennenlernen.«

Frommelt stand an der Gartenpforte seines Hauses. Jenes Haus, das er von seinen Großeltern geerbt hatte. Es war ein wenig windschief und in die Jahre gekommen, doch gerade das liebte er daran. Innen musste er wohl ein wenig aufräumen. Im Haus und in seinem Herzen. Aber er war sich sicher, dass er das schaffen würde. Er drückte die kleine Pforte auf.

Eine Bewegung neben der Haustür ließ ihn innehalten. Als er erkannte, wer dort stand, überzog ein breites Grinsen sein Gesicht.

»Wird auch Zeit, dass du nach Hause kommst. Ich wollte endlich die Runde Schach mit dir spielen, die wir uns vor über acht Jahren vorgenommen haben«, sagte Wehmeier und streckte ihm die Hand entgegen.

Buchhinweis

Die schöne neue Mandantin des Hildesheimer Anwalts Michael Bendis kommt ihm näher als es das Anwalt-Mandanten-Verhältnis gebietet. Bis sie eines Tages tot ist. Selbstmord heißt es, auch bei der Polizei. Doch kurz zuvor hatte sie ihrem Anwalt noch Geld für einen neuen Auftrag gegeben. Bendis glaubt nicht an einen Freitod und nimmt die Spur eines Unbekannten auf, der sich in der Nacht ihres Todes vor der Wohnung seiner Geliebten herumgedrückt hat.

Unterm Galgenberg
Ein Hildesheim-Krimi
Bernward Schneider

978-3-95400-617-5
12,99 €